CHRISTIAN KLINGER

Ein Giro in Triest

Gedruckt mit freundlicher Unterstützung von Stadt Wien Kultur.

FSC
www.fsc.org
MIX
Papier aus verantwortungsvollen Quellen
FSC® C004378

Klimaneutral
Druckprodukt
ClimatePartner.com/14924-2111-1003

Grafische Gestaltung: Dorothea Löcker, Wien
Umschlagabbildung: © Donald Jean/Arcangel Images
Druck und Verarbeitung:
EuroPB, s.r.o., Tschechische Republik
ISBN 978-3-7117-2116-7

Informationen über das aktuelle Programm
des Picus Verlags und Veranstaltungen unter
www.picus.at

CHRISTIAN KLINGER

Ein Giro in Triest

Gaetano Lamprecht ermittelt

Kriminalroman

PICUS VERLAG WIEN

Es war ein freundlicher Tag, der Lamprechts Leben zerstörte. Der Pistolenschuss hallte durch die menschenleere Au im Wiener Prater. Der Knall schreckte einige Krähen auf, die schwerfällig mit ihren Flügeln durch die Luft ruderten und davonflogen.

TRIEST, IM APRIL 1914

»Unsere Monarchie ist ein faules Ei. Die Couleurs der Habsburger aus Schwarz und Gelb schillern giftig wie der faulig gewordene Dotter. Der Staat ist von innen heraus verdorben und stinkt also gewaltig. Und Sie alle wissen, was man mit so einem faulen Ei zu machen hat.«

Der Redner hatte sich erhoben, die Arme auf der schweren Tischplatte abgestützt. Seine Augen wanderten über die Anwesenden, die kaum zu atmen wagten, wenn sie sein Blick traf. Die Männer saßen dicht gedrängt Schulter an Schulter in dem kleinen Extrazimmer. Der Kellner hatte zuvor die Getränke serviert, dann hatte man den Raum abgeschlossen. Niemand konnte rein, niemand konnte raus. Die Augen des Sprechers leuchteten zufrieden. Er zählte vierzehn Personen, mehr, als er erwartet hatte, sogar aus Pola waren einige angereist. Er hatte ja schwerlich offen zu diesem Treffen einladen können. Das hatte diskret erfolgen müssen, nur mit Andeutungen, und diese über Mittelsmänner überbracht. Doch die Botschaft war auf fruchtbaren Boden gefallen. Er dehnte die Pause bewusst aus. Darin eine zum Zerreißen gespannte Stille. Endlich beendete der Redner sein Schweigen und sprach weiter: »Manchmal muss man dem Schicksal auf die Sprünge helfen, und dann gilt es, Entscheidungen zu treffen. Meine Herren, ich lese in Ihren Gesichtern, dass wir uns einig sind. Das Zuwarten muss ein Ende haben. Geschichte will geformt werden, wie alles andere in unserem modernen Leben auch.«

»Wann wird es losgehen?«

»Bald schon, sehr bald.«

TRIEST, SOMMER 1914
SAMSTAG, 27. JUNI

1.

Die Sonne war hinter dem Monte Belvedere hervorgekommen und tauchte alles in ein weißes Licht. Mit in den Himmel geschnittenen Konturen hob sich das Wäldchen gegen den Horizont am Ende der Straße ab.

»Es ist …«, sprach er leise vor sich hin, dabei tief Luft holend, um sie danach gleich wieder kräftig auszublasen. »Es ist … unfair …«, wiederholte er keuchend, »dass gerade jetzt ein Einsatz hereinkommen muss.«

Er streckte sich durch, dachte daran, dass er heute gern früher Schluss gemacht hätte, und beobachtete seinen Schatten, der neben ihm über die Fahrbahn flitzte. Ein angenehmer Vormittag im Büro war dahin. Er keuchte weiter. Oben, nach der letzten Kurve, ragte der Obelisk wie ein aufgestellter Stachel in die Luft. Er steuerte das gleichnamige Hotel am rechten Straßenrand an. Sein Ziel lag hinter der nächsten Biegung.

Gaetano Lamprecht stieg aus dem Sattel und lehnte sein Fahrrad gegen eine Mauer. Die letzten Schritte legte er zu Fuß zurück. Sein Herz schlug heftig wie eine Dampfwalze. Er drückte die flache Hand gegen seinen erhitzten Brustkorb und atmete tief ein. Schloss kurz die Augen und zählte die Schläge unter seinen Rippen mit. Einundzwanzig, zweiundzwanzig, dreiundzwanzig …

Bedachten Schrittes querte er schließlich die Straße. Von hier oben hatte der Blick über den Golf einen besonderen Reiz. Vor seinen Augen erstreckte sich unter einem blassblauen Himmel das Meer zwischen dem Hafen und der istrischen Küste. Die Stadt wirkte wie von den Seestürmen an den Hügel von San Giusto gespült. Bunte Muscheln im Sand, aufgefädelt von den Wellen. Gaetano kam öfter an dieser Stelle vorbei, an der schon Napoleon sich der Aussicht erfreut haben soll. Als der junge Polizeiagent gänzlich zur Ruhe gefunden hatte, drehte er sich um. Er fuhr über die Spitzen seines schmalen Schnurrbarts und steuerte mit ernster Miene die beiden Polizisten an, die beim Fundort der Leiche wachten.

»Und?«, kam es knapp. Er war über die Entdeckung, von der die Wachleute in Opicina heute Morgen Meldung erstattet hatten, wenig erfreut. Ausgerechnet an einem Samstag, mehr oder weniger schon im Wochenende, hatte er gedacht, als er aus Triest geschickt worden war. Sicher war damit auch der Sonntag beim Teufel und er würde auf sein Training verzichten müssen. Also hatte er aus der Not eine Tugend gemacht und sich gleich auf den Weg hinauf zum Karst begeben. Allerdings hatte er in seinem dunklen Rock stark geschwitzt und ihm war immer noch unerträglich heiß. Normale Kleidung war für solche Touren völlig ungeeignet. Er tupfte Stirn und Nacken mit einem Taschentuch ab.

Die beiden Polizisten wirkten ratlos und warfen einander entsprechende Blicke zu. Lamprecht schaute sich um, um sich einen ersten Eindruck zu verschaffen. Zwei weitere Uniformierte hatten sich an der Straße postiert und verscheuchten einige Gaffer, die aus Neugier zum Schauplatz vordringen wollten. Handwerker, Mägde oder Tagelöhner, die sich das Geld für die Straßenbahn in die Stadt sparten und an diesem sonnigen Tag zu Fuß nach Triest aufbrachen. Murrend und mit zum Tatort verdrehten Hälsen zogen manche weiter, während andere an der nächsten Kurve in ausreichender Entfernung zu den Polizisten stehen blieben, um weiterhin gaffen zu können, beseelt davon herauszufinden, was da passierte, und vor allem was da passiert war.

Die zwei Polizisten bei Lamprecht waren seltsame Gestalten, die in ihrer Erscheinung kaum unterschiedlicher sein hätten können: Der eine war hager, hatte ein schmales Gesicht mit langer Nase und seine Jacke war ihm zu weit. Sie hing schlaff von seinen Schultern und wirkte, als hätte er sie gegen die seines großen Bruders getauscht. Dafür spannten dem anderen die Knöpfe um den Bauch. Obwohl er einen Kopf kürzer als der Lange war, waren sein Gesicht und sein Bauch doppelt so breit. Der Dicke sagte: »Eine alte Vettel hat ihn heute Morgen gefunden, als sie hier Holz sammeln wollte. Wir haben ihre Aussage, die uns aber nicht weiterbringen wird. Aber wir haben dieses Soldbuch bei ihm gefunden. Ein Ludwig Farnese, gebürtig aus Görz.«

Lamprecht nahm das Heft entgegen. Er hatte inzwischen seinen Rock abgelegt und war versucht, sich mit dem gereichten Beweisstück Luft zuzufächeln. Er trat an die hängende Leiche heran und betrachtete die hechtgraue Uniform. Die Hose zeigte im Schritt einen eingetrockneten Fleck, die Augen starrten in die Ferne. Der Bursche war nur wenig jünger als er selbst, aber mit den glatt rasierten Wangen wirkte er beinah knabenhaft.

Gaetano Lamprecht wusste, dass er hier richtig am Platz war. Wenn es einen aufklärungsbedürftigen Todesfall in Seiner Majestät k. u. k. Armee gab, musste ein richtiger Kriminalist her. Diese Dorfgendarmen, das sah er sofort, waren mit so einer delikaten Angelegenheit heillos überfordert.

»Aber ich glaube«, meldete sich einer der uniformierten Polizisten zu Wort, »Sie haben sich umsonst hierherbemüht.«

Lamprecht griff sich mit der rechten Hand an den Mund und zwirbelte seinen Schnurrbart. Er wusste, mit dieser Geste war am ehesten sein Missfallen zu unterstreichen, und nach einer künstlich gedehnten Pause fragte er: »Und was lässt Sie diesen Schluss ziehen?« Mit den zusätzlich verengten Augen erreichte er die gewünschte Wirkung. Der Polizist, der vorhin ungefragt seine Meinung geäußert hatte, stammelte: »Allora …, ich meinte nur, weil es sich offenbar um einen Selbstmord handelt.« Er deutete auf die an einem dicken Ast hängende Leiche.

Als ob sie zu Unrecht auf diese Weise angesprochen worden wäre, drehte sie sich bei diesen Worten weg. Eine leichte Brise wehte landeinwärts und bewegte den Leichnam an seinem Seil. Die Luft schmeckte sogar hier oben nach dem Salz, das der Wind unten den Wellen entriss, und der intensive Duft von trockenen Nadeln vom nahen Wald stieg Lamprecht in die Nase. Er fragte: »Warum nimmt den armen Kerl denn keiner ab?« Es lag allerdings eher eine Aufforderung in seinem Tonfall.

»Ich dachte, wir müssen auf den Doktor warten«, flüsterte der Dicke zum Dünnen. Dann quälte sich das ungleiche Duo, den toten Soldaten aus seiner auch für eine Leiche unschicklichen Lage zu befreien. Sie besprachen sich, wie sie vorgehen wollten, ehe der eine auf eine bereitgestellte Leiter stieg und den Knoten löste. Der andere umfasste den hängenden toten Körper, um ihn hernach zu Boden gleiten zu lassen. Doch das Seil gab die gehaltene Last allzu plötzlich frei und diese riss den Langen zu Boden, wo er halb unter dem Leichnam zu liegen kam wie sonst die Pärchen, die einen lauen Sommertag hier auf den Wiesen genossen.

Lamprecht wandte sich ab, weil er ein Grinsen nicht unterdrücken konnte. Doch dann begann er sogleich die nähere Umgebung abzusuchen. Die beiden Tollpatsche hatten in der Zwischenzeit wieder eine adäquate Position eingenommen. Auch der Dicke hielt sich mit weiteren Äußerungen zurück und beide warteten auf Anweisungen des Inspektors, der aus der Polizeidirektion in Triest hierhergeschickt worden war.

Der Erhängte lag mit dem Rücken auf dem Boden und Lamprecht trat an ihn heran. Er bückte sich hinunter und hob Jacke und Hemd des Toten etwas an. Er drehte den Körper unter den verwunderten und auch angewiderten Blicken der Umstehenden auf die Seite, schob die Kleidungsstücke ganz hinauf und besah den vom Waffenrock befreiten Rücken, bevor er ihn dann wieder in seine Ausgangsposition zurückfallen ließ. Als er sich aufrichtete, deutete er auf die Uniformjacke: »Hier fehlt ein Knopf.«

An einer Stelle war tatsächlich nur mehr ein Stück des Fadens zu erkennen, der einen der Messingknöpfe, die die Jacke zierten, gehalten haben musste.

Jetzt war es der Hagere, dem die unfreiwillige Intimität mit der Leiche frischen Wagemut gebracht haben musste, der sprach: »Den wird er wohl verloren haben, als er sich umgebracht hat. Er legt sich die Schlinge um den Hals, und als es dann so weit ist, beginnt er zu strampeln und dabei reißt er sich einen Knopf von der Jacke. So ungefähr.« Mit spastischen Zuckungen demonstrierte er den mutmaßlichen Todeskampf.

»Wenn das so wäre, dann müsste sich der Knopf hier finden. Tut er aber nicht«, konstatierte Lamprecht. »Wieso trägt er eigentlich einen Waffenrock?«, fragte er weiter.

»Keine Ahnung«, antwortete der runde Polizist. »Vielleicht wollte er sich noch in eine adrette Montur werfen, bevor er seinem Schöpfer gegenübertritt.«

Lamprecht beugte sich hinunter und schüttelte den Kopf. Mehr zu sich murmelte er: »Oder er war auf dem Weg zu einem Manöver …«

Dann schnellte er hoch, drehte sich zur Leiter hin und fragte: »War die schon da?«

Die zwei Wachmänner schauten einander fragend an, dann sagten sie: »Nein, die haben wir von einem Dachdecker geborgt.« Sie deuteten auf einen Karren an der Straße, auf den Dachschindeln geladen waren. Davor stand ein grauhaariger Mann mit unrasiertem Gesicht in einem staubigen Arbeitsanzug, der zu ihnen herüberwinkte.

»Gut, dann geben Sie dem Mann seine Leiter zurück und lassen Sie den Toten ins Ospedale Civile bringen«, erteilte Lamprecht die Order.

»Warum?«, kam es unisono aus beiden Mündern, Lamprecht verlor endgültig die Geduld mit den zwei Idioten.

»Weil die Leiter dem Mann da gehört«, erklärte er schroff.

»Das meinten wir nicht. Warum wollen Sie die Leiche noch ins Spital bringen? Es war doch Selbstmord, oder?«

»Und wie ist er dann auf den Ast gekommen? Geflogen? Buongiorno!«

Lamprecht drehte sich um und ließ die zwei stehen. Er hatte genug Zeit mit ihnen vergeudet, er wollte schnell wieder nach Triest und hoffte, dass er auf einen aufgeschlossenen Mediziner treffen würde, der ihm einige Fragen beantworten konnte. Die Kriminologie steckte als Wissenschaft noch in den Kinderschuhen, aber in Wien machten sie da schon einige erstaunliche Fortschritte. Vielleicht hatte er Glück und es fand sich auch in Triest ein Arzt, der mit den neuesten Erkenntnissen der Gerichtsmedizin vertraut war. Als er schon fast aus dem Sichtfeld der zwei Polizisten verschwunden war, rief ihm einer nach: »Zur Straßenbahn müssen Sie aber dort entlanggehen!«

»Ich bin nicht mit der Tram gekommen«, antwortete er über seine Schulter und holte hinter der Kurve sein Bianchi-Rennrad, das er erst letzten März aus Mailand erhalten hatte. Mit den festen Dunlop-Reifen war es optimal für die ruppigen Straßenverhältnisse geeignet. Dann schwang er sich auf den Ledersattel, klemmte seine Jacke an den geschwungenen Lenker und genoss schon nach wenigen Metern den kühlen Fahrtwind.

2.

Als Gaetano das Haus seiner Eltern am Colle di San Giusto erreichte, stand die Sonne bereits im Zenit. Die letzten Meter der Steigung nahm er im Stehen, bevor er unterhalb der Kathedrale vor den Stufen anhielt. Er hatte die obersten zwei Hemdknöpfe geöffnet und ließ seine Jacke an den Lenker geklemmt. Zum Glück spendeten die zu beiden Seiten der Straße gepflanzten Zürgelbäume etwas Schatten. Auf dem groben Steinpflaster dankte er im Geiste nochmals Edoardo Bianchi, dem Konstrukteur seines Rennrads, dafür, dass er dieses nicht nur mit gleich großen Laufrädern, sondern auch mit den neuartigen Luftkammerreifen ausgestattet hatte. Als er das Plateau vor dem Dom erreichte, atmete er tief ein. Die Luft roch nach Sommer, heiß und nach trockenem Gras.

Das Gebäude, in dem er mit der Familie ein Stockwerk bewohnte, war das erste der Häuser, die einen Ring unterhalb des befestigten Kastells bildeten. Schon die Römer hatten diesen Hügel bewohnt. Relikte aus der Zeit, als die Stadt Tergeste unter Octavian römische Provinz geworden war, fanden sich hier überall. Teile von Säulen, antike Steine oder Reliefstücke waren als Baumaterial für die Kirche und die umliegenden Häuser verwendet worden. Kaum eine Fassade oder Mauer, aus denen nicht ein paar derartige Stücke hervorstachen.

Gaetano stieg über die Querstange ab und trug sein Fahrrad die wenigen Stufen zum Hauseingang hinunter. Das dunkle

Eichenholz des Portals war an einigen Stellen verwittert. Die Bora hatte im Winter weiter daran gekratzt. Die Familie wohnte im ersten Stock und Lamprecht ließ seinen Renner im Eingang unten stehen. Als er die Tür zur Wohnung aufsperrte, schlugen ihm Stimmen entgegen. Die tiefste ordnete er seinem Vater zu, die andern waren heller. Er erkannte die von seiner Mutter und die durchdringende Diskantstimme von Adina, seiner Schwester, und er fragte sich, warum heute alle zu Hause waren. Und dann war da noch eine Stimme. Kaum hatte er deren schrillen Klang vernommen, erstarrte er zur Salzsäule. Es war nicht die von den vielen Worten eines langen Lebens aufgeraute Stimme Luisas, der guten Seele des Haushalts, die seit vielen Jahren der Familie diente und eigentlich für ihre Arbeit schon zu alt war. Dieses Lachen, dessen Töne wie auf einer Hühnerleiter emporstiegen, gehörte Rosaria, der besten Freundin seiner Schwester, die sich ihm ständig anbot wie ein reifer Apfel, der geerntet werden wollte. Alle saßen in der Küche und redeten wild durcheinander. Sie scherzten und lachten und die Melodie der ungeordneten Worte erinnerte ihn an eine Opernarie. Gaetano atmete tief durch und richtete sich eine Haarsträhne, die an seiner Stirn klebte, bevor er die Türschnalle drückte.

Seine Mutter entdeckte und begrüßte ihn zuerst, da hatte er selbst noch kein Wort gesagt: »Gaetto! Schön, konntest du heute schon früher Schluss machen?«

Gaetano hasste diesen Kosenamen, der ihm seit der Kindheit anhaftete. Vor allem weil er sich aus dem Mund seiner Mutter wie »gatto«, also das italienische Wort für Katze anhörte. Wie viele Familien der italienischen Oberschicht des von Österreich-Ungarn verwalteten Triests sprachen die Lamprechts fließend Deutsch wie Italienisch, der Vater bestand jedoch darauf, dass zu Hause Deutsch gesprochen wurde. Er war es auch, der als gebürtiger Österreicher, der ursprünglich aus Graz stammte, noch am ehesten Unzulänglichkeiten im Italienischen zeigte.

Der schlanke Mittfünfziger mit Backenbart, den er in Form und Länge dem Vorbild des betagten Kaisers anzugleichen trachtete, wie das auch bei vielen Offizieren en vogue war, schenkte Gaetano einen Blick über den Rand seiner Zeitung. Dieser konnte nicht erkennen, ob er abfällig oder wohlmeinend war, neutral war er jedenfalls nie, das wusste Gaetano nur zu gut. Er antwortete seiner Mutter: »Nein, es tut mir leid, aber gerade heute ist mir noch ein Fall hereingekommen, ich muss gleich wieder weg.« Er spürte Rosarias schmachtenden Blick auf sich ruhen, während Adina ihn aus ihren großen schwarzen Augen anschaute, der Vater nochmals die *Wiener Zeitung* senkte, wodurch Gaetano jetzt sah, welchen geringschätzenden Blick ihm der Vater zudachte, auch wenn er damit mehr seine Arbeit als ihn selbst meinte.

»Das ist aber schade«, bedauerte seine Mutter unbeirrt von diesem Gewittersturm sich abwechselnd jagender Blicke. »Ich habe gleich fertig gekocht.« Aus ihrem olivfarbenen Gesicht, das für eine Dame der Gesellschaft ein wenig zu oft der Sonne ausgesetzt war, strahlten ihn ihre weißen Augen an.

»Ja«, antwortete Gaetano etwas verwirrt. »Wo ist denn Luisa heute? Sie ist doch hoffentlich nicht krank?«

»Auch Luisa braucht einmal einen Tag für sich«, erklärte die Mutter.

Gaetano fragte sich wieso. Die alte Haushälterin hatte keine Familie und war glücklich, sich weiterhin um die Geschicke der Lamprechts kümmern zu dürfen. Fände man sie ab und schickte sie in den Ruhestand, würde sie das wahrscheinlich keine Woche überleben. Er wollte sich umdrehen, als ihn seine Mutter zurückhielt und fragte: »Isst du wenigstens mit uns?

Meine Gnocchi de' susini sind mindestens so gut wie die von Luisa.«

»Nein, ich habe leider zu tun. Ich muss nochmals in die Via della Caserma.«

Ihm entging nicht, dass sowohl seine Schwester als auch deren Freundin enttäuscht seufzte. Es war Adina, die sich dann äußerte: »Und wir hatten gehofft, dass du uns ins Caffè degli Specchi begleitest. Dort wird heute Nachmittag zum Tanz aufgespielt. Das Orchester soll die neuesten Walzer aus Wien im Programm haben.« Rosaria untermalte diese Schilderung mit zum Tanz ausgebreiteten Armen. Gaetano lächelte gezwungen, legte der weit jüngeren Schwester seine Arme auf die Schulter und gab ihr einen Kuss auf die Stirn. Aus dem Augenwinkel bemerkte er den neidischen Blick Rosarias, die sich wohl sehnlich wünschte, an der Stelle der Freundin zu sein.

»Ich wusste gar nicht, dass man in Wien noch Walzer komponiert«, erwiderte Lamprecht, »ich habe gehört, dass es dort eine Reihe von neuen Komponisten gibt, die jedes harmonische Gefüge abzuschaffen versuchen. Die wollen alle Konventionen über den Haufen werfen. Das, was in der Malerei passiert ist, soll nun auch in der Musik passieren. Aber Schwesterchen, wenn du einmal in Wien Medizin studierst, dann kannst du dort jeden Abend zum Tanz gehen.«

»Es reicht«, zürnte der Vater offen. »Hör auf, Adina Flausen ins Hirn zu setzen. Genügt es dir nicht, dass wir deinetwegen in Triest vermodern werden? Wien, das war einmal.«

»Sie müssen es mir nicht verdeutlichen. Es ist mir bewusst. Deswegen bin ich hier bei der Polizei gelandet und muss nochmals zum Dienst. Darf ich mich jetzt umkleiden?«

»Jedes deiner Worte ist nur als Provokation gemeint«, brüllte Lamprecht senior lauter als nötig und zerknitterte dabei wütend die Zeitung auf seinem Schoß.

Die Mutter blickte die beiden Streithähne entsetzt an, da brachte ein hell klingendes Glöckchen, das kaum hörbar von draußen zu ihnen drang, die Auseinandersetzung zum Schweigen. Adinas Blick erhellte sich, sie sprang auf und stürmte hinaus. »Das muss eine Nachricht von Viola sein, komm, lass uns nachsehen«, forderte sie Rosaria auf, die ihr hinaus in den Garten folgte, wo Adinas Taubenschlag stand. Sie hielt sich Brieftauben, seit Viola, ihre ehemals beste Schulfreundin, mit ihrer Familie nach Umago gezogen war. Violas Vater, Signor Cressini, war Bauingenieur und hatte den Auftrag erhalten, dort eine neue Wasserleitung zu bauen. Da den beiden Mädchen die Briefausträger zu langsam waren, tauschten sie sich auf diesem Weg aus. Oft mehrmals täglich. Der Vater hasste die Tauben, weil sie ihre Exkremente nicht nur um den Taubenschlag, sondern auch auf dem restlichen Grundstück verteilten. Er murrte: »Andere gehen zur Post, geben ein Telegramm auf, aber meine Tochter hält sich eine eigene Taubenpost. Mir wären die Viecher ja gebraten weit willkommener.«

Er imitierte, wie er mit Messer und Gabel so einen gebratenen Vogel zu sich genommen hätte.

Gaetano war jedoch froh, dass sich seine kleine Schwester ein sinnvolles Hobby gesucht hatte und weiterhin Kontakt mit ihrer Freundin halten konnte. Auch darüber gab es oft Diskussionen in der Familie. Er wollte zu ihrer Verteidigung ansetzen, doch bevor er etwas erwidern konnte, hatte ihn der Blick seiner Mutter getroffen. Er schluckte den letzten Satz hinunter, den er dem Vater in Gedanken bereits an den Kopf geworfen hatte, nickte ihr stattdessen stumm zu und ging über den Flur in sein Zimmer. Die Tauben waren auch heute nur eine Nebenfront zwischen den beiden Männern. Wann immer es um »die Sache« ging, gerieten Vater und Sohn aneinander. Natürlich hatte sein alter Herr recht. Zumindest zum Teil.

Aber ganz unschuldig war er selbst an der Situation auch nicht. Es war wohl genau dieser Anteil an schlechtem Gewissen in dieser Causa, der ihn meist schnell in die Luft gehen ließ wie einen überhitzten Kessel.

Gaetano warf die Tür hinter sich ins Schloss und verriegelte sie. Er war wütend, richtiggehend wütend. Der Zorn schlängelte sich wie ein giftiger Wurm durch seine Adern und ließ sein Herz heftig pochen. Warum der Vater immer wieder mit der Geschichte anfangen musste, fragte er sich. Natürlich saß die Sache wie ein Stachel im Fleisch der Familie und er wusste, dass er der Hauptschuldige war, derjenige, der das meiste zu verantworten hatte, aber eben nicht nur allein. Auch der Vater konnte seine Hände nicht in Unschuld waschen. Zum Glück war bislang nichts von den Vorfällen bis nach Triest vorgedrungen. Offiziell war man zurückgekehrt, weil die Mutter das Klima in Wien nicht vertrug. Bislang hatte das noch niemand infrage gestellt. Die Familie musste jedoch sehr achtsam sein, wann immer es sich um gesellschaftliche Verpflichtungen handelte. Auf dieses Parkett begab man sich nicht mehr als nötig. Die beiden Städte waren zu eng miteinander verflochten.

Gaetano riss ein Fenster auf, er brauchte Luft. Gierig sog er sie ein, atmete hektisch ein und aus, wie einer, der zu lange getaucht hatte. So verharrte er vor dem offenen Fenster, und es dauerte eine Weile, bis wieder Ruhe in ihn gekehrt war. Der Blick hinaus tröstete seinen verletzten Stolz.

Die Rückseite des Hauses sah auf einen Abhang und gab den Blick frei auf den Hafen und den Leuchtturm. Wie weiße Spitzen ragten einzelne Segel aus dem tiefblauen Wasser empor. Mit Neid dachte er an die Menschen, die jetzt mit Picknickkörben nach Barcola aufbrachen, um sich später im kühlen Nass zu erfrischen. Ihm war das heute nicht vergönnt, ihn rief die Pflicht. Er legte frische Kleidung an: ein weißes Hemd mit gestärktem

Kragen und einen grauen Rock, der aus dünner Wolle gewebt war und ihn kühl halten würde. Er setzte den runden Hut auf und vergewisserte sich im Spiegel, dass alles gut saß.

Als er auf den Gang trat, hörte er aus dem verbotenen Zimmer ein leises Summen. Dort, wo der Onkel seit kurzer Zeit wohnte. Onkel Ladislaus, den der Vater aus Wien hatte holen müssen. Er hatte ihn im Schutz der Dunkelheit ins Haus geschmuggelt, darauf bedacht, dass keiner sie sehen konnte, als sie nächtens ankamen. Niemand durfte nach ihm fragen. Oder den Raum am Ende des Flurs betreten. Auf Geheiß des Vaters. Nicht einmal Luisa konnte dem Onkel das Essen bringen. Sie hatte es auf dem Tischchen davor abzustellen, eine kleine Glocke zu läuten und sich dann sofort zu entfernen. Nur einmal in der Woche sollte sie den Raum betreten, um sauber zu machen. Wo der Onkel dann war, wusste niemand. Vielleicht in dem kleinen Bad, das angeschlossen war. Aber wer machte das dann sauber?

Als er über den Flur in Richtung Eingangstür ging, hielt ihn die Mutter zurück. Sie hatte ihre langen Haare zusammengebunden und den Zopf auf dem Hinterkopf verknotet. Gaetano entging ihr Duft nicht, ein Geruch, der ihn an Kindheit und Geborgenheit erinnerte. Sie lächelte ihn an und erklärte mit ihrer sanften Stimme auf Italienisch, dass sie ihm eine Merenda, eine Jause, gerichtet habe, und Gaetano nahm die in Butterbrotpapier eingewickelten Panini an sich.

»Grazie, Mamma«, bedankte er sich und wollte das Haus verlassen, als ihn seine Schwester zurückhielt und ihm ins Ohr flüsterte, dass vorhin der Postbote da gewesen sei. »Offensichtlich war der Brief von, du weißt schon«, stichelte Adina und zwinkerte ihm zu. Gaetano bedankte sich. Er gab ihr einen Kuss auf die Wange und trat jetzt endlich aus dem Haustor.

Er ließ sein Fahrrad stehen und ging flotten Schrittes durch die Gässchen der Cittàvecchia, zuerst über die Via dell'Asilo und dann über die Scala di Montuzza, vorbei an den mittelalterlichen Ruinen der Tor Cucherna, bis er den Corso erreicht hatte. Durch die geöffneten Fenster hörte er die Familien, die ihren Mittagstisch hielten. Über seinem Kopf spannten sich Wäscheleinen, auf denen Hemden, Polsterbezüge und Tücher im lauen Wind flatterten. Nach wenigen Minuten hatte er die Polizeidirektion erreicht. Er musste seinem Vorgesetzten umgehend Bericht erstatten, was es mit der Leiche in Opicina auf sich hatte. Doch kaum dort angekommen, teilte man ihm mit, dass der Chef noch bei Tisch weilte.

Capo Ispettor Spetich empfing ihn ungnädig. Lamprecht hatte seinen Vorgesetzten im Caffè Tommaseo gefunden. Er war an den Tisch herangetreten, als Spetich gerade die Zeitung aufgefaltet und einen Caffè bestellt hatte. Der Oberinspektor bedachte den Untergebenen mit einer gehobenen Augenbraue über den Rand der Zeitung hinweg. Ein Kellner eilte geschäftig herbei und stellte den Nero vor den Gast und servierte den Teller mit den verbliebenen Muschelschalen ab. Sein Vorgesetzter hatte zwar seine Mahlzeit beendet, doch Lamprecht erkannte augenblicklich, dass es wohl nicht sonderlich klug gewesen war, ihn vor dem Verdauungskaffee und der Zeitungslektüre zu stören. Ungeduldig stieg Lamprecht von einem Bein auf das andere, wartete aber, bis er angesprochen wurde. Er betrachtete den Mann, der kaum zehn Jahre älter war als er selbst, der aber alles daransetzte, seiner Stellung und Position auch optisch zu entsprechen. Während Lamprecht als Jahrgang 1888 zu seiner Jugend stand und nur einen gestutzten Schnurrbart mit dezenten Spitzen trug, seine Wangen aber glatt rasierte, schmückte sich Spetich wie sein Vater und auch viele andere kaiserliche Beamte mit einem üppigen Backenbart, der dem obersten Dienstherrn zur Ehre gereichte.

Der Raum war nicht nur von dem Geruch nach Kaffee und

Tabak, sondern auch von verschiedenen Unterhaltungen erfüllt und Lamprecht schnappte überwiegend deutsche Gesprächsfetzen auf. Offenbar hatte vor Kurzem der Dampfer aus Grado angelegt und vor allem österreichische Sommerfrischler in die Stadt gespült.

Spetich blätterte die Zeitung um, faltete schließlich das Papier missmutig zusammen und fragte: »Was ist denn so dringend, dass Sie mich hier stören müssen?«

Lamprecht formte die Lippen zum ersten Wort seiner Antwort, doch Spetich hörte wie viele Vorgesetzte am liebsten seine eigene Stimme und sprach sofort weiter: »Ich nehme an, Sie wollen mir mein Wochenende zerstören. Sie haben Nachricht, dass ich auf die wenigen ruhigen Stunden, die meiner Familie geweiht sind, werde verzichten müssen.«

»Am Morgen erreichte uns die Meldung aus Opicina …«

Erneut schnitt Spetich Lamprecht das Wort ab. »Ich weiß, heute wurde dort ein erhängter Soldat entdeckt, wahrscheinlich ein Selbstmörder.« Spetich bedeutete Lamprecht endlich, sich auf den zweiten Stuhl an seinem Tisch zu setzen.

Lamprecht folgte der Einladung und begann mit seinen Ausführungen: »Auf den ersten Blick mag es tatsächlich den Eindruck erwecken, aber …«

»… Sie haben Ihre Zweifel«, übernahm der Capo Ispettore den Gedanken seines Untergebenen. »Ich weiß, ich habe den Bericht der Wache in Opicina schon erhalten. Interessanterweise war der mit dem Boten knapp vor Ihnen da. Waren Sie wieder mit dem Fahrrad unterwegs? Und dann haben Sie sich umgezogen und gehofft, ich merke nicht, wenn Sie in der Dienstzeit anderen Dingen als Ihren Dienstpflichten nachkommen?«

Verlegen wich Lamprecht dem fragenden Blick des Vorgesetzten aus und steckte unbewusst die Hand in seine Tasche, wo er seine Rettung fand. Er holte den alten Fahrschein hervor: »Nein, ich bin mit der Trambahn gefahren«, versuchte er die berechtigten Zweifel seines Vorgesetzten zu zerstreuen.

Spetich grinste, weil er genau wusste, dass er mit seiner Vermutung richtiggelegen war. Er schüttelte den Kopf und sagte: »Lamprecht, Lamprecht. Sie Halunke. Aber der Giro ist für dieses Jahr vorbei, verwenden Sie Ihre Energie besser für Ihre Karriere. Sie sind ein kluger Bursche, Sie könnten es weit bringen. Was haben Sie also als Nächstes vor?«

»Ich werde mich in der Truppe bei seinen Kameraden umhören. Vielleicht ergibt sich dabei ja wirklich ein Motiv für einen Suizid, und vorher möchte ich noch ins Spital.«

»Sie lassen den armen Kerl obduzieren?«

»Nur um sicherzugehen.«

Spetich seufzte, dann nahm er die Zeitung wieder auf und sprach, ohne den geringsten Versuch zu unternehmen, den Grant in seiner Stimme zu verbergen, über die bewusst errichtete papierene Barriere weiter: »Ich wusste es ja. Das war es mit meinem Wochenende. Tun Sie, was Sie tun müssen. Sie finden mich am Nachmittag in meinem Büro. Wenn Sie mit dem Arzt gesprochen haben, entscheiden wir die weiteren Schritte.«

Lamprecht salutierte und verließ das Café. Er war froh, dass der Vorgesetzte nicht weiter auf seiner Art der Fortbewegung herumgeritten war. Er wusste, dass Edoardo Spetich seiner Leidenschaft mit einer gewissen Skepsis begegnete, wie ein Großteil der Bevölkerung auch. Man misstraute dem Fahrrad. Anders als das Automobil hatte es die breite Masse, und da auch die ärmeren Schichten, mobil gemacht. Zum Glück war es in Triest nie so weit gekommen wie in Mailand, wo man vor zwanzig Jahren jede Art der Benutzung von Zweirädern, Dreirädern oder Tandems verboten und Zuwiderhandelnde in den Kerker gesteckt hatte. Es hatte auch etwas Gutes, Teil der Habsburgermonarchie zu sein. Doch zu dem Gegenwind, der den Radsportlern wie die Bora ins Gesicht blies, hatte sich, sozusagen als Konterpart, in den letzten Jahren ein leichter Rückenwind gebildet: Es gab immer mehr Fans, die sich für den Profisport begeisterten, und auch die ersten Zeitungen hatten sich vor einiger Zeit des Themas angenommen. Von der *Gazzetta dello Sport* ganz zu schweigen. Die berichtete nicht mehr allein von den Fußballergebnissen, sondern auch von den Duellen zwischen Rossignoli und Gerbi, den sie wegen seiner Trikotfarbe auch den »roten Teufel« nannten. Die Fans drängten sich mittlerweile zu Tausenden um die Zieleinläufe, um die abgekämpften Sportler heftig zu bejubeln. Er ging über die Straße, doch seine Gedanken waren ganz woanders. Im Geist sah sich Lamprecht selbst auf seinem Rennrad sitzen, wie er die letzten Meter zu dem über dem Ziel gespannten Transparent heftig tretend zurücklegte, während immer mehr Menschen ihm hinterdreinliefen. Irgendjemand betätigte eine Klingel, die immer heftiger läutete, und einer der enthusiastischen Begleiter klopfte ihm anerkennend auf die Schulter, als ihn nur mehr wenige Pedaltritte vom Sieg trennten, da wurde er plötzlich festgehalten und das Bild des Triumphs schmolz sofort wie Wachs in einem Stahlofen.

Lamprecht wurde aus diesem Tagtraum an der Schulter zurückgerissen. Das Klingeln kam von einer Straßenbahn, die nur wenige Zentimeter an seinem Gesicht vorbeirauschte wie ein wütender Stier. »Immer schön langsam, piano, piano.«

Lamprecht war augenblicklich im Jetzt angekommen und erkannte die Stimme von Pietro. Pietro Pirona war sein Kollege und wie er Polizeiinspektor. Und noch mehr: Er war sein Freund und Trainingspartner. Pirona teilte Gaetanos Liebe zum Fahrrad, auch wenn er in dem Sport vor allem einen Ausgleich zur Tätigkeit am Schreibtisch sah. Die ärarische Bürokratie der Monarchie hatte trotz weitestgehender Autonomie der Stadt Eingang in die Amtsstuben gefunden. Pirona meinte: »Heb dir deinen Leichtsinn für unsere Abfahrt heute Nachmittag auf. Du weißt schon, bei den Kurven von Prosecco pfeift dir der Wind um die Ohren.«

Lamprecht drehte sich zu ihm um. Er besah den Freund, der nur wenig älter als er, aber schon verheiratet und Vater einer kleinen Tochter war. »Ich kann heute nicht, ich muss arbeiten, du wirst den Fahrtwind wohl alleine genießen müssen.«

Pirona grinste. Dabei bildeten sich Grübchen in den Wangen und die Spitzen seines Schnauzers hoben sich. In seinen Augen leuchtete ein schelmisches Blitzen auf, als er sagte: »Ich habe es schon gehört. Die Leiche oben beim Obelisken. Jeder spricht davon. Auch vom sturen Lamprecht, der das Gras wachsen hört. Aber wenn du schlau bist, dann lässt du die Version der Kollegen in Opicina gelten und kannst nach einem kurzen Bericht ins Wochenende. Ich jedenfalls mach bald Schluss und erwarte dich um drei.« Er boxte Lamprecht zum Abschied sanft gegen den Oberarm und verschwand im Bürogebäude.

Lamprecht hatte sich nicht einmal bei Pietro bedankt. Ohne sein Einschreiten wäre er wohl im Krankenhaus gelandet. Im besten Fall. Wie in Trance war er in seine Gedanken versunken gewesen und jetzt immer noch verwirrt. Was für ein komischer Tag, dachte er.

Triest war eine ruhige Stadt. Natürlich zog der Hafen allerlei Gesindel an und die Seeleute neigten dazu, sich im Suff die Schädel einzuschlagen, doch das waren alles keine großen Sachen. Die Übeltäter waren meist zu betrunken, um ihre Tat zu vertuschen oder abzuhauen, und wenn, dann war das auch kein Malheur. Dann wanderte der Vorfall zu den Akten. Doch ein toter Soldat? Noch dazu ein Selbstmörder? Das konnte Fragen aufwerfen, auf die man besser Antworten geben sollte, bevor sich jemand aus Graz oder Wien einschaltete. Dennoch spürte Lamprecht, wie der vom Freund in den Kopf gesetzte Teufel ihn versuchte und ihm einflüsterte: Mach es doch, wie Pietro gesagt hat. Lass dir vom Arzt den Selbstmord bestätigen und genieße dein Wochenende.

3.

Lamprecht musste ein wenig auf den Doktor warten. Er hatte sich telefonisch ins Spital verbinden lassen und dort sein Kommen angekündigt.

Jetzt befand er sich am Ende eines langen Ganges vor einer weißen Tür und schaute aus dem Fenster in einen Innenhof. Der Komplex erinnerte ihn an die Anlage des Allgemeinen Krankenhauses in Wien. Er hatte es während seiner Zeit dort leider kennenlernen müssen. Wenn diese Sache in Wien nicht gewesen wäre, dachte er, würde er jetzt bei diesem Wetter wohl nicht auf einen Arzt warten müssen, der ihm etwas erzählen würde, was er bereits wusste. Er betrachtete ein paar Patienten, die in Sandalen und Morgenmäntel gekleidet unter Bäumen und zwischen den blühenden Sträuchern spazieren gingen.

»Ispettor Lamprecht?«

Die Anrede riss ihn aus seinen Gedanken. Er drehte sich um und blickte einem schlanken, groß gewachsenen Mann von ungefähr vierzig Jahren in die Augen. Trotz einzelner grauer Haar- und Bartspitzen strahlte der Arzt, der unter seinem weißen Kittel Anzug, Hemd und Krawatte trug, eine enorme Vitalität aus. Lamprecht nickte und streckte ihm die Hand entgegen. »Und Sie sind?«, fragte er mit der Bestimmtheit des Polizisten, ohne es am nötigen Respekt dem Älteren gegenüber mangeln zu lassen. Der Mann kam ihm bekannt vor.

Womöglich verkehrte er in den Kreisen seines Vaters, also war es besser, hier nicht zu sehr auf Autorität zu setzen. »Ich bin Dottor Luigi Tripcovich, aber ich muss Ihnen sagen, Sie kommen zu spät.«

Lamprecht griff sich an den Schnurrbart und musterte den Arzt mit finsterer Miene. Hatten die beiden Spaßvögel in Opicina gemeint, dass er umsonst gekommen war, meinte der jetzt, dass er *zu spät* gekommen war. Er sagte: »Jetzt bin ich ja da.«

»Aber die Leiche nicht mehr. Die wurde vorhin abgeholt.«

»Von wem?«, wollte Lamprecht wissen.

»Vom Militär. Es waren eben Soldaten da, die Order hatten, den Leichnam ins Militärspital zu überstellen. Sie haben mir ein Schreiben gezeigt, wonach die weitere Untersuchung der näheren Todesumstände in die Zuständigkeit der Armee fällt und dass die sich jetzt der Sache annimmt.«

Lamprecht ballte die Hand zu Faust. »Das ist doch unerhört!«, begann er zu fluchen, hielt dann aber sofort wieder seine Gefühle in Zaum. Er fragte: »Haben Sie die Leiche gesehen?«

Der Arzt zögerte einen Moment, dann bejahte er die Frage.

»Und?«

Der Doktor hielt ihm einen Zettel hin: »Hier ist mein Bericht, wenn er Sie interessiert.«

Neugierig nahm Lamprecht den Zettel an sich und überflog die wenigen Absätze. Dann schaute er langsam auf und fixierte den Arzt: »Haben Sie überhaupt Erfahrung in solchen Dingen? Ich meine, haben Sie schon öfter Leichen obduziert?«

Dottor Tripcovich klappte der Kiefer herunter. »Wollen Sie damit andeuten …, ich meine, wollen Sie meine Kompetenz in Zweifel ziehen? Ich habe in Wien bei von Hofmann am Institut für gerichtliche Medizin studiert, ich denke wohl, dass mir da einiger Sachverstand zukommt.«

»Dann sind Ihnen doch sicher die Leichenflecken am Rücken des Toten aufgefallen, Herr Doktor Tripcovich?«, fragte Lamprecht, dem dieses wichtige Detail bei der Beschau der Leiche sofort aufgefallen war, als er am Morgen den toten Körper gedreht hatte.

Der Arzt zögerte, ehe er darauf antwortete: »Ich weiß nicht, so genau habe ich den Körper vielleicht nicht in Augenschein genommen. Ich habe mein Hauptaugenmerk den Verletzungen am Hals gewidmet.«

»Die auch zu wenig ausgeprägt waren, als dass man davon ausgehen könnte, dass noch Leben in seinen Adern geflossen ist, als er den Strick um den Hals angelegt bekam.«

»Ich verstehe nicht ganz, Sie wollen doch nicht andeuten, dass der Mann …?«

»Genau das! Und ich will es nicht nur andeuten, ich werde es auch beweisen, ganz egal, was da steht.« Er hielt dem Arzt den Bericht unter die Nase. So knapp und so fordernd, dass er jeglichen Anstand vermissen ließ. Die Expertise des Pathologen sprach von Selbstmord und dass Fremdeinwirkung so gut wie ausgeschlossen werden könne.

Der Arzt öffnete die Tür, vor der die Diskussion bislang stattgefunden hatte, und schob Lamprecht an der Schulter hinein.

»Kommen Sie in mein Büro. Gehen Sie schon!«

Der Arzt hatte den Polizisten auf einer modernen Holzbank im Stil der Wiener Werkstätte Platz nehmen lassen, und Lamprecht betrachtete die geometrischen Muster im Stoff, der über die Sitzfläche gespannt war. Zwischen ihnen ein kleiner runder Tisch mit messingbeschlagenen Kanten und darauf zwei Gläser, in die der Mediziner Cognac einschenkte, ehe er sich selbst auf den Stuhl setzte. Er seufzte, dann stürzte er sein Glas in einem Satz hinunter. Lamprecht rührte seines nicht an und schob es stattdessen von sich weg. Tripcovich bedachte ihn mit einem gleichgültigen Blick, ehe er auch das zweite Glas an sich nahm und das Schweigen beendete: »Die Sache ist durch. Ihr Wort gegen meines. Das Wort eines verdienten Mediziners und Arztes gegen das eines jungen Hitzkopfs.«

Lamprecht riss kurz die Augen auf, erlangte aber sofort wieder die Kontrolle über seine Mimik. »Wie kommen Sie dazu …?«

»Ihr Ruf eilt Ihnen voraus«, erklärte Tripcovich lächelnd, wobei in diesem Lächeln noch ein Rest an Unsicherheit lag. Dann leerte er das zweite Glas. Die Fenster im Arztzimmer waren halb geöffnet, die Schlagläden zum Schutz gegen die Sonne jedoch geschlossen. Von draußen drang der Lärm der Straße in den Raum, in dem die beiden Männer im Halbdunkel saßen. Sie schwiegen für einen Moment, so als ob jeder vom anderen noch eine Reaktion erwartete. Lamprecht betrachtete den Arzt erneut eingehend und wurde in seinem Gefühl bestätigt, dass sie einander schon einmal begegnet waren. Er wusste aber nicht wo, da erhob sich Tripcovich und gab zu verstehen, dass er die Unterhaltung für beendet betrachtete: »Wenn sonst nichts ist. Ich muss mich jetzt wieder um meine Patienten kümmern.«

Lamprecht nickte und stand ebenfalls auf. »Wenn ich noch etwas benötige, dann …«

»Sie brauchen nichts, glauben Sie mir. Machen Sie bei dem Wetter doch lieber mit Ihrem schönen neuen Fahrrad einen Ausflug. Buona giornata!« Mit diesem gönnerhaften Rat verabschiedete sich der Arzt und Lamprecht stieß nicht mehr nach. Erst als er auf der Straße stand, war ihm klar, woher der Arzt das mit seinem neuen Fahrrad wusste und auch, woher er diesen kannte. Er war sicher, sich nicht getäuscht zu haben. Genauso sicher war er, das freie Wochenende seines Vorgesetzten tatsächlich zunichtemachen zu müssen, egal ob das nun klug war oder nicht.

4.

»Hätte das nicht bis Montag warten können?«, fragte Capo Ispettor Spetich, als Lamprecht seinen Bericht vortrug. Der Chef saß im Hemd an seinem Schreibtisch und paffte an einer Zigarre, sein Blick wanderte demonstrativ auf die Uhr an der Wand. Der ausgestoßene Rauch umspielte seinen Bart und tanzte dann um seinen Kopf wie das Wasser um die Klippen in Grignano, bevor er von einem Luftzug aus dem geöffneten Fenster gerissen wurde. Der Inspektor stand stramm vor dem Tisch des Vorgesetzten, der seiner Aufmachung nach bereits mehr im Wochenende als im Dienst war. Der Rock hing am Kleiderständer neben dem Türstock und seine dunkle Weste hatte er über die Sessellehne gehängt. Spetich hatte zudem die Krawatte gelockert und die Ärmel seines weißen Hemdes aufgekrempelt. Die Zigarre war zur Hälfte geraucht. Lamprecht kannte die tägliche Zeremonie seines Chefs: Kurz vor Dienstende machte er es sich bequem und gönnte sich den Genuss des schweren Tabaks, und sobald er den fetten Stummel im wuchtigen Aschenbecher ausgedämpft hatte, verabschiedete er sich und verließ die Amtsstube.

Lamprecht erwiderte: »Nun, ich denke, je schneller wir die Ermittlungen vorantreiben, desto eher haben wir eine Chance, die wahren Umstände dieses Todes zu klären.«

Spetich lehnte sich zurück, sein Hemd war nachlässig in die Hose gesteckt und Lamprecht entging nicht, dass sein Chef am Bauch zugelegt hatte. Spetich machte immer noch kein Hehl daraus, was er von Lamprechts Einschätzung hielt, und fragte skeptisch: »Die für Sie auf Fremdeinwirkung hindeuten?«

»Natürlich! Der Befund des Arztes ist falsch, Farnese war schon tot, als man ihn am Strick aufhängte. Überall auf dem Rücken hatten sich Totenflecken ausgebildet. Die können nur entstehen, wenn er mehrere Stunden als Leiche auf dem Boden gelegen ist.«

»Sagen Sie. Der Arzt sagt etwas anderes. Und denken Sie einmal nach, wem das Gericht wohl eher glauben würde. Und jetzt denken Sie auch einmal nach, wem ich wohl eher Glauben schenken möchte? Außerdem, die Zuständigkeiten sind hier klar geregelt.«

»Aber irgendetwas stinkt hier! Oder finden Sie es nicht auch sonderbar, dass das Militär hier offenbar jegliche Aufklärung verhindern will?«

Spetich nahm die Zigarre, drehte sie im Aschenbecher hin und her und streifte die Asche ab, bevor er wieder daran zog. Mit einem seufzenden Unterton legte er seine Sicht der Dinge dar: »Die Armee …, Sie wissen ja, wir sind die Polizei und die sind das Militär. Es ist besser, wenn man sich nicht in die Quere kommt. Wer weiß, was da dahintersteckt. Denken Sie an diesen Oberst Redl, der sich letztes Jahr in Wien erschossen hat. Wenn die versuchen, diesen Tod nicht an die große Glocke zu hängen, dann werden sie schon ihre Gründe haben und wir tun gut daran, hier nicht aus der Deckung zu kommen.«

»Meinen Sie damit, ich soll hier …?«, fragte Lamprecht ungläubig und runzelte die Stirn, ohne die Frage klar auszusprechen. Auch das hatte er gelernt, wenn er auch immer noch mit höheren Dienstgraden aneckte. Lamprecht hatte nicht ohne Grund den Ruf eines Heißsporns, der sich wenig um Hierarchie scherte und klare Befehlswege oft hinterfragte, um nicht zu sagen missachtete. In der verhältnismäßig kurzen Zeit bei der Polizeidirektion in Triest hatte er nicht nur einmal ungefragt Eigeninitiative gezeigt oder die eine oder andere Weisung von oben »überhört«.

»Gar nichts meine ich«, entgegnete Spetich ungehalten, »ich weiß, dass Sie in dieser Stadt hier einen Protektor haben, mit dem ich mich sicher nicht anlegen werde. Tun Sie, was Sie glauben tun zu müssen. Aber warum setzen Sie sich nicht auf Ihr Fahrrad? Müssen Sie nicht für irgendein Rennen trainieren?« Die Zigarre war fast zu Ende geraucht, doch Spetich schien es schwerzufallen, sich von ihr zu trennen. Womöglich war sie in diesem Moment die einzige Insigne seiner Macht. Dann erhellte sich sein Blick und er sinnierte: »Ich glaube, das liegt daran, dass Sie noch immer Junggeselle sind. Ihnen fehlt eine Frau. Passen Sie auf, dass Sie nicht als Hagestolz enden. Oder halten Sie es gar am Ende wie unser Di Paese?« Sein Blick war wieder ernst geworden. Er fixierte Lamprecht mit gerunzelter Stirn und dieser hätte jetzt gerne gewusst, was der Vorgesetzte dachte, aber nicht aussprach. Der junge Inspektor trat von einem Fuß auf den anderen und wartete, bis das Wort wieder an ihn gerichtet wurde. Nach kurzer Pause schließlich fragte Spetich: »Also, was gedenken Sie jetzt zu tun?«

»Das, was zu tun ist.« Lamprecht deutete auf das Soldbuch, das auf dem Tisch seines Vorgesetzten lag. Er nahm es an sich und erläuterte sein Vorhaben: »Ich werde zur Kaserne gehen und mich dort über Farnese umhören. Ich werde seinen Vorgesetzten befragen und auch seine Kameraden. Und wenn ich auch nur einen Grund dafür finde, warum der arme Kerl sich hätte aufhängen sollen, dann will ich es gut sein lassen.«

»Sie wissen aber schon, dass hier die Militärbehörde das letzte Wort hat?«

Lamprecht nickte stumm wie ein Ministrant, der vom Pfarrer beim heimlichen Kosten vom Messwein erwischt worden ist, dann salutierte er und verließ den Raum. Seine Entscheidung stand trotz der Mahnung seines Vorgesetzten fest, was dieser wohl auch instinktiv spürte. Aus dem Augenwinkel heraus konnte Lamprecht erkennen, wie Spetich die Zigarre malträtierte, um die Glut zu töten, und er konnte sich ausmalen, dass Spetich jetzt lieber ihn töten würde. Als er schließlich die Dienststelle verließ und einige Polizisten dabei grüßte, dachte er daran, dass die meisten seiner Kollegen tatsächlich verheiratet waren und auch schon fast alle Kinder hatten. Nur Di Paese war so wie er noch ledig, und der war schon fast vierzig, aber man sagte ihm nach, dass er es nicht so mit den Frauen habe.

Lamprecht hatte die Kaserne am gleichnamigen Platz nach wenigen Minuten erreicht. Auch für diesen Weg hatte er vom Büro aus telefoniert und sein Erscheinen angemeldet.

Die Wache am Eingang zeigte sich wenig von seiner Kokarde beeindruckt und wollte partout den Eingang ins Gebäude nicht freigeben. Erst als nach wenigen Minuten eine höhere Charge erschien, wich der dienstbeflissene Infanterist stumm und steif wie eine beim Spielzug bewegte Schachfigur zur Seite.

»Sie sind Ispettor Lamprecht, nehme ich an. Wir haben vorhin telefoniert«, hielt der Feldwebel fest, der sich dem Polizisten als Hector Szabo vorgestellt hatte. »Ich bringe Sie gleich zum diensthabenden Offizier, Leutnant Jahn.« Der junge Mann in der himmelblauen ungarischen Uniform durchmaß in zügigen Schritten den Kasernenhof, bis sie ein Tor am anderen Ende des Komplexes erreichten, das zu einem Stiegenaufgang führte. Sie mussten ins obere Stockwerk, wo am Ende des Ganges eine Tür angelehnt war, durch die man jemanden laut reden hörte.

»Nein, keine Ahnung, was er hier will. Aber uns geht das nichts an, das werde ich ihm schnell klargemacht haben.«

Szabo bedeutete Lamprecht, vor der Tür zu warten, dann nahm der Soldat Haltung an und klopfte gegen die angelehnte Tür, bevor er eintrat und auf Ungarisch Lamprechts Besuch anmeldete.

»Lassen Sie ihn eintreten«, tönte es von innen auf Deutsch und Lamprecht wurde hereingewinkt. Beim Eintreten nahm er den Hut vom Kopf. Der Offizier erhob sich hinter seinem Schreibtisch und reichte Lamprecht über die Tischplatte die Hand, der etwas enttäuscht war, dass ihn nur ein Leutnant empfing. Sie setzten sich beide und Lamprecht stellte fest: »Der Herr Oberst hat keine Zeit für mich?«

Der Leutnant lachte heiser auf, während er sich eine Zigarette anzündete und Szabo mit einer Geste aus dem Raum schickte. »Der Herr Kommandant macht wohl mit seiner Familie eine Landpartie. Sie werden mit mir vorliebnehmen müssen.« Leutnant Jahn entsprach der landläufigen Vorstellung des tugendhaften Offiziers Seiner Majestät Armee: Er trug wie Lamprecht einen Oberlippenbart, doch der des Offiziers war noch akkurater gestutzt als jener des Polizisten. Zwei dünne Striche, die wie mit Stift gezeichnet zwischen Oberlippe und Nase lagen. Die Uniformjacke saß passgenau am schlanken Oberkörper und die glatten Haare waren an den Schläfen so kurz geschnitten, dass die Kopfhaut unter dem Flaum hervorblitzte. Eine lange Duellnarbe prangte an der linken Wange. Ein unebener, fleischiger Wulst zeigte, dass sie schon lange verheilt war. Es musste sich um eine Jugendsünde gehandelt haben, dachte Lamprecht, als er in das Gesicht des einige Jahre älteren Mannes blickte, der ein Lächeln nur mit den Mundwinkeln, nicht aber mit den Augen zustande brachte.

Lamprecht holte das Soldbuch des toten Farnese hervor und reichte es über den Schreibtisch. »Ich nehme an, Sie haben schon Kunde von dem getöteten Soldaten, der heute Morgen in Opicina entdeckt wurde?«

Jahn nahm das Büchlein entgegen und klemmte sich ein Monokel ins rechte Auge, bevor er darin zu blättern begann. Doch im nächsten Moment klappte er es zu und gab es dem Polizisten zurück. Sein Lächeln blieb kalt. »Es tut mir leid, aber hier verschwenden Sie Ihre Zeit«, urteilte Jahn und Lamprecht hätte mittlerweile Kerben in seinen Gürtel schnitzen wollen, so oft wie er diesen Satz an diesem Tag schon gehört hatte. »Dieser Farnese gehörte nicht zu unserer Garnison. Er war ein Feldjäger, wir sind die Infanterie, genauer das Infanterieregiment Nr. 32, benannt nach der Gönnerin dieser Stadt, Kaiserin und Königin Maria Theresia.«

»Und was machte Farnese dann hier?«

»Ich weiß es nicht. Ehrlich. Vielleicht ist er desertiert? Das müssen Sie sein Regiment fragen. Soviel ich sehe, war er in Udine stationiert. Sie müssen …«

»… sich diesen Weg aber nicht antun. Die Garnison ist nach Pola verlegt worden.«

Jahn schoss pfeilschnell in die Höhe, als der höhere Offizier mit einem weißen spitzen Kinnbart den Raum betrat. Jahn salutierte und schlug die Hacken zusammen.

»Schon gut, Jahn«, beschwichtigte der Oberst den niedrigeren Rang mit einer gönnerhaften Geste, wie sie auch der Kaiser gern in die Menge verteilte.

»Herr Oberst«, keuchte Jahn. Wie nach einem Bergsprint, dachte Lamprecht, als sich der ältere Herr, der etwas kleiner als Lamprecht war, aber mit seiner kerzengeraden Haltung und seiner selbstsicheren Art durchaus eine raumfüllende Größe einnahm, ihm zuwandte: »Wir hatten noch nicht das Vergnügen. Von Waldenhoff. Und Sie sind …?«

Bevor Lamprecht antworten konnte, übernahm Jahn: »Das ist der Ispettore von der Triestiner Polizei.«

»Fleißig, fleißig«, sagte Freiherr von Waldenhoff süffisant. »Aber auch Sie werden doch bald Ihr Wochenende antreten, Herr Inspektor. Also lassen Sie es gut sein, das geht Sie nichts an.«

Lamprecht kannte diesen Typus Mensch. Und er wusste, hier würde er nicht einmal mit seiner forschen Art etwas erreichen können. Stattdessen gab er ein »Certo!« zur Antwort. Es entging ihm nicht, wie ein verstecktes Zucken über das Gesicht von Waldenhoffs huschte. Lamprecht erhob sich, streckte die Brust raus und führte, wie er es selbst beim Militär gelernt und auch verinnerlicht hatte, seine flache Hand zum Gruß an die Stirn. Doch ehe er den Raum verließ, fragte er noch: »Verlegt? Warum?«

»Ich nehme an, auch Ihnen als Zivilperson ist nicht entgangen, dass eine bestimmte Persönlichkeit im Moment am Balkan weilt, um die Manöver zu leiten. In solchen Fällen kann es nie schaden, eine ausreichende Zahl von Männern in der Nähe zu haben. Aber mehr kann ich Ihnen beim besten Willen nicht erzählen, sonst müsste ich uns beide wegen Geheimnisverrats vor ein Kriegsgericht bringen.« Über den Witz grinste nur der Oberst allein.

Lamprecht hatte verstanden und die Tür hinter sich zugezogen. Auf dem Gang wurde er schon von zwei Soldaten erwartet, die ihn, den Zivilisten, bis zum Ausgang begleiteten.

Als Lamprecht wieder auf der Straße stand, rückte er sich den Hut zurecht. Die Sonne brannte vom Himmel und die Menschen hatten die Läden vor den Fenstern geschlossen, um die Hitze aus ihren Häusern zu halten. Er kniff die Augen zusammen. Ein Fuhrwerk zog gemächlich an ihm vorbei und auch den Pferden war an ihrem Gang anzumerken, dass sie unter der Temperatur litten. Schon zuvor auf seinem Weg zur Kaserne hatte er vor einem Geschäft ein Thermometer entdeckt und gesehen, dass die Quecksilbersäule auf über dreißig Grad Celsius geklettert war. Eigentlich war es jetzt zu heiß, um für ein Radrennen zu trainieren, dachte er. Dennoch beneidete er Pietro, der sicher schon seine Kurven zwischen Monrupino und Prosecco gezogen hatte und sich jetzt mit einem erfrischenden Bad im Bagno Excelsior belohnte. Pirona und er verbanden ihre gemeinsamen Ausfahrten oft mit einem ausgedehnten Bad im Meer. Sie kraulten um die Wette zu einem der dort vorgelagerten Felsen, und das oft mehrere Male hin und zurück. Oder sie tauchten um die Wette. Wer es unter Wasser weiter schaffte. Pirona hatte ihn früher dabei um viele Meter übertroffen, doch seit Lamprecht nun auch an Land öfter einmal die Luft anhielt, so lange er konnte, und zusätzlich seine Tauchleistung durch Übungen unter Wasser gesteigert hatte, war es nun umgekehrt.

Jetzt, auf dem glühenden Trottoir, sehnte er sich nach dem kühlen Nass. Oder zumindest nach einer Erfrischung. Auf der gegenüberliegenden Straßenseite war das Hotel Europa und daneben ein kleines Café, das die Markisen zum Schutz vor der Sonne weit heruntergelassen hatte. Schwer zu erkennen, ob es Pause hatte. Lamprecht querte die Straße und trat durch die offene Tür ein. »Siete aperti?«, rief er in das leere Lokal.

Aus einem Lager kam ein korpulenter Mann hervor. Er trug klobige Schuhe und jeder seiner Schritte ließ die Holzdielen unter seinem Gewicht ächzen. Über seinem verschwitzten Hemd spannte eine speckige Schürze, in den Händen hielt er eine übergroße Korbflasche mit Rotwein. Der Schweiß stand ihm auf der Glatze. Er wischte sich mit dem Handrücken über sein rotes Gesicht und verteilte dabei Schmutz auf der Wange. »Besser, Sie reden hier Deutsch oder noch besser Slowenisch«, riet er ihm und deutete mit dem Kopf in Richtung des Hotels.

»Ich will nur etwas trinken«, sagte Lamprecht, dem die Zunge am Gaumen klebte.

»So viel Sie wollen. Also, was darf es sein?«, fragte der Wirt. Lamprecht deutete auf den Zapfhahn und bestellte ein Bier. Der Wirt schüttelte den Kopf: »Mich hat heute der Eismann im Stich gelassen, die Kühlung für die Fässer geht leider nicht.« Er entfernte sich vom Tresen und kam wenig später mit einer

Flasche Bier zurück, die er vor Lamprecht hinstellte. »Aus dem Keller ist es ohnehin bekömmlicher.«

Lamprecht nickte und betrachtete das Etikett, das den Schriftzug der Brauerei Dreher trug. Vor fast einem halben Jahrhundert hatte die Bierfabrik in Triest Fuß gefasst. Anton Dreher braute nun hier das vom Vater in Schwechat bei Wien erfundene haltbare Lagerbier. Gleich neben der Börse war auch der gleichnamige Palazzo, wo es eine Bierhalle der Brauerei gab. Lamprecht schenkte sich ein. Er trank das Glas in einem Zug bis über die Hälfte aus, dann goss er den Rest der Flasche ein. Das Bier hatte die richtige Temperatur. Nicht zu kalt, um in der Kehle zu schneiden, und doch kühl genug, um zu erfrischen. Er nickte dem Wirt zu, während er sich entspannt an die Theke lehnte und zur Straße hinausblickte. Beim Anblick des gegenüberliegenden Kaserneneingangs kam ihm eine Idee. Er fragte: »Sagen Sie, hier bei Ihnen werden doch auch viele Soldaten einkehren, wenn sie Ausgang haben?«

Der Wirt hatte sich das Gesicht nun mit einem der Geschirrtücher, mit denen er sonst wohl die Gläser trocknete, abgewischt und den Ruß auf seiner Wange nun auch auf das Kinn verteilt. Er zuckte mit den Schultern. »Kaum«, antwortete er. »Die, die ihren Sold haben, gehen dorthin, wo es Weiber gibt, und die, die saufen wollen, denen bin ich zu teuer. Die zieht es eher zum Hafen. Dort finden sie beides. Willige Weiber und billigen Fusel.«

»Aber ab und zu werden doch ein paar Soldaten auch zu Ihnen kommen?«, fragte Lamprecht. »Haben Sie Durst? Ich lade Sie ein«, schlug er vor und schob ein Geldstück über die Theke. Der Wirt streifte es ein und sagte dann: »Die meisten versteh ich nicht. Die reden Ungarisch. Früher waren auch Slowenen da. Aber die zieht es seit ein paar Monaten in das Hotel da.« Wieder deutete er hinaus.

Lamprecht leerte sein Glas und wischte sich dann sein Bärtchen mit einem Taschentuch ab. Mit einem »Danke« legte er nochmals ein paar Münzen hin. Auf dem Weg hinaus stieß er fast mit einem Mann in schmutziger Arbeitskleidung zusammen, der eine Decke über die Schulter geschlagen hatte, in die zwei große Eisblöcke eingewickelt waren. »Posso?«, nuschelte der unrasierte Mann, der kaum noch Zähne im Mund hatte, und Lamprecht wich zur Seite. Der ersehnte Eislieferant war da. Vor dem Eingang stand ein Karren der Kristalleisfabrik Heinrich Ritter aus Barcola.

Es war noch nicht einmal vier Uhr nachmittags, als Lamprecht in die Polizeidirektion zurückkehrte. Spetich war wie erwartet schon nach Hause gegangen und es waren nur wenige Beamte im Haus. Im Büro war gerade noch Mollieri anwesend, der an diesem Wochenende Dienst hatte. Er grüßte Lamprecht und fragte ihn, ob er den Dienstplan falsch gelesen habe. »Heute muss doch ich Dienst machen und nicht Sie?« Mollieri musste oft nachfragen. Er war nicht der Hellste und es war kein großes Geheimnis, dass er dem Alkohol zusprach. Er war meist leicht betrunken, dafür schwer von Begriff und auch behäbig in seinen Reaktionen und Handlungen.

Lamprecht erklärte, dass er zu tun und auch einen Auftrag für ihn habe. »Finden Sie heraus, wo ein gewisser Ludwig Farnese, Soldat bei den Feldjägern, wohnhaft war. Ich will auch wissen, ob er verheiratet war und ob seine Eltern noch leben«, befahl er. Mollieri lächelte entrückt und man konnte richtig sehen, wie seine Gedanken sich langsam, wie ein schwerer Mühlstein, in Gang setzten, als er den Namen notierte. »Ich fürchte nur, dass ich um diese Zeit niemanden mehr beim Wohnungsauskunftsdienst im Zentralmeldeamt erreichen werde.« Bevor Lamprecht darauf etwas erwidern konnte, sprach er weiter: »Aber das macht nichts. Ich glaube, ich kenne die Familie. Und natürlich Ludwig. Was hat er denn ausgefressen?«

»Farnese weilt nicht mehr unter uns«, antwortete Lamprecht.

»Er wurde versetzt?«

Lamprecht griff sich an den Bart und hob eine Augenbraue, doch diese gestrenge Geste war bei einem Naivling wie Mollieri vergebens. »Nein«, sagte er, »tot ist er. Wahrscheinlich ermordet.«

Jetzt hatte er es doch geschafft, den phlegmatischen Geist seines Gegenübers etwas anzustacheln. Der einfache Polizist richtete sich auf und führte seine Hand zum Mund. »Hoffentlich doch nicht wegen seiner Schulden?«

»Was für Schulden?« Jetzt wurde die mühsame Unterhaltung doch noch interessant.

»Also mit dem Ludwig hab ich früher oft Karten gespielt. Aber das ist lang her. Schon damals gab es das Gerücht, dass er auch mit den falschen Leuten immer wieder ein Spielchen wagte. Leute, die um wirkliches Geld spielen. Also um viel Geld. Und die keinen Spaß verstehen. Sie wissen ja, Spielschulden sind Ehrenschulden …«

»Wissen Sie, wer das war?«, unterbrach ihn Lamprecht.

Der Untergebene zuckte nur mit den Schultern, ehe er antwortete: »Nein, nur dass sie sich immer im Hotel Europa getroffen haben. Da soll es so einen Typen geben, aber wie gesagt, keine Ahnung, wie der heißt oder was der so macht.«

Lamprecht zwirbelte seine Bartspitze. Das war heute schon der zweite Hinweis auf dieses Hotel. Aber irgendwie ergab das im Moment noch keinen Sinn, dachte er. Also für einen Mord. Wenn jemand seine Schulden eintreiben will, verpasst er dem Unglückseligen eine Abreibung, damit der weiß, dass sich der Spaß aufhört, wenn er nicht zahlt. Und wenn so ein Geldhai dann jemanden zur Abschreckung tötet, dann täuscht er nicht einen Selbstmord vor. Natürlich wären solche Schulden ein Grund für eine Verzweiflungstat, aber das passte nicht mit den pathologischen Erkenntnissen zusammen. Er fragte Mollieri: »Sie sagten, Sie kennen auch die Eltern? Wissen Sie zufällig, wo die wohnen?«

»Nein«, kam die knappe, enttäuschende Antwort. Lamprecht nickte und trug dem Untergebenen auf, auch das im hiesigen Meldeamt nachzuforschen, als der konkreter wurde: »Ich meinte nur, *zufällig* kenne ich sie nicht, denn ich war schon dort eingeladen.« Dann nannte er die Adresse in Görz und Lamprecht fragte nach: »In Görz? Geht da jetzt noch ein Zug hin?«

»Ich weiß nicht. Da müsste man im Zugfahrplan nachschauen.«

Das waren die Momente, in denen Lamprecht am liebsten immer ein paar Ziegelsteine eingesteckt gehabt hätte, um sie solchen Idioten an den Kopf zu schleudern. »Dann schauen Sie endlich nach, Sie …«, brüllte er.

Mollieri nickte und suchte dann mit eingezogenem Kopf nach dem Fahrplan der Züge, die vom Südbahnhof weggingen. Lamprecht drehte sich weg, hielt dann aber inne: »Und wenn Sie mit Ihrer Recherche zu einem Ergebnis gekommen sind, lassen Sie es mich sofort wissen. Nicht, dass Sie mir wieder das Wort im Mund umdrehen.«

Lamprecht ließ den beschwipsten Untergebenen allein und ging in sein Büro. Dort setzte er sich an die Schreibmaschine und begann seinen Bericht zu tippen. Den ungeprüften Hinweis von Mollieri ließ er noch aus. Und gegen seine innere Stimme, die ihm dazu riet, die Ratschläge der anderen zu befolgen und danach zu handeln, schrieb er, nun mit voller Überzeugung, vom »Mordfall Farnese – Verdacht auf Tötung durch Fremdeinwirkung«.

Wenig später hatte Lamprecht den Zettel mit der Adresse der

Eltern und er musste sich beeilen, wenn jemand den nächsten Zug nach Görz in zwanzig Minuten erreichen sollte. Er selbst würde heute nicht dorthin fahren, denn er hatte noch einen anderen Weg zu erledigen. Er ging in den Nebenraum, wo es einen Telefonanschluss gab, und ließ sich zu einer kleinen Bar verbinden, die am Campo San Giacomo lag. Es war eines der wenigen Lokale, die schon über ein Telefon verfügten. Auch Strom hatte das Gebäude bereits. Wie viel einfacher doch das Leben mit dem Einzug der Elektrizität geworden war, auch wenn viele Häuser noch mit Gaslicht ausgestattet waren. Am anderen Ende der Leitung meldete sich eine männliche Stimme. »Kann ich bitte mit Ispettor Pirona sprechen?«, verlangte Lamprecht nach seinem Freund.

»Gaetano?«

»Ja?«, antwortete Lamprecht mit verwundertem Unterton über die vertrauliche Anrede. Jetzt kam ihm aber die Stimme ebenfalls bekannt vor.

»Silvio hier. Wir kennen uns von früher.«

»Sag nichts, ich hab's gleich … Grignano, der Ruderklub!«, riet Lamprecht, der früher gerudert war. »Ich wusste gar nicht, dass die Bar dir gehört.«

»Tut sie auch nicht. Sie gehört meinem Cousin, der heute mit seiner Mutter Geburtstag feiert. Die sind im Ristorante Riviera und ich kümmere mich um den Laden. Wen wolltest du sprechen? Da ist kein Polizist bei mir.«

Gaetanos Freund und Kollege erfrischte sich manchmal auf dem Rückweg von seinen Touren in der Bar bei einem Bier oder einem mit Sodawasser gespritzten Wein. Seine Wohnung lag genau im Stock darüber und er hatte noch kein Telefon. Daher rief Gaetano in der Bar an, wenn er ihn erreichen wollte, und ließ mit einem Boten nach dem Kollegen schicken. So auch jetzt.

»Ich hab auf dich gewartet«, meldete sich Pirona nach einer kurzen Wartezeit. »Aber du warst ja nicht da. Und weil es so heiß und ich müde von der Woche war, bin ich nur ins Pedocin, ein paar Runden schwimmen.«

»Es ist eilig«, unterbrach Lamprecht den Kollegen. »Du musst in zwanzig Minuten beim Bahnhof sein.« Dann berichtete er, was er bislang herausgefunden hatte.

»Und warum fährst du nicht zu den Eltern? Ich nehme an, die wissen noch gar nicht, dass ihr Kind tot ist. Dir fehlt es manchmal wirklich an Empathie.«

»Und genau deswegen sollst du ihnen ja die Nachricht überbringen. Außerdem …«

»Außerdem?«

»Muss ich jetzt noch dringend zur Post. Die macht mir sonst zu. Angeblich ist ein Brief für mich gekommen. Du weißt, wie wichtig der für mich ist.«

»Du glaubst wirklich, Cougnet könnte dir geantwortet haben?«

»Warum nicht? Also bis gleich, beeil dich. Näheres dann am Bahnhof.«

Was Lamprecht nicht freute, erledigte er sofort, rasch und ohne Hingabe. Kein Wunder, wenn das Ergebnis dann nicht dem Anspruch genügte. Der Oberinspektor würde, sobald er mit Lamprechts Bericht vor vollendete Tatsachen bezüglich weiterer Ermittlungsschritte gestellt würde, diese wohl abnicken. So zumindest sein Plan. Er hämmerte wie ein Besessener auf die Tasten der schwarzen Adler-Schreibmaschine, bis er den Bogen Papier, voll mit Buchstaben wie ein Schiffsdeck der dritten Klasse mit Passagieren, aus der Maschine zog. Er war mit seinem Bericht alles andere als zufrieden. Nach seinem Geschmack traten die Widersprüche in dem Fall zu wenig hervor.

Was daran lag, dass sie bislang nicht aufgrund gesicherter Beweise existierten, sondern nur in seiner eigenen, persönlichen Wahrnehmung. Sein Instinkt sagte ihm, dass es sich nicht so zugetragen hatte, wie es den Anschein hatte. Wie sich anhand der Aussagen des Arztes, der näheren Umstände des Fundorts und der anderen Indizien bislang belegen ließ. Wenn er den Bericht so an Spetich weitergab, würde der ihm endgültig weitere Erhebungen in der Sache untersagen. Er versuchte manche der Formulierungen umzuschreiben, strich so lange Wort um Wort durch, bis er letztlich ein heilloses Durcheinander übereinanderliegender zum Teil geschwärzter Zeilen hatte, die kein Mensch mehr lesen konnte. Wütend riss er den Bogen Papier aus der Maschine und zerriss ihn. Dann erst sah er die Uhr. Es blieben ihm gerade einmal sieben Minuten. Er beschloss, den Bericht erst fertigzustellen, wenn Pietro mit den Eltern gesprochen hatte. Vielleicht würden die einen wichtigen Hinweis liefern können. Er packte Farneses Soldbuch ein und lief los.

Als er eilig über die Riva Carciotti zur Via della Stazione ging, wanderte sein Blick unwillkürlich über das Hafenbecken. Ein milchiges Blassblau spannte sich über den Himmel. Schmale Wolkenbahnen, durchsichtig wie Gespenster, zogen leicht geschwungene Bahnen darüber. Das dunkle Blau des Meeres, undurchdringlich wie die Tinte eines Tintenfischs, dominierte den Eindruck. Lamprecht drehte sich nach links zum Molo San Carlo und sah die Menschen, die allein, paarweise oder in kleinen Gruppen über den Steinsteg flanierten, der gut zweihundert Meter in das Hafenbecken ragte. Ein Luftzug trug ihm einzelne Wortfetzen zu oder ein kurzes, fröhliches Kichern. Viele Männer jeglichen Alters stützten sich auf ihre Spazierstöcke. Sie trugen helle Hosen, einige auch bunte Jacketts, gestreift oder gemustert, und runde Hüte mit schmalen Krempen, wie man sie von den Gondolieri in Venedig kannte.

Die Hüte der Damen hatten dagegen breite Krempen und meist auch noch Bänder, die nun im lauen Wind flatterten. Mit den bauschigen Kleidern sahen deren Trägerinnen auf die Entfernung wie Kegel aus, die man auf den steinernen Steg platziert hatte. Die Sonne stand hoch am Himmel, doch es war nicht mehr so heiß wie zu Mittag. Die Damen hatten ihre weißen Sonnenschirme aufgespannt, und alle tanzten dieses Ballett über die Mole, an deren Ende eine der ersten elektrischen Laternen stand, die den abendlichen Spaziergängern später den Weg weisen würde.

Das Becken war voll mit Segelschonern, einzelne Dampfer spuckten ihre schwarzen Wolken in den blassen Himmel, als sie zu ihren Landeplätzen einliefen. Er ging jetzt noch flotter. Die Luft schmeckte salzig und noch immer nach dem Fisch, der untertags hier verkauft wurde. Dahinter sah er die weitläufigen Anlagen mit den Maggazzini, in denen ein Teil der Handelsware, eine der Grundlagen des Wohlstands der Stadt, auf die weitere Verladung wartete. Dann sah er die Uhr auf dem Bahnhofsgebäude und rannte los.

Er erreichte den Bahnsteig keine Minute zu früh, denn der Zug hatte sich schon in Gang gesetzt, als er Pirona endlich ausmachte. Der Kollege steckte seinen Kopf aus einem geöffneten Fenster und winkte Lamprecht zu, der neben dem losfahrenden Zug herrennend zu ihm aufschließen und ihm das Heft durch das Fenster reichen konnte. »Schau, dass du um acht wieder da bist, wir müssen noch reden. Wir treffen uns an der Piazza Grande!«, rief er dem Kollegen nach.

Er war froh, Pirona geschickt zu haben. So blieb ihm die Auseinandersetzung mit Farneses Eltern erspart. Er scheute nicht die Konfrontation mit Verbrechern und Missetätern, aber bei den Hinterbliebenen der Opfer fühlte er sich hilflos deren Trauer und Schmerz ausgeliefert. So gesehen war der dringende Weg auf die Post eine willkommene Ausrede gewesen.

5.

Vom Bahnhof zur Post waren es nur wenige Hundert Meter zu Fuß. Die Hauptpost lag in der Neustadt oder dem Borgo Teresiano, was sich mittlerweile als Bezeichnung eingebürgert hatte. Der Name erinnerte an die österreichische Kaiserin, die viel für die Stadt getan hatte, und die Weiterentwicklung dieses neuen Stadtteils, der auf dem ehemaligen Gebiet ausgedehnter Salinenanlagen geplant und errichtet worden war, vorangetrieben hatte. Straßen im Schachbrettmuster kennzeichneten es. Der imposante Bau der Post- und Telegraphenverwaltung lag an einem Platz, der mit Beeten, Hecken, Bassins und einem Brunnen in der Mitte gestaltet worden war. Lamprecht betrat das Gebäude durch den Haupteingang und erreichte die Postschalterhalle. Ein Giebeldach aus Glas sorgte für angenehme Lichtverhältnisse in der Aula, die von einer großen Treppe und Säulengängen bestimmt war. Er wandte sich zum Schalter, wo normalerweise die rekommandierten Schreiben hinterlegt waren. Schon vor einiger Zeit hatte er seinem Postboten erfolgreich eingetrichtert, dass er zwei Arten von Briefen unter allen Umständen nur persönlich ausgehändigt bekommen wollte, unabhängig davon, ob sie persönlich zuzustellen waren. Niemand aus seiner Familie durfte die für ihn übernehmen, zu groß war die Gefahr, dass der Vater davon Wind bekommen und sie womöglich selbst lesen, oder noch schlimmer, ihm vorenthalten würde.

Er zückte seine Kokarde und erklärte dem Beamten, dass ein Poststück für Gaetano Lamprecht hinterlegt sei. Der Beamte lugte unwirsch auf die Uhr an der Wand, bequemte sich dann aber doch aufzustehen und wanderte langsam zu den Fächern hinter seinem Sitzplatz. Er murmelte Lamprechts Namen vor sich hin, als hätte er Sorge, ihn andernfalls in derselben Sekunde wieder zu vergessen. Dann kam er mit zwei Umschlägen zurück und vermeldete lakonisch: »Zwei Briefe«, dabei drehte er den ersten in seiner Hand um und wollte den Absender vorlesen, als ihn Lamprecht unterbrach: »Ist schon gut. Geben Sie einfach her. Dienstschluss!«

Der Mann schob den Kopf unter dem Schalter durch und sagte: »Richtig« und händigte ihm die Briefe aus. Lamprecht spürte, wie sein Herz zu klopfen begann, als er die Absender betrachtete, doch er widerstand dem Impuls, sie hier an Ort und Stelle zu öffnen und zu lesen. Er strömte wie die wenigen verbliebenen Kunden dem Ausgang zu, wo ein Postangestellter bereits darauf wartete, die Tür hinter den letzten Kunden zu versperren.

Auf der Straße konnte er sich aber nicht einmal mehr die wenigen Meter zum nächsten Café gedulden. Er ließ sich auf den Stufen des Brunnens nieder und betrachtete die beiden Briefe in seinen Händen wie einen Schatz. Von hinten fegte der Wind über die Wasserspeier und spritzte einzelne Tröpfchen gegen seinen Rücken, doch das störte ihn nicht, im Gegenteil: Die Abkühlung tat ihm gut, als sein Blut beim ersten Absender in Wallung geriet. Er öffnete den Umschlag und nahm den kurzen Brief heraus. Sofort erkannte er die zarte Handschrift von Marie-Sophie, die diese Zeilen am letzten Donnerstag an ihn gerichtet hatte. Er überflog die zwei kurzen Absätze und wusste danach nicht, worüber er mehr enttäuscht war: über Inhalt oder Kürze der Nachricht. Er faltete den Bogen und steckte ihn wieder ins Kuvert. So setzte er seine Hoffnung auf den anderen Brief, der von der *Gazzetta dello Sport* aus Mailand an ihn adressiert war. Auch hier verschlang er die geschriebenen Worte gierig mit den Augen, doch auch hier rief das Schreiben gemischte Gefühle bei ihm hervor, wenn auch der Inhalt nicht so endgültig war wie der von Marie-Sophies Brief.

Er erhob sich und richtete seinen Rock und den Sitz seiner Hose. Etwas benommen und auch orientierungslos erwog er zunächst, wie er die gut zwei Stunden, die er bis zum Treffen mit dem Freund und Kollegen hatte, überbrücken sollte. Er steckte die Briefe ein, ging die Postgasse bis zum Canal Grande vor und bog dort rechts in Richtung Meer ab. Warum nicht auch noch einen Spaziergang über die Molen machen, dachte er sich. Ein wenig die vom Wasser kommende Brise sein Hirn auslüften lassen, bevor die Gedanken zu schwer wurden? So gesellte er sich zu den Spaziergängern, die den nahenden lauen Abend an den Rive genossen. Und wenn er dann eine Stunde vor dem Freund im Café eintraf, würde er sich ein Glas Wein gönnen. Oder sogar zwei. Es waren ja auch zwei Briefe gekommen.

***

Es war zehn Minuten nach acht, als Pietro im Caffè degli Specchi einlangte. Gaetano wartete an einem der kleinen runden Tische vor dem Lokal und hatte sein zweites Glas Tokaier vor sich stehen. Er saß gedankenverloren da und starrte in Richtung Rathaus und des davor errichteten Brunnens der vier Kontinente. Der Platz war erfüllt von der Musik, die aus den verschiedenen Kaffeehäusern drang. Es gab ein großes Café im Rathaus, das den Namen des Gebäudes trug, und dann noch jenes im Gebäude des Lloyd, das Orientale. Doch wenn die beiden Kollegen sich an der Piazza Grande verabredeten, meinten sie immer das traditionelle, im Stil eines Wiener Kaffeehauses geführte Lokal, das für viele Triestiner so etwas wie ihr zusätzlicher Salon geworden war.

»Buonasera!«, grüßte ihn Pirona und ließ sich auf einen Sessel fallen. Er winkte dem Kellner und bestellte eine Flasche Seltz und ein Glas Ribolla Gialla. Kaum hatte der junge Bursche im weißen Jackett das Sodawasser und den Wein vor Pirona abgestellt, orderte Gaetano, der spürte, dass ihm der Wein bereits zu Kopf stieg, eine Portion warmen Kochschinken mit Kartoffeln, Pietro bestellte noch kalten Aufschnitt und Brot. Dann erhoben die Männer ihre Gläser und jeder trank einen Schluck.

»Und? Berichte endlich. Hast du die Eltern getroffen?«, fragte Lamprecht.

Pietro nickte im Trinken, dann antwortete er: »Ja, die Armen wussten tatsächlich noch nicht, dass sich ihr Ältester umgebracht hat. Es war schrecklich. Mit der Mutter konnte ich anfangs kein Wort reden, erst nach und nach, als der Vater mir etwas über seinen Sohn erzählte, mischte sie sich ein, um ihm zu widersprechen.«

Lamprecht fühlte sich in seiner Entscheidung, den Kollegen zu schicken, bestätigt: »Und was hat der Vater so über seinen Sohn erzählt?«

»Na ja, dass er schon immer wieder Schwierigkeiten bereitet habe. In der Schule habe er nicht aufgepasst, die Lehre habe er vermasselt, besser soll es erst geworden sein, als er zur Armee gegangen ist. Aber dann habe das mit dem Spielen begonnen.«

Lamprecht hörte aufmerksam zu und strich sich abwechselnd über Kinn und Bartspitzen. »Und wussten sie etwas über die angeblichen Schulden?«

Pirona drückte den Rücken gegen die Lehne und stöhnte: »Diese Zugabteile sind so unbequem, danach kannst du dich kaum rühren. Und jetzt kommt der spannende Teil: Schulden gab es. Aber das war vor der Erbschaft, die Farnese gemacht hat.«

»Eine Erbschaft?«

»Ja, Farneses Tante, also genauer die Schwester seiner Mutter, verstarb kinderlos und hat Farnese kürzlich eine schöne Stange Geld vermacht. Sie lebte in Innsbruck, wo auch seine Mutter geboren ist.«

Lamprecht nickte. »Verstehe, daher auch der Vorname, Ludwig. Der Vater ist aber kein Deutscher?«

Pirona schüttelte den Kopf. »Nein, Italiener aus Gradisca d'Isonzo.«

Lamprecht fühlte sich ein wenig an seine eigene Geschichte erinnert. Auch bei ihm waren die Eltern ein Gespann aus deutschem und aus italienischem Blut. Bei ihm war es der Vater, der ihm den deutschen Familiennamen beschert hatte, weswegen die Mutter auf dem italienischen Vornamen bestanden hatte. »Und das Geld hat für die Schulden gereicht?«

»Locker. Der Vater meinte, da müsse noch etwas übrig sein. Aber bei den Eltern hat Farnese es nicht deponiert und offenbar auch nicht versteckt. Der Vater, der aussieht, als würde er ganz gern seine Zeit im Wirtshaus verbringen, hat mir gegenüber zugegeben, dass er es gesucht hat. Angeblich wollte er sich nur eine kleine Summe davon borgen.«

»Obwohl er behauptet hat, dass er nichts vom Tod seines Kindes gehört hatte?«

»Hier hat ihn die Mutter zu Rede gestellt und er hat kleinlaut zugegeben, dass er sofort, kaum dass Farnese wieder zu seiner Einheit aufgebrochen war, wenn auch vergeblich in seinem Zimmer danach gesucht habe.«

»Und? Was hast du für einen Eindruck von den beiden?«

»Es sind arme, aber in Anbetracht ihrer Lebensumstände mehr oder weniger ehrliche Leute. Die Mutter scheint der

Verlust mehr zu treffen. Und dem Vater kannst du nicht vorwerfen, dass er sich von seinem Sohn Geld borgen wollte, wie er es nannte.«

Lamprecht musste das alles einmal sickern lassen. Auch wenn unkontrolliert viele Gedanken sich in seiner Fantasie selbständig auf die Reise gemacht hatten, so ergab sich noch kein schlüssiges Bild für ihn. Er steckte in einer Sackgasse fest.

Der Kellner brachte die bestellten Speisen und rückte die Gläser zurecht, um Platz für die Teller zu schaffen. Dann wünschte er buon appetito und entfernte sich wieder. Lamprecht führte einen Bissen zum Mund, hielt aber im Kauen inne und sinnierte: »Wenn also Farnese seine Schulden bezahlt hat, scheidet das als Motiv für einen Mord aus. Wenn aber noch eine namhafte Summe Geldes übrig war und er es in der Truppe erzählt und einer seiner Kameraden es ihm geneidet hat, dann …«

»… haben wir ein überzeugendes Motiv«, übernahm Pirona den Gedanken. Lamprecht deutete mit dem ausgestreckten Zeigefinger auf den Kollegen und bestätigte mit halb vollem Mund: »Genau!«

Pirona rückte näher an Lamprecht und hob das Kinn in seine Richtung: »Und bei dir? Was hast du zu berichten? Irgendwelche Neuigkeiten?« Er grinste verschwörerisch, doch Lamprechts ernste Miene wollte sich nicht erhellen. Er griff in seine Tasche und reichte Pirona den Brief aus Wien. Der wischte sich Mund und Hände mit der Serviette ab und holte den Papierbogen aus dem Kuvert. Er las die kurze Nachricht und nickte Lamprecht zu.

»Sie heiratet also«, resümierte Pirona, faltete den Brief wieder zusammen und gab ihn samt Kuvert zurück. »Sei doch froh, wenn Marie-Sophie doch noch einen Mann gefunden hat, nach all dem …« Pirona stockte. Er war der einzige Kollege und damit einer der wenigen Menschen in Triest, die Lamprecht eingeweiht hatte. Marie-Sophie war Teil eines Geheimnisses, aber da war noch sehr viel mehr, von dem der Freund nichts wusste. Doch Lamprecht spürte insgeheim, dass Pirona recht hatte, als er sagte: »Ich weiß natürlich, dass es dich nicht freut, aber schau, es ist für euch alle das Beste, dass das jetzt klargestellt ist.«

Lamprecht nickte zustimmend, auch wenn sein innerer Widerspruch ihn die Hände zu Fäusten ballen ließ. Das Beste ist eben nicht immer gut, dachte er. »Vielleicht hat Spetich recht«, griff er nun einen anderen Gedanken auf.

»Womit?«

»Dass ich heiraten sollte. Er hat heute wieder damit angefangen.«

»Du wirst mir doch nicht erklären wollen, dass du dir Hoffnung darauf gemacht hast, dass das noch einmal wird zwischen euch. Natürlich hat er recht. Such dir hier ein nettes Mädchen und gründe eine Familie und lass endlich die Vergangenheit ruhen.«

Lamprecht starrte ins Leere. Ohne den Blick auf Pirona zu richten, fing er mit leiser Stimme zu sprechen an: »Kennst du das Gefühl, dass du genau das hattest, was du suchtest, wonach du immer schon gesucht hast, und dann wird dir das plötzlich genommen?«

Pirona räusperte sich. Er suchte nach einer Antwort, und um Zeit zu gewinnen, trank er einen Schluck. Die Stimmung war aufgeladen wie vor einem Sommergewitter, wenn der Wind über Dächer und durch Äste fährt und die Dinge mit einem Knistern zum Leben bringt. Pirona war froh, als der Kellner auftauchte und nach dem Rechten sah. Mit einem Mal waren die dunklen Wolken weg.

»Hast du vorhin nicht von zwei Briefen gesprochen?«, fragte er und jetzt wanderten Lamprechts Mundwinkel doch ein wenig nach oben, als er das andere Schreiben über den Tisch reichte. Anerkennend pfiff Pirona durch die Schneidezähne, als er den Absender sah: »Hat er dir wirklich geantwortet? Ist der Brief wirklich von Cougnet?«

Nicht ohne Stolz nickte Lamprecht. Armando Cougnet war nicht nur Mitherausgeber der *Gazzetta dello Sport*, wichtiger war für Lamprecht, dass er auch einer der Organisatoren des Giro d'Italia war. Doch er bremste Pironas Euphorie: »Ja, aber erwarte dir nicht zu viel.«

Pirona las den Brief, der, anders als jener aus Wien, fast zwei Seiten lang und mit Maschine geschrieben war. Dann gab er den Brief zurück und meinte: »Ich weiß, das ist nicht das, was du dir erwartet hast, aber das bedeutet nicht, dass er dich nächstes Jahr nicht starten lassen will. Immerhin ein erster Schritt.«

»Hast du den Brief auch wirklich gelesen? Ich soll mich nächsten Samstag für den Giro di Lombardia im Herbst qualifizieren.«

»Was hast du gedacht? Dass er dich gleich in der ersten Reihe mit Calzolari und Albini starten lässt?«

Lamprecht machte eine wegwerfende Geste. Natürlich war ihm klar, dass er noch nicht das Niveau von diesen Spitzenathleten hatte, die dieses Jahr auf dem Siegerpodest gestanden waren. Aber mit dem richtigen Training und eiserner Disziplin konnte man ganz nach vorne kommen. Dazu musste man nicht einmal für ein Team starten. Da gab es genug Beispiele. Lamprecht zuckte mit den Achseln und Pirona sprach weiter: »Ein Kind kann auch nicht sofort laufen. Zuerst muss es gehen lernen.«

»Ich kann aber schon fahren«, widersprach Lamprecht beinah etwas trotzig, bevor er einlenkte. »Cougnet hat natürlich recht. Mir fehlt die Rennerfahrung und die kann man nur bei Rennen sammeln.«

Pirona breitete seine Arme aus. *Genau das habe ich gemeint.* Die Geste und sein Blick reichten. Er musste den Satz nicht aussprechen. Lamprecht sagte: »Gleich Montag werde ich ihm in die Redaktion telegrafieren, dass ich seine Einladung gern annehme. Ich werde um Urlaub ansuchen und dann am Freitag mit dem Zug nach Mailand fahren. Und habe ich mich erst einmal für den Piccolo Giro di Lombardia qualifiziert, dann, das schwöre ich dir, wird ein Gaetano auf dem Siegerpodest stehen.« Lamprecht hatte sich richtig in Euphorie geredet. Seine Augen leuchteten fiebrig vor Ehrgeiz.

Pirona lachte: »Das könnte tatsächlich passieren. Ich habe gehört, Gaetano Belloni wird auch antreten.«

»Wollen die Herren noch etwas trinken?«, fragte der Kellner, der mit seinen weißen Handschuhen nach dem Geschirr griff, es geschickt auf seinem linken Unterarm stapelte und den Blick auf die leeren Gläser richtete. Die Polizisten nickten und bestellten sich jeder noch einen bitteren Digestif.

Ein einlaufender Dampfer verschaffte sich mit langem Tuten aus seinem Horn Platz im Hafenbecken. Lamprecht und Pirona blickten in die Richtung, aus der die Signaltöne kamen, doch die Sicht wurde ihnen von den Bäumen und Sträuchern des Giardino zwischen Lloyd-Gebäude und Statthalterei versperrt. Pirona drehte sich wieder zu Lamprecht und fragte: »Weißt du, welches Schiff um diese Zeit einläuft?«

Lamprecht schüttelte den Kopf. »Vielleicht ist drinnen ein Anschlag mit den täglichen Abfahrten und Ankünften.«

»Ich glaube, so wie der auf sich aufmerksam macht, handelt es sich um kein Linienschiff. Eher um ein Kriegsschiff. Wer kann das heutzutage schon wissen«, mutmaßte Pirona. Es war tatsächlich einiges anders, seit der Thronfolger vor wenigen

Tagen von Triest aus zu den Manövern auf dem Balkan aufgebrochen war.

»Man kann leider nichts erkennen, weil der blöde Park da im Weg ist. Es wäre ohnehin viel schöner, wenn man von hier aus freien Blick auf das Meer hätte«, ärgerte sich Lamprecht.

»Wie recht Sie haben, mein Herr, wie recht Sie haben«, mischte sich der Kellner in das Gespräch ein, als er die Bestellung servierte. »Nicht wenige denken so. Dieser stinkende Park, der ohnehin nur mehr für die Notdurft einiger nächtlicher Trunkenbolde herhalten muss, sollte schleunigst verschwinden. Aber wer weiß, was kommen muss, damit das endlich passiert.«

»Wenn wir Interesse an Ihrer Meinung haben, lassen wir Sie es das nächste Mal wissen«, sagte Lamprecht, um den Mann in der weiteren Darlegung seiner Gedanken zu stoppen. »Aber wenn Sie etwas Sinnvolles tun wollen, dann bringen Sie uns die Rechnung.«

»Natürlich, mein Herr«, antwortete der Kellner devot mit angedeutetem Diener und entfernte sich.

»Tano!«, klang es plötzlich über den Platz. Eine junge Frauenstimme hatte nach Lamprecht gerufen. Gefolgt von einem kurzen Kichern. Es waren zwei Fräulein, die sich dem Tisch der beiden Polizisten näherten. Und während Pirona schadenfroh grinste, versuchte Lamprecht sich auf seinem Sessel immer kleiner zu machen, indem er auf der Sitzfläche langsam vorrutschte.

»Adina!«, rief Gaetano mit gespielter Überraschung und erhob sich. Seine Schwester ging Arm in Arm mit Rosaria, die sich gackernd wie ein Huhn, das Gesicht von ihrer Heiterkeit errötet, bei der etwas älteren Freundin untergehakt hatte und mit gesenktem Kopf dennoch verstohlen Gaetano von unten ansah. Lamprecht entging der Kavalier nicht, der die beiden Mädchen zuvor über den Platz begleitet, jetzt aber in sicherer

Entfernung das Weite gesucht hatte. Er konnte sein Gesicht nicht erkennen, dafür aber seine Uniform. Ein Feldjäger?, fragte er sich. Er wandte sich an seine Schwester: »Solltest du nicht schon zu Hause sein?«

»So ist es, und deswegen werde ich jetzt meinen großen Bruder bitten, mich nach Hause zu begleiten. Und meine Freundin auch.«

Der Kellner brachte die Rechnung auf einem kleinen Silbertablett und Lamprecht legte einen Schein darauf. Als er Pietros leicht verzogenen Mund sah, der ein Grinsen unterdrückte, sagte er: »Stimmt so. Du bist natürlich eingeladen, lieber Freund. Aber als Gegenleistung wirst du mir und den Damen auf unserem Heimweg Gesellschaft leisten.«

Pietros Grinsen erstarrte, sein Blick war wie von der Medusa versteinert, als er diese Aufforderung mit einem »Certo!« bestätigte.

Was blieb ihm anderes übrig?

***

»Mussten wir uns genau hier treffen?«

Sie saßen an einem der Tische mitten im Lokal, die von der Tür aus einsichtig, sohin alles andere als versteckt waren. Eine Vielzahl von Kellnern bemühte sich darum, den Gästen ihre Wünsche prompt zu erfüllen. Der Geräuschpegel schwoll mit jedem weiteren Gespräch an. Kein sanftes Murmeln wie von einem Bach, hier in dem hohen Raum, vielmehr ein tosender Wasserfall an Worten und Lauten. Über dem Ganzen noch die Töne, die der Pianist in den Raum hämmerte. Wer Verdi mochte, würde sich auch an diesem lieblos abgespulten Potpourri erfreuen.

»Warum denn nicht? Hier fallen wir keinem auf. In einer der Spelunken außerhalb wäre es doch eher verdächtig, wenn man uns sähe. Zwischen all den armseligen Existenzen, die ihre Erbärmlichkeit schon zu Mittag im Wein oder Schnaps ertränken.«

Der Kellner näherte sich ihrem Tisch und servierte mit der gebotenen Distanz den hohen Herren gegenüber mit gebeugtem Rücken die bestellten Getränke. Als er sich kurz versichert hatte, dass seine Gäste zufrieden ihre Gläser zurechtrückten, entfernte er sich wieder.

»Wir trinken aber auch Wein.«

»Ja, aber keinen billigen Fusel.«

Immer wieder wurde einem der beiden von der Seite her zugenickt.

»Ich fühle mich nicht wohl dabei.«

»Jetzt hören Sie doch auf, wie ein Weib zu jammern. Wir haben Großes vor und da ist es klar, dass wir alle einen hohen Einsatz spielen müssen. Und während wir es nur für unser Vaterland tun, dürfen Sie sich auch noch den finanziellen Vorteil einstreifen.«

Im Tergesteo ging es zu wie in einem Bienenkorb. Die Gäste, fast ausschließlich Männer, schwärmten umher, als gälte es, die Königin zu umgarnen. Viele kamen von der Börse. Entweder sie wollten sich nach einem guten Geschäft ein Glas gönnen oder sie brauchten eines, um den Mut für kommende Transaktionen zu finden.

»Also, wann ist es so weit?«

»Bald, sehr bald. Unsere Spitzel haben sehr konkrete Informationen, dass die Nationalisten etwas planen. Oder die Anarchisten. Soll uns beides recht sein. Der Thronfolger wird jedenfalls auf dem Balkan sein, und dann dürfte es losgehen. Wir müssen jetzt schon auf alle Eventualitäten vorbereitet sein.«

»Sie meinen, der Erzherzog …« Der Ankömmling wagte es nicht, den Gedanken auszusprechen, doch es schien klar, was der andere, der offenbar das Kommando hatte, meinte. Und dieser andere schlug nun die Augenlider zur Bestätigung nieder.

»Aber es ist der Erzherzog, unser Thronfolger!«

»Ihrer wohl nicht wirklich, und ja, ich weiß, um wen es sich handelt. Hoffen wir, dass er wirklich vor dem Alten stirbt.«

»Was ist genau zu tun?«

»Wir müssen jetzt alles planen, und dann muss es sehr zeitnah zum Besuch Seiner Hoheit stattfinden, es muss vor allem schnell gehen und wir dürfen keine Spuren hinterlassen.«

»Und wenn eine Warnung doch nach Wien durchdringt?«

»Lassen Sie das meine Sorge sein. Außerdem setzen wir hier, so viel kann ich Ihnen verraten, nicht nur auf eine Karte. Spielen Sie?«

Der andere schüttelte den Kopf.

»Warum? Fehlt es Ihnen an Wagemut? Na, wenn wir uns nur nicht in Ihnen getäuscht haben.« Er machte eine Pause, die der andere nutzte, um schnell einen Schluck aus seinem Glas zu nehmen. Dann sprach er weiter: »Ich schicke Ihnen demnächst einen Boten, wir beide werden uns nicht mehr sehen.«

Er legte ein paar Münzen auf den Tisch und ließ den anderen sitzen.

Zwei feine Herren im Ausgehrock, die miteinander in einem Café einige Worte gewechselt haben. Etwas, das gleichzeitig auch an den anderen Tischen stattfand, etwas, das überall in Triest stattfand. Ganz alltäglich, absolut nicht ungewöhnlich. Nur wer etwas zu verbergen hat, meidet die Öffentlichkeit.

SONNTAG, 28. JUNI

6.

Die Familie war gleich in der Früh zur Kathedrale von San Giusto aufgebrochen. Die Legende des Schutzpatrons, dem die Kirche geweiht war, besagte, dass der Märtyrer, der während der Römerherrschaft um dreihundert nach Christus wegen seines Glaubens gestorben war, vor Triest mit Gewichten an Armen und Beinen ins Meer geworfen worden war. In der Nacht darauf war er einem Priester erschienen, den er um eine würdige Bestattung seiner sterblichen Hülle bat, und tatsächlich war am nächsten Tag sein unversehrter Körper, frei von Fesseln und Gewichten, am Strand gefunden worden.

Der Vater trug den guten Anzug, den er sich von Knize am Graben in Wien hatte machen lassen. Ein dunkler Stoff, der das Licht mit einem sanften bläulichen Schimmer reflektierte, so dicht gewebt war der Faden. Gaetano hatte ein gestärktes weißes Hemd angezogen und die Krawatte um den aufgestellten Kragen gebunden. Er trug seinen schwarzen Anzug und polierte Lederschuhe, die ihm Luise am Vorabend, als sie von ihrem Ausgang zurückgekehrt war, zum Glück noch geputzt hatte. Die Mutter trug ihr graues hochgeschlossenes Kleid und hatte das Gesicht mit einem Schleier verdeckt. Einzig Adina hatte ein getupftes helles Sommerkleid angezogen und sich auch von der gehobenen Augenbraue des Vaters nicht verunsichern lassen.

Nach der Messe begab sich die Familie geschlossen zum Mittagsmahl in die Trattoria Suban in San Giovanni, was einen langen Spaziergang bedeutete, denn nach dem Essen bestand der Vater darauf, dass man zumindest den Rückweg zu Fuß antrat. Seiner Ansicht nach war das der Verdauung nach einem üppigen Mahl zuträglich. Sie hatten ausgiebig getafelt, eine Brodetto, die typisch istrische Suppe mit Mollusken und kleinen Fischen darin und danach Baccalà al pomodoro, den Stockfisch aus dem Ofen mit Kapern und Petersilie. Franz Lamprecht war ausgeschert, da er Fisch nicht sonderlich schätzte, stattdessen hatte er die Jota, die Suppe aus Kraut, Bohnen und Bauchspeck bestellt und danach das Gulasch mit Gnocchi de pan und dazu ein großes Reininghaus Bier. Das kam der geliebten Küche seiner Heimat am nächsten. Auf den Nachtisch verzichteten sie, da der alte Lamprecht dem Strudel di mele, einem lokalen Versuch, den Wiener Apfelstrudel zu backen, nach wie vor misstraute.

Luisa wartete zu Hause auf die Rückkehr der Familie und bereitete Tee und Kaffee vor, während der Kuchen im Backrohr die Form hinaufkletterte und Farbe annahm. Ein nahtloser Übergang vom Essen zur Jause wäre dann doch zu viel, wie Herr Lamprecht senior meinte.

Sie passierten den Giardino Pubblico und spazierten die Via Giulia entlang, die von dort als Corso Stadion weiter zum Zentrum führte. Adina hatte sich bei ihrer Mutter eingehängt und die zwei Damen schritten hinter den beiden Herren einher. Vater und Sohn unterhielten sich angeregt, während der Vater im Gehen eine Zigarre rauchte. Vergessen waren der Zorn und der Streit vom Vortag. Der Vater berichtete von einigen Vorhaben, die man in nächster Zeit am Hafen finanzieren werde. Er war vor gut zwei Jahren, eine geraume Zeit, nachdem die Familie nach Triest zurückgekehrt war, ins Direktorium eines Creditinstituts bestellt worden. Dort war er nicht ohne Einfluss, was seinem Ego schmeichelte. Natürlich war seine Stellung nicht mehr mit jener in Wien zu vergleichen, als er Abteilungsleiter in der Bodencreditanstalt gewesen war. Er legte Gaetano den Arm auf die Schulter und fragte: »Was ist eigentlich mit dir? Warum kommst du nicht zu mir in die Bank? Ewig wirst du deinen Verbrechern nicht nachlaufen können.«

Gaetano lächelte. Er war gar nicht über das Ansinnen des Vaters verärgert, denn das hörte er beinahe jeden Sonntag so wie die Predigt des Pfarrers, der auch immer nur die Bekehrung seiner Schäfchen vor Augen hatte. »Deswegen habe ich ja jetzt mein Rennrad«, wich er dem Kern der Frage aus.

Der Vater nahm den Arm von Gaetanos Schulter und blieb kurz stehen. Er paffte aus und der Rauch umspielte seinen Kopf mit tanzenden Schwaden. Er erinnerte Gaetano an einen Zauberer aus einem illustrierten Märchenbuch, das er als Kind gelesen hatte. Der Vater setzte eine ernste Miene auf. »Das ist ohnehin ein Thema, über das ich mit dir reden wollte. Glaubst du, es ist sehr schicklich, wenn herauskommt, dass du mit so einem Ding herumfährst? Normalerweise fahren diese Proletarier damit zu ihren Versammlungen, wenn sie Unruhe stiften wollen.« Gaetano wollte etwas entgegnen, doch der Vater ließ ihn nicht zu Wort kommen. »Nein, lass mich das noch sagen: Seit es diese Fahrräder gibt, gibt es auch verstärkt Aufruhr in der Arbeiterschaft.«

»Aber Vater, Sie bringen hier die Dinge durcheinander, denke ich. Außerdem benutze ich ein Fahrzeug, das ausschließlich dem Sport dient, und Sie werden mir beipflichten, dass sportliche Ertüchtigung der Quell jeglicher Tugend für den Mann ist.« Gaetano schob seinen Vater sanft an der Schulter vorwärts, worauf die beiden sich wieder in Gang setzten. Der Vater schien tatsächlich über die letzten Worte seines Sohnes nachzudenken. Doch Gaetano setzte seinen Sermon umgehend fort. »Ich gehe außerdem gern auf die Jagd nach Verbrechern. Derzeit suche ich nach einem Mörder.«

Der Vater schüttelte den Kopf und murmelte mehr zu sich: »Dabei ist doch jeder normale Mensch froh, wenn er so einem Gesindel nicht begegnen muss.«

»Eben, und genau das ist meine Aufgabe. Die Reinigung der Untertanen Seiner Apostolischen Majestät von solchen zwielichtigen Typen.«

»Und jetzt jagst du wirklich einen Mörder?«

»Genau«, antwortete Lamprecht und begann seinem Vater, während sie die Piazza Goldoni erreichten, von seinem aktuellen Fall zu berichten. So wie er die Dinge eben sah, was aber noch nicht in seinen Bericht Eingang gefunden hatte.

Es war wieder ein heißer Sonntag. Sie stiegen die steilen Stufen der Scala dei Giganti zu ihrem Haus hinauf. Die Damen jammerten, dass sie Durst hätten, und Gaetano und auch sein Vater hatten ihre Jacketts abgelegt und über die Schulter geworfen, wie man es sonst nur bei Dandys sah, die als lässige Gecken über die Molen stolzierten und hofften, einen verstohlenen Blick der dortigen Damen zu erheischen.

»Wir sind gleich da«, ermutigte Gaetano seine Mutter. Diese nickte. Natürlich waren sie bald da, und natürlich wussten sie, dass Luisa sicher erfrischende Limonade zubereitet hatte. Die Damen des Hauses fanden es lustig, die Geduld des gestrengen Vaters zu strapazieren, der dem Gemaule wenig entgegenzusetzen hatte. Er hatte einen roten Kopf und konnte es selbst kaum mehr erwarten, endlich den schattigen Flur zu erreichen. Adina und ihre Mutter schickten einander einen verschwörerischen Blick und dann setzte Adina nochmals an, sich über die Hitze und die Strapazen des Spaziergangs zu ereifern.

Der Vater blieb stehen. Er schloss die Augen und drehte sich zu den Frauen um. Matt hob er seinen rechten Arm. Adina riss die Augen auf und zog den Kopf ein, um dem drohenden Donnerwetter nicht in voller Größe ausgesetzt zu sein. Doch aus der Kehle des verschwitzen Mannes kam kein grollender Ton. Mit schwacher Stimme gab er sich geschlagen: »Na gut, diesmal habt ihr gewonnen. Das nächste Mal, wenn so eine Hitze herrscht, werden wir eine Kutsche nehmen.«

Die Damen lächelten einander an und der Schalk in ihrem verschmitzten Blick verriet, dass sie es genau auf dieses Zugeständnis angelegt hatten. Mit Leichtigkeit nahmen sie plötzlich die letzten steilen Meter über unebenes Pflaster in Angriff. Vor ihnen baute sich schon der quadratische Campanile der Kirche neben dem Kastell auf und Gaetano bot dem Vater seinen Arm als Stütze an, doch der schlug ihn mit nach oben gezogenen Mundwinkeln weg: »Da muss es noch oft Sommer werden, bis ich mich von dir wie ein seniler Greis hier raufschleppen lasse.«

Gaetano zog den Arm zurück und schloss zu Mutter und Schwester auf, die den Anstieg geschafft hatten und nun in Richtung ihres Hauses abbogen. Alle dürsteten danach, etwas zu trinken, aber auch danach, sich bequemere und luftigere Sachen anzuziehen. Die Kirchenglocke schlug zweimal. Als Gaetano den Burschen in Polizeiuniform vor dem Eingang warten sah, wusste er, dass es wohl nichts mit der Erfrischung werden würde.

Als der Polizist die Gruppe in seine Richtung kommen sah, preschte er los und rief: »Ispettor Lamprecht? Sind Sie Ispettor Lamprecht?«

Gaetano bejahte und fragte: »Was gibt es denn? Hat es mit der Leiche in Opicina zu tun?«

Lamprecht hörte, wie sein Vater hinter seinem Rücken Luft ausblies. Er konnte sich die abfällige Geste vorstellen, die er Adina und der Mutter schickte. Der Polizist schüttelte den Kopf.

»Nein, Sie sollen bitte umgehend in die Polizeidirektion kommen. Capo Ispettor Spetich erwartet Sie und auch die anderen Inspektoren.«

»Worum geht es denn?«, wollte Lamprecht wissen, dem dämmerte, dass etwas Außergewöhnliches vorgefallen sein musste, wenn Spetich sein Wochenende opferte und seine Untergebenen am Sonntagnachmittag um sich versammelte.

Ein Murmeln erfüllte den Saal. Bis auf das markante Gesicht von Fausti, dessen abstehende Ohren sein Markenzeichen waren und ihm den Spitznamen »la vela«, das Segel, eingebracht hatten, und die schiefe Nase von Salich entdeckte Lamprecht all die anderen Inspektoren, die sich im großen Saal versammelt hatten und auf den Chef warteten. Sogar Mollieri war einbestellt worden. In seinem duseligen Zustand stolperte er über das Bein eines Kollegen, ehe er Halt und einen Platz gefunden hatte. Lamprecht schickte Pietro, der eine Reihe hinter ihm seinen Platz eingenommen hatte, einen fragenden Blick. Mutmaßungen machten die Runde. Es habe ein Attentat gegeben, dabei sei jemand aus der Kaiserfamilie getötet worden. Andere dichteten dem Kaiser einen Krieg an. Gegen wen? Ja, wahrscheinlich gegen die Serben, die hatten ja lange genug provoziert.

Mit einem Mal verstummte die Gerüchteküche und alle schossen in die Höhe und salutierten. Spetich betrat eilig den Raum und stellte sich vor seinen Mannen auf. Er wirkte mitgenommen und müde. Sein Backenbart hing an seinen schlaffen Wangen herab wie die Äste einer Trauerweide. Ohne die Anwesenden zu begrüßen, eröffnete er seine Rede mit lauter Stimme: »Meine Herren, ich muss Ihnen die traurige Mitteilung machen, dass heute zu Mittag unser geliebter Thronfolger, der Erzherzog Franz Ferdinand, nebst seiner Gattin, der Herzogin Sophie, in Sarajevo einem hinterhältigen und feigen Mordanschlag zum Opfer gefallen ist.«

Spetich machte eine Pause. Er rang tatsächlich nach Worten, Lamprecht sah, wie sein Adamsapfel auf und ab wanderte, bis er etwas leiser fortsetzte: »Solange nicht klar ist, welche Konsequenzen dieses feige Attentat nach sich zieht, haben Sie sich alle morgen vollzählig um sechs Uhr zum Dienst zu melden. Es ist damit zu rechnen, dass dieses Ereignis auch hier bei uns Auswirkungen zeitigen wird. Wichtig ist es, dass wir jedwede Ausschreitung verhindern.«

Aus einer der hinteren Reihen war zu hören, dass es dafür ja auch die normalen Wachmannschaften gab. Spetich schien zu aufgewühlt, um den vorlauten Schreihals, Lamprecht glaubte, die Stimme von Di Nardelli erkannt zu haben, zurechtzuweisen. Unbeirrt setzte er mit ungewohnt ruhigem Ton fort: »Ihre Aufgabe wird es auch nicht sein, für Ruhe und Ordnung auf den Straßen zu sorgen. Ihr Auftrag ist es herauszufinden, ob es eine Zelle hier in Triest gibt, die Verbindung zu den Attentätern haben könnte. Wir müssen allen Eventualitäten vorbeugen und gut vorbereitet sein. Erhöhte Wachsamkeit ist das Gebot der Stunde. Suchen Sie die Häuser, wo im Hinterhof die verbotene Tricolore flattert, und verhaften Sie diese Irredentisten, die unseren Staat sabotieren wollen. Suchen Sie die Anhänger des serbischen Königreichs, die sich jetzt im Aufwind fühlen und unseren Staat in seinen Grundfesten erschüttern wollen. Also, meine Herrschaften, wohlan. Tun Sie es für unseren Kaiser und unser Vaterland.«

Mit diesen Worten und einigen persönlichen Verabschiedungen beendete Spetich diese außerordentliche Dienstbesprechung. Neuerlich setzte ein Stimmengewirr ein und die Polizisten bildeten Grüppchen, in denen sie ihre Meinung zu den Vorkommnissen austauschten. Pirona hatte Lamprecht gefunden. Er begrüßte ihn mit den Worten: »Was sagst du dazu? Ist das nicht unglaublich? Also ich fürchte, unseren Plan für heute müssen wir aufgeben, dabei hab ich mich daheim extra freigemacht.«

Lamprecht war wie erschlagen von dieser schrecklichen Entwicklung und versuchte, die Tragweite der Ermordung des

Thronfolgers für die Monarchie abzuschätzen. Außerdem empfand er so etwas wie Mitleid für den alten Herrn in Wien, dem das Schicksal kaum einen Tiefschlag ersparte. Knapp vor der Jahrhundertwende war seine Ehefrau, die Kaiserin Elisabeth, in Genf von einem Anarchisten ermordet worden, nachdem sein leiblicher Sohn Rudolf sich gut zehn Jahre zuvor unter ungeklärten Umständen das Leben genommen hatte, und jetzt auch noch der Thronfolger. Das musste man einmal wegstecken. Lamprecht konnte sich gut vorstellen, dass der Kaiser jetzt vom Regieren bald genug haben würde.

Gaetano war so in seine Gedanken versunken, dass er erst auf wiederholten Zuruf von Pietro reagierte, als dieser seine Aufmerksamkeit für sich beanspruchte: »Gaetano! Hörst du mir überhaupt zu? Also nochmals: Was wollen wir mit dem Rest des Tages anstellen? Der Sonntag ist ja jetzt ruiniert und zum Fahren habe ich auch keine Lust mehr. Warum gehen wir heute nicht zur Radrennbahn?«

»Was, jetzt noch?«, fragte Lamprecht und blickte auf seine Uhr, deren Zeiger auf kurz vor vier standen.

»Natürlich, das geht doch heute den ganzen Tag bis in die Nacht hinein«, erwiderte Pirona, der den Freund schon Richtung Ausgang drängte und ihn damit mehr oder weniger vor vollendete Tatsachen stellen wollte. Draußen würde er nach einem Fiaker Ausschau halten und den Freund hineinverfrachten. Die Radrennbahn lag etwas oberhalb des Arsenals des Österreichischen Lloyd, gleich in der Nähe der Gasfabrik, die mit dem Gasometer leicht von der Ferne auszumachen war. Wären sie einmal am anderen Ende der Stadt, würde Gaetano schon Ruhe geben und den Freund begleiten. Außerdem hatte er noch ein überzeugendes Argument parat: »Ich habe gehört, heute wird sogar Pontecchi starten. Man munkelt, er habe den Stundenrekord von Oscar Egg im Fokus. Gut möglich, dass er ihn einstellt.«

Tatsächlich hatte der Schweizer erst vor gut einer Woche mit 44,25 in einer Stunde zurückgelegten Kilometern die Latte sehr hoch gelegt. Lamprecht musste grinsen. Ihm fiel etwas anderes ein: »Wenn Luigi Pontecchi wieder mit seinem dreifarbigen Trikot fährt, werden wir ihn wohl direkt von der Bahn verhaften müssen.«

»Ja, wenn du schnell genug bist, kannst du es ja versuchen. Sonst musst du warten, bis er im Ziel anhält. Aber genug mit dieser Spintisiererei, lass uns endlich gehen.« Pirona hakte sich bei Lamprecht unter und sie steuerten den Ausgang an, als Spetich sie zurückhielt, indem er Lamprecht um eine Unterredung unter vier Augen bat. Lamprecht wies den Freund an vorzugehen und unten auf ihn zu warten, bevor er mit Spetich in dessen Büro verschwand.

Der Vorgesetzte hatte sich hinter seinen Schreibtisch zurückgezogen und es war ihm anzusehen, wie sehr ihn dieses Unglück erregte. Er deutete auf den Stuhl vor dem Schreibtisch. Lamprecht setzte sich. Spetich sagte: »Es ist eine Katastrophe. Wer soll jetzt wissen, wie es mit unserer Monarchie weitergehen wird?« Er vergrub das Gesicht in den Händen, dann rubbelte er sich über die Stirn, als erwachte er aus einem bösen Traum. Lamprecht wusste nicht, was er darauf sagen sollte. Auch wenn den Kaiser ein Schicksalsschlag nach dem anderen traf, würde er die Bürde seines Amtes tragen und nicht abdanken. So viel schien klar. Wer sollte außerdem jetzt nachfolgen? Lamprecht zweifelte entgegen seinem ersten Impuls zuvor nicht daran, dass der Kaiser wie bisher mit aller Verbissenheit weiterregieren würde, selbst wenn die Monarchie schon lange auf einen jüngeren, weltgewandten Regenten hoffte. Der alte Habsburger war seit Jahrzehnten an der Spitze des Staates. Nicht nur seine Generation kannte nichts anderes. Franz Joseph war immer schon da gewesen. Schon als er geboren wurde, ja sogar als sein eigener Vater geboren worden war. In seinem Kopf, und wahrscheinlich auch in den meisten Köpfen der anderen Untertanen, war gar kein Platz für die Vorstellung, dass ein anderer an dessen Stelle treten könnte. Er hütete sich aber, diesen Gedanken auszusprechen. Stattdessen nickte er stumm.

»Ich habe Sie hergebeten«, erläuterte Spetich, »weil es morgen eine Lagebesprechung in der Statthalterei gibt. Ich habe ihm zwar versichert, dass wir die Lage unter Kontrolle haben und die paar Aufwiegler kennen, doch Prinz Hohenlohe-Schillingsfürst hat einige Entscheidungsträger für eine Besprechung um neun Uhr in seine Amtsräume gebeten. Sie können sich sicher vorstellen, wem Sie Ihre Anwesenheit in diesem ausgesuchten Kreis zu verdanken haben. Natürlich ist der Bürgermeister ebenso anwesend, auch wenn ich mir bei ihm nicht immer sicher bin, wem er sich eigentlich verpflichtet fühlt.«

Lamprecht überhörte diesen Seitenhieb auf den wegen seiner Italianità von den habsburgtreuen Vasallen oft geschmähten Bürgermeister. Alfonso Valerio war letztes Jahr erneut zum Podestà von Triest gewählt worden und stellte somit das eigentliche Exekutivorgan der Stadt dar. Er war der Mann, der seine Hand schützend über Lamprecht hielt, weswegen dem ungestümen Heißsporn schon so mancher Fauxpas nachgesehen worden war. Die Verbundenheit, die der studierte Rechtsanwalt mit dem jungen Lamprecht teilte, hatte der Polizist einem spontanen, unbedachten Handeln zu verdanken. Auch hier hatte Lamprecht Initiative an den Tag gelegt und damit Valerios Frau das Leben gerettet. Es war kurz nachdem die Familie Lamprecht wieder nach Triest zurückgekehrt war, genau im ersten Jahr, in dem der junge Gaetano seine Ausbildung zum Kriminalpolizisten absolvierte. Er hatte nach seiner militärischen Ausbildung in Wien anfänglich die Rechte studiert und durfte auf eine rasche Übernahme in den Staatsdienst hoffen. Es war ein kalter und grauer Novembertag und er war privater Zaungast des Spektakels, dem er am Molo San Carlo beiwohnte. Der Bürgermeister war zu einer Schiffstaufe mit der gedeckten Kalesche vorgefahren, und just in dem Moment, in dem er seiner Gattin beim Aussteigen half, scheuten die Pferde. Ein Böller war vorzeitig losgegangen, vielleicht hatte ihn auch jemand mit Absicht vor der Zeit gezündet, man konnte dies später nicht mehr feststellen, jedenfalls wollte eines der Pferde losgaloppieren und stieß die Frau des Bürgermeisters mit seinem stämmigen Körper in das dunkle Wasser des Hafenbeckens. Frau Valerio trug trotz des leichten Nieselregens ein langes dunkelrotes Kleid mit Rüschen, das schnell vom Wasser vollgesogen war wie ein Schwamm und sie wie ein umgezurrtes Gewicht sofort unter die Wasseroberfläche zog.

Einzig Gaetano, der etwas weiter hinten gestanden war und sofort das Ausmaß des Unglücks erkannt hatte, sprintete los. Die Umstehenden riefen um Hilfe, einige konkreter nach der Feuerwehr, oder sie blickten mit betroffener Miene der Ertrinkenden nach, die nur mehr ein paar Luftblasen an die Oberfläche schickte. Und bevor eine der diensthabenden Wachen aus ihrem Rock geschlüpft war, hatte Gaetano schon gut ein Dutzend Stadträte zu Fall gebracht, als er sich seinen Weg bahnte und der armen Frau nachsprang. Keine Minute zu früh, denn er konnte sie gerade noch an einem Zipfel ihres Kleides fassen, nachdem er in die nachtschwarze Tiefe hinabgetaucht war, und mit größter Anstrengung schaffte er es, sie wieder aus dem Wasser zu hieven. Dass er dabei ihr Gesäß umfasste, um sie hochzustemmen, darüber munkelte man in den nachfolgenden Tagen nur unter vorgehaltener Hand. Und trotz der entrüsteten Honoratioren, die er wie Kegel umgeworfen hatte und die nun nach Konsequenzen für diesen Rüpel verlangten, trat Valerio zu dem in seiner tropfenden Zivilkleidung durchnässten Polizisten, drückte ihn an seine Brust und dankte ihm mit den Worten: »Sie sind ein Held. Das werde ich Ihnen nie vergessen, mein junger Freund.«

Und der Podestà hatte Wort gehalten. Seit diesem Tag breitete er seine Hand schützend über Lamprecht, der selbst und durch sein Zutun nie einen Vorteil daraus beansprucht hatte und auch meist keine Kenntnis davon erlangte, wenn der Bürgermeister im Hintergrund die Fäden für ihn zog.

»Sie können wegtreten«, entließ Spetich den Untergebenen, bevor er nachsetzte, »und übrigens, es genügt, wenn Sie morgen erst um neun Uhr in der Luogotenenza erscheinen. Schlafen Sie sich aus. Und halten Sie, um Gottes willen, den Mund. Ich will das hier möglichst schnell ausgestanden haben.«

Lamprecht salutierte und erntete dafür nur eine beiläufige Handbewegung des Capo Ispettore, der sich nun der Sonderausgabe des *Piccolo* widmete, die vor wenigen Minuten verteilt worden war.

Pirona wartete auf der gegenüberliegenden Straßenseite vor der Pasticceria und sein Blick erhellte sich, als er Lamprecht aus der Polizeidirektion treten sah. »Na endlich«, rief er erfreut aus und querte flott die Straße, um Gaetano, wie es sein Plan war, in Richtung eines Pferdewagens zu führen. Doch der entwand sich seinem Griff und sagte mit Blick auf einen der Zeitungsjungen gerichtet: »Warte, ich besorge mir nur schnell die Sonderausgabe. Vielleicht steht da schon mehr über das Attentat.«

Pirona hielt ihn am Arm zurück, holte ein gefaltetes Exemplar aus seiner Tasche und hielt es ihm unter die Nase. »Bitte, alles schon erledigt. Du kannst sie auf der Fahrt lesen.« Lamprecht stieg ohne Widerrede in den Fiaker ein und Pirona nannte dem Fahrer das Ziel ihrer Fahrt. Der nickte, schnalzte mit der Zunge und die Pferde trabten behäbig an. Mit einem Ruckeln setzte sich die Kutsche in Gang. Lamprecht hatte sich bereits in die Zeitung vertieft. Über das, was er las, war er mehr verwundert als entsetzt, so tragisch die Schlagzeile auch war. In der gratis verteilten Extraausgabe stand tatsächlich, dass ein erster Attentäter namens Gabrinovic schon am Morgen, als der erzherzögliche Konvoi durch die Straßen von Sarajevo fuhr, eine Bombe in Richtung des Wagens von Franz Ferdinand geschleudert, das anvisierte Ziel aber verfehlt und den nachfolgenden Wagen getroffen hatte, wodurch Oberst Boos-Waldeck, der Kanzleidirektor des Erzherzogs, und Oberstleutnant Merizzi, der Adjutant des Militärgouverneurs von Bosnien-Herzegowina, leicht verletzt worden waren. Schlimmer ging die Sache für sechs Schaulustige aus, die schwer verletzt ins Spital eingeliefert werden mussten. Der Erzherzog jedoch konnte wie geplant seinen Besuch fortsetzen und erreichte noch unversehrt das Rathaus. Danach ging es weiter auf eine Rundfahrt durch die Stadt, als an einer Ecke ein gewisser Gavrilo Princip zwei Schüsse aus seinem Browning-Revolver auf den Erzherzog und seine Gefährtin abgab. Franz Ferdinand wurde im Gesicht getroffen, seine Gemahlin im Unterleib. Das Paar wurde sofort in den Regierungspalast gebracht, wo aber leider beide verschieden. Der Attentäter wurde verhaftet. Es handelte sich angeblich um einen siebzehnjährigen Gymnasialschüler mit serbischer Nationalität. Als man dem Kaiser in Bad Ischl die traurige Nachricht vom Ableben des Ehepaars überbrachte, rief er aus: »Mir bleibt auch kein Schmerz erspart!«

Das Fuhrwerk hatte angehalten und Lamprecht ließ die Zeitung sinken. Er blickte zu seinem Freund, der eben den Fahrer bezahlte. Sie stiegen aus und Pirona fragte: »Was ist mit dir? Hast du einen Geist gesehen? Komm, es geht gleich los!«

»Ja, jetzt wird es bald überall losgehen«, murmelte Lamprecht, seine Gedanken woandershin fokussiert, während sie auf den Eingang der Radbahn zusteuerten. »Die Serben haben den ersten Schritt gesetzt, bald werden die Slowenen folgen, dann die Tschechen. Alles wird zusammenbrechen und wir werden viele kleine Staaten bekommen, und wenn die Politiker nicht aufpassen, sogar einen Krieg.«

Pirona stoppte kurz vor dem Eingang und musterte Lamprecht: »Ich meinte doch das Radrennen.« Man hörte bereits begeisterte Jubelschreie, die den Athleten galten. Offenbar hatten diese schon begonnen, die ersten Bahnen unter dem zunehmenden Gejohle der Zuschauer zu ziehen. Sie betraten die Arena und Lamprecht bezahlte den Eintritt für beide, nachdem Pirona zuvor den Fuhrlohn übernommen hatte. Das Geschrei wurde lauter, als sie den Gang zur Halle entlanggingen. Sie beschleunigten ihre Schritte. Womöglich würden sie ein wichtiges Rennen versäumen.

In dem Gedränge machte Lamprecht ein ihm bekanntes Gesicht aus und in ihm reifte eine Erkenntnis. »Warte kurz, ich muss noch etwas klären«, bat er Pirona zu warten, der sehnsüchtig zum Eingang schielte. »Dienstlich«, schob er nach und der Kollege nickte mit zusammengepressten Lippen. Lamprecht zwängte sich unter Einsatz seiner Ellenbogen an einigen Menschen vorbei und erreichte sein Ziel. Er tippte dem Mann von hinten auf die Schulter und als der sich zu ihm umdrehte, sagte er: »Wusste ich doch, dass ich Sie kenne. Sie kamen mir schon gestern auf eine gewisse Art vertraut vor. Können Sie sich erinnern, ich …«

»Certo, Ispettore. Ich habe Sie gleich erkannt. Der Mann mit dem Bianchi aus Mailand.«

»Und Sie fahren ein High-Life aus England. Wir sind schon einmal miteinander gefahren, ein Stück in Richtung Monfalcone haben wir gemeinsam zurückgelegt, wenn Sie sich erinnern, Dottor Tripcovich.«

Der Arzt aus dem Ospedale nickte, dann beugte er sich zu Lamprecht vor und flüsterte: »Es ist besser, wenn man uns nicht zusammen sieht. Aber ich kann Ihnen versichern, Sie hatten gestern recht. Ich habe ja, wie gesagt, in Wien auch am Institut für gerichtliche Medizin studiert und mir sind wie Ihnen die Leichenflecken auf dem Rücken aufgefallen. Das passt nicht mit dem Tod am Strick zusammen. Der Leichnam muss längere Zeit auf dem Boden gelegen und erst danach an den Ast geknüpft worden sein. Als er schon tot war.«

Lamprecht konnte ein zufriedenes Lächeln kaum unterdrücken. Er überspielte es, indem er seinen kurzen Oberlippenbart zurechtstrich. »Vielleicht könnten wir den Leichnam noch gemeinsam begutachten, Herr Doktor. Ich meine ganz inoffiziell.«

Der Arzt schüttelte den Kopf. »Ich habe Ihnen doch gestern bereits gesagt, dass die Leiche vom Militär abgeholt wurde.«

»Stimmt«, gab Lamprecht nachdenklich zu. »Aber könnten Sie den Leichnam nicht wieder anfordern, etwa weil Sie noch etwas abzuklären haben?«

Der Arzt lächelte bitter. »Was das Militär einmal in seinen Klauen hat, rückt es nicht mehr heraus.«

»Und wenn wir uns an die Eltern wenden? Ich nehme an, dass man ihnen den Körper ihres toten Sohnes für die Bestattung übergeben wird.«

Tripcovich schüttelte abermals den Kopf. »Ich glaube nicht, dass die Eltern die Beerdigung ausrichten werden.«

»Nicht? Von wem wird er denn dann bestattet werden?«

»Vom Militär. Ich denke, er bekommt ein Begräbnis mit militärischen Ehren.«

Oder gar keines, wenn sie die Leiche verschwinden lassen

wollen, dachte Lamprecht. »Aber warum haben Sie dann gestern einen falschen Befund erstellt?«

»Falsch trifft es nicht. Sagen wir, er geht nicht in die gebotene Tiefe. Dem ersten Anschein nach passt er letztlich.« Der Arzt rieb sich die Nasenwurzel, bevor er nach einer Pause fortfuhr: »Man hat mir unmissverständlich zu verstehen gegeben, was man von mir erwartet. Und da hab ich mir dann gedacht: Gut, es war ein Soldat und die Armee wird schon ihre Gründe haben, also was soll's, ich muss ja nicht alles verstehen. Wissen Sie, ich stehe am Anfang meiner Karriere und da darf man sich nicht die falschen Feinde machen.«

Lamprecht nickte: »Danke für Ihre Aufrichtigkeit, Dottore. Was ist, wollen wir hineingehen?«

Tripcovich winkte ab. »Nein, ich war gerade im Gehen. Außerdem besser, wenn sich unsere Wege hier und jetzt trennen. Man weiß schließlich nie ...«

»Aber dann versäumen Sie das Beste«, rief Lamprecht dem Arzt nach, der auf den Ausgang zusteuerte.

»Wir versäumen noch das Beste«, drängte Pirona, als Lamprecht endlich wieder zu ihm stieß. In dem Trubel war er schnell wieder abgelenkt und der Fall konnte warten wie ein Buch, das man mit geöffnetem Deckel umgedreht ablegt, um es später weiterzulesen. Als sie die Halle erreicht hatten, prüften sie sofort die Anzeigetafel, auf der die Namen der Sportler und deren Reihung aufgelistet waren. Ein Mitglied des Wettkampfbüros wechselte gerade das Schild des Führenden und die beiden Freunde bedachten sich mit einem erregten Blick. Tatsächlich: Luigi Pontecchi, der Profi aus Florenz, der seine größten Erfolge schon vor zwanzig Jahren gefeiert hatte, hatte seine Mitstreiter weit hinter sich gelassen und war drauf und dran, einen neuen Rundenrekord aufzustellen. Das Publikum tobte und die Radrennbahn glich einem brodelnden Kessel. Die beiden Freunde drängten nach vorne, um besser sehen zu können. Sie stimmten nun ins Gebrüll ein, das sich noch einmal steigerte, dann aber abrupt verebbte. Pontecchi hatte gewonnen, doch den Stundenrekord des Schweizers hatte er nicht geknackt. Lamprecht hatte zuletzt die Luft angehalten. Das ganze Publikum war so still geworden, dass man das Rollen der Gummireifen auf der Holzbahn hören konnte, ehe nun langsam Applaus einsetzte, als ein Wettkämpfer nach dem anderen die Ziellinie erreichte und seine Trittfrequenz verringerte. Pontecchi war endlich zum Stillstand gekommen, und als er die Arme in die Höhe riss, da brandete ein ohrenbetäubender Jubel los. Als er die Hand zu seinem Trikot führte, stockte Lamprecht erneut der Atem, doch dann entspannte er sich, als unter dem Trikot bloß ein Unterhemd aus einfärbig weißem Stoff zum Vorschein kam.

»Zum Glück macht er es nicht jedes Mal«, vermeldete Pirona und Lamprecht erwiderte: »Oder er weiß schon, was heute vorgefallen ist, und hat es nicht gewagt, noch mehr Öl ins Feuer zu gießen.«

Pontecchi hatte mit seinen fast achtunddreißig Jahren tatsächlich seine größten Erfolge hinter sich, obwohl er immer noch ein Spitzenathlet und gut für die eine oder andere Überraschung war. In die Schlagzeilen war er zuletzt jedoch wegen seines überbordenden Nationalismus gekommen. Er startete oft in seinem dreifarbigen italienischen Nationaltrikot, und das auch in Ländern, die Italien weniger wohl gesinnt waren und ihm statt Beifall nur Schmährufe zollten. Sogar in Triest hatte er schon die Tricolore getragen, obwohl sie hier von den österreichischen Behörden verboten worden war.

»Komm, lass uns was trinken gehen«, schlug Lamprecht vor. »Es ist heiß und ich habe das unstillbare Verlangen nach einem Bier, oder vielleicht auch nach zwei.«

Sie verließen die Radrennbahn, wo der Höhepunkt nun vorbei war, und waren nicht die Einzigen, die in Richtung Ausgang strömten. Pirona sagte: »Ich schätze, die Cafés hier werden wohl sehr voll werden. Warum gehen wir nicht zu mir?«

Lamprecht lachte: »Dieses Angebot würde ich mir lieber von einer attraktiven Dame machen lassen, aber wenn du die Bar unter deiner Wohnung meinst, warum nicht?«

Jetzt grinste auch Pirona: »Eine attraktive Dame würde dir nie so ein Angebot machen. So eine Einladung bekommst du nur von deinem unattraktiven Freund. Aber natürlich meinte ich die Bar im Erdgeschoß.«

»Dann lass uns endlich gehen, ich hab wirklich Durst«, beendete Lamprecht das Geplänkel und trieb den Freund regelrecht an, so wie man ein störrisches Muli in Gang bringt.

Es waren drei Bier geworden, die seine Beine schwer machten, als Lamprecht am Abend müde nach Hause zurückkehrte. Er wäre am liebsten direkt auf sein Zimmer gegangen. Er war erschöpft und das Gespräch, das in einzelnen Wortfetzen aus der Küche zu ihm auf den Flur drang, drehte sich natürlich um das Attentat in Sarajevo. So einfach konnte er sich wohl nicht von seiner Familie absentieren, wenn das Schicksal der Monarchie auf dem Spiel stand. Also nahm er sich ein Herz und überschritt die Schwelle in den Raum, aus dem Stimmen und ein wunderbarer Duft nach frischen Gewürzen kamen, der seinen Hunger anregte, für den wohl auch das Bier mitverantwortlich war. In der Bar in Pietros Wohnhaus hatte er nur etwas von der kalten Platte zu sich genommen, deren Wurst zwar fett genug war, eine größere Menge Alkohol im Magen zu binden, doch sie bescherte dort nur eine leichte Übelkeit, aber kein Gefühl von Sattheit. Luisa stand an einer großen gusseisernen Pfanne, die sie mit Schmalz ausgerieben hatte und in der sie nun ein paar Kräuter aus dem Garten mit Knoblauch und würfelig geschnittener Pancetta anschwitzte. Daneben stand eine große Emailschüssel, in der gerührte Eier auf die weitere Verarbeitung warteten. Die Mutter bügelte eines seiner weißen Hemden. Sie ließ es sich nicht nehmen, der Haushälterin, die das älteste Mitglied des Haushalts war, ein wenig zur Hand zu gehen. Adina saß am Tisch und stickte. Sie hatten bequeme Hauskleider angezogen, und er war der Einzige, der noch seinen Sonntagsanzug trug. Erst jetzt fiel ihm auf, dass der Stoff den Geruch des Lokals nach Zigarettenrauch und Bierdunst angenommen hatte. Er würde ihn zum Auslüften auf den Balkon hängen. Er grüßte die Damen mit einem »Buonasera!«.

Die drei wandten ihm die Köpfe zu. Seine Mutter stellte das mit glühenden Kohlen gefüllte Bügeleisen ab und überfiel ihn regelrecht: »Gaeto! Wo warst du denn so lange? Aber wen wundert es, wenn nach so einer schlimmen Geschichte alle Polizisten zum Dienst beordert werden. Hast du Hunger? Es gibt etwas später eine Frittata. Also für die, die noch etwas essen wollen. Dein Vater streikt, wie du dir denken kannst. Erzähl, weißt du mehr?«

»Ja, erzähl, bitte«, mischte sich Adina ein, aus deren Augen die reine Sensationslust sprach.

»Ich weiß auch nicht mehr als das, was in der Zeitung steht«, behauptete Gaetano. Dann erzählte er, wie er mit seinem Kollegen nach der Dienstbesprechung auf der Radrennbahn gewesen war und danach noch etwas getrunken hatte. »Immerhin ist ja trotz allem Sonntag. Ich musste ohnehin gestern eine Extraschicht einlegen.«

»Ist schon recht«, gab sich die Mutter sanft, die ihn auch immer wieder ermunterte, sie mit dem vertrauten Du anzusprechen, wenn auch zum Missfallen des Vaters. »Ich bin ja auch stolz auf dich. Aber, wie du dir vorstellen kannst, hat das Attentat deinen Vater ganz schön mitgenommen. Er sitzt draußen auf der Terrasse und liest ungläubig die Zeitung zum ich weiß nicht wievielten Mal und raucht dabei eine Zigarre nach der anderen.«

»Aber er weiß doch, wie schlecht das für sein Herz ist«, bemerkte Gaetano mit besorgter Miene. Der Tabakgenuss war ein ewiges Thema in der Familie. Natürlich rauchte Gaetano als Sportler nicht und er war auch kein Freund dieses Lasters. Aber der Vater liebte nun einmal seine Zigarren. Doch mit den Jahren wuchs die Enge in seiner Brust, und die Ärzte hatten ihm ernstlich geraten, das Nikotin in jeglicher Form besser bleiben zu lassen. Franz Lamprecht war aber keiner, der sich gern etwas vorschreiben ließ, also hatte er im Club und nach dem Mittagessen weiterhin zu seiner Zigarre gegriffen. Doch die Beklemmungszustände nahmen zu und immer öfter traten auch Herzschmerzen auf, bis der Senior sich seinem Körper geschlagen geben musste und sich von einem Tag zum andern fast völlig eingeschränkt hatte. Nur sonntags, nach dem Mittagessen, da gönnte er sich noch den blauen Dunst. Das war der Kompromiss gewesen, den er mit sich und seiner Gesundheit geschlossen hatte.

Gaetano legte seinen Rock ab und ging im Hemd durch den Wohnsalon zu seinem Vater hinaus. Im Vorbeigehen klimperte er ein paar Töne auf dem Flügel, um seinen alten Herrn auf sich aufmerksam zu machen. Doch als er hinaustrat, saß Lamprecht senior starr auf dem Gartenstuhl. Der Rücken war gespannt, in seinen zitternden Händen hielt er die Zeitung, die an den Ecken schon zerknittert war. Er drehte sich nicht um, als Gaetano neben ihm stand. Der zählte die ausgedrückten Stummel im Aschenbecher. Vier Zigarren hatte der Vater geraucht. Die Ration eines ganzen Monats, die er, zählte man die Zigarre zu Mittag dazu, und das musste man streng genommen, wenn man so unnachgiebig zu Franz Lamprecht sein wollte, wie er es zu sich selbst war, sogar weit überschritten hatte. Die Zeitung flatterte in seinen Händen, der Blick auch, wie Gaetano erkannte, als er sich zu ihm hinabbeugte, um sich nochmals bemerkbar zu machen. Er wunderte sich, dass der Vater den *Piccolo* las, den er sonst als Sprachorgan der Irredentisten verabscheute. Wahrscheinlich hoffte er, mehr über die aktuelle Entwicklung der ganzen Misere aus der Abendausgabe des Lokalblatts zu erfahren. Gaetano erschrak beim Anblick seines Vaters. Seine Augen waren vom Rauch blutunterlaufen und starrten leer vor sich hin, ohne dass Gaetano den Eindruck hatte, sein Vater würde ihn erkennen.

»Ich kann es nicht fassen. Wer tut so etwas? Warum tut einer so etwas?«, stammelte Lamprecht senior greisenhaft vor sich hin. »Der Kaiser. Was wird der Kaiser tun?«

Was wird der Kaiser schon tun, dachte Gaetano im Stillen. Nichts am besten. Wenn er den nächsten Krieg anzettelt, wird er ihn wieder verlieren.

»Es wird Krieg geben. Einen Krieg, wie ihn die Welt noch nicht erlebt hat.«

Es war, als hätte man aus einem Kessel mit einem Ventil Druck abgelassen. Lamprecht senior hörte auf zu zittern, die Spannung verließ seinen Körper. Er faltete die Zeitung ordentlich zusammen und wandte sich seinem Sohn zu. »Guten Abend«, sprach er Gaetano in einem völlig veränderten Tonfall an. Stark, kräftig war die Stimme, und sie verlangte den gebührenden Respekt. Er erhob sich von seinem Platz, und auch dabei wirkte er alles andere als gebrechlich. Er legte dem Sohn die Hand auf die Schulter: »Jetzt kannst du es beweisen. Jetzt kannst du mir beweisen, dass du eine gute Berufswahl getroffen hast. Beweise mir, dass du dieses Unrecht seiner Bestrafung zuführen wirst.«

»Aber Herr Vater, Sie wissen doch sicher aus der Zeitung, dass der Schuldige schon längst gefasst ist.«

»Ja, der Schuldige aus Sarajevo. Aber noch nicht die Schuldigen hier, die dem Ganzen den Boden bereitet haben. Die Fanatiker, die im Hinterzimmer oder ganz offen im Flur die Bilder von Garibaldi, Mazzini oder Cavour hängen haben. Denk doch an Battisti, diesen Verräter. Sitzt im Reichsrat, kassiert ordentlich aus des Kaisers Schatulle, doch jedes zweite Wort ist Italien, Italien. Diese Halunken musst du in die Mangel nehmen, verstehst du?« Er hatte begonnen, Gaetano an der Schulter zu schütteln wie ein Oberlehrer einen ungehorsamen Schüler. Gaetano betrachtete ungläubig seines Vaters Hände, der schließlich innehielt und sich entschuldigte. »Verzeih, aber ich stehe neben mir wegen dieser Sache.«

»Ist schon gut, Vater. Ich wollte nur fragen, ob ich die Zeitung haben kann, sobald Sie sie gelesen haben.«

»Natürlich«, antwortete der Senior und reichte die gefalteten Bögen weiter: »Aber jetzt musst du mir sagen, was du in der Direktion gehört hast. Schließlich sitzt du jetzt im wahrsten Sinne des Wortes an der Quelle.«

Gaetano schüttelte den Kopf, er konnte dem Vater nichts anderes berichten als seiner Schwester, nur in etwas höflicherer Form, und schloss mit dem Hinweis: »Morgen gibt es eine Krisenbesprechung beim Statthalter, aber behalten Sie das bitte noch für sich.«

Franz Lamprecht drückte seinem Sohn den gestreckten Zeigefinger gegen die Brust und verlangte, dass er ihn nur ja auf dem Laufenden halten möge. Gaetano nickte.

»Übrigens«, fuhr der Vater fort. »Vorhin hat jemand von deinen Kollegen angerufen. Du weißt ja, dass mir das an sich nicht recht ist, wenn du meine Telefonnummer weitergibst, aber in diesen Zeiten ist das ja etwas anderes.«

Der Vater hatte als einer der Ersten in der Gegend einen Anschluss erhalten, was gar nicht so einfach gewesen war, aber er rechtfertigte das vor der Telegraphenverwaltung mit der Dringlichkeit mancher Agenden, die das Bankgeschäft eben mit sich bringe, und hatte damit Erfolg. Und er hatte auch die nötigen Beziehungen.

»Hat er gesagt, worum es geht?«

»Irgendwas in Opicina.«

Gaetano spürte jetzt tatsächlich so etwas wie Aufregung aufsteigen. Er stellte fest, dass ihn der Tod dieses Soldaten seltsamerweise mehr beschäftigte als der Tod des Thronfolgers. Er nahm sich ein Herz und fragte den Vater, ob er gleich dessen Apparat benützen dürfe.

»Ausnahmsweise«, antwortete dieser. »Ich kann dich ja jetzt nicht mehr in die Polizeidirektion gehen lassen. Du musst für morgen einen klaren Kopf haben. Übrigens«, er erschnupperte den Atem seines Sohns, »deswegen solltest du heute besser nichts mehr trinken.«

Gaetano nickte und verschwand mit unter den Arm geklemmter Zeitung in der Wohnung. Er beherzigte den Rat seines Vaters, ging zu Luisa in die Küche und ließ sich von ihr einen Espresso zubereiten, den er in einem Zug hinunterkippte, bevor er in der Polizeidienststelle anrief. Der Vater hatte sogar die Nummer und den Namen des Anrufers notiert. Als er endlich die gewünschte Verbindung bekommen hatte, verlangte er nach Serracchiani. Kaum hatte der sich gemeldet, erkannte er, wer sich hinter dem Namen verbarg: Es war der pummelige Polizist vom Vortag.

»Was gibt es denn so Dringendes?«

»Ja, dringend, in der Tat, das ist es.«

Jetzt geht das schon wieder los, dachte Lamprecht, der sich ärgerte, dass der Polizist nicht sagte, worum es sich drehte. Ungeduldig forderte er: »Also, ich höre.«

»Ja, natürlich. Wir haben die Leiter.«

»Welche Leiter?«

»Na, die der Soldat gebraucht hat, um den Ast zu erreichen, um sich daran aufzuknüpfen.«

Lamprecht war mit einem Mal stocknüchtern. »Was? Wie das? Ich meine, gestern Morgen war doch noch keine Leiter da?«

»Nein, gestern war noch keine Leiter da«, antwortete Serracchiani und Lamprecht konnte sich dessen schmierig-blödes Grinsen vorstellen, weil er wieder einmal jegliche Antwort schuldig geblieben war. Er fragte: »Sagen Sie, machen Sie das eigentlich absichtlich?«

»Was?«

»Jetzt kommen Sie endlich einmal zum Punkt! Was war mit dieser Leiter, maledetto …« Das dem Gesprächspartner zugedachte Scemo hatte er gerade noch unterdrücken können, stattdessen flüchtete er sich in: »mit dieser blöden Leiter, also …«

In solchen Momenten kam seine italienische, seine heißblütige Ader durch. Sie kochte in ihm hoch wie aufschäumende Milch, die den Rand eines Topfes emporkletterte, der zu lange auf zu großer Flamme gestanden war, um sich aus der Enge des Gefäßes zu befreien. So ging es ihm mit seinem Temperament. Er schnaufte, schloss die Augen, doch letztlich zügelte er es wieder einmal. Stattdessen wiederholte er ruhig, aber fordernd: »Also?«

Und endlich begann der Polizist zu erzählen, dass man am Nachmittag ein paar zwielichtige Typen perlustriert habe und dabei auf einen Tagelöhner gestoßen sei, der über die Schulter eine Leiter getragen habe. Nach einigen gezielten Fragen, begleitet von einigen gezielten Ohrfeigen, habe der Taugenichts gestanden, dass er sie am Vortag beim Obelisken gefunden habe. Er habe den Erhängten gesehen, ein Kreuz geschlagen und sich dann gedacht, dass der Tote sie nicht mehr brauche, er aber schon. »In ein Haus hat er damit einsteigen wollen, der Kerl«, schloss Serracchiani seine Ausführungen. »Sehen Sie, Ispettore, es war also doch ein Selbstmord.«

Lamprecht legte nachdenklich den Hörer auf die Gabel, nachdem er sich für den Bericht bedankt und dem Kollegen einen schönen Sonntagabend gewünscht hatte. Dessen ironisches Widerwort, wie denn das an einem solchen Tag noch möglich sein solle, hörte Lamprecht nicht mehr.

Er stand noch einige Momente wie angewurzelt da und blickte aus dem Fenster über die Stadt, die langsam in den beginnenden Abend eingehüllt wurde. Die ersten Lichter gingen an und um die Laternen bildete sich ein kleiner Kreis an Helligkeit, der gegen das einsetzende Dunkel ankämpfte.

Sie hatten also die Leiter gefunden. Eine Leiter, die vom Fundort der Leiche stammte. Zumindest hatte das der Dieb gestanden. Warum sollte der Kerl in diesem Punkt lügen, fragte er sich weiter. Dann ging er ins Bad, um sich vor dem Essen frisch zu machen.

Doch als er mit gewechseltem Hemd und seinem Hausrock zu Tisch kam, stellte er fest, dass dieser schon wieder leer war. Offensichtlich war er zu spät dran und der Rest der Familie hatte nicht auf ihn gewartet und bereits gegessen. Er suchte nach Luisa und fand sie in der Küche.

»Soll ich dir deine Frittata machen?«, fragte sie ihn.

»Wo sind die anderen? Warum essen wir nicht herinnen?«

Luisa war zwar eine gute Seele, doch aufgrund der vielen Jahre, die sie nun schon mit der Familie lebte, nahm sie sich manchmal auch kleine Freiheiten heraus. Sie blies Luft aus und rollte die Augen. »Deine Mutter und Adina haben schon gegessen, dein Vater wollte nichts haben. Der hat sich mit einem Cognac in sein Arbeitszimmer zurückgezogen und starrt Löcher in die schwarze Nacht. Du bist der Letzte, der mir fehlt. Und deswegen isst du bitte in der Küche bei mir.« Sie wendete das Omelett in der schweren Pfanne, die sie mit ihren alten, ausgemergelten Armen kaum halten konnte. Um den Griff hatte sie ein Tuch gewickelt, um sich nicht zu verbrennen. Wenig später stand der Teller vor Gaetano. Luisa streute noch ein wenig frische Kräuter darüber, die sie mit der Wippe klein gehackt hatte. Der Duft stieg ihm in die Nase, und weil er wie ein Dienstbote in der Küche saß, vergaß er seine Manieren, legte das Messer beiseite, teilte die flaumige Eierspeise mit der Gabel, riss dazu ein Stück vom Brotlaib und trank entgegen dem väterlichen Rat noch einen großen Schluck Rotwein aus der Flasche.

Leider hatte Gaetano seine Mahlzeit zu gierig verputzt. Ihn drückte es im Magen, deswegen machte er sich im Salon auf die Suche nach der Flasche mit dem französischen Cognac. Doch offenbar hatte sie der Vater mit sich genommen, und er fand nur den Weinbrand der Triestiner Brennerei Stock, also musste er mit der lokalen Hausmarke vorliebnehmen. Er goss sich großzügig ein, dann setzte er sich mit der Zeitung und seinem gut gefüllten Glas auf die Terrasse, die nun gänzlich in der nächtlichen Dunkelheit versunken war. Er machte die elektrische Laterne an und ließ sich in deren Schein nieder, um die Zeitung zu lesen. Die Abendausgabe berichtete etwas ausführlicher über den Hergang des Attentats, doch vom Inhalt gab es wenig Neues. Ein paar Reaktionen aus dem In- und Ausland waren zusätzlich abgedruckt, die vorwiegend die Bestürzung der jeweiligen Potentaten oder Regierungen zum Ausdruck brachten. Und gleichzeitig wurde die negative Stimmung gegen Serbien geschürt. Zwischen den Zeilen war unschwer zu erkennen, wem man die Schuld an der furchtbaren Tat zudachte. Gaetano blätterte weiter, übersprang die Seiten mit den Annoncen und nahm einige sportliche Notizen zur Kenntnis. Leider wurde in Triest hauptsächlich über

Wassersport, allen voran über die Ruderwettbewerbe berichtet, kaum über Radsport. Er kam zum Ende und wollte schon die Zeitung zuschlagen, als sein Blick auf eine grausige Notiz fiel: Am Vortag hatten Bahnarbeiter bei Wartungsarbeiten in einem Rad einer Lokomotive ganz offensichtlich menschliche Überreste gefunden. Bei der folgenden Streckenbesichtigung wurde es dann traurige Gewissheit: Ein Selbstmörder hatte sich gleich nach dem Tunnel, der unter Gretta durchführte, vor den Zug geworfen.

Gaetano ließ diese Meldung auf sich wirken, als er direkt in der Nebenspalte auf den versuchten Selbstmord des Giuseppe N. aus der Via Alfieri stieß, der sich die Pulsadern aufgeschnitten hatte, jedoch noch rechtzeitig von einem herbeigerufenen Sanitäter gerettet werden konnte. Er leerte den Rest des scharfen Destillats und dachte sich: Gut, in Triest bringen sich halt die Leute um. Warum dann nicht auch ein Soldat?

Es gab eben gewisse Dinge, die man hinnehmen musste.

Er erhob sich, löschte das Licht und ging über den Flur zu seinem Zimmer. Vor dem Eingang blieb er stehen, drehte um und ging zu der Tür, die in die Räume des Onkels führte. Er klopfte an. Niemand antwortete. Er drückte die Türschnalle. Die Tür war verschlossen.

***

»Das ist unmöglich. Was Sie von mir verlangen, ist unmöglich!« Wütend schnellte er hoch und wollte das Büro verlassen. Er war ohnehin gereizt. Es war Sonntagabend, und die Art und Weise, wie man ihn so spät noch hierherzitiert hatte, würde er sich sicher nicht gefallen lassen.

Schon das Warten im Vorzimmer vorhin. Er war behandelt worden wie ein Bittsteller. Dabei hatte man nach ihm schicken lassen. Als er der Dinge harrte, wanderten Gedanken durch seinen Kopf. Natürlich hatte ihn der Bote neugierig gemacht, als er ihn zur Unterredung hierher eingeladen hatte. Sein kryptisches Lächeln um den Mund, als er etwas von ansonsten bereuen und dass es um seine Existenz gehe gesagt hatte. Auch der in Aussicht gestellte hohe Lohn war neben seiner Neugier ein Grund gewesen, sich doch darauf einzulassen. Aber mit den verstreichenden Minuten bereute er es. Er war schon im Begriff gewesen, den Palazzo wieder zu verlassen, als er dann doch vorgelassen wurde. Und weil er nun schon da war, hatte er das große Büro betreten. Doch es war schnell zu einem Wortgefecht gekommen. Es war ein Irrsinn, was sie von ihm verlangten.

»Sie bleiben hier, setzen Sie sich wieder!«, forderte der breitschultrige Mann hinter der wuchtigen Tischplatte unmissverständlich. Eine durchaus bekannte Persönlichkeit, doch auch er war nicht irgendjemand. Das musste er jetzt klarmachen: »Was glauben Sie, wen Sie vor sich haben? Mich interessiert nicht, wen Sie kennen und welchen Einfluss Sie haben mögen. So lasse ich nicht mit mir reden. Ich verspreche Ihnen, morgen werden Sie gehörig Probleme bekommen.«

Der Mann hinter dem Schreibtisch lehnte sich in seinem breiten Lederfauteuil zurück und grinste. Seine Augen leuchteten maliziös wie bei einem, der sich als Herr über Leben und Tod fühlt, wenn er ein Insekt zerquetschen kann. Beinah väterlich im Ton, sanft und verständig erklärte er: »Setzen Sie sich wieder. Ich werde Ihnen nochmals langsam ausführen, was wir von Ihnen erwarten.« Mit einer Geste bedeutete er dem anderen, sich wieder zu setzen. Er strahlte die Aura aus, nicht oft Widerspruch erdulden zu müssen und diesen auch nicht zu tolerieren, was auch seine Körperhaltung, gespannt wie ein Raubtier am Sprung, verriet.

Dennoch wagte er noch einen Versuch: »Den Schwachsinn haben Sie mir vorhin schon dargelegt. Schlagen Sie sich das aus dem Kopf.«

Nach einer kurzen Pause, in der das Raubtier sich vorbeugte und Papiere in einer Lade durchsuchte, setzte er nach: »Außerdem, finden Sie es nicht etwas verwegen, wenn wir uns hier treffen?«

Der andere hatte nun gefunden, wonach er gesucht hatte, und hielt ihm ein Blatt Papier hin. »Und wenn ich Sie im Rathaus getroffen hätte, sobald das publik wird, ist es mit Ihnen vorbei.«

Der andere ließ sich langsam auf die Sitzfläche sinken. Er starrte mit bleichen Wangen das Papier an, als würde sich darin sein eigener Tod offenbaren.

»Ich kann das nicht«, stammelte er verhalten.

»Sie müssen.«

MONTAG, 29. JUNI

7.

»Liegt es an mir oder nur an meinen Anordnungen? Sie haben sichtlich ein Problem, diese zu befolgen.«

Lamprecht stand vor dem Schreibtisch seines Vorgesetzten und rang sich ungeachtet dieser Vorhaltung ein müdes Lächeln ab. Die Uhr zeigte sechs Uhr fünfundvierzig und der junge Polizeiinspektor war wie die anderen bereits um sechs Uhr in der Dienststelle erschienen. Er reichte Spetich einen Bogen Papier: »Ich wollte das hier noch verfassen.«

Spetich nahm das Blatt entgegen und überflog die säuberlich auf der Maschine getippten Zeilen. Diesmal ohne jedwede Ausbesserung oder Streichung. Je weiter er im Text kam, desto mehr umspielte ein Lächeln seinen Mund. Freudig hob sich sein Bart an den Backen, als er seine Genugtuung in Worte fasste: »Bravo, Lamprecht. Warum denn nicht gleich, Sie sturer Hund. Hätten Sie das gleich am Samstag so zu Papier gebracht, dann hätten Sie sich heute wenigstens ausschlafen können.«

»Da hatte ich aber noch nicht alle zur Beurteilung der Sachlage notwendigen Informationen.«

»Na, ein Glück, dass die tüchtigen Kollegen diesen Tagedieb mit der Leiter ausfindig machen konnten.«

»Ja, ein Glück, Sie sagen es.« Lamprecht schluckte einen letzten Widerspruch hinunter und beugte sich der erwünschten Zufriedenheit des Oberinspektors. Die Sache mit dem fehlenden Knopf ließ ihn nicht los, aber tatsächlich sprachen die festgestellten Beweise gegen seine Mutmaßungen. Zu wenig Gewicht hatten dagegen die wenigen Ungereimtheiten, die für ihn weiterhin bestanden. Und wenn die Monarchie tatsächlich auf einen Krieg zusteuerte, würde ein einzelner toter Soldat bald ohnehin nicht mehr ins Gewicht fallen.

»Sie können wegtreten«, befahl Spetich und Lamprecht salutierte gebührend, als ihm sein Chef noch einen letzten Rat mitgab: »Sie wirken müde. Gönnen Sie sich doch vor ihrem großen Auftritt noch einen Kaffee. Und eins noch: So groß muss dieser Auftritt dann doch nicht sein. Halten Sie sich zurück.«

Spetich blickte Lamprecht dabei durchdringend an, und der Inspektor meinte, in diesem Gesichtsausdruck auch etwas an Wärme zu erkennen. Ein Blick, mit dem man einen unerfahrenen Freund nach einer Torheit bedachte. Der alte Griesgram war vielleicht gar nicht so bärbeißig, wie er meist bei den Untergebenen rüberkam. Lamprecht nickte, denn nichts anderes hatte er vorgehabt. Und neben dem munter machenden Getränk wollte er noch einen Blick in die Zeitung werfen, bevor er sich in die Statthalterei aufmachte. Auf dem Weg traf er Pirona. Der wirkte verschlossen und schien auch schlecht geschlafen zu haben, was Lamprecht aus den dunklen Ringen unter seinen Augen schloss. Vielleicht war das dem Bier geschuldet, doch wohl eher einem Streit mit seiner Frau. Oft ging es ums Geld. Denn Pironas bankrotter Vater war gestorben und dem Sohn waren dessen Schulden geblieben, für die er gebürgt hatte. Pirona nickte ihm nur zu und verschwand dann in seinem Zimmer. Lamprecht trat nun den Weg zur Besprechung an, auch wenn diese erst in über einer Stunde stattfinden würde.

Das erst kurz nach der Jahrhundertwende errichtete neue Regierungsgebäude lag direkt neben dem Caffè degli Specchi. Einzige Trennlinie waren die querenden Straßenbahnschienen, die, vorbei am Teatro Verdi, zur Börse führten. Lamprecht hatte ausgiebig die Zeitung gelesen und in Ruhe seinen Kaffee getrunken, ehe er aufgebrochen war. Der Palazzo lag direkt an der Uferpromenade und die Vielzahl der an den Kais ankernden Schiffe zeigte, wie sehr die Stadt mit dem Meer verbunden war. Früher hatte das Hafenbecken Mandracchio sogar bis weit in den jetzigen Platz hineingereicht. Kein Wunder, dass auch der Hauptplatz der Stadt zu diesem Lebensquell hin zugewandt war wie das Gesicht einer Liebenden zu ihrem Geliebten. Der Haupteingang befand sich an der Piazza Grande, davor lag der zuletzt oftmals geschmähte Park. Im Zentrum der Längsseite des Gebäudes prangten übereinander zwei wuchtige Balkone, die von Säulen gestützt und von einem Dach geschützt waren. Der Wiener Künstler Josef Straka hatte die Außenfassade verziert, deren rötliche Ornamente von der späten Morgensonne entflammt waren.

Auf seinem Weg sah Lamprecht, wie an allen öffentlichen Gebäuden auf dem Platz schwarzer Trauerflor angebracht wurde, die rot-weiß-roten Fahnen auf den Dächern flatterten auf halber Höhe im Wind. Er betrat das Gebäude und nannte der Wache am Eingang seinen Namen und den Grund seines Besuchs, woraufhin er prompt vorgelassen und von einem Amtsdiener in den ersten Stock geführt wurde, wo neben den prunkvollen Sälen auch das Büro des Statthalters lag. Er war zehn Minuten zu früh da und musste im Vorzimmer warten. Ein Sekretär beäugte ihn scheel und fragte sich wahrscheinlich, was der junge Bursche in Zivilkleidung hier zu suchen hatte. Kurz nach ihm betrat ein älterer, großgewachsener Mann in Uniform den Raum. Lamprecht kannte ihn. Es war Girolamo Demarchi, der Kommandeur der Rathauswache, die neben den österreichischen Behörden als Aufsichtsorgan für die öffentliche Sicherheit eingerichtet war. Er trug einen dunkelblauen Rock mit zwei Knopfleisten, an dem seitlich sein Säbel baumelte. Der Helm erinnerte ein wenig an die Pickelhauben, allerdings war der Schmuck an der Oberseite mit der geschwungenen Form mehr jenem der Dragoner nachempfunden als dem Spitzzack der Preußen. Die beiden Männer bedachten einander mit einem Kopfnicken, doch keiner sagte etwas. Dabei hatte Valerio, der Bürgermeister, sie beide vor Längerem einander vorgestellt und bei dieser Gelegenheit Lamprecht vorgeschlagen, doch seine Karriere in diesem Korps zu machen. Wie Lamprecht an Demarchis Blick damals hatte ermessen können, war dieser von der Initiative des Bürgermeisters ebenso überrascht worden. Lamprecht hatte freundlich, aber bestimmt abgelehnt und gemeint, er bleibe lieber der Staatsgewalt verbunden. Demarchis Gesichtsausdruck hatte sich für einen Moment erhellt, offenbar froh darüber, dass man ihm nicht einen Günstling in seine Reihen pflanzte. Doch kaum hatte er sich verabschiedet, da hatte der Bürgermeister Lamprecht abermals ins Gewissen reden wollen: »Überlegen Sie es sich bitte noch einmal. Wer weiß, wie lange dieser Staat noch Gewalt über uns Italiener besitzen wird. Dinge ändern sich. Doch die Rathauswache wird bleiben. Die Wache ist Angelegenheit der Stadt, eine italienische Angelegenheit.«

Jetzt erschien Valerio flotten Schrittes im Vorzimmer des Statthalters. Der Sekretär erhob sich und grüßte devot. Lamprecht wollte einen Schritt auf seinen Förderer zu machen, um ihn herzlich zu empfangen, doch Valerio gab ihm mit einem Augenschlag zu verstehen, dass es hier besser war, die Distanz zu wahren. Außerdem befanden sich knapp hinter ihm zwei Militärs in hechtgrauer Uniform, die den Gang mit dem Widerhall ihrer kantigen Stiefelschritte erfüllten. Lamprecht erkannte die beiden sofort wieder. Es handelte sich bei den beiden um jene ranghohen Offiziere, mit denen er es am Samstag bei seinem Besuch in der Kaserne zu tun bekommen hatte:

Oberst Freiherr von Waldenhoff, der Kommandant des Regiments, und sein Adjutant Gunther Jahn. Es war mittlerweile neun Uhr geworden und der Oberst drängte sich wortlos an den Wartenden vorbei und steuerte ungebremsten Schrittes auf die breite Flügeltür zu, die ins Büro des Statthalters führte. Der Sekretär verließ flink den Platz hinter seinem Schreibtisch und schaffte es mit drei langen Sätzen, die Schnalle vor dem Oberst zu drücken, bevor dieser wie eine Walze durch die Tür gepoltert wäre.

»Die Herren sind jetzt alle vollzählig, Eure Durchlaucht«, schaffte er es noch, die Geladenen anzukündigen, bevor ihn von Waldenhoff auf die Seite gedrängt hatte.

Lamprecht ließ den Herren, die den beiden Offizieren nachfolgten, den Vortritt und betrat als Letzter den Raum. Hinter seinem Rücken wurde die Tür geschlossen, Zeichen dafür, dass man tatsächlich niemand anderen mehr erwartete. Alle Augenpaare waren auf den Statthalter, Prinz von Hohenlohe-Schillingsfürst, gerichtet.

Der Adelige, der knapp nach der Jahrhundertwende auch kurzzeitig als Ministerpräsident der Regierung vorgestanden hatte, erhob sich von seinem Platz und schickte einen allgemeinen Gruß in die Runde. Mit dem Rücken zu den Eintretenden saß ein älterer kleiner Mann auf einem Sessel vor dem wuchtigen Schreibtisch aus dunklem Nussholz, der ihnen jetzt den Kopf zuwandte. Lamprecht erkannte in ihm den Landeshauptmann von Istrien.

»Signor Rizzi brauche ich Ihnen wohl nicht vorzustellen«, Hohenlohe-Schillingsfürst deutete auf seinen Gast, der mit ihm auf das Eintreffen der anderen gewartet hatte. »Nehmen Sie doch bitte Platz!«, lud der Statthalter die versammelten Herren ein und wies den Hinzugekommenen einige Sitzgelegenheiten um einen kleinen Besprechungstisch zu. Er selbst gesellte sich auch dazu, während Rizzi auf seinem Platz etwas im Abseits verblieb. Einem aufmerksamen Beobachter wie Lamprecht entging das distanzierte Verhältnis zwischen Hohenlohe und Rizzi nicht. Lodovico Rizzi aus Pola war gewiss kein Politiker, der mit der Tricolore unter dem Kopfpolster schlief und darauf hoffte, dass Vittorio Emanuele möglichst bald die Herrschaft im Küstenland antrat, doch er war auch schon als Abgeordneter immer ganz offen für die Interessen der italienischen Bevölkerung in Istrien eingetreten und hatte im Konflikt mit den Slawen nicht nur einmal eine Entscheidung von Triest eingefordert, die er natürlich zugunsten seiner Volksgruppe erwartete. Kein Wunder, dass auch die beiden Soldaten ihn scheel von der Seite ansahen und seine Anwesenheit weniger gutzuheißen schienen. Lediglich Valerio beugte sich von seinem Stuhl zu Rizzi hinüber und bestellte auf Italienisch Grüße an dessen Frau.

Hohenlohe begrüßte namentlich die anderen Anwesenden, wodurch sich eine formale Vorstellung erübrigte, dann öffnete er seine private Zigarrenkiste und lud die Männer ein, zuzugreifen. Die beiden Militärs nahmen an, während die anderen dankend ablehnten. Einzig Rizzi war in seinem Abseits gezwungen, mit einer Zigarette aus seinem eigenen Etui vorliebzunehmen. Der Sekretär aus dem Vorzimmer erschien, im Schlepptau hatte er einen Kellner mit, der auf einem Silbertablett Kaffee und eine Karaffe Wasser servierte.

Lamprecht folgte wie Valerio der Aufforderung zuzugreifen und nahm sich eine Tasse mit schwarzem Kaffee. Hohenlohe war leicht untersetzt und sein Gesicht ging eher ins Rundliche, doch die engen Augen und die lange, schlanke Nase ließen es kantiger erscheinen. Sein Bart thronte in zwei dichten Halbkreisen auf den Wangen, die Haare hatte er kurz geschnitten wie jemand, der eben von der Entlausung kam. Er trug einen dunklen Anzug mit Weste und ein Hemd mit Stehkragen und schwarzer Krawatte mit engem Knoten. Lamprecht hatte sich sein Büro imposanter vorgestellt. Auch fehlte ihm das obligatorische Porträt des Kaisers. Hinter seinem Schreibtischsessel war ein Ölgemälde, das Ausschnitte der Schlacht des Prinzen Eugen um Belgrad zeigte, und Lamprecht fragte sich, ob er dieses Bild aus aktuellem Anlass aus einem Fundus des Kultusministeriums hatte kommen lassen. Franz Joseph war in Gestalt einer Büste aus weißem Karstmarmor zugegen und betrachtete von seinem Platz auf einem Sockel neben dem Schreibtisch des Fürsten aus stumm und mit leblosen Augen die Versammlung. Auf der Tischplatte erkannte Lamprecht noch ein Bild des ermordeten Thronfolgers mit schwarzer Schleife darüber.

»Ich nehme an, meine Herren, der Grund unserer heutigen Zusammenkunft ist Ihnen klar«, eröffnete Hohenlohe nun den offiziellen Teil. »Ich habe gestern mit dem Obersthofmeister Seiner Majestät, dem Fürsten Montenuovo, telefoniert, und es ist so, dass die sterblichen Überreste unseres geliebten, auf solch schändliche Weise gemeuchelten Thronfolgerpaares am Mittwoch von Metković aus mit dem Schiff nach Triest aufbrechen, wo sie für den Morgen des folgenden Tags erwartet werden.«

Ein Raunen ging durch die Versammelten, wobei einige, allen voran Waldenhoff, ihre Empörung über den Anschlag in Sarajevo noch einmal zum Ausdruck brachten. Doch Hohenlohe ging darauf nicht ein und sprach ungerührt weiter: »Ich will, dass bis dahin Ruhe in der Stadt herrscht und wir den Toten bei deren Ankunft den nötigen Respekt zollen. Es wird Ihrer aller Aufgabe sein, dass zumindest diese letzte Reise ohne weitere Zwischenfälle abläuft.«

Waldenhoff, der schon die ganze Zeit ungeduldig mit seinem Oberkörper gewippt hatte, meldete sich jetzt ungefragt zu Wort. Mit übertrieben lauter Stimme, die besser auf seinen Exerzierplatz gepasst hätte, platzte es aus ihm heraus: »Und genau das ist das Problem. Den Zwischenfall haben wir jetzt schon!« Er holte ein Blatt Papier aus seiner Uniformjacke und es entging Lamprecht nicht, wie er dabei einen zufriedenen Ausdruck aufsetzte. »Wir haben diese Nachricht zugespielt erhalten«, erklärte er und hielt den Bogen Hohenlohe hin, der ihn nahm und erzürnt ausrief: »Was für eine freche und unglaubliche Impertinenz der Krone gegenüber!«

»Dürften wir auch wissen, worum es sich bei diesem Schreiben handelt?« Valerio hatte in betont ruhigem Ton gesprochen, und Hohenlohe reichte ihm das Blatt weiter. So machte es in weiterer Folge die Runde, bis es zu Lamprecht kam, der sich nach der Lektüre erhob, um es Rizzi zu bringen. An den Blicken Waldenhoffs und auch Hohenlohes war abzulesen, dass er sich diesen Weg nach deren Dafürhalten hätte ersparen können.

Valerio las den Text wie eine Fürbitte bei der Sonntagsmesse: »Die Särge werden Triest nie erreichen. Triest ist Italien und Italien den Italienern!« Gezeichnet war das Schreiben von einem CLT, dem Comitato della liberazione di Trieste. Keine Frage, das war ein Affront. Das war ein Skandal, und jeder wollte seinem Groll Luft machen. Immer mehr Worte flogen durch den Raum wie versprengte Granatsplitter, die nicht weiter zwischen Freund und Feind unterschieden. Lamprecht schritt ein. Er erhob sich. Um einen neutralen Tonfall bemüht fragte er: »Wie sind Sie an diese Nachricht gekommen?«

Der Oberst hatte wohl mit vielem gerechnet, aber nicht mit dieser Frage. »Ist das nicht gleichgültig?«

»Wenn dieses Schreiben als Brief postalisch befördert wurde, lässt sich am Stempel das Postamt herausfinden, wo man es aufgegeben hat. Vielleicht kann sich dort jemand an den Absender erinnern. Haben Sie einen Umschlag dazu?« Lamprecht folgte seiner kriminalistischen Logik, was aber von Waldenhoff nicht mit Wohlwollen aufnahm. Offenbar fühlte er sich von dem jungen Halbitaliener vorgeführt.

»Glauben Sie nicht, dass wir das nicht selbst sofort nachgeprüft hätten? Nein, es gibt keinen Umschlag. Es handelt sich um ein Flugblatt, das uns zugespielt wurde.«

»Zugespielt?« Jetzt war es Demarchi, der einen bösen Blick für seine Frage erntete. Er ließ sich davon aber nicht aus der Bahn werfen und setzte fort: »Ich glaube, die Frage nach einem möglichen Absender ist nicht unberechtigt.« Am Blick, den er mit Lamprecht austauschte, konnte der erkennen, dass er hier einen möglichen Verbündeten gefunden hatte. Waldenhoff wirkte mit einem Mal schaumgebremst und antwortete konzilianter: »Wir wissen es leider nicht. Der Zettel war an ein Kasernentor angeheftet.«

Lamprecht nahm das Blatt nochmals in Augenschein, dabei stellte er fest: »Er hat aber kein Loch. Womit war er angeheftet?«

Waldenhoff wurde rot, dann versetzte er Jahn einen Stoß und fuhr diesen an: »Jetzt sagen Sie doch etwas dazu!«

Jahn schien dieser Zornausbruch wenig zu stören. Er holte weitere Blätter aus seiner Aktentasche und hielt sie den Anwesenden hin, dabei erläuterte er: »Es waren mehrere Pamphlete desselben Inhalts, die man in der Gegend um die Kaserne affichiert hatte. Sie können sie gern von einem Chemiker untersuchen lassen, wenn Sie sich aus der Art des Leims Rückschlüsse auf den oder die Täter versprechen.«

»Haben Ihre Leute davon etwas berichtet?«, fragte Demarchi nun Lamprecht, der den Kopf schüttelte.

»Ist das nicht egal?«, kam es wieder von Waldenhoff, der einen weiteren Bogen Papier hervorholte: »Bevor Sie Ihre Zeit mit Nebensächlichkeiten verschwenden, wäre es besser, wenn Sie beide Ihre Arbeit als Polizisten dieser Stadt aufnehmen würden. Hier habe ich Ihnen eine Liste der unzuverlässigen Untertanen erstellt, die nur darauf warten, dass die italienische Flagge auf allen öffentlichen Gebäuden der Stadt weht. Tun Sie endlich Ihre Pflicht und verhaften Sie diese Irredentisten. Es ist ja wohl klar, wer hinter dieser impertinenten Drohung gegen die Krone steckt.«

»Wenn wir das tun, schaffen wir genau die Märtyrer, die jede Revolution als Futter braucht«, rief Valerio heraus. Waldenhoff grinste süffisant: »Es wundert mich nicht, dass genau Sie das sagen. Ich habe mich immer gefragt …«

»Genug, es reicht!« Hohenlohe brachte nun alle zum Schweigen. Seinen Worten verlieh er mit erhobenen Händen Nachdruck. Wieder flogen Blicke durch den Raum und es war unschwer zu erkennen, wer sich mit wem verbünden würde. Der Statthalter stand auf und machte ein paar Schritte durch sein Büro, die Arme hinter dem Rücken verschränkt. Er ging zu einem Fenster vor, die anderen folgten ihm mit ihren Blicken. Man wartete auf seine Worte. Nach einer Pause, die von beinahe gespenstischer Stille geprägt war und in der Hohenlohe jedem Sitzungsteilnehmer streng in die Augen geblickt hatte, wurde er endlich konkret: »Ich habe mich vorhin wohl nicht klar genug ausgedrückt. Ich will genau, dass solche Eskapaden keine Chance haben. Es muss Ruhe einkehren. Aber wie soll das funktionieren, wenn ich es nicht einmal schaffe«, er wurde lauter, »dass die Vertreter der Staatsmacht, die ich heute um mich versammelt habe, einen kühlen Kopf bewahren?« Er drehte sich um. »Ich kenne dieses Schreiben. Auch an meinem Amtsgebäude fand sich so ein Wisch.«

Er war bei Rizzi zu stehen gekommen und legte ihm beinah vertraut die Hand auf die Schulter. Der Landeshauptmann sagte: »Wie ich Ihnen, Eure Durchlaucht, bereits gesagt habe, finde ich diese Drohung ziemlich lächerlich. Wie soll das gehen? Wir wissen, wo die Särge sind, und unser Militär wird sich um den sicheren Transport nach Triest kümmern. Vielleicht wäre es im Moment ganz gut, wenn das hier möglichst vertraulich behandelt wird und nicht gleich zum Hof durchdringt?«

Trotz der offensichtlichen Differenzen zwischen Rizzi und Hohenlohe schien der Statthalter über diesen Einwurf sehr erfreut, weil er wohl auch seine eigene Meinung wiedergab.

»Das verstehe ich ja noch. Aber was ist mit diesen Aufrührern?«, warf der Oberst abermals ein und deutete auf seine Liste. In all den Orten der Monarchie hatten Spitzel die Namen der möglicherweise abtrünnigen Untertanen gesammelt, die man gern als Sündenböcke für allfällige Unruhen oder Sezessionstendenzen hinstellte.

»Natürlich«, bestätigte Hohenlohe, »wir werden uns um diese renitenten Subjekte zu gegebener Zeit kümmern. Aber jetzt erwarte ich, dass die lokalen Sicherheitskräfte diskret versuchen herauszufinden, wer hinter diesem Machwerk stecken könnte.«

»Mit Verlaub, Eure Durchlaucht, aber finden Sie nicht, dass es besser wäre, wenn sich die Armee um diese Unruhestifter kümmern würde? Ich denke, bei manchen der Anwesenden«, und es war jetzt der Bürgermeister, den er mit seinem Blick wie mit einer Zange fixierte, »sind Interessenskonflikte möglicherweise nicht auszuschließen.« Der Oberst nahm einen langen Zug von seiner Zigarre und stieß den Rauch aus wie ein Dampfer, der mit vollen Motoren gegen übermannsgroße Wellen kämpft.

Der Statthalter griff sich den Bogen Papier mit der Namensliste: »Jeder hier wird wohl nur die Interessen unseres Monarchen im Auge behalten, und damit möchte ich diese Unterredung beenden. Ich habe meinen Anweisungen nichts hinzuzufügen. Sie wissen, was jetzt zu tun ist. Ich will hier Ruhe und Ordnung. Danke, meine Herren. Gott schütze unseren Kaiser!«

»Aber«, stammelte Waldenhoff irritiert, »Sie werden doch die Sache nicht in die Hände der lokalen Behörden legen!« Es war Jahn, der sich als Erster erhob und seinen Vorgesetzten am Ärmel zog, um ihn ebenfalls zum Aufbruch zu bewegen. Der Oberst riss seinen Arm weg und drückte dann den Stummel seiner Zigarre im Bleikristallaschenbecher aus, worauf sich die letzten Schwaden auf die Häupter der Versammelten legten wie ein Fluch. Fürst Hohenlohe-Schillingsfürst legte die Liste auf seinen Schreibtisch und ging zum Fenster, das er ohne ein Wort öffnete. Nachdem der Sekretär offenbar zuvor entsprechend unterrichtet worden war, wartete er bereits an der ebenfalls geöffneten Flügeltür. Der einsetzende Luftzug riss zunächst den blauen Dunst aus dem Raum, auf dem Fuße folgten die beiden Militärs und hinter ihnen Rizzi und die Vertreter der lokalen Polizeistellen. Lamprecht hörte noch, wie der Statthalter den Bürgermeister bat, noch einen Moment zu warten, dann wurde die Tür hinter seinem Rücken wieder geschlossen.

Lamprecht war selten verwirrt, doch aus dem heutigen Treffen wurde er nicht schlau. Er konnte keinen klaren Auftrag erkennen und ebenso wenig, welche Rolle ihm in dieser Farce zugedacht worden war. Warum hatte ihn Valerio zu diesem Treffen beiziehen wollen? Er hatte sich völlig fehl am Platz gefühlt. Zwar hatte er sich hervorgetan, doch sein Einwurf hatte nicht unbedingt ein rühmliches Bild auf die Polizeiarbeit geworfen, wenn sein Beitrag so schnell als unbedeutend hinweggefegt worden war. Angesichts dieser fruchtlosen Grübelei kam es ihm nicht ungelegen, dass Demarchi ihn aus seinen Gedanken riss und ihn noch auf der Treppe ansprach. Der

Kommandant teilte ihm mit, dass er von Valerio den Auftrag habe, Lamprecht sogleich ins Rathaus zu bringen.

»Ein paar Minuten haben wir sicher, bis der Podestà seine Abreibung von Hohenlohe erhalten hat. Wollen wir also vorher noch einen Kaffee trinken?«

Lamprecht stimmte ein und fand sich wenig später abermals im Caffè degli Specchi wieder. Bald würde er dort neben seiner Konsumation auch noch Miete zu zahlen haben, so oft wie er dieses Kaffeehaus in letzter Zeit frequentierte. Demarchi führte die Tasse an seine Lippen und lächelte Lamprecht unverbindlich von der Seite an, als der ihn fragte, ob er denn wisse, worum es sich handle. Demarchi zuckte mit den Schultern: »Ich weiß es wirklich nicht, aber hat nicht alles mit dem Attentat zu tun?«

»Ja, aber was erwartet man von uns dabei? Der Täter ist doch bereits gefasst.«

Demarchi zuckte abermals mit den Schultern und erhob sich. Er griff in seine Hosentasche, legte ein paar Münzen auf den Tisch und wehrte Lamprecht ab, der es ihm gleichtun wollte. Das Geld sollte wohl für beide Getränke reichen. »Grazie«, bedankte sich Lamprecht, der sich ungern einladen ließ, und wenn es nur zu einem kleinen Kaffee war.

8.

Das Büro des Bürgermeisters bot im Vergleich zu dem des Statthalters den besseren Ausblick, wie Lamprecht wenig später bewusst wurde, als er die Aussicht aus dem Fenster auf die Piazza Grande und das daran angrenzende Meer betrachtete. Valerio war mehr oder weniger zeitgleich mit ihnen im Rathaus eingetroffen und hatte sie gleich in sein Büro gebeten.

Ohne Umschweife kam er auf die Liste zu sprechen, die ihm vom Statthalter anvertraut worden war. »Also, meine Herren«, sagte er mit spitzbübischem Grinsen, »der Herr Oberst hat gehofft, dass er von Hohenlohe einen Freibrief für seine Aktionen bekommt. Zum Glück war aber der Statthalter so umsichtig, die Sache in unsere Hände zu legen.« Er reichte die Liste an Demarchi, den Kommandanten seiner Wache, weiter. Ohne sie näher zu lesen fragte der: »Möchten Sie also, dass wir Verhaftungen vornehmen?«

Valerio lachte kurz auf. »Sind Sie wahnsinnig geworden? Da müssten Sie die Hälfte des Stadtrats verhaften. Und auch einige Ihrer Männer, wenn Sie mir diese Bemerkung erlauben.«

Demarchi machte nun einen Blick darauf und Lamprecht entging nicht, wie sich der bislang aalglatte Kommandeur in seiner Haut unwohl zu fühlen begann. Valerio ließ seinen Blick zu Lamprecht schweifen, Demarchi verstand diesen Wink und reichte die Liste an Lamprecht weiter. Der Kommandant war selbst einer der exponierten Namen, die dem Ispettore sofort ins Auge stachen, und es handelte sich nicht um den einzigen prominenten Vertreter der Stadtverwaltung. Valerio hatte recht. Hier wären nach der Intention des kaiserlichen Offiziers einige der schillerndsten Vertreter der italienischstämmigen Oberschicht im Gemeindekotter verschwunden.

»Ich kenne Ihre Vorgeschichte«, wandte Valerio sich nun direkt an Lamprecht. »Sie können beide Seiten bedienen. Die deutsche wie auch die unsere. Und genau deswegen möchte ich, dass Sie sich der Sache annehmen.«

Lamprecht war geschmeichelt und irritiert zugleich. Er zeigte auf Demarchi wie auf ein Objekt, über dessen Preis man am Markt soeben verhandelt. »Sie wollen, dass ich ihn festnehme?«, fragte er mit hochgezogenen Augenbrauen.

»Aber das wäre doch absurd«, antwortete Valerio mit beinah

väterlicher Nachsicht. »Sie haben doch gesehen, was hier los wäre, würde man manche Kräfte walten lassen, wie es ihnen beliebt. Nein, Sie sollen diese Angelegenheit mit dem nötigen Fingerspitzengefühl angehen. Der Commandante ist dazu viel zu sehr in der Schusslinie.« Auch der Bürgermeister zeigte nun auf Demarchi wie auf ein Objekt in einem Schaufenster, was der Kommandant aber gewohnt emotionslos über sich ergehen ließ. Im Gegenzug übernahm nun dieser das Reden: »Wir erwarten, dass Sie ein paar der Leute von der Liste sehr wohl perlustrieren, aber eben nur die Unbedeutenden. Außerdem wäre es klug, Ihr Augenmerk auch auf die slawischen Unruheherde in der Stadt zu richten. Es schadet nicht, wenn zusätzlich ein paar Slowenen in Gewahrsam genommen werden. Zum Ausgleich sozusagen.«

Lamprecht lehnte sich zurück und sein Blick wechselte zwischen Demarchi und Valerio als er unverblümt fragte: »Und im Hintergrund ziehen Sie die Fäden?«

Jetzt entrang sich Demarchi doch ein überlegenes Lächeln: »Nennen wir es so: Sie erhalten von uns eine wertvolle Unterstützung, aber wir sind nur Ihr unsichtbarer Verbündeter.«

Valerio übernahm: »Es ist alles vorbereitet. Ich habe mit Spetich bereits gesprochen. Sie sind nur uns beiden direkt verantwortlich, ohne den üblichen Dienstweg einzuhalten. Er hat dazu auch noch Ihren Kollegen abgestellt.«

»Handelt es sich um Ispettor Pirona, wenn ich das fragen darf?«

»Esatto, Pirona heißt der Mann.«

»Hier haben Sie ein anderes Verzeichnis. Das sind die Leute, die unser Vertrauen genießen und entsprechende Kontakte haben. Die werden Ihnen sagen können, wo Sie die Nester finden, in die Sie stechen sollen«, erklärte nun Demarchi.

»Sie meinen Spitzel?«

»Wir nennen diese Leute Konfidenten«, schwächte Demarchi den negativ konnotierten Begriff etwas ab und Valerio nickte. »Am besten, Sie gehen gleich zum Molo Giuseppina. Sie kennen sicher das Weinlager, wo Sie auch einen wichtigen Informanten finden werden, der sich vormittags in der Regel dort herumtreibt. Grembi heißt der Mann und er hat uns schon so manchen Dienst erwiesen.«

»Und die Österreicher?«, fragte Lamprecht, dem dämmerte, was man von ihm erwartete.

»Die Österreicher lassen wir besser in Österreich. Die geht das hier nichts an.«

Lamprecht räusperte sich und betrachtete nochmals die aufgelisteten Namen, von denen ihm nur drei italienisch erschienen, und die entsprechend gekennzeichnet waren. Grembi war zu Beginn gelistet. Valerio streckte seinen Arm nach dem Papier aus und bat ihn um Aushändigung: »Die für Sie relevanten Personen haben wir unterstrichen. Die werden Sie sich ja merken können, es sind nur drei, den Rest vergessen Sie am besten sofort wieder. Er entflammte ein Streichholz, zündete das Papier an und ließ es in einen gusseisernen Korb fallen. »So, jetzt haben wir das besprochen. Causa finita! Machen Sie sich umgehend ans Werk, ich erwarte morgen um dieselbe Zeit Ihren ersten Bericht.«

Lamprecht hatte noch aus dem Vorzimmer des Bürgermeisters in der Polizeidirektion angerufen und mit Pirona telefoniert. Er musste ihn sofort über die neuesten Entwicklungen ins Bild setzen und natürlich über die Sonderzuteilung informieren. Er trug ihm auf, zu ihm zu stoßen und zum Weinlager zu kommen. Am besten, sie würden die Informanten gemeinsam in die Mangel nehmen.

Er ging durch den Park vor zum Österreichischen Lloyd. Die beiden Besprechungen musste er erst sickern lassen. Er war sich natürlich bewusst, dass in der Habsburgermonarchie, die viele Völker unter ihr Dach gezwängt hatte, jede Behörde ihr eigenes Süppchen kochte. Jede Nationalität bespitzelte die anderen Volksgruppen, mit denen sie ihr Territorium teilen musste, und jeder erhoffte sich mit dem Abstieg der einen Nationalität das Aufsteigen der eigenen. So gesehen war der Staat durch die vielen gegenläufigen Strömungen in seinem Inneren blockiert, wenn es um die Lösung wichtiger Probleme ging. Damit hatte man sich als Untertan abzufinden. Aber dass er als Polizist jetzt genau in so einer Schlangengrube gelandet war, verstörte ihn. Er dachte an seinen Vater und mit einem Mal entfaltete dessen Angebot, er möge doch zu ihm in die Bank wechseln, einen gewissen Charme. Das konnte er jetzt nicht leugnen. Dabei war er gerne Polizist. Er liebte seine Streifgänge durch die Stadt und würde es nicht aushalten, ganze acht Stunden am Stück oder gar noch länger in einem Büro am Schreibtisch zu sitzen. Und dann war da natürlich auch das Jagdfieber, das ihn packte, wenn er die Fährte eines Verbrechers aufnahm. Er hatte immer gehofft, dass er sich in seiner Position aus der Politik heraushalten würde können und dass er davor gefeit sein würde, sich früher oder später für eine Seite entscheiden zu müssen, doch jetzt steckte er mittendrin, jetzt hatte ihn deren Sog erfasst und er musste aufpassen, dass dieser ihn nicht fortriss.

Doch es war ein zu schöner Tag, um lange belastenden Gedanken nachzuhängen. Über den azurblauen Himmel wanderten einzelne bauschige Wolken, die so weiß in der Sonne strahlten wie frisch gewaschene Betttücher. Am Eck zum Grand Hotel Excelsior begegnete er einer uniformierten Wache, die ihm ehrfürchtig salutierte. Er kannte den jungen Mann nicht, doch offenbar war er in der Stadt bekannt. Er betrachtete das riesige Hotel mit den gedeckten Balkonen, eingerahmt von Säulen, das erst vor drei Jahren eröffnet worden war und den Platz der ehemaligen k. u. k. Seebehörde eingenommen hatte, die wegen dieses Neubaus abgerissen worden war. Ein paar Hotelgäste saßen auf den Balkonen vor ihren Zimmern und genehmigten sich neben der Aussicht, die bei der herrschenden klaren Sicht bis nach Pirano und weiter reichte, ein spätes Frühstück oder eine Tasse Tee. Gleich nach dem Hotel erstreckte sich der Molo Sanitaria weit ins Meerbecken hinein und reichte den Schiffen, die in den Hafen einlaufen wollten, seine Hand. Er passierte die neue Fischhalle und sah sein Ziel vor Augen.

Von hinten näherte sich mit hoher Geschwindigkeit ein Pferdewagen, der in Lamprechts Richtung zuhielt. Die Hufe trampelten über das Pflaster und Lamprecht riss seinen Kopf herum, als das Gefährt nur wenige Armlängen vor ihm abrupt zum Stillstand kam. »Brrrrrrrrrr«, machte der Kutscher so laut, dass man es wahrscheinlich noch auf der Promenade von Sant' Andrea hörte. Er hatte die Zügel angezogen, die Pferde schnaubten so stark, dass ihre Nüstern zitterten.

»Komm! Steig ein«, rief ihm Pirona aus dem Inneren zu.

Lamprecht trat an die Kutsche heran, der Fahrer zog seine Kappe und nickte ihm zu, und der Ispettore fragte: »Das ist jetzt aber nicht dein Ernst? Es sind nicht einmal fünfhundert Meter bis zu unserem Ziel.«

»Du hast gesagt, so schnell wie möglich, und da bin ich.«

Lamprecht stieg zu Pirona ein und setzte sich ihm gegenüber auf die Bank. Damit sie auf der kurzen Strecke ungestört blieben, zog er die Vorhänge zu. Der Kutscher ließ die Peitsche knallen und das Pferd trabte an. Lamprecht begann dem Kollegen alles zu erzählen, was sich am Morgen zugetragen hatte. Über die Besprechung beim Statthalter und beim Bürgermeister. Dann weihte er ihn in seinen Plan ein, möglichst diskret nach nationalistischen Zellen in der Stadt zu suchen, auch wenn er bezweifelte, dass es solche Kräfte hier in Triest überhaupt gab.

Gewiss, es herrschten, wie überall in der Monarchie, die üblichen sozialen Spannungen. Arbeiter, die wegen schlechter Arbeitsbedingungen streikten, wie die Heizer des Lloyd vor einigen Jahren. Aber italophile Träumer, die über die nahe Grenze bei Cividale und Palmanova ins Friaul schielten, fanden keine große Anhängerschaft. Sie waren so sehr in die Erörterung ihrer Taktik vertieft, dass sie den Tumult, der sich hinter den Bahngleisen an der Hafenmauer zutrug, nicht bemerkten. Auch nicht wie der Kutscher, nachdem es einen lauten Knall gegeben hatte, von seinem Bock sprang. Erst als das Pferd sich aufbäumte und drauflosszugaloppieren begann, wurden die Männer im Innern der Karosse aus ihrem Gespräch gerissen. Die beiden Passagiere wurden durchgebeutelt und suchten nach Halt in der Kutsche. Doch bei einem Ruck schlugen ihre Köpfe gegeneinander. Lamprecht verlor die Orientierung, dann wurde es dunkel um ihn. Als er aus seiner kurzen Ohnmacht erwachte, war es immer noch dunkel. Dunkel und nass. Salziges Wasser brannte in seiner Kehle, und er wollte es ausspucken, wollte husten, doch all das ging nicht. Auch die Augen brannten, als er sie öffnete. Er konnte wenig erkennen, die Kutsche war jedenfalls im Sinken, er musste sofort raus aus dem Fahrzeug, bevor es zum Sarg wurde. Zu seinem Sarg. Er tastete nach dem Türrahmen und zog sich daran vor, bis sein Oberkörper frei war. Das spärliche Licht verfinsterte sich weiter, die Kutsche sank zum Hafengrund ab. Er musste schnell ganz hinaus ins offene Wasser. Doch die Tür hatte ihn eingeschlossen und hielt ihn gefangen. Immer stärker wurde der Überlebensimpuls, den Mund aufzureißen und Luft einzusaugen. Ruhe bewahren, sagte er sich. Denk an deine Tauchübungen, ermahnte er sich. Er presste die Lippen aufeinander und zählte ruhig bis drei, bis er sich in seiner Umgebung orientiert hatte. Dann war er bereit. Er schaffte es, sich mit dem linken Bein von der Sitzbank abzustoßen. Die Tür gab nach, der

Widerstand wurde schwächer und endlich gelang es ihm, sein sinkendes Gefängnis zu verlassen. Mit schnellen Tempi wollte er sich in Richtung des durch das Wasser scheinenden Lichtes vorkämpfen, als ihn erneut ein Gewicht auf seinen Schultern in die Tiefe drückte. Es war eben doch etwas anderes, ob man freiwillig auf dem seichten Meeresboden saß und die Luft anhielt, so lange man es schaffte, oder ob man im Sog einer versinkenden Kutsche in die Tiefe gerissen wurde. Er wand sich, doch etwas schlang sich enger um seinen Hals. Die Wasseroberfläche entfernte sich wieder. Er stieß die letzten Luftblasen aus, seine Lungenflügel waren leer, wenn er nicht bald die Oberfläche erreichte, würde er ertrinken wie die anderen auch. Der Kutscher, das Pferd und Pirona. Wie Pfeile flogen diese Gedanken, die nur aus kurzen Fetzen bestanden, durch sein Hirn.

Stille hüllte ihn ein. Es war, als ob alle Geräusche der Welt vom Ozean verschluckt wären. Er selbst in Trance, seine Ohren verpackt wie eine Flasche teurer Wein in einer Holzkiste voll weichem Stroh. Er hatte dieses Gefühl schon einmal gehabt, er fühlte sich an den Moment erinnert, als sie einander gegenüber gestanden waren, in der vorgeschriebenen Distanz, die Waffen aufeinander gerichtet, und er die Blitze des Mündungsfeuers gesehen hatte, an diesem unsäglichen Tag in Wien. Den Schuss hatte er nur gesehen, aber nicht gehört, und auch hatte er gesehen, wie der andere auf ihn gezielt und dann seinen Arm um einen Zentimeter nach unten hatte wandern lassen, worauf die Kugel direkt vor seinem rechten Fuß die Erde aufgerissen hatte. Und ohne dass dies seinem Willen, seinem wahren Inneren entsprungen wäre, hatte er aus einem Reflex heraus den Abzug gedrückt, ohne den Lauf zu senken. Er war unter einem Baum gestanden. Die Vögel darin waren aufgestoben, hatten die Luft zum Wirbeln gebracht und er hatte seinen Kopf über diese ganze unwirkliche Szenerie wandern lassen. Oben ein gekrümmter Ast, unten, im

Gras, ein gekrümmter Leib. Dabei hätte es anders, hätte es genau umgekehrt laufen sollen. Wenn er sein Glück nicht haben konnte, wozu dann leben? Ohne Marie-Sophie hatte sein Leben keinen Sinn mehr, daher war er bereit gewesen, zu sterben …

Woher kamen diese Eindrücke und Bilder? Er träumte einen Todestraum. Immer wieder. Wollte er nicht untergehen, musste er aufwachen. Endlich gegen das Ertrinken ankämpfen. Lamprecht verjagte den bösen Geist, der sich seiner genau jetzt bemächtigt hatte. Nein, sagte er sich, als sich seine Lebensgeister nochmals sammelten, nein, jetzt war er nicht bereit zu sterben. Heute nicht. Die Zeit war noch nicht gekommen. Weder für ihn noch für Pirona. Er fühlte sich für dessen Schicksal verantwortlich. Mit einem Mal erinnerte er sich an die Rettung von Valerios Frau. Eine unerfindliche Energiequelle ließ ihn seine Muskeln kontrahieren und deren Kraft ein letztes Mal mit voller Wucht sich entladen. Mit dem Fuß traf er etwas, das sich hart anfühlte, und mit der Faust etwas, das ihm weich erschien. Doch was immer es war, es war ihm gelungen, die Last abzuwerfen und mit den letzten Kraftreserven die rettende Oberfläche zu erreichen. Er riss den Mund auf und sog die Luft dermaßen gierig ein, dass er dabei animalische Laute von sich gab. Noch immer fühlte er sich bedrängt und strampelte mit Armen und Beinen wild um sich.

»Fermati! Jetzt hör doch endlich auf, wie ein Irrer um dich zu schlagen. Ich will dich doch nur retten!«

Langsam konnte sich Lamprecht wieder orientieren. Der Sauerstoff hatte sein Hirn erreicht und seine Kombinationsgabe, die gegenüber den Überlebensbemühungen in den Hintergrund getreten war, kehrte wieder zurück. Er sah die Kaimauer, die Menschen, die sich darum drängten und er erkannte neben sich im Wasser Pirona, der ihn nun um die Brust fasste und mit ihm zum Ufer schwamm. Sie erreichten mit letzter Kraft die Hafenmauer, wo ihnen einige der versammelten Passanten die Arme entgegenstreckten und ihnen an Land halfen.

Lamprechts Herz und der hektische Atem ließen seine Brust beben, als er auf den Steinplatten lag. Die Sonne wärmte seine klammen Glieder. Pirona lag neben ihm und auch dessen Brustkorb hob und senkte sich wie ein Blasebalg. Lamprecht hörte vereinzelte Gesprächsfetzen. Die Leute fragten sich, ob es der Kutscher geschafft habe. Die Frauen bedauerten das Pferd, das ertrunken war. Doch gleich wieder ein Raunen. »Da!«, rief einer und ein anderer deutete zum Hafenbecken hinaus. Lamprecht drehte seinen Kopf. Ungefähr fünfzig Meter weiter draußen begann das Wasser zu brodeln. Und plötzlich schoss der dunkle Pferdekopf wie eine losgerissene Boje aus dem Wasser und schwamm aufs offene Meer hinaus. Ein Fischkutter steuerte es sofort an. Mit einer Seilwinde konnte das Tier vielleicht noch gerettet werden.

Lamprecht drehte sich zu Pirona hin. Die Leute um sie starrten sie an wie angeschwemmte Tiefseefische, die sich durch besondere Hässlichkeit auszeichneten. Neugierig und scheu, mit respektvollem Abstand standen sie da.

»Und du wolltest mir nur helfen?«, fragte Lamprecht den Kollegen. Pirona klebten die Haare auf der Stirn, seine Jacke hatte er eingebüßt. Er steckte nur in einem pitschnassen Hemd, das ihm am Körper klebte, und seiner zerrissenen Hose. Er verengte die Augen und seine Entrüstung sprach nicht nur aus dem Gesicht: »Was glaubst denn du? Natürlich. Du warst ohnmächtig, als wir ins Wasser gestürzt sind. Ich habe dich kaum aus der Kutsche bekommen, da sich die Tür verklemmt hatte. Du stecktest fest.«

Lamprecht versuchte, den Hergang des Unfalls zu rekonstruieren, doch seine Erinnerung war zu bruchstückhaft. Er drehte sich wieder zur Seite und sagte: »Danke.«

Nun trat auch die Ordnungsmacht auf den Plan. Zwei Wachleute bahnten sich den Weg durch die Schaulustigen zu den beiden Polizisten vor. Als der eine Lamprecht auf dem Boden liegen sah, riss er entsetzt die Augen auf: »Ispettore, vi serve una mano?«

»Nein, danke«, antwortete Pirona. »Jetzt nicht mehr. Aber schicken Sie die Leute nach Hause.«

Lamprecht ließ den Kopf auf den Steinboden sinken. Langsam verebbte sein Keuchen. Er betrachtete den Himmel über sich und starrte auf die vorüberziehenden weißen Wolken, die ihn an luftiges Baiser erinnerten, wie man es in der Pasticceria La Bomboniera in der Via della Caserma gegenüber der Polizei bekam. Wieso er jetzt, kaum dem Tod entronnen, an Zuckergebäck dachte, konnte er sich nicht erklären.

Er wandte sich an den Kollegen: »Das war knapp. Das nächste Mal gehen wir zu Fuß.«

9.

Lamprecht hatte den durchnässten Pirona nach Hause geschickt, er selbst hatte noch einen anderen Anzug in der Polizeidirektion in seiner Garderobe hängen. Er hatte beschlossen, das Weinlager allein aufzusuchen. Er hoffte, dass er den Informanten jetzt noch dort antreffen würde. Abermals ging er die Rive entlang vorbei an der Fischhalle, wo sich alte, unversorgte Witwen auf der Suche nach essbaren Resten und Abfällen tummelten. Ebenso wie junge Mütter, die ihre Kinder ohne Väter großzogen, weil die Männer mit der ersten Wölbung des Schwangerschaftsbauchs das Weite gesucht und auf einem Schiff angeheuert hatten. Der Hafen brachte nicht nur Waren, er bot auch Gelegenheiten, schnell zu verschwinden.

Das Weinlager war ein eigentümliches Bauwerk. Das niedrige Gebilde in Form eines Kubus aus unverputzten Steinen war so angelegt, dass seine Mauern vom Wasser aus dem Hafenbecken umspült wurden, was für eine konstant niedrige Temperatur im Inneren des Komplexes sorgte. So ein Ort lockte natürlich auch manches Gesindel an. Um das Weinlager lungerten alte, verwitterte Männer, die vom Leben und ihrem Lebenswandel gezeichnet waren. Lamprecht betrachtete ihre schiefen Gesichter, die ihn an die vom Sturm verbogenen Sträucher im Karst erinnerten. Einige von diesen Vagabunden wanderten mit gesenktem Kopf über den Platz und begegneten jedem, der sich ihnen näherte, vorsichtig und scheu wie geprügelte Hunde, die nirgends geduldet waren. Sie hofften, hier auf einen milde gestimmten Transporteur zu treffen, der ihnen bei Lieferung oder Abholung des begehrten Gutes einen Schoppen spendierte. Oder sie rechneten mit einem tollpatschigen Gehilfen, dem die Ladung kippte oder der einige Kisten zu Boden fallen ließ. In diesem Fall waren sie sofort mit ihren Blechnäpfen zur Stelle, um wenigstens einen Teil der Flüssigkeit vor dem Versickern zwischen den Steinritzen zu bewahren. Lamprecht wunderte sich, dass er hier einen von der Stadt als vertrauenswürdig eingestuften Informanten treffen sollte. Vor allem, wie sollte er ihn erkennen?

Eine unnötige Sorge: »Ispettor Lamprecht?«, fragte ein Mann in verbeultem Anzug aus grauem Flanell mit dünnen blauen Längsstreifen. Die Krempe seines Hutes, den er beim Gruß angehoben hatte, war schief, als ob jemand darauf sein Nickerchen gemacht hätte. Wahrscheinlich Grembi selbst, der mit seinem borstigen Bartwuchs und dem fleckigen Hemd eher dem Bild eines Landstreichers entsprach als dem eines Vertrauensmanns der Obrigkeit.

Schon die ersten Augenblicke eines Zusammentreffens zwischen Menschen, sagt man, entscheiden über Sympathie oder

Ablehnung. Lamprecht empfand sofort eine gehörige Abneigung gegen den schmierigen Typen mit seinem falschen Lächeln. Seine schiefen Zähne waren klein und erinnerten ihn an die vom Salz angefressenen Steine der Mole. Er schätzte ihn auf Mitte fünfzig.

»Ja«, antwortete Lamprecht. Zugleich fragte er sich, woher seine plötzliche Bekanntheit rührte. Daher fragte er: »Kennen wir uns?«

»Sie wurden mir angekündigt. Es war also nicht schwer, Sie hier zu erkennen.« Er machte eine Geste über den Vorplatz des Lagerhauses, auf dem sich einige Männer tummelten. Die, die Arbeit hatten, unterschieden sich von den Streunern nur durch die Art ihrer schlecht bezahlten Geschäftigkeit. Ein Mann mit sauber manikürten Fingernägeln, rasiertem, gewaschenem Gesicht und in gebügeltem Hemd fiel jedenfalls auf.

»Dann wissen Sie, was mich interessiert«, kam Lamprecht ohne weitere Umschweife auf den Grund seines Erscheinens zu sprechen.

Grembi nickte, dann begann er sich langatmig an seinem Kinn zu kratzen. »Sie wissen schon, dass ich das nicht nur für das Vaterland mache.«

Lamprecht nickte, auch wenn er nicht gleich verstand, worauf der Mann hinauswollte. Um dem Polizisten auf die Sprünge zu helfen, hielt Grembi seine Hand auf.

»Natürlich, jetzt habe ich verstanden«, Lamprecht holte einen Schein hervor, den der Informant zufrieden entgegennahm. »Also«, begann er, »ich würde mich an Ihrer Stelle einmal ins Caffè San Marco begeben. Kennen Sie es? Ist in der Via Stadion.«

Lamprecht nickte. Das Lokal hatte Anfang des Jahres aufgesperrt und man munkelte, dass sich die dort versammelten Intellektuellen zu vorgerückter Stunde mehr ihrer Italianità widmeten als den servierten Getränken. Dabei stammte der Besitzer selbst aus Istrien und hieß Lovrinovich. Er bohrte nach: »Mehr haben Sie nicht? Das ist etwas wenig für die zehn Kronen, das hätte ich so auch gewusst.«

Grembi grinste: »Hingehen kann jeder, aber reinkommen tut keiner. Von mir bekommen Sie die Eintrittskarte. Dort ist fast jeden Abend Maria Liberale zu finden.«

»Die Schauspielerin?«, fragte Lamprecht und Grembi nickte: »Sagen Sie, Sie seien ein Freund von Ida Finzi.«

»Das ist es? Mehr nicht?«, fragte Lamprecht und Grembi antwortete: »Das ist es, mehr braucht es nicht. Sie werden sehen.«

Als Lamprecht wenig später in die Polizeidirektion zurückkehrte, herrschte dort freudige Aufregung. Er traf Mollieri, der diesmal nicht nur vom Wein trunken zu sein schien, und fragte ihn, was denn los sei.

»Wir haben die Aufrührer gefasst.«

»Wie bitte?«

»Wir haben sie«, jubelte Mollieri und zog weiter seines Weges, einen Stapel Akten unter den Arm geklemmt.

»Ist Pirona da?«, rief Lamprecht ihm nach, doch der Hüter der Ordnung und seines Alkoholspiegels war schon über den Gang entschwunden.

»Ja, ist er«, hörte er die Stimme des Freundes, der sogleich Aufklärung über die herrschende Erregung brachte: »Sie haben ein paar Kerle verhaftet. Dumme Burschen vom italienischen Gymnasium, die sich lautstark über die baldige Befreiung Triests vom Joch der Habsburger ausließen.«

»Und?«, fragte Lamprecht.

Pirona pfiff durch die Schneidezähne: »Was soll ich dazu sagen? Da hat halt einer den Prahlhans spielen müssen und die anderen sind darauf eingestiegen.«

»Nein, ich meinte, ob die irgendwas mit dem Attentat oder der aktuellen Drohung gegen die Stadt zu tun haben könnten?«

Pirona zuckte mit den Achseln. »Sie werden gerade verhört.«

Lamprecht nickte und beendete die Unterredung mit den Worten: »Gut, dann gehe ich jetzt zum Alten«, und begab sich auf den Weg in Spetichs Büro. Auf dem Gang drehte er sich noch einmal zu Pirona um. »Übrigens, kennen wir eine Ida Finzi? Schau mal, was du über diese Person rausbekommen kannst.«

Spetichs Miene wechselte, als Lamprecht sein Büro betrat und salutierte. In der Meteorologie hätte man von plötzlich auftretenden Wolkenbändern gesprochen, die den Himmel verfinstert hatten. »Ah, unser Sonderkommissar kehrt in den Schoß seiner hehren Arbeitsstätte zurück«, bemerkte der Capo Ispettore zynisch.

»Ich wollte nur berichten«, setzte Lamprecht an, doch der Vorgesetzte unterbrach ihn. »Lassen Sie es gut sein. Ich weiß, Sie schulden mir keine Rechenschaft, man hat mich informiert. Aber während Sie sich in den Höhen der Politik bewegt haben, konnten wir einen Teil Ihres Auftrags schon erledigen.«

Lamprecht nickte, weil er wusste, dass in diesem Moment, da der verletzte Stolz seines Chefs dessen Gefühlsregungen dirigierte, weitere Ausführungen von seiner Seite entbehrlich waren. Er grüßte und wollte wegtreten, da gebot ihm Spetich Einhalt: »Es geht mich ja nichts an, und ich gönne Ihnen Ihr Bad an der Sonne unserer Spitzen, aber wollen Sie nicht uns unsere Arbeit erledigen lassen und Sie gönnen sich die Zeit, die Sie für Ihr privates Engagement brauchen? Haben Sie nicht bald Ihr wichtiges Rennen? Gehen Sie doch einfach trainieren und übergeben die Angelegenheit in unsere Hände. Sie werden sehen, da ist sie bestens aufgehoben. Einen ersten Beweis haben Sie ja schon.«

Spetich lehnte sich zurück und griff sich eine Zigarre aus der Holzkiste auf seinem Schreibtisch. Lamprecht nickte und trat ab.

Pirona musste, was sein sportliches Engagement betraf, geredet haben, dachte er sich, als er den Raum verließ. Natürlich konnte er dem Freund vertrauen, dass er dem Leiter nichts direkt gesteckt hatte, doch er hatte es wohl bei einem Plausch mit den Kollegen fallen gelassen. Es war ein offenes Geheimnis, welcher Leidenschaft sie beide anhingen, und so hatte es die Runde gemacht. Doch er war jetzt zu exponiert, als dass er deswegen auch noch die Nachrede gebraucht hätte.

Er ging in sein Büro zurück. Auf dem Tisch lag auf einem Stapel zuoberst der geschlossene Akt über Farnese. Er nahm ihn in die Hand und seufzte. Wie gern hätte er jetzt in so einem Fall ermittelt. Wie gern hätte er einfach nur seine Pflicht erfüllt, anstatt die einzelnen Volksgruppen der Stadt auszuspionieren.

»Da bist du ja!« Pirona holte ihn aus seinen Gedanken. Lamprecht kam auf den vorigen Auftrag zu sprechen: »Hast du was über diese Finzi herausgefunden?«

»Ja. Eine Literatin hier in Triest.«

»Und, was ist mit ihr?«

»Ist nicht so schlecht.«

»Wie jetzt?«

»Sie schreibt gar nicht so schlecht.«

Lamprecht ballte seine Hand zur Faust, den Griff an den Schnurrbart unterließ er aber. Noch. »Das wollte ich nicht wissen, sonst wäre ich in eine Buchhandlung gegangen. Was haben wir über sie?«

Pirona schaute drein wie ein Spitzbub in der Schule, dem man endlich seinen Streich nachgewiesen hatte. »Wir haben tatsächlich etwas über die Dame. Stilistisch mag sie ja korrekt sein, inhaltlich ist sie es aber nicht.« Und dann begann er zu schildern, warum die Poetin wiederholt von der Polizei aufgesucht worden war. Er kam auf die Freundschaft Finzis mit der Schauspielerin Maria Liberale zu sprechen und was die beiden zuletzt ausgeheckt hatten.

»Wirklich?«, fragte Lamprecht. »Mitten auf der Bühne des Rossetti? Das ist ja ein starkes Stück.« Mit einem Mal erwies sich Grembis Tipp tatsächlich als goldrichtig. Lamprecht konnte es kaum erwarten, dieses Caffè San Marco zu besuchen und die Bekanntschaft der Dame zu machen.

»Was anderes«, wechselte Pirona das Thema, »nachdem wir ja jetzt einige Freiheiten genießen. Wollen wir den schönen Nachmittag nicht für eine Runde auf dem Rad nutzen?«

Lamprecht schüttelte den Kopf. »Besser nicht«, sagte er, ohne den Grund dafür zu nennen.

Am Nachmittag wollte er noch die beiden anderen Informanten von der Liste treffen. Doch sein Weg zum Bahnhof bei Campo Marzio war ebenso vergeblich wie später jener zur Piazza San Giovanni, wo sich die gesuchten Konfidenten üblicherweise herumtreiben sollten. Er trank dort einen Caffè nero in einer Bar, bevor er sich nach Hause begab. Der Nachmittag war zwar vorüber, aber auch wenn das San Marco ganz in der Nähe dieses Platzes lag, war es noch zu früh, um es zu besuchen. Schauspieler hatten bekanntermaßen einen Lebenswandel außerhalb der bürgerlichen Konventionen. Maria Liberale saß nach einer durchfeierten Nacht um diese Zeit wahrscheinlich in einem dünnen Nachthemd vor ihrem Frühstück.

***

Am anderen Ende der Stadt schenkte keiner den beiden Männern Beachtung, die sich an der Theke zwei Caffè corretto holten und sich damit in einen uneinsichtigen Winkel hinter der Garderobe zurückzogen.

»Ist nicht so gut gelaufen heute, oder?«

»Warum denn?«

»Das war nicht das Ergebnis, das wir erhofft hatten.«

»Sie müssen strategisch denken. Damit können wir umgehen.«

»Aber unser Plan war ein anderer, jetzt ist uns dieser Polizist im Weg.«

»Ja, aber bedenken Sie. Wir müssen nicht gegen den gesamten Apparat ankämpfen. Wir haben nur einen Gegenspieler. Der lässt sich leicht ausschalten.«

»Und wenn uns wieder so ein Malheur passiert wie mit dem halben Italiener, der plötzlich seine Kaisertreue entdeckt?«

»Haben Sie alle Spuren beseitigt?«

»Natürlich! Aber wie sollen wir uns jetzt diesen Polizisten vom Hals schaffen?«

»Ich habe jemanden auf ihn angesetzt.«

»Ist der Mann verlässlich oder teilt er wenigstens unsere Ansichten?«

»Mehr als das, ich habe ihn in der Hand. Er ist mir ausgeliefert.« Er leerte den Grappa in seinen Kaffee und die Tasse in einem Zug, ehe er den anderen aufforderte: »Kommen Sie, wir haben schon genug Zeit verloren.«

»Sie haben recht, unsere Leute warten auf weitere Anweisungen.«

***

Als Gaetano etwas früher als sonst nach Hause kam, suchte er nach der Mutter und fand sie im Garten in ein Buch vertieft. Sie saß alleine da und auch sonst war die Wohnung, von Luisa abgesehen, die mit der Wäsche beschäftigt war, verwaist. Der Vater war offenbar noch in der Arbeit oder er hatte dienstlich eine Besprechung in einem Kaffeehaus zu führen, wie das um diese Zeit oft der Fall war. Er trat leise an seine Mutter heran und bemerkte, dass ihr die Augen zugefallen waren. Er betrachtete die vereinzelten Falten, die sich um ihre Augen und ihre Lippen gebildet hatten. Seine Mutter war mit ihrem schmalen Gesicht und dem dunklen Teint immer noch eine schöne Frau, sofern er das als Sohn überhaupt objektiv beurteilen konnte. Er hob sanft das auf ihrer Brust ruhende Buch an. Sie zuckte zusammen und richtete sich ruckartig auf.

»Gaeto, hast du mich erschreckt. Wieso bist du heute schon da?«

»Scusa, Mamma«, entschuldigte er sich. »Das war nicht meine Absicht. Du bist allein?«

Die Mutter hielt ihm das Buch hin: »Mit einem guten Buch ist man nie allein. Aber wenn du nach Adina fragst: Die ist mit einer Freundin auf ein Eis gegangen.« Dann begannen ihre Augen zu blitzen, als sie sprach: »Ich hab dich erwischt. Gib es zu. Du willst das schöne Wetter nutzen, um Rad fahren zu gehen.«

Gaetano zwinkerte seiner Mutter zu. Vom Beistelltisch neben ihrem Ruhesessel nahm er die Karaffe mit der Zitronenlimonade und schenkte sich ein Glas ein. »Erwischt. Aber ich gehe nicht Rad fahren, ich gehe später noch aus.«

Jetzt setzte sich seine Mutter ganz auf und fragte sichtlich erregt: »Du gehst aus? Triffst du vielleicht ein Mädchen?«

Gaetano lächelte geheimnisvoll: »Ich hoffe es.«

Seine Mutter ergriff seine Hand und legte ihre darüber. Sie fühlte sich weich und geschmeidig an. Er durfte seine Mutter nicht länger in die Irre führen. »Nicht so, wie du denkst. Es ist dienstlich.« Seine Mutter lockerte ihren Griff und seine Hand rutschte heraus: »Und ich dachte schon, du würdest endlich einmal daran denken, dass auch ich gerne Enkel auf meinem Schoß sitzen hätte.« Ein vorwurfsvoller Blick traf ihn.

»Mamma, per favore.«

»Nichts da. Du bist bald dreißig. In dem Alter waren dein Vater und ich schon seit vielen Jahren verheiratet und du und deine Schwester, ihr wart auch schon auf der Welt.«

»Aber Mamma, du willst doch nicht die jüngste Nonna der Welt werden«, wich er aus. Seine Mutter lächelte, und ihre Augen glänzten, als sie ihm mit der flachen Hand über die Wange streichelte. Er nahm sie, drückte sie sanft, dann sagte er: »Ich will mich noch umziehen.«

Sie strahlte erneut los: »Also doch, du machst dich fein. Du gehst aus.«

Er erwiderte ihr Lächeln: »Es ist nicht so, wie du denkst.«

In seinem Zimmer durchstöberte er den Kleiderschrank. Er fand eine alte Hose. Der Stoff an den Knien war abgewetzt, er hatte sie für die Arbeit aufbehalten, wenn er sein Fahrrad putzte und ölte. Irgendwo hinten in einem der Fächer musste er auch noch ein Hemd haben, das letzten Sommer, als sie die Möbel auf der Terrasse mit frischer Farbe strichen, ein paar Kleckse abbekommen hatte, die sogar Luisa nicht mehr entfernen konnte. Heute war die passende Gelegenheit, es nochmals auszuführen. Er dachte sich, dass er an diesem Tag zu oft erkannt worden war. Jeder hatte sofort in ihm den Polizisten gesehen. Das konnte an seinem Anzug aus Wien gelegen sein. Jedenfalls hatte er beschlossen, sich heute dem zu erwartenden Publikum in diesem Kaffeehaus anzugleichen. Und das war vor allem von Künstlern bevölkert, wie man ihm erzählt hatte. Und Künstler legten eben weniger Wert auf ihr Äußeres oder sie konnten sich keine gepflegte Garderobe leisten. Von wenigen erfolgreichen Schauspielern oder Sängern abgesehen, konnten die wenigsten einen ordentlichen Schneider bezahlen.

Die Kunst war eben brotlos. Aber zum Alkohol reichte es bei den meisten dennoch. Zumindest hatte Gaetano diesen Eindruck gewonnen, als er einmal dienstlich mit diesem Trunkenbold aus Dublin zu tun bekommen hatte. Der schlug sich als Englischlehrer durch, die meiste Zeit aber spazierte er – angeblich auf der Suche nach Inspiration – durch die Stadt, besuchte Cafés oder zwielichtige Spelunken wie auch Bordelle, wo er die halbe Nacht soff und dann sturzbetrunken einen Streit vom Zaun brach. Lamprecht war froh gewesen, dass er ihn nach Aufnahme einer Niederschrift losgeworden war, und dennoch konnte er nicht umhin, sich einzugestehen, dass auch eine eigenartige Faszination von dem Mann ausgegangen war. Eine Aura, die generell Personen umgibt, denen man Ruchlosigkeit nachsagt. Es ist der Reiz des Exotischen, das dem Verpönten anhaftet. Kein ehrbarer Mann würde mit so einer gescheiterten Existenz tauschen wollen, aber zugleich entfacht die Fantasie im eigenen Inneren den Wunsch, wenigstens für einen kurzen Moment die Freiheit, die sich diese Leute frech herausnehmen, auszukosten. Gedankenversunken schloss er die Kastentür und betrachtete zufrieden sein Spiegelbild. Mit dem hellgrauen Jackett darüber würde er zwischen der üblichen Klientel nicht sonderlich auffallen.

Als er gut eine halbe Stunde später das Lokal betrat, spürte er dennoch, wie sofort die Blicke an ihm hafteten wie eine Klette auf Filz. Er hatte seine Tarnung wohl übertrieben. Denn das Publikum an den Tischen saß da, wie man sich in Triest üblicherweise kleidete, wenn man abends ausging. Da machten auch die Besucher dieses Cafés keine Ausnahme. Einzig er kam daher wie ein Brauereiarbeiter nach Dienstschluss. Aber solange sie ihn für einen Arbeiter hielten, würde wenigstens niemand in ihm den Polizisten erblicken. Er suchte einen freien Tisch, konnte aber trotz der Größe des L-förmig angelegten

Raumes keinen finden. Einzig an der Theke gab es noch Stehplätze. Er steuerte darauf zu, als ihn einer der Kellner aufhielt und fragte, ob er reserviert habe. Lamprecht verneinte, worauf der Kellner meinte, dann müsse er sich ein anderes Lokal suchen, sie seien voll. Lamprechts Lippen begannen zu zittern, er verbiss sich allerdings eine geharnischte Antwort auf diese Frechheit. Jetzt durfte er nicht die Autoritätskarte ziehen.

»Bitte, nur einen schnellen Kaffee an der Bar, dann gehe ich gleich wieder.«

»Na gut«, bekam er zur Antwort, »aber stell dich da nach hinten. Und wehe, du beginnst bei den Gästen zu schnorren.«

»Grazie, Signore«, bedankte sich Lamprecht mit gespielter Unterwürfigkeit und steuerte einen freien Platz am Holztresen an. Er bestellte einen Kaffee und betrachtete die Ausstattung des Lokals, die tatsächlich das Flair einer Bühne vermittelte. Über der Theke und auch sonst waren Medaillons mit halb nackten Frauen, zum Teil durchaus frivol, an die Wände gemalt. Der große Raum wurde von quadratischen Säulen gestützt, um deren Kapitelle eine an grüne Laubblätter erinnernde Stuckverzierung an der Decke und an den Wänden entlanglief. Erst bei genauerem Hinsehen entpuppten sich diese Ornamente als stilisierte Kaffeeblätter, die rote Früchte trugen. Im Zusammenspiel mit den weißen Wänden waren hier wieder die drei verbotenen Farben allgegenwärtig. Vielleicht ein Zufall, dachte Lamprecht, oder eine geschickte Provokation der Obrigkeit. Die dunklen Regale und Schränke, die mit Flaschen vollgestellt waren, erinnerten ihn an die Arzneischränke in einer Apotheke. Der Kellner stellte die Kaffeetasse vor dem Inspektor ab.

»Salvatore hat heute wieder einen schlechten Tag. Sie dürfen ihm das nicht übel nehmen.«

»Bitte?«, fragte Lamprecht den Mann neben ihm, der ihn eben angesprochen hatte.

»Ich meinte die Szene vorhin, als Sie das Café betreten haben. Ist uns allen schon mal passiert, wenn er schlecht drauf war.«

Lamprecht nickte und besah sich den Mann. Neben diesem fiel er optisch eigentlich gar nicht unangenehm auf, denn dessen Hose war zerschlissener als seine eigene und darüber trug er nur ein langes Leinenhemd, das zum Teil aus dem Hosenbund hing. Er hatte eine hohe Stirn, dafür die Haare zu lang im Nacken und über den Ohren.

»Und warum hat der Kellner heute seinen schlechten Tag?«, fragte Lamprecht.

»Das fragen Sie? Das ist doch klar. Wegen des Attentats auf den Thronfolger.«

Lamprecht hob eine Augenbraue, und ganz unbewusst fasste er sich an die Bartspitze. Dennoch versuchte er, seine Überraschung über diese Antwort zu verbergen. Nach einem Moment der Überlegung ging er in die Offensive: »Aber wäre das nicht eher Anlass zur Freude? Die meisten hier werden doch sicher genau das denken.«

Der Mann mit dem schäbigen Gewand und dem dünnen Haar taxierte Lamprecht, dann öffnete sich sein Mund zu einem überlegenen Grinsen. Neben einer Goldkrone klaffte eine Lücke. Er erwiderte: »Ich bemerke, dass Sie keine Ahnung von Politik haben. Ich will es Ihnen gern erklären, aber das Reden macht mich durstig, und da Sie mich zum Reden zwingen, müssen Sie zahlen.«

Gut, jetzt war nicht Lamprecht der Schnorrer, der einen anderen Gast um ein Getränk anbettelte. Es war genau umgekehrt. Immerhin schien seine Verkleidung zu funktionieren. Ein botmäßiger Kellner, der mit Diener den Ispettore begrüßte und ihm einen guten Tisch zuwies, hätte hier in der Höhle des Löwen gerade noch gefehlt. Lamprecht nickte, und der andere winkte dem Kellner und bestellte zwei Bitter mit Soda. Dann beugte er sich wieder zu ihm und flüsterte ihm ins Ohr: »Natürlich sind wir hier nicht alle nur brave Untertanen Seiner Apostolischen Majestät, Kaiser Franz Joseph. Die meisten unserer Landsleute halten eher Vittorio Emmanuele die Treue. Wir dürfen die Tricolore zwar nicht zeigen, aber zum Glück sieht der Alte mit seinen Spitzeln nicht in unsere Herzen. Wir Italiener gehören zu Italien. Doch wegen dieses feigen Anschlags ist die Chance für eine baldige Vereinigung mit unserer wahren Heimat dahin.«

Lamprecht ließ diese Worte kurz sickern, bevor er fragte: »Denken Sie, dass es mit Franz Ferdinand eine Chance auf ein geeintes Italien gegeben hätte? Der Thronfolger war unserer Volksgruppe doch nicht sehr zugetan?«

»Eben. Genau deswegen. Er wäre wahrscheinlich froh gewesen, wenn er uns bald losgeworden wäre. Im Tausch gegen irgendeine andere Provinz. Sehen Sie, der Konflikt mit Serbien scheint unvermeidlich. Das Attentat war nur der Beschleuniger, das ins Feuer gegossene Öl, der Krieg wäre so oder so gekommen. Wenn nun Italien als Partner des Dreibunds Österreich im Krieg gegen die Slawen unterstützt hätte, wäre es für unseren König ein Leichtes gewesen, dafür im Gegenzug die Abtretung der italienischen Gebiete zu verlangen. Und die Österreicher hätten sich halt den Balkan einverleibt. Alle wären am Ende zufrieden gewesen.«

»Aber trotzdem war es doch gut, dass es den Habsburger erwischt hat. Einer weniger«, konstatierte Lamprecht und hob eine Augenbraue.

»Das sehen jetzt nicht mehr alle so. Hören Sie sich doch um«, forderte sein Gesprächspartner ihn auf. Und Lamprecht lauschte, was er von den Unterhaltungen, die rund um sie geführt wurden, aufschnappen konnte. Er war nicht wenig überrascht, als er aufrichtige Trauer und Wut über den Anschlag aus den Worten der Umstehenden heraushörte. Am besten beschrieb es der Mann, der sich mit zwei Frauen an einem nahen Tisch unterhielt, als er festhielt: »In dieser dunklen Stunde sind wir alle Österreicher.«

Tutti austriaci – hallte es in Lamprecht nach. Der Tag hatte bislang einige Überraschungen für ihn bereitgehalten, doch jetzt schien er sich zu übertreffen. War es wirklich möglich, fragte er sich, dass der Mordanschlag ein neues Nationalbewusstsein ausgelöst und den Irredentismus durch einen neuen Patriotismus ersetzt hatte? Einen, der zugunsten der Habsburger ausschlug? Als ob der andere seine Gedanken lesen konnte, klopfte er ihm auf die Schulter und sagte: »Aber keine Sorge, das ist jetzt nur im ersten Schock so. Man lässt sich eben ungern den Thronfolger wegschießen, auch wenn es sich um einen fremden Thron handelt. Aber das wird sich wieder legen, dann wird unser Volk sich darauf besinnen, wo es wirklich hingehört.«

Lamprecht drehte sein leeres Glas in den Händen und schwieg für den Moment. Er fragte sich zum ersten Mal, wer wohl am meisten Nutzen daraus ziehen konnte, wenn es einen Tumult gab, sollten die Verschwörer es tatsächlich schaffen, die Särge mit den Leichen des ermordeten Thronfolgerpaares in ihre Gewalt zu bringen. Zwischen dieser Frage und der Antwort lag eine Gebirgskette, die so hoch war, dass Lamprecht nicht einmal deren Gipfel erkennen konnte. Aber wenigstens den Namen seines Gegenübers wollte er wissen. Dann könnte er später nochmals auf ihn zukommen, denn er schien einigermaßen über die Bewegung der Italiener informiert. Er fragte: »Sie sind ein Künstler, nicht? Wie heißen Sie?«

»Giovanni Artista. Sie sind jedenfalls keiner, egal in welchem Aufzug Sie daherkommen.«

»Wie kommen Sie darauf?«

»In einer Stadt wie Triest kennt man einander unter Künstlern. Sie aber habe ich noch nie gesehen.«

»Dann kennen Sie sicher Maria Liberale?«

»Ja, was wollen Sie von Maria?«

»Nur reden.«

»Nur reden?« Dem andern entkam ein schmutziges Grinsen, seine Augen verengten sich. »Sie wären der erste Mann, der mit Maria nur reden wollte. Aber Sie sind mir ein komischer Vogel, vielleicht sagen Sie sogar die Wahrheit. Probieren Sie es ums Eck, gleich hinter dem Buffet. Meist ist dort ein Tisch für sie reserviert.«

Lamprecht legte Geld auf die Holztheke. Er nickte seinem Gesprächspartner zu und machte sich auf den Weg in den hinteren Teil des Lokals. Er fragte sich, ob ihn der Mann mit dem genannten Namen zum Narren halten oder lieber anonym bleiben wollte. Vielleicht hatte er zu auffällig gefragt. Bei Maria Liberale wollte er jedenfalls mit mehr Taktgefühl vorgehen. Er musste sich mit seinem Begehr langsam auf sie zubewegen, mit zaghaften Schritten wie auf dünnem Eis.

Er passierte die Glasvitrine, die mit Kuchen und Torten dem Gast Appetit machen sollte. Ein Zeitungsjunge betrat das Lokal und pries die Abendausgabe des *Il Piccolo* mit den allerneuesten Neuigkeiten zum Attentat in Sarajevo an. Er trug kurze Hosen und seine Wangen waren von der frisch gedruckten Zeitung geschwärzt. Einige Gäste drängten sich sofort um den Burschen, der sich bald in einer Traube aus aufgeregten Menschen wiederfand, die ihm das Blatt buchstäblich aus den Händen rissen. Es waren nicht nur Männer, die nach einem kurzen Blick auf die fette Schlagzeile Drohungen gegen Serbien und die Serben wie alle sonstigen Slawen ausstießen. Man hatte den Schuldigen gefunden und die kollektive Schuld war ebenso schnell ausgemacht.

Lamprecht schenkte dem nur wenig Beachtung, sein Ziel war der Tisch im Winkel, an dem zwei Frauen saßen. Die Schauspielerin war an ihrer extravaganten Aufmachung leicht zu erkennen. Sie hatte einen langen weißen Hals und auf ihrem Haupt thronte ein Hut mit zwei langen Federn wie ein Storchennest. Mit lediglich einer Stola aus schwarzen Straußenfedern um Hals und Schultern gab das tief ausgeschnittene Kleid viel Haut frei, die spärlich von diesem Accessoire bedeckt war. Die Lippen waren dunkelrot wie Kirschen aus Görz, die Haut zart und hell wie der dunstige Morgenschleier über dem Karst. Mit betont ausladenden Kreisen ließ sie einen langen Zigarettenspitz um ihr Gesicht tanzen und stieß, nachdem sie einen Zug daraus gemacht hatte, blaue Ringe in Richtung Decke. Sie war sicher ein paar Jahre älter als Lamprecht, weckte aber aufgrund ihrer lasziven Ausstrahlung auch bei einem jüngeren Mann wie ihm gewisse Begehrlichkeiten. Langsam begriff er die anzügliche Bemerkung dieses Artista von vorhin. Auch er sah sich im Geiste diesen Busen mit Küssen bedecken und diese Schultern gegen seinen Oberkörper drücken, dabei die nackte weiche Haut an seinem Bauch spürend.

»Haben Sie einen Wunsch? Können wir etwas für Sie tun?«

Die andere Frau, die Maria Liberale gegenübersaß, hatte Lamprecht angesprochen. Sie hatte ihren Kopf von dem Heft, in das sie bis dahin eifrig Notizen gemacht hatte, erhoben und sich dem Polizisten zugewandt. Der ihm zugedachte Blick war kaum wertschätzend. Der Mund schmal, das Gesicht zart und klein und doch unscheinbar. Neben einer Schönheit wie Maria Liberale verblassten wohl die meisten Frauen. Noch dazu wenn die Lippen nur zwei gerade Linien bildeten und die Augen jegliche Sympathie für das Gegenüber vermissen ließen. Doch Lamprecht gefielen diese großen, prüfenden Augen und ihr dichtes schwarzes Haar. Er versuchte, ein einnehmendes Lächeln zustande zu bringen, was ihm beim Anblick der anderen Schönheit am Tisch auch gelang. »Ich komme wegen Signora Liberale. Ich bin ein großer Bewunderer ihrer Darbietungen.«

Augenblicklich entließ ihn die Frau aus den Zangen ihres Blickes, den sie jetzt wieder auf das Heft vor sich wendete. Maria Liberale hingegen wirkte, als hätte man Schneewittchen wachgeküsst. Ihre Augen leuchteten, als sie sich aufrichtete und den Zigarettenspitz wie einen Dirigentenstab auf Lamprecht richtete. Sie blies ihm Rauch entgegen, und als die blaue Wolke in Richtung seines Gesichts wanderte, verkrampften sich seine Züge wieder. Sie sah ihn herausfordernd an: »Und Sie sind?«

»Verzeihen Sie, ich habe mich nicht vorgestellt, Gaetano Lamprecht, ein großer Liebhaber Ihrer Schauspielkunst, ich …«

»Das ist ein Polizist«, mischte sich die andere Frau ein, ohne aufzusehen.

»Ich weiß«, antwortete die Liberale, dabei blinzelte sie durchaus amüsiert und Lamprecht hatte den Eindruck, ihre langen Wimpern würden dabei über ihre Wangenknochen streicheln. Zugleich fragte er sich, ob an diesem Tag sein Konterfei in der Zeitung veröffentlicht worden war, wenn jeder ihn sofort entlarvte. Er war noch nicht bereit, seine Deckung aufzugeben: »Wie kommen Sie denn darauf?«

»Setzen Sie sich«, lud ihn die Schauspielerin ein und er zog sich einen Stuhl heran, auf dem er Platz nahm. Die Liberale erklärte: »Wären Sie tatsächlich ein Bewunderer, hätten Sie wie all die anderen ein Bild von mir oder wenigstens ein Programmheft dabei und mich zuallererst um ein Autogramm gebeten.«

»Da haben Sie vermutlich recht«, stimmte Lamprecht zu, der nach kurzer Überlegung nun doch zu dem Schluss gekommen war, seine verunglückte Tarnung aufzugeben. Dennoch wollte er noch nicht mit offenen Karten spielen: »Ich komme von Ida Finzi und benötige einige Auskünfte von Ihnen.«

Die Liberale lachte gekünstelt auf, als stünde sie auf der Bühne. »Das trifft sich ja hervorragend«, lachte sie. »Da brauche ich Sie ja nicht bekannt zu machen.«

Lamprechts irritierter Blick ersetzte eine Frage. Sie deutete auf die andere Frau und klärte ihn auf: »Das ist Ida Finzi. Meine Freundin.«

Die zweite eben aus der Anonymität geholte Person beendete ihr Schreiben. Sie schloss das Heft und nickte dem Polizisten zu. Lamprecht war auf allen Fronten besiegt. Er unterdrückte den ersten Impuls, sich geschlagen zu entfernen. Auch der Unterlegene musste sich nicht alle Bedingungen seiner Kapitulation diktieren lassen. Wenn er es geschickt anstellte, konnte er noch als Sieger vom Verhandlungstisch aufstehen. »Gut, dann wissen Sie, warum ich hier bin. Helfen Sie mir und ich verspreche Ihnen, dass Sie bald wieder ein ruhiges Leben führen können. Es geht um den aktiven Widerstand gegen das Kaiserhaus, Sie wissen sicher, dass bestimmte Kreise das Attentat nutzen, um nun ihre Forderungen durchzusetzen.«

Die Liberale tauschte mit der Finzi einen Blick aus, dann mimte sie wieder das Unschuldslamm: »Wie kommen Sie auf die Idee, dass wir Kontakt in derartige Kreise haben könnten?«

Lamprecht spürte, wie langsam Rückenwind einsetzte. Er hatte schon Angst gehabt, wie beim Radfahren die Steigung nicht zu schaffen, doch jetzt schob jemand von hinten an. Er zitierte aus den Polizeiakten, die Pirona ihm am Nachmittag besorgt hatte. »Frau Liberale, Ihre Darbietung auf der Bühne mag über jeden Zweifel erhaben sein, aber am meisten Furore machten Sie zuletzt bei Ihrem Auftritt am Ballo della Beneficenza Italiana. Während das Orchester den »Marcia Reale« intonierte, sind Sie mit zwei Ihrer Kolleginnen maskiert auf der Bühne erschienen. Jede von Ihnen war in einer anderen Farbe gewandet: in Weiß, in Rot und Sie trugen Grün. Das Publikum geriet bei diesem Anblick in Ekstase und der Jubel übertönte sogar die Musik. Man könnte das, streng genommen, auch Anstiftung zum Aufruhr nennen.«

Während Lamprecht die Vorkommnisse vom letzten Jänner schilderte, erlosch langsam das lodernde Feuer im Blick der Liberale. Ida Finzi setzte zu sprechen an, doch Lamprecht schnitt ihr das Wort ab: »Und Sie, Gnädigste, schreiben doch ständig davon, dass es auch in Triest bald einen Platz der Unabhängigkeit geben werde. Er zitierte ihre Worte: »›Piazza dell' Indipendenza, Trieste lo avrà.‹ Ich denke, ich brauche darauf nicht näher einzugehen, wie mein Kollege von der Staatspolizei.«

»Was wollen Sie?«, fragte die Liberale mit nun ebenfalls schmalen Lippen.

»So kommen wir der Sache schon näher«, antwortete Lamprecht. »Wir leben hier nach diesem vermaledeiten Attentat auf einem Pulverfass und ich möchte nicht, dass es hochgeht. Und ich will vermeiden, dass manche Kräfte im Reich dies zum Vorwand für Säuberungen unter politisch unliebsam gewordener Personen verwenden. Helfen Sie mir und ich verspreche Ihnen, niemand wird einen Schaden erleiden.«

Die Liberale blies sich eine Feder vom Mund. Sie musste sich von der Stola gelöst haben. Der Luftstoß riss sie empor, dann segelte sie schaukelnd in Richtung Boden. Der prüfende Blick der Schauspielerin fuhr an Lamprecht entlang, bevor sie einwilligte: »Gut, ich will Ihnen glauben. Kommen Sie morgen um elf Uhr zu mir. Ich gebe eine Matinee. Da werde ich Sie mit jemandem bekannt machen, der Ihnen vielleicht weiterhelfen kann. Aber nur, wenn Ihr Anliegen aufrichtig ist. Sonst kann ich für nichts garantieren.«

»Das lassen Sie nur meine Sorge sein.«

Sie gab ihm ihre Adresse und Lamprecht wollte sich verabschieden, als sie ihn fragte: »Und wie geht es Ihnen damit?«

»Ich weiß nicht, was Sie meinen?«

»Sie heißen Gaetano und sprechen fließend Italienisch ohne Akzent«, erklärte Maria Liberale. »Ich nehme an, ein Elternteil hat italienische Wurzeln.«

»Meine Mutter«, antwortete er.

Sie nickte: »Das meinte ich. In Ihren Adern fließt italienisches Blut. Wie schaffen Sie es, Ihre Herkunft zu verleugnen? Wie bringen Sie es fertig, gegen das eigene Volk vorzugehen?«

Lamprecht atmete tief ein. Er betrachtete die Liberale, die ihn herausfordernd ansah. »Ich habe wie viele andere Italiener auch meinen Eid auf den Kaiser geschworen und den werde ich erfüllen. Zudem ich der Überzeugung bin, dass das Haus Habsburg bislang eher zum Vorteil von Triest agiert hat.«

Lamprecht ertappte sich dabei, wie er die von seinem Vater oft bemühten Worte zitierte, wenn sie auf die aktuelle Völkerproblematik zu sprechen kamen. Er setzte nach: »Es geht um unser Triest, um die Stadt, in der seit jeher verschiedene Völker leben und die für alle Platz hat, für die Platz sein muss. Darum will ich mich sorgen. Darin sehe ich meine Aufgabe und meinen Auftrag.«

Er war etwas lauter geworden. Der Kellner kam an den Tisch und fragte die Liberale: »Belästigt Sie dieser Herr, Signora?« Doch beide Damen winkten ab. »Ist schon gut, Salvatore.«

Es schien, als hätte Lamprecht das Blatt zu seinen Gunsten gewendet. Er richtete nun seinerseits eine Frage an die zwei Frauen: »Aber warum mischen Sie sich da ein? Das ist doch Sache der Politik, Sie sollten sich da besser heraushalten. Was glauben Sie denn, was Sie gegen Fürsten und Politiker ausrichten können? Was wollen Sie mit Ihren Aktionen bewirken?«

Ida Finzi antwortete: »Monarchen und deren Handlanger suchen nach Verbündeten oder nach Gegnern, sie picken sich Spitzel aus dem Volk, um das eine oder das andere zu finden. Sie wollen in die Gehirne der Leute schauen oder auf deren Bankkonten, sie suchen nach allem, was ihnen hilft, ihre Macht zu halten oder zu vergrößern. Die Leute sind ihnen egal, und daher erreichen sie sie nicht. Ein Künstler ist anders. Ein Künstler sucht die Menschen und er sucht ihre Herzen, und wenn es ihm gelingt, ins Innere vorzudringen, wenn er es schafft, die Seele zu streicheln, dann kann er Großartiges bewirken. Der Satz eines Politikers ist mit der nächsten Redepause sofort wieder vergessen, doch der ehrliche Vers eines Poeten bleibt den Leuten ins Gedächtnis eingebrannt. Denken Sie an D'Annunzio und wie er die Massen bewegt.«

Lamprecht ließ diese Rede auf sich wirken und blieb noch eine Weile schweigend am Tisch. Erst als er sich erhob, nickte er: »Bis morgen also.«

Den ganzen Heimweg lang drehten sich Lamprechts Gedanken um die Worte der Schriftstellerin. Wie der Hohn eines bösartigen Schelms erschien ihm das Plakat an einer der Hausecken der Via del Acquedotto: An diesem Abend zeigte man im Politeama Rossetti den Film »Cabiria« nach einem Werk von Gabriele D'Annunzio. Und dann war da noch etwas, das seit diesem Aufeinandertreffen mit den beiden Frauen an ihm zu nagen begonnen hatte. Musste er sich wirklich zu einer Volksgruppe bekennen?

Außerdem wurde er das Gefühl nicht los, jemand würde ihm folgen.

Als er über die Piazza Goldoni marschierte – manche alte Triestiner verwendeten für den Ort noch immer die alte Bezeichnung Piazza della Legna –, wurde er Zeuge einer unschönen Begebenheit: Eine junge Frau war in Bedrängnis. Ein älterer Mann, ein schmieriger Typ, hatte ihre Handgelenke umklammert und hielt sie gegen ihren Willen fest. Nein, er zog sogar an ihr. »Du kommst jetzt sofort mit mir!«, brüllte er sie an. Sie hatte Tränen in den Augen und schluchzte: »Nein, nein. Hilfe! Warum hilft mir denn niemand?«

Lamprecht kam der Mann, der ihm den Rücken zugewandt hatte, von Stimme und Statur bekannt vor. Er trat an ihn heran und fasste ihn an der Schulter. »Lassen Sie sofort die Signorina los!«.

Der Mann drehte sich um und beide Männer wichen einen Schritt zurück.

»Grembi!«, stieß Lamprecht aus, der den Spitzel sofort erkannt hatte. »Was soll das? Sie haben mich gehört, Sie sollen das Mädchen loslassen.« Die Frau hatte ihren Widerstand für den Moment des Zusammentreffens der beiden Männer kurz aufgegeben, zog aber jetzt wieder an den Händen ihres Peinigers.

»Hau ab, das geht dich nichts an«, zischte Grembi Lamprecht wütend an. Er gab der Frau eine Ohrfeige. Das war jetzt doch zu viel. Lamprecht zog Grembi abermals zu sich und versetzte ihm einen Faustschlag ins Gesicht, der ihn taumeln ließ. Er lockerte den Griff um die Arme des Mädchens, das sich sofort befreite und einen Schritt zur Seite machte. Sie fasste sich an die Handgelenke und ging dann in die Knie. Ihr weiter Rock umgab sie, sie sah aus wie eine schwarze Blüte. Ihr Blick machte Lamprecht ein wenig Angst, denn sie schaute ihn an wie eine Furie. Sie warf die langen schwarzen Haare nach hinten, grinste und rannte los. In dem Moment bekam Lamprecht einen Tritt gegen seine Brust, der ihn hinsetzte.

»Du Idiot«, herrschte ihn Grembi an, der sein Messer gezogen hatte und auf ihn zukam. »Das ist meine Tochter. Das blöde Ding ist männergeil und ich muss aufpassen, dass sie sich keinen Balg anhängen lässt. Hast du nicht gesehen, dass sie einen Dachschaden hat? Die gehört in die Klapse. Und jetzt landet sie wieder in irgendeinem Bett.«

Lamprecht konnte sich jetzt erklären, warum ihn ihr Blick zuvor so irritiert hatte. Leider gaben die Gesetze Grembi recht. Wahn- und Blödsinnige wurden weggesperrt und in den Irrenanstalten nicht sonderlich zimperlich angefasst. Mancher Gesunde konnte bei der Behandlung dort den Verstand verlieren. Er wusste aus seiner Zeit in Wien, und auch jetzt noch verfolgte er die dortige Entwicklung, dass es eine neue Wissenschaft gab, die mit modernen Methoden die menschliche Seele erforschte. Dieser sogenannte Vogeldoktor vom Alsergrund hätte dem Mädchen vielleicht helfen können. Hier sah die Sache leider anders aus, auch wenn er gehört hatte, dass einer von dessen Schülern unlängst nach Triest gekommen war. Doch das Schicksal des Mädchens war im Moment Lamprechts geringstes Problem. Grembi wischte sich über den Mund und schleckte das Blut weg, das über sein Kinn lief. Er streckte das Messer vor und herrschte ihn an: »Das ist alles deine Schuld. Ich bin sicher, ein paar Leute werden es mir danken, wenn ich dich gleich hier erledige.«

Die Auseinandersetzung hatte einige Schaulustige angelockt, die sie nun umringten. Darunter auch eine alte Frau, die Lamprecht an jemanden erinnerte. Er hätte schwören können, dass sie ihm schon zuvor nachgeschlichen war. Grembi machte einen Satz nach vorne.

Lamprecht lag noch immer auf dem Boden. Er griff an seine Seite. Ins Leere. Er hatte seine Waffe zu Hause gelassen. Es war ihm nicht klug erschienen, bewaffnet ins San Marco, sozusagen in die Höhle des Löwen, zu kommen. Jetzt musste er seine Haut mit bloßen Händen verteidigen. Er sprang auf und streckte seine Hände zum Schutz vor. Da kreischte die Frau los: »Polizei, Hilfe! Da ist eine Messerstecherei!«

Grembi hielt inne und drehte sich zu ihr hin um.

»Was ist da los?«

Ein patrouillierender Polizist stellte die beiden Männer. Wenigstens seine Kokarde hatte Lamprecht dabei, doch der Uniformträger erkannte ihn auch so und salutierte dem Inspektor. Grembi hatte sein Messer schnell verschwinden lassen, wie auch die Frau schnell das Weite gesucht hatte.

»Alles in Ordnung?«, fragte der Wachmann und Lamprecht nickte: »Certo, der Signore arbeitet für uns.«

Grembi zischte Lamprecht wie eine Kobra an: »Ich hab mich über dich umgehört. Du bist nicht so ein Guter, wie alle hier glauben. Ich werd dich fertigmachen, pass auf.« Dann drehte er sich um und verschwand über die Via della Barriera Vecchia im Dunkel der Nacht. Lamprecht setzte seinen Heimweg fort. Es wurde eine unruhige Nacht.

Wie ein alle paar Minuten geschlagener Gong hallte die eine Frage durch seine Gedanken: Wie konnte Grembi davon wissen? Konnte er überhaupt von dem Duell wissen? Dieser vermaledeite Zweikampf, einerseits verboten nach Paragraf 158 des Strafgesetzbuchs aus 1852, andererseits gesellschaftlich zwingend, sobald man gefordert, seine Ehre unter Beweis zu stellen hatte. Als Student der Rechte kannte er die Strafe, die darauf stand. Kerker, und die einzige Möglichkeit, die sich nach dem unglücklichen Ausgang für ihn geboten hatte, eine Inhaftierung zu vermeiden, war eben gewesen, Wien zu verlassen. Für immer. Er war der Makel in der Familie, die seinetwegen gezwungen war, nach Triest zurückzukehren, wo man hoffte, dass die Sache unter dem Teppich bleiben würde, unter den man sie gekehrt hatte. Aber was hätte er tun sollen? Noch schlimmer wäre es gewesen, Cajetan die Satisfaktion zu verweigern.

DIENSTAG, 30. JUNI

10.

Es war kaum sechs Uhr morgens, da war er schon wieder aus dem Bett gestiegen. Draußen war es bereits hell und Lamprecht hatte es nicht mehr ausgehalten, sich länger schlaflos auf der Matratze hin und her zu wälzen. Außerdem wollte er seinen schweren Gedanken nicht den Raum geben, sich weiter auszudehnen. Gegen vier Uhr nachts hatte er das Fenster geöffnet und jetzt streichelte ein sanfter Luftstrom über seine Glieder. Von draußen hörte er das Rauschen der Blätter im Wind und durch die Maueröffnung sah er Möwen mit ausgebreiteten Schwingen im Wind stehen. Sie waren wie weiße Punkte, die man auf ein kobaltblaues Tuch geheftet hatte. Gegen die Schwermut half eine Ausfahrt mit dem Fahrrad am besten. Noch bevor das morgendliche Treiben eingesetzt hatte, war er im Sattel gesessen und durch die Stadt über die Via dell'Istria bis Muggia und von dort das Meer entlang weiter zur Punta Sottile gefahren. Einzelne Bauern machten sich schon in den Obst- und Weingärten zu schaffen, da sie die Zeit bis zur großen Hitze ab Mittag nutzen wollten, und mähten die Wiesen mit ihren Sensen oder kürzten Äste und Triebe. Der Duft des frisch geschnittenen, taufeuchten Grases stieg Lamprecht in die Nase und weckte seine Lebensgeister besser als jedes Tonikum aus der Apotheke. Einzelne weiße Karststeine stachen aus der Vegetation hervor.

An der kleinen Landspitze auf dem Weg nach San Bartolomeo gab es einen Steg, auf dem er ein wenig ausruhen wollte, bevor es an die Rückfahrt ging. Ein paar vagabundierende Buben, kaum älter als elf oder zwölf Jahre, umringten ihn bald und bewunderten seinen Renner. Einer von ihnen rauchte. Als er sich mit seiner Zigarette im Mundwinkel dem Fahrrad bedenklich näherte und auch die anderen ihre schmutzschwarzen Hände danach ausstreckten, ließ er von seinem Plan, dort im klaren Wasser seine Runden zu ziehen, ab. Normalerweise hätte er sich bis auf seine kurze Hose entkleidet und wäre die nächste Stunde die Küste entlang auf und ab geschwommen, wäre zum Grund getaucht und hätte am Boden verweilend die Luft angehalten so lange es ging und dabei gezählt, bis er wenigstens zweihundert erreicht hätte, das waren gute drei Minuten. Unlängst hatte er es sogar bis zweihundertfünfzehn geschafft, aber er war sich nicht sicher, ob er die Zahlen gegen Ende seines Sauerstoffvorrats nicht schneller hatte abfolgen lassen. Er misstraute aber den Buben, die sich wie herrenlose Hunde um eine Fleischerei herumdrückten, um dann einen Wurstzipfel zu stehlen, also versuchte Lamprecht die kleinen Streuner zu verscheuchen, machte sich jedoch schließlich ohne sein Schwimmtraining an die Rückfahrt.

Bei der Matinee, keine zwei Stunden später, fühlte er sich wie ein Fremdkörper. Die versammelten Gäste betrachteten ihn, als wäre er von einer ekelerregenden, ansteckenden Krankheit entstellt. Auch wenn die Liberale ihn nicht als Polizisten vorgestellt, sondern als Anwaltskonzipienten eingeführt hatte, war man ihm äußerst reserviert begegnet, weil man dem Fremden misstraute und vielleicht einen Spitzel vermutete. Man wich vor ihm zurück und Lamprecht musste sich die Frage stellen, was er eigentlich von seinem Erscheinen hier erwartet hatte. Bis er dann endlich an Fulvio Trecciani verwiesen wurde, mit dem er rasch ins Gespräch kam. Sie hatten sich in einen ruhigen Salon zurückgezogen, wo sie allein und ungestört waren. Trecciani kam schnell auf den Punkt: »Sie verfolgen eine falsche Fährte, wenn ich Ihnen das sagen darf. Von

Maria weiß ich, worum es geht, sie hat es mir gestern Abend noch erklärt. Ich habe mir erlaubt, Erkundigungen über Sie einzuholen. Und die sprechen für Sie.« Er schenkte sich von einem Beistelltisch ein Glas Likör ein und hielt die geöffnete Kristallflasche Lamprecht hin, doch der Inspektor schüttelte den Kopf und sagte: »Sonst würden Sie wohl nicht mit mir reden, oder?« Er griff sich an die Bartspitze.

»Und Sie würden ziemlich sicher diese Gesellschaft nicht wieder heil verlassen«, antwortete der andere und sein Blick verriet, dass er es ernst meinte. »Aber Sie sind nicht hinter uns her, glauben Sie mir das. Wir sind hier in Triest viel zu wenige, um so ein Husarenstück bewältigen zu können.«

»Sie meinen, Ihre Bewegung hat nicht genug Rückhalt in der Bevölkerung?«

Trecciani leerte sein Glas in einem Zug. Er umklammerte den dünnwandigen Schwenker mit seiner Faust, und für einen Moment schien er tatsächlich daran zu denken, es zu zerquetschen oder gegen eine Wand oder den Boden zu schleudern, doch dann lockerte sich sein Griff und ohne weitere Beachtung schob er es über den Tisch von sich. Ein Flackern erhellte seine Augen, seine Stimme wurde fester: »Bei den Italienern schon, aber das ist eben das Problem bei uns in Triest, es gibt noch viele andere Ethnien. Und genau da müssen Sie ansetzen. Wenn Sie und Ihre Leute nicht aufpassen, werden uns die Slawen alle einen Fußtritt verpassen. Die schmeißen Ihren Kaiser raus und dann uns auch noch.«

Lamprecht drehte nun seine Bartspitze um den Finger, bevor er nach einer Pause fragte: »Kennen Sie den CLT, den Comitato della Liberazione di Trieste?«

Trecciani ließ sich in den Sessel zurückfallen. Er schüttelte den Kopf. »Nein, nie gehört«, behauptete er. »Aber der Name ist nicht schlecht«, fügte er an.

»Bestreiten Sie also, dass es so ein Komitee gibt und dass Sie damit zu tun haben? Oder Ihre Gruppierung?«

»Gehen Sie ins Hotel Balkan, fragen Sie dort nach einem gewissen Sipcovich. Hier sind Sie an der falschen Adresse. In jeglicher Hinsicht.«

Mit dieser Information verließ Lamprecht das Haus der Liberale. Körperlich unangetastet. Niemand hatte ihm ein Haar gekrümmt, doch die Mordlust war in den Blicken Einzelner aufgeblitzt wie ein reflektierter Sonnenstrahl auf der Stahlklinge eines Dolches.

Im Anschluss traf Lamprecht Pirona und erteilte ihm den Auftrag, Erkundigungen über Trecciani und Sipcovich einzuholen, bevor er sich ins Rathaus aufmachte, um Valerio zu berichten.

Er konnte dem Bürgermeister noch keine konkreten Ergebnisse oder gar einen Schuldigen liefern. Einzig seine Beobachtung vom Vortag, dass die Stadt nach dem schweren Schlag gegen das Haus des Monarchen geschlossener denn je hinter diesem zu stehen schien, wollte er schildern. Valerio nickte interessiert, ehe er feststellte: »Aber Sie müssen zugeben, dass sich das Bild mit den Vorkommnissen nicht ganz deckt. Einerseits steht die Drohung gegen Seine Majestät im Raum, gleichzeitig versichern Sie mir, dass das Volk geschlossen hinter dem Kaiser stehe. Das passt doch nicht zusammen.«

»Wie gesagt, das sind erste Ergebnisse, zu vage, um eine Gesamtbeurteilung abgeben zu können.«

Valerio runzelte die Stirn. »Hoffentlich verrennen Sie sich da nicht. Und wenn es hier um etwas ganz anderes geht? Aber einverstanden, machen Sie einmal in der eingeschlagenen Richtung weiter. «

Lamprecht salutierte und verließ das Büro. Er musste Valerio recht geben. Er hatte noch nicht wirklich durchschaut, was hier ablief. Das sagte ihm sein Gefühl.

11.

Das Hotel Balkan nahm den größten Teil eines vor wenigen Jahren an der Piazza della Caserma errichteten Gebäudes ein. Mit seiner glatten Fassade vollzog es den architektonischen Übergang in die Moderne. Eine übergroße Schachtel, die Max Fabiani, der Architekt, wie einen vergessenen Koffer an den Platz gesetzt hatte. Lamprecht hatte nach seinem Besuch bei Valerio nochmals mit Pirona Rücksprache gehalten. Über Sipcovich gab es keine nennenswerte Polizeiakte, aber der Narodni Dom, das slowenische Volkshaus, war aktenkundig. In dem Neubau waren neben dem besagten Hotel noch eine Bibliothek, eine Bank und sogar ein Theater und eben dieses Volkshaus der slowenischstämmigen Volksgruppe untergebracht. Sipcovich war einer der Teilhaber der Bank, die sich auf Bodenfinanzierung spezialisiert hatte. In der Wirtschaftsabteilung hatte man Informationen, wonach die Bank in den letzten Jahren, nachdem harte Winter und heiße Sommer den Karstbauern schlechte Ernteerträge beschert hatten, großzügig Kredite gewährt hatte, die dann aber alle fällig gestellt worden waren. Sipcovich besaß selbst ein Landgut bei Monrupino, das angeblich auf diese Weise an ihn geraten sein sollte, indem er die Kredite als Privater übernommen und dann die Bauern, die einstigen Besitzer, bei sich angestellt hatte. Entweder der Mann war ein Wohltäter oder ein Blutsauger, der so seinen Besitz erweitern konnte.

Lamprecht blieb einige Minuten vor dem Gebäude stehen und betrachtete die Fassade, die gänzlich ohne Schnörkel oder die gewohnten üppigen Verzierungen auskam. Er dachte an den Skandal, den ein ähnlich geradliniger Bau in der Wiener Innenstadt ausgelöst hatte. Das »Haus ohne Augenbrauen«, hatten die Wiener das Gebäude bei der Hofburg genannt. Was die wohl zu diesem Bau gesagt hätten?

Er trat ein und wandte sich an einen Mann hinter einem Empfangspult und fragte nach Sipcovich. Der Mann musterte Lamprecht und fragte ihn, ob er einen Termin vereinbart habe. Er wolle ein Anliegen vortragen, behauptete Lamprecht, »ein überaus wichtiges«, wie er betonte. Der Portier hob eine Augenbraue, schien aber über Derartiges nicht überrascht. Sipcovich sei im Caffè Fabris zu finden, bekam er zur Auskunft. Der Mann deutete wieder zum Ausgang und Lamprecht nickte verständig.

»Aber es ist besser, wenn ich ihm telefoniere und Sie ankündige. Herr Sipcovich trifft sich dort meist mit Geschäftspartnern und wenn er eine Besprechung hat, wünscht er nicht gestört zu werden.«

Lamprecht musterte den Alten mit seinen schlaffen Wangen, die wie die Lefzen eines Bernhardinerhundes herabhingen, seine zu kurzen Stoppeln geschnittenen grauen Haare. Es war unübersehbar, wie der Portier das bisschen Macht, das ihm gegeben war, auskostete. Lamprecht griff sich an den Schnurrbart, zog eine Seite lang und bremste seinen Impuls, sofort das besagte Lokal aufzusuchen. Ein paar Worte mit dem Mann hier konnten vielleicht wertvolle Informationen zutage fördern. Er fragte: »Der Cavalier Sipcovich hält seine Besprechungen also nicht hier in seinem Büro ab?«

Der Mann beugte sich zu Lamprecht vor: »Schon, aber nicht alle.«

»Und welche nicht?«

»Von mir wissen Sie das aber nicht. Sind Sie von der Polizei?«

Lamprecht seufzte. Eine Ermittlung im Geheimen hatte er sich anders vorgestellt. Genauso gut hätte er hier mit gezückter Kokarde und der Kavallerie anrücken können, wenn ihm jeder sofort den Inspektor ansah. Er versuchte dennoch sich zu verleugnen: »Aber woher denn. Nein! Im Vertrauen, ich will Herrn Sipcovich in einer privaten Angelegenheit bemühen, aber es ist mir peinlich, ich möchte das nicht öffentlich machen.«

»Genau solche Besprechungen hält Herr Sipcovich im Kaffeehaus ab. Dort sind Sie richtig. In der schummrigen Atmosphäre lässt es sich einfacher über Schulden sprechen.« Der Alte musterte Lamprecht und schenkte ihm ein mitleidiges Lächeln. »Soll ich Sie jetzt ankündigen?«

Lamprecht schüttelte den Kopf. »Nein, danke. Er wird mich schon anhören. Danke. Buona giornata.«

»Ihnen auch. Und ich halte Ihnen die Daumen.«

Lamprecht verließ flotten Schrittes die Halle, bevor er dem Mann noch weitere intime Details anvertraute. Erfundene zwar, aber auch die waren nicht ungefährlich, wenn sie die Runde machen würden. So war er nur ein vermeintlicher Bittsteller, der dem Mann sicher bald aus dem Gedächtnis entschwunden sein würde. Hoffte er.

Was täte die Polizei ohne die Indiskretion schlecht bezahlter Arbeitskräfte, die es kaum erwarten konnten, die dunklen Flecken auf den weißen Westen ihrer Dienstherren zu offenbaren? Treccianis Hinweis auf den Geschäftsmann kam also nicht von ungefähr. Gut, dass die Liberale sie beide bekannt gemacht hatte. Er dachte an die hübsche Frau mit den flammenden Augen und dem erregten Herzen unter ihrem Busen. Plötzlich zwängte sich seine Mutter in diese Gedanken. Ja, so eine Frau wie die Liberale könnte ihm vom Standpunkt des Mannes aus gut gefallen. Aber da wäre seine Mutter die Erste, die zu meckern hätte, dass er ihr eine Schauspielerin anschleppte. Doch er wanderte ohnehin nicht auf Freiersfüßen. Mit einem Mal überlagerte ein Unbehagen die Erinnerung an die gestrige Begegnung. Er fühlte in sich plötzlich etwas, das ihn zu zerreißen drohte, weil es die Macht hatte, Länder und Völker zu entzweien. Er musste sich sammeln, die Augen für einen Moment schließen, dann streckte er sich durch und atmete tief ein. Ein-, zweimal, dann war die Beklemmung wieder verschwunden.

Er ging die breite Straße entlang, über die sich die ausladenden Galgen der Laternen spannten. Fuhrwerke und Fiaker ratterten an ihm vorbei und wenn auch seine Zwangslage als zahlungsunfähiger Schuldner bloß simuliert war, so zog er doch die Schultern ein und die Krempe seines Hutes tief über die Augen. Denn der Grund, dass er bedrückt über die Straße zog wie ein geprügelter Hund, war ein anderer. Mit einem Mal kamen ihm wieder die Worte der Schauspielerin in den Sinn und der darin enthaltene Vorwurf, er sei ein Verräter an seinem Volk. Natürlich, er war Italiener, also wenigstens ein halber, und er meinte sich nicht anders als Pirona oder seine Freunde zu fühlen. Die hatten auch kein Problem damit, zugleich Italiener und Untertanen im Staat der Habsburger zu sein. Er hatte sich immer als italienischer Österreicher gesehen, was für ihn keinen Widerspruch darstellte. Deswegen konnte er doch Patriot sein und auch dem Kaiser dienen. Gerade indem er dem Kaiser diente, war er Patriot. Er tat das hier alles doch, um die Lage zu kalmieren und damit das Volk zu schützen, egal welcher Ethnie es war. Er richtete sich auf, strich sich das Haar unter dem Hut zurecht und erwiderte den höflichen Gruß eines ihm Unbekannten, der seinen Hut vor ihm zog. Er nickte und fand, dass ihm durchaus Respekt für sein besonnenes Handeln zu zollen war.

Mit diesem Gefühl betrat er das Caffè Fabris, das nicht ohne Grund viele Geschäftsleute zu seinen Kunden zählte. Es war eines der ersten Häuser in Triest gewesen, das einen Telefonanschluss erhalten hatte. Die Kundschaft war im Notfall also erreichbar, konnte sich gegen ein geringes Trinkgeld aber auch vom Kellner verleugnen lassen. Trotz der frühen Stunde am Nachmittag war das Kaffeehaus gut besucht und er hatte Mühe, einen freien Tisch zu ergattern. Er bestellte einen kleinen schwarzen Kaffee und weil er Durst hatte, orderte er beim Kellner, als er ihm das Getränk servierte, noch ein Glas Limonade. Am Zeitungsständer entdeckte er eine Ausgabe der *Wiener Zeitung* vom Vortag. Die meisten Zeitungen aus der Hauptstadt kamen über Nacht mit der Südbahn nach Triest, einzelne schafften es sogar noch am selben Tag in die Hafenstadt. Er betrachtete die Titelseite. Von einem dicken schwarzen Balken umrandet fand sich unter einem Hinweis auf den »amtlichen Teil« der Zeitung die Nachricht von der Ermordung des Erzherzogs in Sarajevo. Mit keinem Wort wurde die Gattin erwähnt, die ja sogar vor ihrem Gemahl verschieden war.

Als sein Blick über die Zeile mit dem Redaktionssitz in der Bäckerstraße wanderte, dachte er mit Wehmut an Wien zurück. An seine Zeit auf der Universität und natürlich an Marie-Sophie. Die Spaziergänge über die Ringstraße, wo ein prächtiges Palais sich an das andere drängte. Diese Unbeschwertheit, wenn sie nebeneinander unter den Alleebäumen gewandert waren und sich in einem der prächtigen Parks niedergelassen hatten. Oder wie sie einmal im Sommer bei heftig einsetzendem Regen unter dicht belaubten Ästen Unterschlupf gesucht hatten und wie nach den ersten schweren Tropfen der Geruch des feuchten Straßenbelags aufgestiegen war. Seitdem Marie-Sophie ihm mit dem letzten Brief ihre Hochzeitspläne offenbart hatte, musste er wieder öfter an sie denken. Auch an die vergangene Zeit und an ein erträumtes Glück und dessen abruptes Ende, das damit begonnen hatte, dass Marie-Sophies Bruder Cajetan plötzlich in ihr Zimmer gestürmt war. Aber eigentlich war ihm dieses Glück von Anfang an nicht bestimmt gewesen und er konnte sich nicht darüber beschweren, dass ihn das Schicksal betrogen hätte. Er hätte es wissen müssen und er hatte es wissen können, von Anfang an. Sie hatten einen Ausflug nach Nußdorf gemacht und waren mit der Zahnradbahn auf den Kahlenberg gefahren, wo man zu dritt etwas spazieren gehen wollte. Es war Marie-Sophie, die das Thema auf einen gemeinsamen Theaterbesuch brachte, wobei sie in Folge der Konversation auf Frank Wedekind und Arthur Schnitzler zu sprechen kamen, die beide so manchen Skandal in der Wiener Kulturlandschaft ausgelöst hatten. Vor allem Schnitzlers freizügiger Umgang mit Sexualität war ein wiederkehrendes Motiv, das die Sittenwächter auf den Plan rief. Aber nicht nur die Sittenwächter. Auch Marie-Sophies Bruder Cajetan monierte, dass dieses Thema wohl alles andere als geeignet für das unverdorbene Gemüt einer jungen Dame sei. Gaetano widersprach, meinte, sie sei doch fast erwachsen, und holte sich die erste Rüge an diesem Tag. Eine hochgezogene Augenbraue, mehr nicht, das hatte gereicht, um Cajetans Missfallen zum Ausdruck zu bringen. Gaetano hatte das Gespräch auf die schöne Aussicht gelenkt und sie waren vorgegangen, wo die Stadt vor ihnen ausgebreitet lag wie ein aufgeschlagenes Buch. Die Donau und ihre vielen Seitenarme glitzerten in der Sonne, Marie-Sophie hatte seine Hand ergriffen und nicht mehr losgelassen, bis sie zur Eisenbahn zurückgekehrt waren.

»Ich habe Durst, da vorne ist ein Stand, wo Limonade verkauft wird«, hatte Marie-Sophie gesagt und Gaetano wollte aufstehen, um ihr als Kavalier ein Getränk zu holen, doch Cajetan drückte ihn wieder auf den Sitz zurück und ätzte: »Wenn meine Schwester Durst hat, kann sie sich ihr Kracherl selbst holen. Sie ist ja fast erwachsen.« Er gab ihr ein paar Heller und sie ließ die beiden Männer im Waggon zurück. Cajetan wartete, bis sie außer Hörweite war, dann sagte er zu ihm, und zwar so, dass es die anderen nicht unbedingt hören konnten: »Ich hoffe, du erwartest von deinem Leben nicht etwas, das dir nicht vorbestimmt ist. Ich weiß, dass mein Vater mit Marie-Sophie andere Pläne hat. Als dein Freund rate ich dir das eine: Freundschaft mit ihr, ja, aber alles andere kann, alles andere, was darüber hinausginge, darf es nicht geben. Unter keinen Umständen.« Es war eine Rüge, die im Gewand des ernst gemeinten Ratschlags daherkam, die zweite an diesem Tag. Doch erst indem er seine Schwester für unerreichbar erklärt hatte, erschuf Cajetan, ohne es zu wissen, den Reiz der verbotenen Frucht. Er hatte den Samen für den paradiesischen Apfel in Gaetanos Hirn gepflanzt. Und der Baum wucherte, er blühte und er trug gefährliche Früchte. Als Kind hatte er sich für Obst erst interessiert, wenn es eingelegt worden war und die Mutter ihm verboten hatte, davon zu naschen und es im hintersten Winkel des obersten Fachs der Kommode verschwinden ließ. Ein Verlangen, das durch die vermeintliche Unerreichbarkeit ausgelöst und gesteigert worden war, je öfter er an das ihm Vorenthaltene dachte.

Ein lauter werdender Disput holte Lamprecht aus seinen Gedanken in die Gegenwart zurück.

»Sie elender Blutsauger. Sfruttatore! Lassen Sie mich und meine Familie ja in Ruhe!«

Ein Stuhl wurde umgestoßen und wenig später stürmte ein junger Mann mit erhitzten Wangen und schiefem Krawattenknoten an ihm vorbei aus dem Lokal. Der Polizist blickte in die Richtung, aus der der Lärm gekommen war, legte seiner Intuition folgend ein paar Münzen auf den Tisch und sprang ebenfalls auf. Sein Interesse galt nun nicht mehr dem hinteren Teil des Cafés und dem grauhaarigen Mann dort, der einen leichten Sommeranzug trug und ihn mit seinem Bart an einen Seehund erinnerte, er folgte mit seinem Blick vielmehr dem schwarz belockten Hinterkopf des Jüngeren, wie er durch die Tür auf die Straße entschwand, und eilte ihm nach.

»Aspetti, Signore!«, rief er, doch der andere reagierte nicht. Mit stampfenden Schritten eilte er in Richtung der Via Ghega. Lamprecht musste seinerseits beschleunigen, damit er den Mann einholte, bevor er um die Ecke bog. Leicht außer Atem sprach er ihn von hinten an und legte ihm dabei vorsichtig die Hand auf die Schulter. »Warten Sie bitte einen Moment.«

Der Mann wandte sich zu ihm um und Lamprecht traf der verzweifelte Blick eines in die Enge getriebenen Tieres. Der Lockenkopf schüttelte seine Hand ab und fuhr ihn an: »Lassen Sie mich in Ruhe, ich will mit diesem Gauner nichts zu tun haben. Hauen Sie ab, sonst hole ich einen Wachmann.«

Lamprecht hob die Arme. Er musterte den Burschen, der einige Jahre jünger als er sein mochte und dessen Gesicht schweißnass glänzte, die Wangen vom wallenden Blut befeuert. »Ich gehöre nicht zu diesem Gesindel«, versuchte Lamprecht die Fronten zu klären und vor allem zu betonen, auf welcher Seite er stand.

Der andere wirkte für einen Augenblick irritiert. Sein Blick wanderte zwischen Lamprecht und der Umgebung hin und her.

»Und das soll ich Ihnen glauben?«, fragte er.

Lamprecht nickte, dann holte er doch seine Kokarde hervor: »Ja, das können Sie mir glauben. Haben Sie ein paar Minuten für mich?«

Sie saßen in einem Straßencafé an der Piazza della Stazione mit Blick auf den Bahnhofsgarten und das Monument, das an die Übergabe Triests an Österreich erinnern sollte und aus Anlass des fünfhundertjährigen Jubiläums der Zugehörigkeit zum Habsburgerreich Ende des vorigen Jahrhunderts auf dem Platz errichtet worden war.

Der junge Mann hieß Cesare Monini und war ein Bauer aus der Gegend um Monrupino. Er hatte den Hof von seinem Vater geerbt, der vor einem Jahr gestorben war. Mit Geschäften und Banken habe er selten zu tun, erklärte er. Seine Welt waren der Weingarten und die Felder, die er untertags bestellte. In die Stadt kam er selten. Seine Frau fuhr zweimal die Woche zum Markt, einer davon am Ponterosso. Kein Wunder, dass er in dem Anzug, der ihm noch dazu am Bund zu weit war, wirkte wie in einer Verkleidung. Er raufte sich die Haare: »Ich weiß nicht mehr, wie es weitergehen soll. Wir haben einen kleinen Sohn, für den kann ich mir nicht einmal das Schulgeld leisten, und jetzt ist meine Frau wieder schwanger. Letztes Jahr hatte ich eine Missernte und jetzt hat die Bank die Hypothek fällig gestellt, weil ich mit den Zahlungen seit über einem halben Jahr im Verzug war.« Er fuhr sich mit der Hand an den Kopf und strich einzelne Locken aus seiner Stirn. Noch immer blickte er unsicher um sich, als ob Häscher hinter ihm her wären.

»Jetzt beruhigen Sie sich einmal«, versuchte Lamprecht die Situation und den jungen Mann zu entspannen, indem er auf das kleine Bier vor ihm deutete. Auf dem Glas war das blaue Logo der Triestiner Adriabrauerei aufgedruckt. Monini nahm einen Schluck und atmete tief durch. »Ich trinke sonst keinen Alkohol«, erklärte er. Dann lächelte er verlegen, als wäre er beim Schummeln erwischt worden: »Also, meinen Wein muss ich schon kosten. Aber das nur im Herbst. Ich muss ja schauen, was ich den Leuten zu verkaufen gedenke.«

Lamprecht erwiderte das Lächeln und trank ebenfalls einen Schluck Bier. An ihnen zogen Fuhrwerke und einzelne Automobile vorbei. Menschen eilten mit ihren Koffern durch den Park in Richtung des Bahnhofs, wo andere Reisende heraustraten und mit ihrem Gepäck auf die nächste Straßenbahn warteten. Die Luft flimmerte zwischen den Bäumen, auch einige Vögel schienen im Schatten eine Pause einzulegen. An den Nebentischen wurde lautstark diskutiert. Die Konversation drehte sich nur um das Attentat, und tatsächlich spuckte einer der anderen Gäste des Caffè auf den Boden, als mit dem Attentäter ein Slawe als der Schuldige bezeichnet wurde.

Lamprecht widmete sich wieder Monini: »Was hat Sie vorhin so in Rage gebracht?«

»Können Sie sich das nicht denken?«

Lamprecht schüttelte den Kopf.

»Sie haben keine Ahnung, wer dieser Sipcovich ist, oder?«

Schulterzucken. »Sagen Sie es mir.«

»Ein Verbrecher der übelsten Sorte. Mit der Bank baut er den Druck auf die Bauern auf. Er gibt ihnen großzügig Kredit, wirft ihnen Geld nach, doch dann werden die Kredite fällig gestellt, und wenn man nicht zahlen kann, springt er ein. Er übernimmt den Kredit, man muss dann an ihn zahlen, was aber die wenigsten schaffen.«

Monini umklammerte das Glas, sein Blick haftete am Boden.

»Und dann?«

»Dann kommt ein Angebot.«

»Was für ein Angebot?«

»Du überschreibst ihm deinen Besitz und er stellt dich an. Du bist dann nur mehr ein Verwalter, sein Verwalter, der Lakai des feinen Herrn auf deinem ehemals eigenen Hof.«

»Aber dann hat er das wirtschaftliche Risiko, oder?«

»Er verlangt Unmögliches, es geht nur um seinen Profit.«

»So ist das eben. Wenn man mit fremdem Kapital arbeitet, dann muss man es eben auch bedienen«, sagte Lamprecht und schien damit einen wunden Punkt getroffen zu haben.

»Maledetto! Er nimmt uns das Weiße aus den Augen. Was er verlangt, kann man auch in guten Jahren nicht erwirtschaften! Und wenn er genug aus den Bauern und dem Boden herausgepresst hat, dann verkauft er an den nächsten Aasgeier. Und der verjagt dann die Bauern und die Knechte. Diese Geldsäcke sind doch alle gleich, sono tutti carnefici!«

Monini hatte auf den Tisch geschlagen, so heftig, dass sein Glas umfiel und sich der Rest des Biers auf dem Tisch verteilte. Die anderen Gäste nahmen davon aber kaum Notiz, auch an ihren Tischen wurde nach wie vor empört schwadroniert.

»Aber bevor es so weit ist, mach ich es wie der alte Vidopivec, der hat sich das alles erspart.«

»Und wie hat er das geschafft?«

»Aufgehängt hat er sich, jetzt ist er alle Sorgen los. Zwar schade um sein Gut, das war echt was Feines, was er da auf die Beine gestellt hat, und jetzt liegt alles brach. Schade darum, aber wenigstens hat es der gierige Mensch nicht bekommen. Und wenn, dann hat er niemanden, der sich darum kümmert.«

Lamprecht ließ sich die Namen derer geben, die in letzter Zeit gezwungen gewesen waren zu verkaufen, und dann auch noch die Adresse des Landguts des Unglücklichen, der keinen anderen Ausweg als den Freitod gesehen hatte. Er fragte: »Wollen Sie noch etwas trinken?«, und deutete auf das umgestürzte Glas. Monini verneinte, doch es war unschwer zu erkennen, dass ihn noch etwas quälte, so wie er seine Finger knetete. Lamprecht ließ ihm die nötige Zeit, bis er bereit war zu sprechen. »Und dann ist da noch etwas, das Sie wissen sollten.«

Keine zehn Minuten später brach Lamprecht eilig zur Polizeidirektion auf. Der Polizist hatte die Zeche übernommen und noch überlegt, wie er dem Mann in seiner Verzweiflung helfen könnte. Ohne Rücksprache mit dem Bauern hatte er nach dem Padrone des Lokals verlangt und diesen gefragt, woher er seinen Wein beziehe. Der Mann hatte ihn aus seinem pausbäckigen Gesicht verwundert gemustert, ehe er die Frage beantwortete. Die roten Äderchen auf Wange und Nase bestätigten Lamprechts Vermutung, dass ihm der Wein durchaus auch ein persönliches Anliegen war. Nachdem der Wirt seinen Lieferanten genannt hatte, verzog Lamprecht das Gesicht wie nach dem Biss in eine Zitrone. Dabei hatte er weder besonders viel Ahnung vom Wein noch von den Händlern in der Stadt. Er schob Monini vor und pries seine Produkte wie ein Marktschreier. Dann hoffte er, dass sein übertriebener Auftritt Früchte trug, und überließ den Bauern seinem Schicksal beziehungsweise dem trinkfreudigen Lokalbesitzer.

Der kürzeste Weg zur Dienststelle führte ihn entlang der Riva Carciotti mit dem an der Meerespromenade gelegenen gleichnamigen Palast den Canal Grande entlang. Lamprecht hatte das Gefühl, dass ihm wieder jemand folgte. Schon zuvor hatte er die Straßenseite gewechselt und der Mann in seiner fleckigen Leinenhose und dem weiten, halb geöffneten Hemd hatte ebenfalls die Straße übersetzt und ging nun wie er in der prallen Sonne. Kein vernünftiger Mensch tat das. Bei der Brücke über den Canale querte er abermals die Fahrbahn mit den eingelassenen Gleisen und der Mann folgte ihm weiterhin wie sein Schatten. Er trug einen Strohhut, dessen breite Krempe seine Augen verdeckte. Aber er hatte sich Lamprecht so weit genähert, dass dieser nun seine grauen Bartstoppel erkennen konnte. Zwischen dem Palazzo Carciotti und dem Block, in dem früher die Polizeidirektion untergebracht war, lag das Hotel de la Ville, eines der ältesten Gästehäuser der Stadt. Lamprecht drückte sich gegen die Fassade und verschwand behände ums Eck, wo er seinen Verfolger abpasste. Als dieser um die Ecke bog, sprang er aus seinem Versteck wie ein Wegelagerer aus dem Hinterhalt: »Warum verfolgen Sie mich? Sie legen sich mit dem Falschen an!« Lamprecht streckte seine geballte Faust vor. Der Mann erschrak tatsächlich, weil er mit dieser Konfrontation nicht gerechnet hatte. Er machte einen Satz zurück. Dabei verrutschte ihm der Hut und gab den Blick auf sein Gesicht frei. Er hatte freundliche Augen, seine Haut schien von der Sonne gegerbt. Silbergrau glänzten sowohl sein Haar an den Schläfen als auch der Wuchs seines Bartes auf Wangen und Kinn.

»Ispettor Lamprecht?«, fragte er und lächelte den Polizisten an, der seine Faust sinken ließ.

Der Nächste, der ihn als Ordnungshüter erkannt und ihn sogar namentlich benannt hatte. Als hätte er ein Schild mit seinem Namen angeheftet. Leugnen schien zwecklos, er nickte. »Und wer sind Sie?«

»Ich habe vorhin unabsichtlich einen Teil Ihrer Unterhaltung gehört. In dem Café drüben. Ich bin auch Landwirt. Es stimmt, was Ihnen der andere erzählt hat. Und das Gehöft vom alten Vidopivec sollten Sie auf jeden Fall ansehen. Dort tut sich Sonderbares. Ich glaube, unlängst waren sogar einige Soldaten dort.«

Lamprechts Herz pochte mit einem Mal heftiger. »Soldaten?«, fragte er. »Wann war das?«

Der Mann kaute auf seinen Lippen. »Ich weiß nicht, so vor drei, vier Tagen vielleicht?«

»Sie kommen am besten gleich mit mir in die Direktion. Und dort setzen wir ein Protokoll auf.«

Doch der Mann schüttelte den Kopf und flüchtete sich in

Ausreden. »Nein, tut mir leid, aber keine Zeit, ich muss … mi dispiace …«

Lamprecht packte ihn schnell am Hemdsärmel, bevor er sich davonmachen konnte, doch der Bauer entwand sich geschickt seinem Griff und lief einfach weg. Lamprecht blickte ihm nach, verzichtete aber auf eine Verfolgung. Ihm war ohnehin klar, was sein nächstes Ziel war.

12.

»Du willst jetzt noch nach Monrupino?«, fragte ihn Pirona, nachdem Lamprecht in der Direktion eingelangt war und seinen Kollegen in ihrem gemeinsamen neuen Büro aufgesucht hatte. Man hatte ihnen gestern ein eigenes Zimmer frei gemacht. Es war eng und muffig, weil es nur über ein winziges Fenster verfügte und man dort bislang nur alte Akten eingelagert hatte.

Lamprecht nickte und nahm die Dossiers entgegen, die ihm der zugeteilte Kollege aufbereitet hatte. Über die Liberale, über die Finzi und auch über Sipcovich. Er blätterte darin und pfiff durch die Schneidezähne. »Alle Achtung«, entkam es ihm, nachdem er die Aufstellung der von Sipcovich zuletzt akquirierten Besitztümer überflogen hatte. »Der gute Mann wird bald mehr Ländereien als unser verehrter Kaiser sein Eigen nennen können, wenn er so weitermacht. Also hat Trecciani genau gewusst, auf wen er mich da loslässt.«

»Warte ab, das Beste kommt aber noch«, sagte Pirona, beugte sich zu Lamprecht und blätterte im Dossier weiter, bis er ihm auf einer der hinteren Seiten eine andere Spalte zeigte. »Das meiste verkauft er bald wieder weiter, und sieh dir die

Namen an. Fast alles Italiener – und ein Name kommt besonders häufig vor.«

Lamprecht sah den Kollegen erstaunt an. »Und dann heißt es immer, eine Krähe hackt der anderen kein Auge aus.«

Pirona ließ seinen Zeigefinger auf dem Namen Trecciani liegen und nickte. »Ich weiß, was du meinst.«

»Schön langsam frage ich mich, in welches Wespennest ich hier wohl gestochen habe. Sag, und hast du was über einen Hof von einem Vidopivec?«

»Ja, warte«, antwortete Pirona und blätterte etwas zurück. »Das Gut ist derzeit unbewirtschaftet. Der Besitzer ist verstorben und die Erbfolge ungeklärt, aber sollte es dem Staat anheimfallen, dann gibt es schon einen Kaufinteressenten.«

»Sipcovich?«

»Esatto.«

Lamprecht nahm den Auszug aus dem Grundbuch an sich, auf dem auch die Lage verzeichnet war. »Gut, dann mach ich mich auf den Weg.«

»Allein?«, fragte Pirona. Er hatte einen anderen Vorschlag: »Wir fordern einen Wagen an, ich sollte dich begleiten.«

Doch Lamprecht winkte ab. Er schüttelte den Kopf: »Zu auffällig. Ich habe da andere Pläne.«

***

»Er war heute bei mir. Schön langsam muss man etwas unternehmen.«

»Das sagen Sie mir? Ich dachte, Sie hätten da jemanden an der Hand?«

Das Treffen fand diesmal unter freiem Himmel statt. Sie hatten sich an der Piazza del Ponterosso verabredet, und der eine wanderte die Stände entlang und betrachtete die dort angebotenen Waren wie ein potenzieller Käufer. Mal nahm er ein paar Tomaten, roch daran und legte sie mit unbefriedigtem Gesichtsausdruck wieder zurück, dann betastete er ein paar Artischocken. Als er zum nächsten Stand kam, hielt ihm der Verkäufer ein Stück Käse vors Gesicht. Schnell zog er die Nase weg und hielt sich ein parfümiertes Taschentuch davor, um den derben Geruch zu vertreiben. »Dummkopf!«, fluchte er. Dann wandte er sich wieder dem anderen zu, der ihm folgte, wie ein treuer Diener, abwartend, wann man ihm wieder Aufmerksamkeit zuteilwerden lassen würde. Er beugte sich zu ihm zurück und flüsterte nun in sein Ohr: »Ab morgen wird dieser Polizist ganz andere Sorgen haben, glauben Sie mir. Morgen tritt die nächste Stufe unseres Plans in Kraft, da wird es dann rund gehen, das verspreche ich Ihnen.« Er machte eine ausladende Geste mit den Armen, um etwas Großes anzudeuten. Dabei bahnte er sich flink den Weg durch die Schaulustigen, die den Platz um diese Zeit bevölkerten.

»Ich weiß nicht so recht«, meinte der andere, die Nase rümpfend. Weniger behände zwängte er sich durch die Menschenmenge. »Mir scheint es vernünftiger, wenn ich mich darum kümmere.«

Jetzt blieb der vordere stehen und drehte sich zu dem anderen um. Er tippte ihm mit dem Zeigefinger seiner Rechten auf die Brust und forderte: »Meinetwegen, aber wenn, dann machen Sie es ordentlich. Und man darf keine Verbindung zu uns herstellen können, ist das klar?«

***

Wenig später war Lamprecht im Begriff, das Haus zu verlassen. Da der Vater schon von der Arbeit gekommen war, saßen seine Eltern beim Kaffee im Salon und er wollte sich verabschieden.

Als er den Eltern gegenüberstand, fiel ihm etwas ein, das ihn beschäftigte: »Ich musste unlängst an Tante Josefine aus Wien denken.«

»Wieso denn das? Du kanntest sie ja kaum«, wollte die Mutter mit einem Lächeln auf den Lippen wissen, während sich eine gewisse Verunsicherung aus ihrem Blick ablesen ließ.

»Ich könnte schwören, sie hier in Triest gesehen zu haben. Am Abend, als es finster war.«

»Unsinn«, donnerte der Vater, »Josefine ist bereits seit vielen Jahren tot.« Er tastete seine Hose ab und gab dann zu verstehen, dass die Diskussion beendet war. Die Toten sollte man ruhen lassen, war seine Überzeugung.

Gaetano hatte sich umgezogen und saß nun in kurzen Hosen und Trikot auf seinem Rennrad. Ein Radfahrer, der nach einer Panne bei einem Bauernhof um Hilfestellung anfragt, war seiner Einschätzung nach unverdächtig. Und er hatte sein Ziel, nächsten Sonntag beim Piccolo Giro zu starten, noch nicht ad acta gelegt und war daher für jede Trainingsgelegenheit dankbar. Daher nahm er die alte Straße nach Opicina in Angriff. Die war aber an manchen Stellen so steil, dass er diese Passagen, sogar wenn er sich aus dem Sattel erhob, kaum bewältigte. Er fragte sich, als er an einer steilen Kurve sein Bianchi bergauf schob, ob auch die ganz Großen wie Luigi Ganna oder etwa Carlo Galletti, der dreimal den Giro d'Italia und zweimal den Giro di Sicilia gewonnen hatte, hier würden absteigen müssen. Es war unerträglich heiß und er ärgerte sich, dass er den Tornister mit Wasser zu Hause gelassen hatte. Jetzt musste er beim nächsten Brunnen eine Zwangspause einlegen, um sich zu erfrischen. Zugleich konnte er aber die Fahrt nutzen, um seine Gedanken zu ordnen. Monini hatte behauptet, Sipcovich sei auch in Waffengeschäfte verwickelt. Er hatte behauptet, dass ihm zu Ohren gekommen sei, der Bankier nutze die landwirtschaftlichen Gebäude dazu, dort Schmuggelware vor dem Zoll zu verstecken. Auch dass er zuletzt sogar Waffen der Armee abgezweigt haben sollte, um sie auf den Balkan zu verschieben. Lamprecht fragte sich, ob so einer auch imstande wäre, die zwei Särge mit den Leichnamen des ermordeten Thronfolgers und dessen Gemahlin in seinen Gewahrsam zu bekommen. Aber als Kriminalist wusste er, dass sich die meisten Verbrechen über die Suche nach dem Motiv lösen ließen. Welchen Nutzen hätte einer wie Sipcovich aus so einem Skandal ziehen können? Er war nach wie vor der Ansicht, bei der ganzen Sache handle es sich um einen Sturm im Wasserglas. Wie der Bürgermeister glaubte er nicht an eine Verschwörung, zugleich war es offenkundig, dass etwas im Gange war. Nur wer hier wirklich gegen wen auftrat, das war noch unter einer Decke versteckt und er musste aufpassen, dass er den richtigen Zipfel anhob.

Er kam an Gärten vorbei, umgeben von dicken Steinmauern, über die sich Äste von Obstbäumen mit ersten gelben und orangefarbenen Früchten streckten. Er dachte an die saftigen Orangen aus Görz, die man sogar in Wien auf dem Naschmarkt kaufen konnte. Er sog den frischen Duft ein, atmete tief durch und trat schließlich noch beherzter in die Pedale, damit er endlich die letzte Steigung nach Cologna überwand, bevor der weitere Verlauf der neben den Geleisen der Trambahn gelegenen Straße dann weniger Anstrengung forderte.

Nachdem er dieses Mal den Obelisken von der anderen Seite erreicht hatte, ging es die nächsten Kilometer gemächlich durchs Hinterland, bis er die staubige Straße hinter sich gebracht hatte, die ihn zum Gut von Vidopivec brachte. Es lag etwas abgeschieden mitten in der Landschaft, gesäumt von Sträuchern und Bäumen und von einem alten Drahtzaun und um das Gebäude von einer Mauer umgrenzt. Die Einfahrt bildete ein zweiflügeliges Eisentor, das sich in der Mauer öffnete. Das letzte Haus auf seinem Weg hatte er gut einen Kilometer zuvor passiert. An einer Weggabelung knapp vor seinem Ziel machte Lamprecht einen Holzstoß aus, der mit Segeltuch gegen den Regen geschützt war. Das Gehöft war bereits in Sichtweite. Er stieg von seinem Rad, das er hinter den Stoß schob und mit der Plane abdeckte, und legte die letzten Meter zu Fuß zurück. Das Harz der Pinien eines nahen kleinen Wäldchens erfüllte die Luft mit seinem Duft. Der Polizist erreichte das Tor aus verrosteten Gitterstäben, von dem ein Schotterweg zu den Gebäuden führte. Er rüttelte an der Eisenkette, die das Tor versperrte.

»Warten Sie, ich mache Ihnen auf!«

Lamprecht fuhr erschrocken herum. Hinter ihm stand der Mann vom Nachmittag. Diesmal war sein Gesicht nicht verdeckt und Lamprecht sah die in Falten eingeschlossenen Augen, die ihn anblitzten, und auch die große Narbe, die sich über die gesamte Breite der Stirn zog. Der dicke Wulst ließ erkennen, dass es sich um eine tiefe Wunde, womöglich sogar bis durch die Schädeldecke gehandelt haben musste. Ein Wunder, dass der Mann diese Verletzung überlebt hatte. Vielleicht hatte er sie aus einer Schlacht davongetragen. Sie konnte durchaus vom Hieb mit einem Säbel stammen. Aber egal ob er vor zwei Jahren in Libyen gekämpft hatte oder zur selben Zeit auf dem Balkan, in beiden Fällen hatte er nicht Österreich-Ungarn gedient. Er sah sich nochmals den nicht sonderlich kräftig gebauten Mann an. Wie ein Söldner sah er nicht aus. Auch die Feldarbeit brachte tödliche Gefahren mit sich. Umstürzende Bäume oder abrutschende Hänge. Oder ein Streit mit einem Knecht, der mit der Sense ausholt.

Er drängte sich an Lamprecht vorbei und steckte einen großen, ebenfalls angerosteten Schlüssel in das Vorhängeschloss und öffnete die Kette. »Ich dachte mir, dass Sie sich das ansehen möchten, deswegen habe ich auf Sie gewartet.«

»Ich habe aber niemanden auf dem Weg hierher gesehen?«

Der Mann deutete zu einem Seitenweg, der über eine Kuppe führte: »Ich wohne gleich da vorn und habe gute Sicht auf die Straße. Hierher verirren sich selten Leute, müssen Sie wissen. Aber Sie haben sich gut getarnt, beinah hätte ich Sie wirklich für einen verrückten Sportler gehalten. Wer fährt schon bei so einer Hitze in den Karst?«

Sie betraten das Grundstück und Lamprecht folgte dem Mann, der zielstrebig voranschritt. »Und deswegen haben Sie auch das mit den Soldaten so gut gesehen, die vor ein paar Tagen hier waren?« Der Mann nickte. »Und woher haben Sie den Schlüssel?«

»Unter Nachbarn ist das hier üblich.«

Das Gras stand fast kniehoch. Äste hatten sich über das Dach eines Schuppens gebreitet und auch auf dem Weg wucherten Büschel und Wildblumen. Laut der Polizeiakte hatte sich Vidopivec zu Jahresanfang umgebracht, und schon jetzt wirkte der Hof wie seit Langem verlassen. Überall verwildertes Geäst, ungebändigt nach einem saftigen Frühjahr. Was immer der Mensch der Natur in mühevoller Arbeit abgerungen hatte, sie eroberte es sich im Handumdrehen zurück.

Das Wohnhaus wirkte aus der Nähe eher bescheiden. Es war typisch für die Gegend: aus grobem Stein errichtet und mit nur wenigen kleinen Fenstern, die wie die Gucklöcher einer Festung ins unverputzte Mauerwerk eingelassen waren. Ein Kamin verlief an der Außenwand und führte bis über das an manchen Stellen eingedrückte Schindeldach. Ein Schuppen war an eine Seite angebaut worden und etwa zwanzig Meter gegenüber stand eine große Holzscheune. In der Mitte ein

Brunnen und ein größeres abgezäuntes Areal, wo der Bauer vermutlich Tiere gehalten hatte.

»Sehen Sie sich einfach um, ich komme dann später, um wieder abzuschließen«, verabschiedete sich der Nachbar und kehrte in Richtung Ausgang zurück.

»Warten Sie!«, rief Lamprecht ihm nach, doch der Bauer war schon am Tor. Er sagte, ohne sich umzudrehen: »Wenn Sie noch Fragen haben, Sie wissen ja jetzt, wo Sie mich finden.«

Dann war Lamprecht allein.

Er ging in die Hocke. Auf dem Vorplatz war das Gras zwar ebenso hoch wie sonst auf dieser Fattoria, aber einige Halme waren geknickt, und im Gegensatz zum sonst verwahrlosten Anwesen hatte offensichtlich jemand vor Kurzem den Kies gerecht, um allfällige Fußspuren zu verwischen. Lamprecht hörte, wie das Gittertor zugeschlagen wurde. Als er in die Richtung blickte, sah er, dass der Nachbar es wieder verschlossen und die Kette vorgehängt hatte. Seine Augen wanderten den Zaun entlang und er fand eine Stelle, wo er zur Not, sollte der Bauer nicht zurückkehren, über einen niedrigen Baum das Grundstück verlassen konnte. Jetzt wollte er das Haus besichtigen. Die Grillen zirpten ohne Unterlass, als würden sie auf der Piazza Grande zum Lustkonzert aufspielen, und am königsblauen Himmel zog ein Raubvogel seine Kreise. Majestätisch hatte er die Flügel ausgebreitet und musterte auf der Ausschau nach Beute den Boden mehrere Hundert Meter unter ihm. Mit seiner steifen Haltung wirkte er wie eine Statue, die über den Himmel geschoben wurde. Lamprecht war nicht sehr gläubig, aber hier bekam er Hochachtung vor der Schöpfung Gottes, die zu bewundern war, egal ob man regelmäßig beichtete oder in die Messe ging. Oft schob er einen dienstlichen Termin vor, wenn er sich den familiären sonntäglichen Gang nach San Giusto ersparen wollte. Wenn er aber Wert darauf legte, den

Sonntag mit seiner Familie zu verbringen, dann musste er eben auch andächtig sein »Pater noster« beten.

In das Steinhaus führten ein paar Stufen, Lamprecht beugte sich zur letzten hinab, da er vermeinte, hier etwas Dreck zu sehen, der von einem Schuh abgestreift worden war. Er ging in die Hocke und fuhr über die Stelle mit dem vertrockneten Schlamm. Der Wind rauschte durch die Äste und ließ sie nach seinem Takt tanzen, als sich in den Gesang der Grillen eine Dissonanz mischte. Ein Knurren drang gefährlich an sein Ohr. Er fuhr hoch und konnte im letzten Moment die schwarze Bestie, die ihm mit gefletschten Zähnen an die Gurgel springen wollte, abwehren. Er packte den Hund, der aufgerichtet bis zu seinem Hals reichte, am Kopf, schubste ihn weg und versetzte ihm zusätzlich einen Tritt. Leider trug er nicht seine Stiefel mit den Stahlkappen. Mit den dünnen Schuhen, die er beim Radfahren trug, schaffte er es gerade noch, dem Köter ein leises Fiepsen herauszulocken. Von hinten aus dem Schuppen startete eine weitere Bestie mit dunkelgrauem Fell los und Lamprecht versuchte, ins Haus zu flüchten. Doch die Tür widersetzte sich seinem Rütteln und Drücken und blieb zu. Der erste Hund hatte ihn schon wieder ausgemacht und setzte zum Angriff auf seine Waden an, während der zweite auf ihn zusprang, aber im letzten Moment zurückgerissen wurde. Er hatte ein eisernes Halsband, das an einer Kette hing, die an einem Pflock fixiert war. Doch der Pflock hielt dem Zerren des wütenden Tieres nicht lange stand und sprang aus der Erde. Beide Hunde kamen nun knurrend mit angelegtem Schwanz und hochgezogenen Lefzen, durch die die spitzen Zähne hervorblitzten, auf Lamprecht zu, der sich mit dem Rücken gegen die Tür drückte. Seine Hand griff ins Leere. Natürlich hatte er den Holster mit seiner Waffe zu Hause gelassen, als er sein Radtrikot angezogen hatte. Er duckte sich zu Boden, der erste

Hund kam rasend schnell auf ihn zu. Lamprecht gelang es, eines der Holzbretter vom Eingang herauszureißen und das spitz zulaufende Stück schützend vor seinen Kopf zu halten, als der Angreifer dagegen stürzte. Jetzt jaulte der Hund laut auf und Lamprecht spürte das warme Blut des Tieres auf seiner Haut. Als der graue Hund nun bellend vor ihm stand und wieder nach seinen Waden schnappte, prügelte der Polizist auf dessen Kopf ein, was den Hund nur noch wilder werden ließ. Er tanzte wie bei einer Tarantella im Kreis um ihn und kläffte noch wütender. Seine Pfoten kratzten über das Holz. Die Halskette schepperte dazu. Lamprecht schützte sich mit dem Brett vor den ständigen Bissen in seine Richtung und schaffte es so, den Hund auf Distanz zu halten und schließlich über den Vorplatz in Richtung Scheune zu rennen, die beiden Hunde ihm nach, wobei das verletzte Tier bei der Verfolgung zurückfiel. Seine Beine flogen über das hohe Gras, und er musste aufpassen, dass er sich darin nicht verfing. Ein kurzer Blick nach hinten, viel Vorsprung hatte er nicht. Er bildete sich ein, den heißen Atem der Bestie im Rücken zu spüren. Der Schweiß drückte sich aus seinen Poren. Mit einem Satz erreichte er das Scheunentor und rüttelte daran.

Es war wie eine Erlösung, dass sich dieses sofort öffnen ließ und er es von innen verriegeln konnte. Er legte den Balken vor und lehnte sich dann mit dem Rücken an die Innenseite. Keuchend, zitternd und mit einem Pulsschlag jenseits der hundertneunzig. Er spürte, wie das Holztor zitterte, da der graue Hund draußen sein Gewicht gegen die Bretter warf. Er atmete tief durch und blickte an seinem Körper hinab. Bis auf ein paar Schrammen hatte er zum Glück nichts abbekommen. Der nächste Schlag gegen das Tor.

Er schien für den Augenblick hier sicher zu sein. Aber er saß auch in der Falle. Licht fiel durch die Ritzen in den Bretterwänden und durch eine Luke im Dach. Staub flirrte durch die Luft. Er sah sich in der Scheune um. Überall an den Wänden türmte sich das Stroh, das in der Hitze besonders stark duftete. Das Anwesen war verwaist und wirkte dennoch, als ob es bis vor Kurzem in Verwendung gewesen wäre. Der Boden allerdings war hier noch nicht gekehrt worden und Lamprecht entdeckte jede Menge Spuren. Sie verrieten die Anwesenheit einer Vielzahl von Personen. Es waren auch unzählige Stiefelabdrücke darunter. Also hatte der Nachbar in diesem Punkt vermutlich die Wahrheit gesagt. Allerlei Gerätschaften wie Rechen, Harken oder Sensen hingen an den Wänden oder den Holzstehern, die einen oberen Boden abstützten. Im hinteren Eck waren ein paar wuchtige Metallkisten, die nach Militär aussahen. Er öffnete den ersten Deckel, doch die Kiste war leer. Er hob sie herunter und öffnete die nächste, die ebenfalls ohne Inhalt war. Der Hund hatte mittlerweile seine Sprünge gegen die Tür aufgegeben und kratzte nun mit seinen Pfoten daran. Dann ging dieses Kratzen auf Holz in ein Scharren in der Erde über. Doch Lamprecht achtete nicht auf diese Feinheiten, da er eben angestrengt das nächste Metallbehältnis auf dem Boden abgestellt hatte. Als er es von seinem Platz weggehoben hatte, fiel etwas, das zwischen der Wand und der Kiste eingeklemmt gewesen war, zu Boden. Er erschrak und machte instinktiv einen Schritt zurück, als er erkannte, worum es sich dabei handelte. Eine Stiel-Handgranate aus Keramik, wie sie in der Armee zum Einsatz kam. Monini hatte also recht gehabt. Lamprecht nahm die Granate an sich, der Zünder schien intakt zu sein. Er hatte genug gefunden, um dem feinen Herrn Sipcovich auf die Zehen zu treten. Er überlegte, ob er die Granate gegen die Hunde draußen einsetzen sollte, fand das aber dann doch recht übertrieben, außerdem hatte diese Waffe bis zur Explosion eine Verzögerung von rund vier bis fünf Sekunden. In der Zeit hätten sich die Bestien schon längst in seine Gurgel verbissen. Er würde eine der Mistgabeln einsetzen, die hier an den Wänden lehnten, und die Hunde in Schach halten, um sich den Rückzug zu bahnen. Er suchte nach dem passenden Werkzeug für seine Verteidigung, als er unterhalb eines Stützbalkens etwas im gebrochenen Licht glitzern sah. Neugierig ging er näher. Als er es aufhob und betrachtete, gab es ihm einen Stich. Das war nicht möglich. Er drehte und wendete es mehrmals gegen das Licht. Kein Zweifel, das war der Knopf einer Militärjacke. Farnese! Bei seiner Jacke hatte so ein Knopf gefehlt.

Er hatte den Knopf kaum in seiner aufgenähten Trikottasche verstaut, als im nächsten Moment die Schnauze des grauen Ungeheuers unterhalb der Innenseite der Tür auftauchte und sich rasch der ausgehungerte Körper nachschob. Das Tier hatte sich in der Zwischenzeit unter dem Holztor durch die weiche Erde gegraben und stellte ihm nun erneut nach. Er floh in Richtung der Leiter, über die er auf den oberen Boden gelangte. Der Hund hätte ihn beinah erwischt. Lamprecht nahm mehrere Sprossen auf einmal. Verdammt, dachte er, als er sah, dass der Hund ebenfalls zu klettern begann und nicht sofort abrutschte. Kaum war er oben angelangt, trat er die Leiter aus ihrer Verankerung und diese stürzte mitsamt der Bestie um. Aber er saß nun erst recht in der Falle. Der Hund war sofort wieder auf den Beinen und zog unter ihm mit wütendem Gebell hektische Kreise. Da hörte er von draußen einen Schuss, gefolgt von einem ersterbenden Winseln, dann klang es, als würde Flüssigkeit gegen die Holzwände der Scheune vergossen. Es dauerte keine dreißig Sekunden, da füllte sich der Innenraum mit beißendem Rauch und die ersten Flammen züngelten die Wände hoch.

Lamprecht musste einen kühlen Kopf bewahren, auch wenn ringsum alles brannte. Er schaute sich um und entdeckte im hinteren Bereich des Bodens noch eine weitere Luke, die im Gegensatz zum Glasfenster im Dach von seinem Niveau aus zu erreichen war. Er lief vor und hielt sich dabei den Unterarm schützend vor den Mund. Der Rauch kratzte in seinen Lungen und er musste den Hustenreiz unterdrücken. Es war weit schlimmer als an Samstagabenden im Caffè Nuova York, wenn im Billardsalon alle gleichzeitig rauchten und die Luft ebenfalls zum Schneiden war. Er erreichte die Luke. Die kleine Öffnung spendete Sauerstoff. Er atmete tief ein, hievte seinen Oberkörper durch die Öffnung, griff draußen nach einem der Dachbalken und kletterte auf das leicht abfallende Dach, um sich dort einen Überblick zu verschaffen. Unten loderte das Feuer, das Holz knackte und knisterte, und so wie die schwarzen Rauchschwaden an ihm vorbeizogen, blieben ihm für seine weitere Entscheidung nur wenige Augenblicke, dann würde es endgültig zu heiß werden. Das Feuer hatte sich sicher bereits durch das Stroh gefressen und bald würde er dran sein, wenn die Flammen aus dem Dach schlugen. Das Glas der vorderen Luke barst in der Hitze. Ein Inferno! Lamprecht fiel die Granate ein. Etwas weiter vorne war noch ein alter Baum mit einer mächtigen Krone. Wenn er es schaffte, den Stamm mit der Granate zu spalten, würde der eine Teil wie eine Brücke zur Steinmauer führen und er könnte darüberbalancieren, hinaus aus diesem Desaster. Er betrachtete die Munition, dann zog er den Zünder, zählte einundzwanzig und warf die Granate bereits von sich, bevor er noch zweiundzwanzig gemurmelt hatte. Sein Herz schlug aufgeregt. Doch auch bei fünfundzwanzig gab es keine Detonation, ebenso wenig bei sechsundzwanzig, und bevor er die Zahl siebenundzwanzig beendet hatte, sprang er vom Dach, die Hand nach dem Kabel, das vom Haus wegführte, ausgestreckt. Er erwischte es sogar und umschloss es mit beiden Händen, doch er war zu schwer für das schlaff gespannte Stück, es riss und Lamprecht stürzte in die Tiefe.

Er beutelte sich benommen ab. Zum Glück war er weich gelandet. Auf einem Misthaufen. Und zu seinem weiteren Glück hatte der Bauer den Mist vor seinem Tod nicht mehr weggeführt. Durch das lange Brachliegen der Landwirtschaft war auch der Gestank, der jetzt an Lamprecht klebte, nicht zu intensiv. Er humpelte zur Mauer und sah schon von Weitem, dass jemand Glasscherben daraufgeklebt hatte. Und auch Stacheldraht verlief darüber. Auch das noch. Es gab zwar eine Metalltür in die Freiheit, doch die war fest verschlossen. Er war immer noch auf der Flucht und durfte keine Zeit verlieren. Er suchte nach einer Stange, vorzugsweise aus Eisen, musste sich aber mit einem Ast zufriedengeben. Damit versuchte er zumindest die Spitzen der Scherben abzuschlagen, wenn er sie schon nicht gänzlich damit entfernen konnte. Dann schlüpfte er aus seinem Trikot, wickelte es sich um die Hände und erklomm die Mauer. Doch er rutschte wiederholt ab und zerschnitt sich dabei das Trikot und auch die Hände. Als er nach dem dritten Versuch wieder im Gras lag, bemerkte er, dass die Metalltür wie von Geisterhand plötzlich offen stand und er so weg von dem Inferno hinter seinem Rücken fliehen konnte. Mit unzähligen Schrammen, ein paar nicht zu tiefen Schnitten an Armen und Händen und einem verstauchten Knöchel hinkte er geduckt zu der Stelle, wo er zuvor sein Fahrrad versteckt hatte. Das Feuer der brennenden Gebäude warf sein wütendes, rötliches Licht auf die Umgebung. Er drehte sich aber nicht mehr um. Er war froh, fürs Erste dieser Hölle halbwegs heil entkommen zu sein.

13.

»Aber du blutest ja!«

»Nicht schlimm, nur ein paar Schrammen.«

»Warte, ich helfe dir, setz dich auf den Hocker da«, forderte Adina ihren Bruder auf. Sie hatte ihn im Bad erwischt. Gaetano war mit Einbruch der Dunkelheit zu Hause angekommen und hatte sich sofort ins Bad gestohlen. Bevor er jemandem von der Familie unter die Augen treten wollte, musste er sich im Spiegel nach allfälligen Blessuren untersuchen. Er hatte doch mehr abbekommen, als er zunächst gedacht hatte. Dann war plötzlich Adina gekommen und hatte sich von ihm nicht abweisen lassen. Mit in Jodtinktur getränkten Wattebäuschen tupfte sie ihm vorsichtig über die Wange. »Wir haben uns schon Sorgen gemacht, weil du so lange weg warst.«

»Ich war in Monrupino, auf einem Bauernhof, als dort ein Feuer ausgebrochen ist.«

Adina drehte seinen Kopf ins Licht und reinigte die andere Wange. »Daher also der Ruß auf deinem Gesicht. Gib es zu, du hast eine feurige Affäre.«

»Nein, das nicht, aber man hat mir einen warmen Empfang bereitet.«

»Du bist eben brandgefährlich.«

Adina hielt inne, sie blickten einander für eine kurze Weile an, bevor sie beide prustend zu lachen begannen. Wie früher, als sie noch Kinder gewesen waren und ewig solche Wortklaubereien hatten spielen können. Plötzlich war da ein Anflug von Unbeschwertheit. Eine Leichtigkeit, wie nur Kinder sie spüren, bevor man sie an die Welt der Erwachsenen kettet. Gaetano nahm Adina an den Händen und zog sie zu sich: »Sag, kann es sein, dass ich dich am Sonntag in Begleitung eines Kavaliers gesehen habe?«

Adina wurde rot, sie wich jetzt Gaetanos Blick aus und schaute auf den gefliesten Boden. »Also, es ist nicht so, wie du glaubst, es ist nur ein Freund, nicht so wie bei …« Sie stockte und auch ihm gab es einen Stich, denn es war klar, worauf sie hinauswollte, sie musste es gar nicht erst aussprechen. Die Sache schwebte wie ein Damoklesschwert über der Familie. Gaetano räusperte sich und Adina löste sich von ihm. Sie stand einen Schritt entfernt und warf ihr offenes Haar nach hinten, als müsste sie beweisen, dass auch sie als kleine Schwester ein Anrecht auf ihr Privatleben hatte, und auch ein Recht auf ihre eigenen Entscheidungen. Sie musste sich nicht vor ihrem Bruder rechtfertigen und zugleich tat sie es doch. Es war an Gaetano, das auszusprechen: »Ich bin nur dein Bruder und es kommt mir doch gar nicht zu, mich in dein Leben einzumischen. Mein Interesse ist wirklich nur beruflicher Natur. Außerdem warst du in Gesellschaft von Rosaria. Wenn ich mich nicht getäuscht habe, trug euer Begleiter eine Ausgehuniform?«

»Ja«, kam es zaghaft von Adina und ihre Augen begannen zu leuchten. »Er ist ein Offizierskadett bei den Feldjägern.« Sie konnte ihren Stolz vor ihrem Bruder nicht verbergen. »Warum?«, fragte sie.

»Würdest du ihn mir vorstellen?«

Jetzt begannen neben den Wangen auch noch Adinas Ohren zu glühen: »Ich mag ihn schon sehr, aber ich glaube, wir sind noch nicht so weit …«

Gaetano lachte auf. »Aber daran hab ich doch gar nicht gedacht. Nein, mein Interesse an dem jungen Mann ist rein beruflicher Natur. Wie heißt er überhaupt?«

»Ferdinand. Aber was für ein berufliches Interesse?«

»Ein brennendes Interesse.«

Beide lachten sie wieder.

MITTWOCH, 1. JULI

14.

Lamprecht unterfertigte den Brief, den er gleich nach dem Erwachen verfasst hatte. Er beschriftete den Umschlag mit der Adresse des Kriegsministeriums. Nur weil er aus Wien weg war, bedeutete das nicht, dass er dorthin keine Kontakte mehr hatte. Er wollte das Kuvert verkleben, doch dann hielt er plötzlich inne. Besser, sagte er sich, wenn das nicht an die Behörde am Stubenring ging, besser, er verschickte seine Frage an den Bekannten an dessen Privatanschrift. Die Vertraulichkeit des Inhalts war auch der Grund, warum er von seiner ursprünglichen Idee, ein Telegramm zu schicken, Abstand genommen hatte. Zu viele Menschen würden dabei den Inhalt zu Gesicht bekommen. Er nahm ein neues Kuvert zur Hand und suchte die Privatadresse von Gustav Springer in seinem Büchlein. Er kannte Springer von seiner Zeit bei der Armee, wusste aber, dass er jetzt von der aktiven Truppe in eine Schreibstube und dabei vom Leutnant zum Rittmeister befördert worden war. In der Truppe hatten ihn damals alle den »Leutnant Gustl« genannt, in Anspielung an Schnitzlers Novelle. Gustl würde ihn nicht hängen lassen, wusste Gaetano, während er sich ankleidete. Er schloss die Tür zu seinem Zimmer ab und horchte, ob er schon Stimmen hörte. Die übrigen Familienmitglieder waren wohl noch auf ihren Zimmern, einzig Luisa war in der Küche emsig zugange. Er nutzte die Gelegenheit, denn er wollte sie alleine antreffen. Er ging in die Küche und gab Luisa, nachdem er ihr Angebot für ein Frühstück abgelehnt hatte, den Umschlag mit dem Auftrag, den Brief noch am Morgen auf die Post zu bringen. »Und vergiss nicht, der muss unbedingt und auf jeden Fall Express nach Wien gehen. Heute noch.«

»Nach Wien?«, fragte Luisa mit einem verschmitzten Lächeln auf den Lippen. Er schüttelte den Kopf. »Nicht wie du denkst. Dienstlich.«

Noch waren die Schatten blass und die Luft war frisch. Wie ein hauchdünnes Tuch aus feuchter Seide legte sie sich auf Lamprechts Haut, als er gegen sieben Uhr morgens das Haus verließ.

Er musste ins Rathaus, wie vereinbart Bericht erstatten und Valerio auf den neuesten Stand bringen. Die Sonne stand in seinem Rücken und leuchtete durch die offene Glockenstube des Campanile von San Giusto. Heute ließ er das Fahrrad stehen. Als er durch die Gässchen schritt, standen Türen und Fenster offen und Stimmen drangen aus den Zimmern und zum Teil sogar quer über die Straße. Frische Wäsche flatterte an den zwischen den eng stehenden Häusern gespannten Leinen. Die Menschen nutzten jetzt im Sommer die wenigen Stunden, die für die täglichen Aufgaben zur Verfügung standen, bevor die Hitze ab Mittag das Leben auf allen Plätzen zum Erliegen brachte. Als er aus dem Gewirk der verwinkelten Wege der Città Vecchia auf die Piazza della Borsa trat, sah er, wie einige Kinder, die eigentlich Waren und Lebensmittel für die Geschäftsleute der Umgebung ausliefern sollten, ihre Last neben dem Neptunbrunnen abgestellt hatten und sich eine Wasserschlacht lieferten. Laut schreiend spritzten sie sich gegenseitig an und nahmen dabei auch keine Rücksicht auf Passanten, die, unmittelbar daran vorbeigehend, mehr als einzelne Tropfen abbekamen. Doch niemand verlor ein böses Wort oder einen Fluch. Die meisten ließen sich von der Heiterkeit und Unbeschwertheit sogar anstecken, und es hätte nicht viel gefehlt, da hätte auch ein Alter mit Stock und Hut bei dem

Spiel mitgemacht. Doch er deutete seine Teilnahme nur an und zog dann seines Weges. Die Kinder kreischten begeistert auf. Auch Lamprecht hatte das Gefühl, dass seine Schritte nun unbeschwerter wurden, auch wenn sein Weg kein leichter war. Er war sich auch noch nicht sicher, was er Valerio von dem, was sich gestern zugetragen hatte, erzählen sollte. Das mit dem Feuer würde er schwer aussparen können, das hatte sicher die Runde bis zum Bürgermeister gemacht.

Sie versammelten sich in der üblichen Runde um den Tisch des Bürgermeisters: Valerio, Demarchi und er. Der Bürgermeister nickte, als Lamprecht von der unangenehmen Begegnung auf dem Gehöft berichtete. »Wer immer hinter diesem Anschlag gegen meine Person steckt«, sagte Lamprecht, seine Bartspitzen drehend, »ich bin sicher, der Bauer, Vidopivecs Nachbar, wird auspacken, wenn meine Leute ihn ordentlich in die Mangel nehmen. Dann wird er uns schon seine Auftraggeber verraten.«

Demarchi räusperte sich und beugte sich vor. Er hatte eine Tasche dabei, aus der er nun eine Mappe holte und sie über den Tisch zu Lamprecht segeln ließ. Der nahm sie an sich und öffnete einen Flügel. Zuoberst waren einige Fotos. Der Kommandant erläuterte: »Ihre Leute können sich den Weg sparen. Diese Leiche wurde heute Morgen gefunden. Eine Zugmaschine ist wohl über ihn gefahren.«

Lamprecht nahm das erste Foto auf und betrachtete es. Das, was vom Gesicht übrig war, ließ den Bauern vom Vortag erkennen, der ihm an den Rive nachgestellt und sich dann am frühen Abend erbötig gemacht hatte, ihm das Tor aufzusperren. Er nickte stumm und Demarchi erklärte: »Das ist Dario Kopich, ein Bauer aus Monrupino, der immer wieder Hilfsdienste für einige Schmuggler erledigt hat. Offenbar ist er jemandem in die Quere gekommen.«

»Und den haben Ihre Leute gefunden?«, fragte Lamprecht.

»Das Feuerwerk, das Sie gestern Abend veranstaltet haben, hat unsere Aufmerksamkeit erregt. Natürlich muss die Stadtwache nach dem Rechten sehen, wenn so etwas passiert.«

»Ist das nicht Sache der Feuerwehr?«, fragte Lamprecht durchaus provokant, doch der Bürgermeister beendete das Geplänkel sofort: »Gut, der Schuldige ist also ausgemacht und es scheint, dass sich die Justiz erspart, einen Gauner seiner gerechten Strafe zuzuführen.« An Lamprechts Adresse gerichtet: »Ich habe vernommen, dass Ihre Leute ein paar Aufrührer verhaftet haben?«

Lamprecht unterdrückte den Impuls, seiner Meinung zur Arretierung der paar dummen Buben Ausdruck zu verleihen. Stattdessen antwortete er: »Ja, das stimmt, aber ich glaube, es wird notwendig sein, weitere Ermittlungen anzustellen, denen wohl weitere Verhaftungen folgen werden.«

Valerio nickte und Demarchi betrachtete Lamprecht wie ein Esel, der noch überlegte, ob er abhauen soll oder doch besser ausschlagen. Lamprecht sparte weitere Details des Vortags aus. Er behielt die Sache mit dem Knopf für sich und ebenso das, was Monini ihm noch über Sipcovich verraten hatte. Er wusste im Moment nicht, wem er trauen konnte, und er wusste nicht, wie er die Leute in seinem Umfeld, denen er vertrauen musste, einzuschätzen hatte. Da war etwas im Gange, das den Rahmen seiner sonstigen Ermittlungen bei Weitem sprengte, und er musste auch aufpassen, dass er nicht das Bauernopfer wurde, dessen Kopf am Ende auf einem Silbertablett präsentiert wird. In Richtung Demarchi stellte er fest: »Ihre Leute arbeiten aber wirklich schnell.«

Valerio lächelte: »Wir stehen alle auf der richtigen Seite, ich hoffe, Sie wissen das. Wir müssen nur diese verdammten Leichen nach Wien schicken, dann kommen wir aus dem Ganzen unbeschadet raus.« Lamprecht nickte abermals und Demarchi nahm die Mappe wieder zufrieden an sich, da läutete das Telefon auf Valerios Schreibtisch. Ungehalten hob er ab und brüllte in den Hörer: »Ich habe doch gesagt, dass ich jetzt unter keinen Umständen gestört werden will!« Doch der Anrufer ließ sich anscheinend nicht abwimmeln. Der Bürgermeister hörte also zu, nickte ein paarmal und legte auf, bevor er sich an die beiden anderen wandte: »Der Palast des Statthalters hat angerufen. Wir müssen schnell hinübergehen. Es ist schon wieder etwas passiert.«

»Das wurde uns heute Morgen zugespielt«, eröffnete Prinz Hohenlohe den Erschienenen. Im Büro des Statthalters fanden sich neben Lamprecht, Valerio und Demarchi noch die beiden Offiziere von Waldenhoff und Jahn ein. Alle betrachteten den Zettel, auf dem das ominöse Befreiungskomitee verkündete, bereits im Besitz der sterblichen Überreste von Erzherzog Ferdinand und Gräfin Sophie zu sein.

Wie zuletzt fragte Lamprecht abermals nach dem Fundort: »Und das war nun am Appellplatz Ihrer Kaserne angebracht?«

»So ungefähr«, antwortete Jahn. »Es steckte mit einem Dolch im Porträt Seiner Majestät. Am Tor zum Exerzierplatz! Ein unglaublicher Affront, an Impertinenz kaum zu übertreffen!«

»Aber was wollen die von uns?«, fragte der Statthalter. Sein Gesicht stellte seinen Ekel über diese Art der Überbringung der Botschaft offen zur Schau. »Was soll denn das bringen?«

»Ist denn das nicht klar?«, gab sich von Waldenhoff überzeugt. »Unruhe stiften, die Monarchie endgültig aus den Angeln heben. Aber das dürfen wir uns nicht bieten lassen. Eure Exzellenz, lassen Sie meine Soldaten ausrücken. Wir kennen die Feinde und werden sie zur Strecke bringen.« Der Oberst deutete auf den vorbereiteten Befehl, der vom Statthalter nur mehr unterschrieben werden musste. Eine Notverordnung mit weitreichenden Befugnissen für das militärische Kommando, wie etwa die Einschränkung der vorhandenen Freiheitsrechte und die Möglichkeit, Besitzungen zu requirieren.

Lamprechts Backen zitterten, die Kiefer presste er aufeinander wie ein Kampfhund, der sich in seinen Gegner verbissen hat. Still sein, ermahnte er sich selbst. Nichts sagen und schweigen. Er sah das Gesicht von Capo Ispettor Spetich vor sich und wie er ihm den mehr als Befehl gemeinten Rat erteilt hatte, sich zurückzuhalten. Doch alles das half nichts. Es musste raus. Er platzte in die nachdenkliche Stille des Statthalters: »Das wäre ein großer Fehler, wer immer dahintersteckt, legt es genau darauf an.«

»Wie bitte?«

Hohenlohe hatte sich bereits über das Papier gebeugt, jetzt legte er den Füller zur Seite. Langsam rollte er über die Tischplatte. In der angespannten Atmosphäre fühlte sich das Geräusch dabei drohend wie ein leise aufkommender Sturm an. Alle Augenpaare waren auf den jungen Ispettore gerichtet, der seine rechte Hand zur Faust ballte. Er forderte: »Geben Sie mir vierundzwanzig Stunden und ich bringe Ihnen die Särge wohlbehalten nach Triest.«

Waldenhoff blähte verächtlich seine Backen. »Pfff«, machte es wie bei einem Heißluftballon, dessen Tuch geplatzt ist. »Die Särge sollen auf der ›Viribus Unitis‹ sein, aber wer weiß, ob das so ist. Wir können im Moment keinen Kontakt zu dem Schiff herstellen. Die Funkstation antwortet nicht.«

»Ich werde nachsehen«, behauptete Lamprecht im Brustton der Überzeugung.

»Und wie wollen Sie das anstellen?«, zweifelte sogar Demarchi, der bislang nur stummer Zaungast der Versammlung gewesen war.

»Ich habe da eine Idee.« Lamprecht wandte sich an von Waldenhoff und fragte: »Gilt Ihr Angebot noch? Sie wollten mich doch gestern unterstützen. Mit allen Mitteln, die Ihnen zur Verfügung stehen. Ich benötige nun tatsächlich die Hilfe des Militärs.«

Lamprecht hatte das Angebot, sich ein Automobil mit Fahrer zur Verfügung stellen zu lassen, abgelehnt. Er hatte knapp eine Stunde Zeit, und die war ohnehin schon eng verplant. Er eilte die paar Hundert Meter am Giardino Pubblico vorbei zur Via Giulia, wo er Adina im Caffè dello Sport treffen wollte. Nachdem er mit seiner Schwester am Vorabend noch länger herumgeblödelt hatte, war das Eis zwischen ihnen gebrochen. Plötzlich hatte sich eine Vertrautheit eingestellt, mit der er gar nicht mehr gerechnet hatte. Immerhin war Adina die Nachzüglerin und fast zehn Jahre jünger als ihr großer Bruder. Als er sich im Gymnasium mit griechischen Philosophen und Algebra herumzuschlagen hatte, da lernte sie gerade einmal das ABC. Während sie noch mit ihren Puppen spielte, plagten ihn in den großen Ferien nach einem flüchtigen Abschiedskuss schon erste Liebesqualen. Rosalinde hieß das Mädchen mit den schwarzen Zöpfen, sie hatte sich von ihm verabschiedet, weil sie mit ihren Eltern nach Lemberg ziehen musste. Dabei hatten sie sich nur ein paarmal flüchtig gesehen, denn das Mädcheninternat lag drei Straßen entfernt. Gaetano konnte sich immer noch an den Duft der Blätter und Blüten der Linde erinnern, unter der sie gestanden waren. Sie hatte seine Hände genommen, ihm das mit dem Umzug erklärt und dann ihre Lippen gegen seine Wangen gedrückt. Das Brennen der erhitzten Wange hatte noch bis spät in die Nacht hinein angedauert und er war lange wach gelegen. Sein Herz hatte so heftig gegen sein Trommelfell gehämmert, dass an Schlaf nicht zu denken gewesen war. Er hatte sich damals niemandem anvertrauen können. Weder seiner Mutter, und auch nicht seiner kleinen Schwester. Die hätte nur blöd gekichert und ihn womöglich sogar bloßgestellt.

Doch gestern Abend hatten sie zueinandergefunden. Es war wie mit der modernen Elektrizität: Schließt man die richtigen Pole zusammen, dann gibt es Licht. Jetzt musste keiner mehr dem anderen etwas vormachen. Das Versteckspiel, das in seiner Familie so gekonnt gespielt wurde, hatte zwischen ihnen keine Berechtigung mehr. Er war der große Bruder, dessen unglückliche Liebe in die Katastrophe geführt hatte. Und sie die kleine Schwester, die nun einen Verehrer hatte und der das Beispiel des Bruders Warnung und Schutz zugleich sein konnte. Sie konnte von der teuer bezahlten Erfahrung Gaetanos lernen. Was sie auch tat. Sie hatte ihm gestanden, dass es jemanden gab, der nicht nur um ihr Herz warb, sondern auch schon einen Teil davon sein Eigen nennen durfte. Er war beim Militär, und sie hatte ihm auch verraten, dass er am nächsten Vormittag frei hatte und sie sich beide zu einem Spaziergang im Park verabredet hätten. Es war Gaetanos Vorschlag gewesen, dass sie sich alle drei im Kaffeehaus treffen sollten.

»Du willst mir deinen Segen als Bruder geben?«, hatte Adina gefragt und Gaetano hatte verschmitzt gelächelt und geantwortet: »Ich will ihn einfach kennenlernen und mich ein wenig mit ihm unterhalten.«

Lamprecht verspätete sich einige Minuten. Adina wartete bereits am Tisch, und erst als auch Gaetano dort Platz genommen hatte, gesellte sich ein junger Mann zu ihnen. Er hatte blonde Haare und Gaetano vermutete, dass er deutscher Abstammung war. Sein Vater wäre mit der Wahl von Adinas Bräutigam zufrieden. Ein würdiger Vertreter Österreichs, und noch dazu einer, der seine Laufbahn in der Armee begann. Der Bursche, der wenig älter als Adina sein mochte, blieb vor ihrem Tisch stehen und schlug die Hacken zusammen. Er verbeugte sich und stellte sich vor: »Sie gestatten? Ferdinand Brunner. Ihre Schwester erzählte mir, dass Sie mich kennenlernen wollten.«

Er stützte seine Hände an der Sessellehne ab und Gaetano entging nicht, dass sie leicht zitterten. Er lehnte sich zurück und betrachtete den Burschen. Brunner hatte weiche Gesichtszüge und freundliche helle Augen, die zwischen Adina und ihm hin und her gingen, als suchten sie dort irgendwo Halt. Seine Wangen waren glatt rasiert, einzig die Koteletten hatte er länger und dichter wachsen lassen. Die unterstrichen seine runde Kopfform. Außerdem war er beinah korpulent. So man bei der Truppe und der schlechten Ausspeisung überhaupt ein wenig Speck ansetzen konnte. Vielleicht lag das aber auch an seiner Zivilkleidung. Er trug einen hellen Sommeranzug, in dem er ein wenig beengt wirkte. Wie er von Adina erfahren hatte, hatte er heute seinen freien Tag und um Ausgang angesucht. Gaetano wusste aus seiner eigenen Zeit, dass sie die Kadetten etwas weniger streng an die Kandare nahmen. Schließlich wollten sie wenigstens ein paar der fähigen Leute bei der Armee halten und nicht nur lauter willfährige Blindgänger auf die einfachen Streitkräfte loslassen. Der junge Bursche bemerkte, dass Lamprecht auf seine aufgestützten Hände starrte und zog sie schnell weg, als hätte man ihn beim Stehlen ertappt.

Gaetano beschloss, den jungen Mann aus seiner angespannten Lage zu erlösen. »Setz dich doch.« Mit der Hand deutete er auf den freien Stuhl, vor dem Brunner wie aufgepflanzt stand. Er fühlte sich dem Burschen mit seiner Jugend und Unsicherheit näher als der Generation der Altgedienten, die ihre Position in der Gesellschaft schon ausfüllten. Auch er fragte sich oft, ob er bereits seinen Platz gefunden hatte. Frei fühlte er sich im Sattel seines Renners, wenn er den Wind auf der Haut und in seinen Haaren spürte, sonst aber haderte er oft mit der Rolle, die ihm das Leben zugedacht hatte. Da war es schön, auf jemanden zu treffen, der das alles noch vor sich hatte, für den noch die Hoffnung bestand, dass er sich leichter tun würde mit dem, was man von ihm erwartete, und dem, was er zu erreichen bereit war. Dennoch war Gaetano jetzt der große Bruder, der gönnerhaft sein konnte. Er war der Polizist, der seine Ausbildung abgeschlossen, seinen Militärdienst hinter sich hatte und daher den anderen mit dem vertraulichen Du anreden konnte, ohne dass es jemand oder auch der Angesprochene als respektlos verstanden hätte.

Brunner setzte sich, und es schien, als ob ein paar Kilo von ihm abgefallen wären. Er lächelte, wohl in einer Mischung aus echter Erleichterung und dem Zwang, freundlich aufzutreten. Gaetano wäre nicht der erste ältere Verwandte, der die Vorhut der Familie bildete und die erste Prüfung abnahm, ob ein Kavalier weiterhin galant zu einer jungen Dame der Gesellschaft sein durfte oder man ihm den künftigen Umgang mit der Angebeteten verbot.

Sofort eilte ein Kellner herbei und alle drei bestellten Kaffee und Adina noch eine Portion gezuckertes Schlagobers dazu. Sie schwiegen, bis der Kellner die Bestellung brachte, dann nahmen sie alle fast zeitgleich einen Schluck aus ihrer Tasse. Brunner hatte seine kaum abgesetzt, da platzte es aus ihm heraus: »Also ich stamme aus Berndorf bei Wien, mein Vater hat dort einen Gutshof, doch mein Onkel hat hier in Triest eine Firma, die sich mit dem Import von Kaffee und Früchten beschäftigt. Mein Vater hat gemeint, mir würden ein paar Jahre hier guttun, und dann ist da auch noch die Option, dass ich vielleicht in ein paar Jahren, also das Militär müsste ich beendet haben, und noch ein paar Jahre Erfahrung in …«

Gaetano hob die Hand und bremste den Burschen: »Ich

hab nichts dagegen, dass du dich mit meiner Schwester triffst. Im Gegenteil, du scheinst mir ein ehrlicher Bursche zu sein. Zu gegebener Zeit werden wir uns noch besser kennenlernen. Heute muss ich etwas anderes fragen.« Brunner wartete wie ein Schüler, der der Entscheidungsfrage des Lehrers entgegensieht, mit angespannten Zügen und angehaltener Luft. Lamprecht kam zum Punkt: »Du bist Kadett bei den Feldjägern?«

Brunner nickte. »Warum wollen Sie das wissen?«

»Also ja. Kennst oder besser kanntest du zufällig einen Ludwig Farnese?«

»Den Spieler?«

Treffer, dachte Gaetano. »Ja, den, der regelmäßig Unsummen verloren hat.«

»Wer sagt denn so was?« Brunner klang ehrlich überrascht.

»Meine Informationen besagen, dass er jedes Mal größere Summen verloren hat. Die er nur mithilfe einer Erbschaft aus jüngeren Tagen hat bedienen können. Angeblich hat er sich deswegen auch umgebracht. Ich nehme an, Sie haben von seinem Tod gehört.« Lamprecht war unbewusst zum förmlichen Sie übergegangen, denn plötzlich war er bei einer Zeugenvernehmung gelandet. Brunner entspannte sich zusehends. Die Kluft war mit einem Mal verschwunden, der Respektabstand hatte sich verringert. Er streckte seine Beine aus und fuhr fort: »Keine Ahnung, wer das behauptet, aber wann immer ich von diesen Glücksspielen was mitbekommen habe, war er auf der Gewinnerstraße. Da sind ganz schöne Summen zusammengekommen. Natürlich hat er das Geld dann genauso schnell, wie es ihm zugefallen ist, wieder aus dem Fenster geschmissen. Er war oftmaliger und gern gesehener Gast in den Etablissements in der Via Peschiera. Nicht dass ich solche Häuser frequentieren würde«, schob er schnell in Richtung von Adina nach, die etwas von ihm abgerückt war, als er so offen über die dortigen Bordelle sprach.

Lamprecht zwirbelte nachdenklich seinen dünnen Bart an der Spitze. Das Bild des vom Glück geküssten Farnese war gänzlich neu und passte gar nicht in seine bisherigen Erhebungen, aber er wusste, dass er bei diesem Auftrag wirklich auf nichts und niemanden vertrauen konnte. Der Kellner baute sich vor ihnen auf und fragte, ob alles in Ordnung sei oder ob sie noch etwas wünschten. Gaetano blickte auf seine Uhr und schüttelte den Kopf: »Danke, ich muss gleich aufbrechen.« Er legte Geld auf den Tisch, bevor er Brunner fragte: »Und wer bei der Truppe besaß denn so viel Geld, dass er sich das Glücksspiel mit Farnese leisten konnte? Ich nehme an, der Sold ist dieser Tage nicht viel besser als früher.«

Brunner beugte sich vor und flüsterte: »Von mir haben Sie das nicht. Aber er hat oft mit den Offizieren gespielt und die haben ihn dann in ganz andere Kreise mitgenommen, also solche außerhalb der Armee. Da waren dann wirklich reiche Leute. Einer davon soll ein großes Tier in einer Bank sein. Dem muss er einmal wirklich was abgenommen haben.«

»Wie soll ich das verstehen?«

»Offenbar haben sie dann um Häuser gespielt, und das meine ich nicht im übertragenen Sinn. Einmal nach so einem Abend hat er unter den Kameraden erzählt, dass er sich nach dem Militär zur Ruhe setzen kann.«

Lamprecht drängte die Zeit, er musste schleunigst zur Piazza Grande, also sagte er: »Es kann sein, dass ich dich nochmals zu diesem Thema befragen muss, ziemlich sicher sogar, aber jetzt muss ich leider weg.«

Adina, die bislang nur stummer Zaungast gewesen war, hielt Gaetano am Arm zurück, als er sich erhob. »Und was ist mit mir? Du machst nur deine Arbeit, und ich bin dein Beiwerk. Was sagst du nun? Also zu uns?« Sie lächelte Brunner an, der sofort in sein vorheriges Teddybärengrinsen zurückfiel. Gaetano drückte seiner Schwester die Hand: »Verzeih, natürlich.« Er stand jetzt vor Brunner und erklärte: »Wenn du dich weiterhin wie ein Ehrenmann benimmst, hege ich keine Einwände gegen den weiteren Kontakt mit meiner Schwester.« Da war sie wieder, die Überlegenheit, und er spielte die Rolle des Gönners sehr glaubhaft. Adina und der junge Mann schienen zufrieden. Brunner sprang von seinem Platz auf und schlug abermals die Hacken zusammen. »Vielen Dank, und wenn ich Ihnen noch irgendwie behilflich sein kann, zögern Sie nicht.«

»Ich weiß, wie ich dich kontaktieren kann.« Gaetano zwinkerte Adina zu, dann war er auch schon weg. Auf der gegenüberliegenden Straßenseite drehte er sich nochmals zu dem jungen Paar um und dachte dabei, als er sie so da sitzen sah, Händchen haltend, dabei scheu den Blick vom anderen abgewandt, an den zerbrechlichen Anflug von Glück, der ihm mit Marie-Sophie zuteilgeworden war, in diesem früheren Leben, an das es jetzt keinen Anschluss mehr geben würde.

15.

Als er wieder den weitläufigen Platz vor zu den Kaimauern des Molo San Carlo überquerte, sah er schon von Weitem den Auflauf an Menschen, die sich um die Uferpromenade drängten. Sogar der Lokführer eines Zuges hatte seine Maschine angehalten und blickte hinaus auf das Hafenbecken. Oberst Waldenhoff hatte Wort gehalten.

Lamprecht bahnte sich seinen Weg durch das Menschenrudel, das staunend das Treiben auf dem Wasser beobachtete. Als er zur Mole kam, sah er die Sperre, mit der einige Militärs die Schaulustigen zurückhielten. Er kämpfte sich weiter vor, bis er die Soldaten erreichte. Ein Leutnant stellte sich ihm in den Weg, trat aber dann einen Schritt zur Seite und fragte: »Sind Sie Ispettor Lamprecht?« Lamprecht nickte und streckte ihm zur Sicherheit seine Kokarde entgegen. Der Leutnant, ein hagerer Mann Ende fünfzig mit einigen Pockennarben im Gesicht, gab den Weg frei: »Wir haben Sie bereits erwartet. Ein Boot bringt Sie zum Flugzeug.«

Er bestieg ein kleines Motorboot, das ihn aufs Meer brachte, wo hinter der Diga, dem Wellenbrecher, der sich schützend vor das Hafenbecken legte und die ankernden Schiffe vor der üblen Laune der Stürme bewahren sollte, das Flugboot auf den Wellen schaukelte. Er konnte sich vorstellen, wie die Leute, die nahe dem Ufer ihrer Wege gingen, erstaunt stehen geblieben waren, als dieses Fluggerät vom Himmel kommend auf dem Wasser gelandet war. Er stellte sich die Gischt vor, die das Flugzeug aufgebauscht, und die Spur, die es im Wasser gezogen hatte.

Nicht weniger erstaunt waren heute Morgen die versammelten Herren beim Statthalter gewesen, als er den Oberst eindringlich an dessen Versprechen erinnert und ersucht hatte, ein solches Boot bei der Kriegsmarine anzufordern. Anders als bei den früheren Typen, bei denen große Schwimmkörper für den nötigen Auftrieb auf dem Wasser sorgten, bestand das neue Flugboot vom Typ »E«, von denen die Marine erst im letzten Jahr auch welche im Seearsenal von Pola gebaut hatte, aus einem schwimmenden Rumpf und verfügte sogar über leichte Bewaffnung an Bord. Jahn war bei Lamprechts Ansinnen das Monokel aus dem Auge gerutscht und von Waldenhoff hatte tatsächlich für einen Moment so etwas wie Anerkennung gezeigt, als er meinte: »Na, da kennt sich aber einer aus mit unseren neuesten Errungenschaften. Die erste Serie ist gerade erst dieses Jahr gebaut worden. Aber leider ist das kein Passagierflugzeug.« Doch für Lamprecht schien das die einzige Möglichkeit, in kurzer Zeit nach Istrien zu kommen, wo irgendwo zwischen

Pola und Rovigno die »Viribus Unitis« ihren Kurs in Richtung Triest hielt. Dem Einwand des Obersts hatte er entgegengehalten, dass er wohl kaum schwerer wog als ein paar Bomben und ein Maschinengewehr, und da er sich den Weg nach Zaule, wo es ein Flugfeld gab, sparen wollte, hatte er großkotzig verlangt, dass er direkt vom Hafen abgeholt werden wolle. Nach einer kurzen Überlegung hatte der Oberst eingewilligt und ihm den Transport in einer guten Stunde zugesagt. Man müsse erst mit den Seefliegern der Kriegsmarine in Pola Kontakt aufnehmen, aber er werde das Nötige umgehend veranlassen.

Bevor das Boot noch richtig Fahrt aufgenommen hatte, war das Ziel bei der Diga auch schon erreicht und der Steuermann drosselte den Motor. Sie kamen neben dem Rumpf des Flugboots zu liegen. Zwei Soldaten versuchten, die beiden nebeneinanderliegenden Schwimmkörper zu stabilisieren, was aber nur schlecht gelang. Lamprecht zog sein Jackett aus und reichte es dem Piloten, der dieses hinter sich ablegte. Dann schlüpfte er mit der linken Schulter durch den Trageriemen einer kleinen hellbraunen Ledertasche und kletterte auf den Flügel, der einigermaßen ruhig auf dem Wasser lag.

»Was machen Sie denn da?«, herrschte ihn der Pilot an. »Sie ruinieren mir ja noch die Tragflächen. Jetzt kommen Sie schon! Weg da!« Der Mann in der Fliegermontur streckte ihm den Arm entgegen und zog ihn unsanft zu sich in den Rumpf.

Der Ispettore zwängte sich hinter den Piloten in die enge Wanne, in der es tatsächlich kaum Platz für einen zweiten Mann gab. Das Flugboot war als Doppeldecker konstruiert und der Motor mit dem mannsgroßen Propeller war hinter der Steuerkanzel zwischen die beiden Tragflächen eingebaut, die mit leichtem Gestänge miteinander verbunden waren. Der oben offene Rumpf selbst erinnerte mehr an ein kleines Boot, daher auch die Bezeichnung.

»Gaetano Lamprecht von der Polizeidirektion Triest, und mit wem habe ich das Vergnügen?«, stellte Lamprecht sich vor und versuchte damit ein wenig das Eis zu brechen. Doch der Pilot umfasste das Steuer und drängte ihn mit seinem Rücken noch weiter ab. Bärbeißig fauchte er: »Sie müssen mir Platz lassen, sonst kann ich das Ding nicht manövrieren.« Doch dann drehte er seinen Oberkörper zu Lamprecht hin und reichte ihm unter seinem linken Arm die rechte Hand hindurch: »Luftschiffleutnant Hugo Kloiber, ich darf Sie an Bord begrüßen und Sie bitten, sich anzuschnallen. Der Flug nach Pola wird weit weniger als eine Stunde dauern. Kommt ganz auf den Wind an.«

Der Mann hatte eine Lederhaube über den Kopf gezogen und trug eine breite Brille, um die Augen gegen den Wind zu schützen. Ein Gesicht war darunter kaum zu erkennen und damit auch nicht das Alter abschätzbar. Der militärische Rang ließ auf viele Jahre bei der Marine schließen. Dazu passten auch die angegrauten Bartstoppeln auf den Wangen und die Furchen, die sich über diese zogen, wie die Bäche im Karst, wenn es Frühjahr wurde.

Lamprecht fand tatsächlich so etwas wie eine Bank, auf die er sich zwängen konnte.

»Unsere Techniker haben Ihnen hinten einen zusätzlichen Gurt an der inneren Seitenwand befestigt«, rief Kloiber nach hinten, ehe er den Motor startete. Sofort setzte ohrenbetäubender Lärm über Lamprechts Kopf ein. Er verstand, warum der Pilot die Lederhaube bis über die Ohren gezogen hatte. Weil er damit gerechnet hatte, dass es zugig werden würde, hatte er seinen Hut daheim gelassen. Aber wenigstens seine Mütze, die er im Winter zum Radfahren trug, hätte er einpacken können. Die hätte ihm jetzt gute Dienste geleistet.

Der Pilot erhöhte die Drehzahl des Motors, der wenige Zentimeter über Lamprecht zu dröhnen begann. Der hielt sich die Ohren zu. Er hatte Probleme, seine langen Beine zu verstauen. Überall war Gestänge, das über den Boden lief. Der Wind zerzauste seine kurzen Haare. Langsam begann sich der Bootsrumpf, an dem die Flügel montiert waren, über die Wellen zu schieben. Das ganze Ding schaukelte wie ein Floß, das über Stromschnellen getrieben wurde. Lamprecht wurde es flau im Magen. Er klammerte sich an die Seitenwände und fürchtete, sich auf den Rücken des Piloten übergeben zu müssen. Das Flugboot schoss immer schneller durch das Becken, vorbei an den Rive, wo die Menge der Schaulustigen abermals größer geworden war. Damen mit Sonnenschirmen und breiten Hüten standen am Ufer und deuteten in die Richtung des startenden Fluggeräts. Die Männer schirmten ihre Augen mit der flachen Hand gegen die Sonne ab und verfolgten ebenfalls den Start dieses ungewöhnlichen Flugzeugs, das sich langsam aus dem Wasser schälte wie eine Möwe, die sich aus dem Meer in die Lüfte erhebt.

Lamprecht hatte das Gefühl, jemand drehe ihm den Magen im Körper um. Oben war unten und vorne schien von hinten zu kommen. Das hatte er nicht bedacht, dass er womöglich den Belastungen, die so eine Luftfahrt mit sich brachte, nicht gewachsen war. Nur langsam gewöhnte er sich an den Zustand, dass sein Körper mithilfe dieser schwimmenden Schachtel der Erdanziehung trotzte und in den Himmel getragen wurde. Sie hatten das Bagno Militare und den dortigen Leuchtturm hinter sich gelassen und der Pilot zog die Maschine unaufhörlich weiter nach oben. Die Piazza Grande wurde plötzlich klein und auf den Dächern der Palazzi, die den Platz säumten, spiegelte sich die Sonne. Die Menschen waren zu kleinen Punkten geschrumpft, die Lamprecht an Insekten auf einer Landkarte erinnerten. Er entdeckte das Kastell, an dessen höchstem Punkt die österreichische Flagge im Wind flatterte. Für ihn war es unvorstellbar, und er konnte sich auch niemanden denken, der sich ernsthaft wünschte, dass hier andere Farben leuchten sollten. Der Doppeladler hatte der Stadt seit Jahrhunderten Wohlstand und Sicherheit gebracht. Alles andere wäre für ihn ein Tausch mit einer ungewissen Zukunft gewesen. Und dabei stand er nicht einmal sonderlich hinter dem Kaiser und der österreichischen Politik.

Das Haus, in dem seine Familie wohnte, war auch aus der Luft sofort zu erkennen, weil es als einziges ein flaches Dach hatte. Als das Haus vor einigen Jahrzehnten gebaut worden war, hatte der Bauherr die Auflage erhalten, keinen Dachstuhl zu errichten, da ansonsten die Sicht vom Kastell aus auf den Hafen behindert worden wäre. Plötzlich war ihm, als sähe er im Garten vor seinem Haus ein paar dieser winzigen Menschen, die sich über das Terrassengeländer beugten und zu ihm zeigten. Er wollte sich erheben und in die Richtung der Menschen dort winken. Der Gurt ließ ihn jedoch zurückschnellen. Zugleich hatte er mit der plötzlichen Gewichtsverlagerung die Maschine ins Trudeln gebracht. »Was machen Sie denn jetzt schon wieder?«, brüllte Kloiber zu ihm nach hinten. »Wollen Sie, dass wir abschmieren?«

Lamprecht schrie eine Entschuldigung nach vorne. Kloiber, der hinter seinen Windschild geklemmt war, reagierte aber in keiner Weise. Bei den pfeifenden Geräuschen, die der Flugwind im Gestänge produzierte, und dem Motorenlärm hatte sie den Adressaten vermutlich nicht erreicht. Er hatte noch immer keine annehmbare Position für seine Füße gefunden. Mit einem Schuh war er jetzt unter einer der Querstangen stecken geblieben.

Sie stiegen noch weiter in die Höhe auf und passierten Muggia. Im Hafen schaukelten Boote und die Masten, die zu ihnen zeigten, waren klein wie Streichhölzer. Der Pilot flog die Küste entlang weiter Richtung Pirano. Lamprecht beugte sich über die Seitenwand und betrachtete das türkise Wasser Hunderte Meter unter ihnen. Es war klar und er sah, wie der Felsboden in mannigfaltiger Schattierung zum Meeresgrund hin abfiel. Noch nicht viele Menschen hatten einen vergleichbaren Blick aus dieser Perspektive genossen, von ein paar waghalsigen Ballonfahrern vielleicht abgesehen.

»Die Thermik erlaubt nicht, … dass wir über Land fliegen, … ich muss über der See bleiben … aber das wird kaum länger dauern«, erläuterte Kloiber, wobei er ihm diese Worte mit Pausen, die dem An- und Abschwellen des Lärmpegels geschuldet waren, zurief. Diesmal drehte er zumindest den Kopf ein wenig nach hinten.

Lamprecht wunderte sich, dass dieses Flugboot so empfindlich auf all diese Außeneinflüsse reagierte. Seiner Information zufolge waren die modernen Fluggeräte auch für Luftkämpfe entwickelt und konstruiert worden. Dazu mussten sie sich aber auch halbwegs sicher manövrieren lassen und Steig- wie Sinkflug meistern. Immerhin stand die Firma Lohner dahinter. Auch wenn dieses Gerät in Pola im Constructions-Arsenal, das zwischen dem Kriegshafen und dem Handelshafen der Stadt vorgelagert lag, gefertigt worden war, stammte die Ingenieurskunst von dem Wiener Industriebetrieb. Er kannte das Gebäude in der Porzellangasse aus seiner Zeit in Wien.

»Aber dieses Fluggefährt ist doch für weit härtere Einsätze vorgesehen?«, rief er nach vorn. Diesmal schienen diese Worte bei Kloiber angekommen zu sein. Er konnte klarerweise das Lächeln des Luftschiffleutnants nicht sehen, aber an seiner Antwort heraushören: »Na, dann warten Sie mal ab.«

Der Motor heulte auf. Hatte Lamprecht beim Start noch den Eindruck gehabt, es drehe sich ihm der Magen um, so fühlte es sich jetzt danach an, als würde er ihm herausgerissen. Das Flugzeug raste auf das offene Meer zu und er klammerte sich an die Seitenwände und versuchte immer noch, seinen rechten Fuß zu befreien. In der Position reichte er nicht zu Kloiber und konnte ihn daher nicht einmal anrempeln, wenn er bei dem Getöse schon nichts hörte. Die Tragflächen wackelten bedenklich und durch alle Ritzen pfiff es, als würde der Flieger von einem Schwarm Harpyien begleitet werden. Als sich Kloiber der Oberfläche des Wassers bedenklich genähert hatte, riss er die Maschine wieder hoch. Lamprecht wurde nach hinten gedrückt und sein Magen wanderte wieder in den unteren Teil des Körpers. Das Gestänge wackelte, als rüttelte ein Verrückter an den Gitterstäben einer Zelle. Jetzt raste der Irre auf die wenigen Wolken zu, die sich in unendlicher Höhe vor ihnen auftaten. Lamprecht wurde gegen die harten Eisenkanten in seinem Rücken gepresst, als läge ein Ochse auf ihm. Er versuchte sich aufzurichten, wollte seinen Oberkörper nach vorne hieven, doch gegen die Kombination von Schwerkraft und beschleunigter Materie war er chancenlos. Er versuchte sich zu orientieren, konnte aber mit seinem eingezogenen Hals weder nach rechts noch nach links schauen, so fest angespannt hatte er seinen Nacken. Unter ihm musste das Meer sein, und was man von der Küste und den von Weinbergen grün überzogenen Hügeln erkennen konnte, wurde auch immer kleiner. Doch der waghalsige Pilot machte keine Anstalten, diesen Ausflug in die Hölle zu beenden. Im Gegenteil, noch steiler wurde der Winkel, dann begann er mit den Tragflächen zu wackeln, bis er die Maschine umgedreht hatte. Auf einmal setzte die Erdanziehung aus. Lamprecht spürte, wie für eine Sekunde sein Körper jeglichen Gewichts beraubt war. Der Druck gegen den Rücken hatte aufgehört, seine Glieder waren leicht wie Daunenfedern. Er hatte für einen Moment das Gefühl, sie würden schweben. Dafür fielen seine Jacke und ein paar Kleinteile wie ein Werkzeugschlüssel in die Tiefe.

Die Welt hatte sich auf den Kopf gestellt. Das Unten war jetzt oberhalb seines Kopfes. Die türkisen Buchten der Adria und die Küste Istriens hatten mit dem Himmel getauscht. Und mit einem Ruck hätte es ihn aus dem Flugzeug geschleudert, wenn er nicht in den Gurt gefallen wäre. Über die vorige Leichtigkeit hatte sich nun eine bleierne Schwere gelegt. Die Daunenfedern waren in Ketten gelegt worden, die nun an ihm zogen. Und sie zogen erfolgreich. Doch dann machte sein Körper einen weiteren Ruck. Hinaus aus dem Maschinenrumpf. Der Gurt war aus der Verankerung gerissen und Lamprechts Kopf kam nun dem unaufhörlich kreisenden Propeller gefährlich nahe. Nun hing sein gesamtes Gewicht nur an seinem linken Fuß, der zum Glück noch in dem Gestänge verklemmt war. Lamprecht hoffte, dass dieses seinem Gewicht standhalten würde. Er hoffte auch, dass sich Kloiber weitere Kunststücke ersparte und das Flugzeug rasch wieder in die normale Lage brachte, denn sonst würde er sich wohl sämtliche Knochen brechen.

Wie ein Artist im Zirkus hing er unfreiwillig da, musste den Kopf einziehen, damit der nicht vom Propeller zertrümmert wurde, und konnte bei dem Lärm auch mit Brüllen und Schreien nicht auf seine Not aufmerksam machen. Der Luftstrom riss ihm das Hemd aus dem Hosenbund, der Stoff flatterte wild am Körper und umspielte mit tödlichen Kosungen seinen Bauchnabel. Das umgelegte Lederetui baumelte in der Luft und schlug gegen seine Seite. Es gelang Lamprecht, sich mit der rechten Hand ein wenig an der Tragfläche abzustützen, um so wenigstens etwas von seinem Gewicht abfangen zu können. Als er so eine halbwegs gesicherte Position zu haben schien, tastete er mit der Linken seine Seite hinab, bis er den kleinen Revolver in seinem Holster am Hosenbund spürte. Behutsam öffnete er es und holte das Steyr-Fabrikat hervor. Er umfasste die Waffe mit der Linken. Das war nicht seine Schusshand, aber er wollte ohnehin weder auf das Fluggerät noch auf den Piloten schießen. Um in die Luft zu feuern, reichte diese Hand. Er löste den Abzug und der Knall der ins Leere abgeschossenen Kugel übertönte sogar den Motor. Kloiber fuhr herum, und als er erkannte, in welcher Lage sich Lamprecht befand, wendete er vorsichtig die Maschine, sodass Lamprecht wieder auf seinen Platz plumpste.

»Was machen Sie denn? Ich hab doch gesagt, dass Sie sich anschnallen sollen!«, brüllte er nach hinten zu Lamprecht. Doch dem Polizisten war das Gehör verlegt. Das Blut pochte gegen seine Ohren und er hatte das Gefühl, jemand drückte ihm von hinten die Augäpfel aus der Schädelhöhle. Langsam fasste er sich. Unten war wieder unten: das Meer, die bewachsenen Hügel, die Küste. Und oben war das Gewohnte: Himmel, Wolken und Sonne. Er tastete über die Stelle, wo der Gurt an der Innenwand verschraubt gewesen war. Sie war glatt, der Bolzen war nicht ausgebrochen. Die Techniker hatten entweder geschludert oder den Auftrag gehabt, nachlässig zu arbeiten.

»Geht's wieder?«, fragte der Pilot und Lamprecht nickte. Sein Gesicht hatte wieder eine normale Farbe angenommen. Kloiber drehte sich nochmals zu ihm um und rief ihm zu: »Jetzt stecken Sie doch das Ding weg, bevor noch etwas damit passiert!«

Erst jetzt registrierte Lamprecht, dass er immer noch den Revolver in seiner linken Faust umklammert hielt.

Der Flug wurde ruhiger und unwillkürlich gingen seine Gedanken wieder zu den Vorkommnissen der letzten beiden Tage, die ihn mehrmals beinahe das Leben gekostet hatten. Dass ihn jemand beseitigen wollte, war offensichtlich. Das mit der Kutsche wäre vielleicht noch als Unfall durchgegangen, und vielleicht hatte er Kloiber vorhin tatsächlich zu dem Kunststück angestachelt, und der notdürftig eingebaute Gurt war der Strapaze nicht gewachsen, doch das Feuer auf dem Bauernhof war eindeutig ein Anschlag gewesen.

Er war sich sicher, dass sich bald eins ins andere fügen würde. Er spürte das. Sein Instinkt sagte ihm das. Und diese Eingebung riet ihm auch dazu, sein Vorhaben abzuändern. In Pola war er ebenso wenig sicher wie auf diesem Flugboot. Er suchte die Küste ab. An Parenzo waren sie schon vor über einer Viertelstunde vorbeigekommen. Mit der kleinen, dem Ort vorgelagerten Insel war die Stadt auch aus der Höhe gut erkennbar gewesen. Lamprecht bat den Piloten lautstark, etwas tiefer zu fliegen, wenn das möglich war. Diesmal folgte Kloiber diesem Ersuchen ohne Murren oder unnötige Flugmanöver. Die Landschaft wurde karger. Überall Steine und karstiges Gelände. Einige Büsche trugen gelbe Blüten. Die Wellen brandeten gegen die ins Wasser getauchten Felsen. Da schnitt sich das Meer eine Schneise ins istrische Land. Sie hatten den Kanal von Leme erreicht. Das bedeutete, sie mussten vorhin, als Lamprecht beinahe aus der Maschine gebeutelt worden war, an Rovigno vorbeigeflogen sein. Es war an der Zeit, das Fernglas aus dem Etui zu holen. Lamprecht beugte sich behutsam zur Seite, er wollte ein weiteres Trudeln des Vogels vermeiden, um freie Sicht aufs Meer zu haben. Diesmal suchte er sogar freiwillig Halt in dem Gestänge, dem er es zuvor zu verdanken gehabt hatte, dass er nicht wie ein Stein vom Himmel gefallen war. Mit seinen Blicken tastete er sich das Meer und die Küste entlang. Am Ende des Horizonts tauchten die Brionischen Inseln auf. Als sie sich diesen näherten, entdeckte er im Dunst, wonach er Ausschau gehalten hatte. Er hatte recht behalten. Etwa zehn bis zwölf Kilometer vor ihnen ragten zwei charakteristische Masten aus dem Wasser. Lamprecht erkannte die vier Drillingstürme mit den Geschützen an Deck. Die »Viribus Unitis«, ein modernes Schlachtschiff der Tegetthoff-Klasse, das erst vor zwei Jahren seinen Dienst in der k. u. k. Kriegsmarine aufgenommen hatte, war viel schneller unterwegs, als er angenommen hatte. Sein Blick wanderte zwischen Fahrrinne und Küstenstrich entlang. Er versuchte die Distanz abzuschätzen. Zugleich fragte er sich, ob sich im Rumpf tatsächlich die heikle Fracht, die sterblichen Überreste des ermordeten Thronfolgers und seiner Gattin, befand. Er ging davon aus, auch wenn er dafür keinen Beweis hatte. Noch nicht. Genau das war seine Mission. Wenn die slowenische Kompanie aus Triest nach Pola verlegt worden war, um die Särge zu schützen, dann würden die Soldaten diese mit ihrem Leben verteidigen. Die Slowenen waren dem Kaiser bis in den Tod treu ergeben.

Ihm erschien es als Hohn des Schicksals, dass Franz Ferdinands Überreste nun ausgerechnet auf jenem Kriegsschiff, zu dessen Taufe er vor drei Jahren in Vertretung seines erkrankten Onkels nach Triest gekommen war, dorthin zurücküberführt wurden. Ihr Eintreffen war für die frühen Morgenstunden des 2. Juli erwartet worden, doch in dem Tempo würde das Schiff noch am frühen Abend des heutigen Tages Triest erreichen. Lamprecht musste alles auf eine Karte setzen. Er beugte sich zu Kloiber vor und brüllte zum Piloten: »Können Sie da vorne wassern?« Er deutete auf eine kleine Bucht, an der einige Fischerhütten standen und Netze zum Trocknen aufgehängt waren. Wellen brachen sich an einigen dem Strand vorgelagerten Klippen, ihre Gischt überzog die schwarzen Steine. Kloiber schüttelte den Kopf. »Unmöglich«, verneinte er. »Viel zu gefährlich!«

Tatsächlich war das Meer an diesem Punkt sehr unruhig und die Felsen stellten ein weiteres Risiko dar.

»Ich dachte, wir müssen nach Pola?«, fragte der Pilot nun.

»So viel Zeit bleibt nicht. Können Sie sonst wo runtergehen?«

Kloiber schlug vor, dass er eine Kehre machte und sie den Kanal, an dem sie vor gut zehn Minuten vorbeigeflogen waren, ansteuerten.

16.

Das Flugboot hatte auf dem Wasser aufgesetzt. Wie ein Pflug bohrte sich der Rumpf durch die Wellen. Fontänen spritzten zur Seite und Lamprecht wurde durchgeschüttelt. Erst nach und nach glitt der Bootskörper ruhiger über den Kanal. Dieser bildete am Eingang eine breite Bucht, die vom Meer ins Landesinnere der Halbinsel verlief und sich erst gegen Ende zu verjüngte. Türkises Wasser gesäumt von schroffen Felswänden, die nur von niedrigen Büschen bewachsen waren, die sich an den knöchernen Karstboden klammerten. Trotz der vormittäglichen Stunde waren noch ein paar Fischerboote unterwegs, von denen einzelne ihre Fahrt gestoppt hatten, als Kloiber mitten unter ihnen gelandet war.

»Was haben Sie jetzt vor?«, erkundigte er sich bei Lamprecht.

»Ich werde aussteigen«, erläuterte er und winkte einen der Fischer heran. Das Boot nahm tatsächlich Kurs auf sie zu. Wahrscheinlich aus Neugier des Fischers.

»Ich sollte Sie aber nach Pola bringen. Zumindest lautete mein Befehl so.«

»Dazu ist jetzt keine Zeit mehr. Sie fliegen alleine zurück.« Er überlegte, ob er dem Luftschiffleutnant den Vorwurf des Mordanschlags auf den Kopf zusagen sollte, nickte ihm aber dann nur stumm zu, als er in das angelegte Fischerboot hinüberstieg. Das Fernglas hatte er noch umgeschnallt, sein

Anzugoberteil hatte er vorhin bei Kloibers Manöver verloren, als es ohne ihn aus dem Flieger gefallen war. Jetzt trieb es wohl irgendwo zwischen Parenzo und Orsero auf dem Grund des Meeres. Kaum war der Polizist ausgestiegen und an Bord des Bootes gegangen, ließ Kloiber den Motor an und startete ins offene Meer hinaus. Die beiden Männer auf dem kleinen Boot blickten dem schwerfälligen Fluggerät nach, wie es noch ein paarmal über das Wasser hüpfte und sich dann aus dem Nass schälte und in den Himmel stieg, wo es in der Luft einen Halbkreis vollzog und in Richtung der istrischen Südspitze davonflog.

»Soll ich Sie an Land bringen?«, fragte der Fischer, ein Mann von geschätzten sechzig Jahren mit Vollbart und wettergegerbtem Gesicht. Er war korpulent und trug eine dicke, grob gewebte Leinenhose, an der Flecken von Schmierfett klebten. Er zündete sich eine Zigarette an und bot auch Lamprecht eine an. Der lehnte ab: »Nein, wir müssen aufs Meer hinaus. Ich erkläre Ihnen, was zu tun ist.« Nach seiner Einschätzung blieb ihnen etwa eine halbe Stunde Zeit, um die nötigen Vorkehrungen zu treffen.

Der Fischer lachte ein kratziges Lachen. »Ausgeschlossen«, erklärte er und deutete auf die Gefäße, in denen sein heutiger Fang, ein paar Doraden, zwei Oktopusse und jede Menge Austern, lag. »Ich muss an Land gehen, bevor mir das alles verdirbt.«

»Ich bin Ispettor Gaetano Lamprecht von der Polizeidirektion in Triest. Ich brauche Ihr Boot und muss Sie daher im Namen des Kaisers eindringlich bitten, meinen Befehlen Folge zu leisten.«

»Und ich bin Valentino Bonifazio Crepiz und ich sage Ihnen, der Kaiser kann mich mal. Wenn der Alte meine Dienste benötigt, wird er dafür zahlen müssen, so wie ich meine Steuern an ihn abliefern muss.« Unter dem tabakvergilbten Bart war eine graue Zahnreihe erkennbar, als der Fischer grinste.

»Natürlich«, bestätigte Lamprecht. »Sie werden bezahlt werden. Sobald ich in meiner Dienststelle zurück bin, werde ich eine Anweisung an Sie veranlassen.« Seine Brieftasche war zusammen mit seiner Jacke baden gegangen. Der Fischer packte ihn fest an der Schulter: »Ich weiß nicht, wie ihr das in der Stadt handhabt. Aber hier bei uns bezahlt ein Ehrenmann sofort für das, was er nimmt. Also entweder du zahlst oder ich schmeiß dich über Bord und du kannst von mir aus schwimmen, wohin du willst.«

Lamprecht entging nicht, wie Crepiz dabei auf sein Fernglas, das er immer noch umgeschnallt hatte, schielte. Er packte es aus dem Etui und fragte: »Reicht das als Bezahlung? Ein Fernglas der Firma Goerz aus Pressburg, wie es auch unsere Marine verwendet? Damit entdecken Sie die Fischschwärme im Meer lange vor Ihren Konkurrenten.«

Crepiz lächelte, als er es entgegennahm. »In Ordnung. Wohin soll es gehen?«

Lamprecht erteilte die gewünschte Anweisung und sah sich an Deck um. »Und dann will ich Sie noch um ein paar andere Sachen bitten.«

Lamprecht blickte dem Fischerboot nach, wie es sich wieder zur Küste hin entfernte. Er hatte die Schuhe ausgezogen und die Schuhbänder zusammengeknotet und sich das Bündel um den Hals gehängt. Der Schnürsenkel rieb auf der Haut. Zugleich wollten die Schuhe ständig davontreiben. Er klammerte seinen Körper an die Boje, die er Crepiz abgeschwatzt hatte. Zusammen mit einem Tiegel Schmierfett, den er an einer kleineren Boje befestigt hatte, einem Stück Netz und einem kleinen Schirm, den er in eine Ecke gelehnt gesehen hatte. Er schwamm im Wasser und hoffte, dass der Gestank des Schmierfetts, der ihm in die Nase stieg, auch die Fische abhalten würde. Sein Plan war überaus gewagt, aber eine andere Möglichkeit, an Bord zu kommen, sah er nicht. Wenn er sich nicht getäuscht hatte, müsste er direkt in der Fahrrinne der »Viribus Unitis« auf diese warten.

Eine Möwe steuerte auf die Boje zu, drehte aber im letzten Moment ab und landete mit Respektabstand neben Lamprecht, um diesen argwöhnisch zu beäugen. Der Ispettore dachte beim Anblick des Vogels an die Tauben in Wien, wenn sie durch das Tor der Hofburg beim Michaelerplatz flatterten, ehe sie sich dann auf einer der Brunnenfiguren oder auf dem Kopfsteinpflaster niederließen. Er dachte an Marie-Sophie, ihre weichen Lippen, ihren weichen Körper, ihre weiche Haut. An den Moment, als er sie zum ersten Mal in den Armen gehalten hatte, auch an den Moment, als er ihr zum ersten Mal die Bluse über den Körper gestreift hatte. Langsam war der Stoff über die Schulter gerutscht, hatte ihr weißes Fleisch entblößt. Da war Elektrizität in der Luft gelegen und bei jeder Berührung hatte es ihm einen Schlag versetzt. Anfänglich hatte sich noch sein Gewissen gemeldet wie das entfernte Bellen eines Hundes, der anschlägt, wenn er Gefahr wittert. Aber das Verlangen war stärker als seine Einsicht gewesen. Wie eine willenlose Marionette streichelte er über ihre seidene Haut, ließ die Fingerspitzen sanft über ihren Rücken streichen, und der letzte Widerstand in ihm zerbrach wie ein morscher Ast unter einer dicken Schicht von nassem Schnee, als sie dabei leise aufseufzte und ihm zugleich eine Gänsehaut vom Scheitel bis zu den Zehenspitzen lief.

Sofort begann es ihn erneut zu frösteln. Doch er war nicht mehr in Marie-Sophies Zimmer, jetzt trieb er im Wasser, also machte er ein paar Tempi mit den Beinen. Dabei versuchte er, sich möglichst wenig vom Fleck wegzubewegen. Er fragte sich, ob alles anders gekommen wäre, ob sein Leben anders verlaufen wäre, hätte er damals mehr Geduld gezeigt, mehr auf den Verstand als auf sein Gefühl gehört. Er hatte seine Lektion gelernt. Jetzt wusste er, dass man Dinge nicht erzwingen konnte, dass man den richtigen Moment abzuwarten hatte. Aber bis in die letzte Faser seines Körpers hatte sich diese Erkenntnis noch nicht durchgekämpft, manchmal gewann der Heißsporn in ihm die Oberhand.

Ganz entfernt, noch vor den Umrissen des Schlachtschiffs, war eine in den Himmel aufsteigende Rauchsäule zu erkennen. Der Rauch musste aus großen Schloten kommen. Lamprecht zuckte zusammen. Vor Schreck rutschte er von der Boje ab und musste sich mit Schwimmbewegungen über Wasser halten. Abermals berührte ihn etwas an der Schulter. Er fuhr im Wasser herum und ballte seine Rechte zur Faust. In einem Abenteuerroman hatte er gelesen, wie ein Schiffbrüchiger einen Hai mit einem Faustschlag auf die Schnauze in die Flucht getrieben hatte. Vielleicht funktionierte das wirklich und war nicht nur der Fantasie des Autors geschuldet? Doch jetzt erkannte Lamprecht, was ihn da zuvor an der Schulter gestreift hatte: Im Wasser tanzte schwerfällig ein Kübel. Offenbar stammte er von einem Boot, das ihn verloren oder sogar absichtlich über Bord geworfen hatte. Kein Wunder, er befand sich auf einer der stark frequentierten Schifffahrtsrouten. Das Gefäß ragte nur mehr zu einem Teil aus dem Wasser, die Wellen hatten über dessen Wand geschlagen und ihn nach und nach angefüllt. Es würde nicht mehr lange dauern, da würde er untergehen. Lamprecht kam eine Idee. Er nahm den Kübel, leerte ihn und untersuchte ihn, ob er sonst intakt war. Dann zählte er weitere Minuten.

Das Schiff hatte sich genähert. Der Bug baute sich bedrohlich und hoch wie ein Gebirge vor ihm auf. Es war Zeit zu handeln.

Er packte beide Bojen unter das Netz, holte die Streichhölzer des Fischers hervor und hoffte, dass sie trocken geblieben waren. Beim vierten hatte er endlich eine Flamme, mit der er das Schmierfett entzündete, das er dick auf die andere Boje gestrichen hatte. Sofort stachen die Feuerzungen wie bei einer Fackel in die Höhe. Rasch schwamm er davon. Der Kübel hinderte ihn bei seinen Bewegungen, die Schuhe ebenso, also stopfte er sie in den Kübel. Dennoch kam er mit diesem »Gepäck« ausreichend flott vorwärts. Den Schirm hatte er hinten in seinen Bund geklemmt. Er musste die Distanz zwischen sich und dem Schiff so weit vergrößern, dass er nicht in den Sog kam, der ihn unweigerlich hinunterdrücken würde. Die Distanz schien nun ausreichend, das Schiff würde ungefähr dreißig bis vierzig Meter von ihm entfernt durch die See stechen.

Jetzt hatten sie sein Leuchtfeuer entdeckt. Der Kapitän ließ Signal geben. Sonor tönte das Horn und verdeckte für einen Moment das Kreischen der Möwen, die um das Schlachtschiff kreisten. Lamprecht musste abtauchen, um nicht sofort entdeckt zu werden. Wie bei einer Taucherglocke hatte er den umgedrehten Kübel über seinen Kopf gesteckt und sank langsam abwärts. Der Auftrieb des luftgefüllten Gefäßes war jedoch so stark, dass er seinen Tauchgang mit Armbewegungen unterstützen musste. Unter Wasser hörte er entfernt das Brummen der Schiffsschrauben, die tatsächlich langsamer wurden. Lamprecht zählte bis hundert, dann tauchte er auf. Er hoffte, dass sich die Aufmerksamkeit der Besatzung jetzt auf die brennenden Bojen konzentrieren würde. Als er die Oberfläche erreicht hatte und Luft holte, baute sich eine riesige Wand vor ihm auf. Das Schiff lag vor ihm und machte immer noch Fahrt. Auch mit gedrosselten Maschinen glitt es weiterhin zügig durch die Wellen. Das Zeitfenster konnte knapper nicht sein. Er kraulte los, den Schirm hatte er nun in der rechten Hand, die Schuhe irgendwie um seinen linken Oberarm verzurrt. Mit jedem Eintauchen platschte es gehörig. Er schwamm auf die Lotsenleiter zu, die bis gut einen Meter über die Wasseroberfläche ragte. Die Gestänge, mit denen die Torpedonetze ausgefahren werden konnten, waren für ihn aus dem Wasser unerreichbar. Die Schuhe stellten ein weiteres Hindernis dar. Er wollte sie loswerden, doch er wollte auch nicht den Rhythmus seiner Kraulbewegungen unterbrechen. Jeder Meter, jeder Zentimeter zählte jetzt im Kampf gegen die Zeit. Da hörte er einen dumpfen Knall wie von einem Böller zu Neujahr. Offenbar hatte man ein Geschütz auf seine Bojen gefeuert, um sie unschädlich zu machen. Das Horn tutete und man konnte hören, wie die Maschinen wieder ihren Dienst aufnahmen. Lamprecht atmete hektisch, schluckte dazwischen immer wieder Wasser und sah die Leiter auf sich zukommen. Schon hatte er sie erreicht, nahm den Schirm und streckte sich so weit es ging, um den Griff an einer der Sprossen einzuhaken. Mit der anderen Hand musste er wie ein Irrer rudern, um Kurs zu halten und nicht in die Tiefe gedrückt zu werden.

Beim dritten Versuch hatte er es geschafft, sich einzuhängen. Das Wasser, das um seine Schultern floss wie ein reißender Fluss um einen Felsen, drückte ihn jetzt noch stärker hinab. Er drehte sich und versuchte, seinen Oberkörper aus dem Wasser zu bekommen. Als er bereits bis zu den Hüften aus dem Wasser war und sich noch weiter am Schirm in die Höhe ziehen wollte, brach der Griff und er stürzte in die Fluten zurück.

Panik machte sich in ihm breit. Der Sog des Schiffs würde ihn unter Wasser ziehen. Er würde ertrinken. Oder schlimmer: Er drohte in die Schiffsschrauben zu geraten. Danach würde nicht einmal mehr für die Fische viel Fleisch übrig sein. Er trachtete nur danach, mit dem Kopf über Wasser zu bleiben, um die Orientierung nicht zu verlieren. Da sah er eine Strickleiter am Heck des Schiffes, die fast bis zum Wasser reichte.

Mit rasendem Tempo kam sie auf ihn zu. Er hatte nicht einmal die nötige Zeit, irgendwie hochzuspringen. Die umgehängten Schuhe zogen immer noch an seinem Körper. Doch jetzt würde ihm das hinderliche Knäuel um seinen Hals vielleicht das Leben retten. Er nahm die verschnürten Schuhe und warf diese zur Strickleiter, wo sich der eine Schuh tatsächlich verfing. Er griff nach dem in seine Richtung baumelnden Schuh. Von vorhin wusste er, wie er seinen Körper zu drehen hatte, damit dieser im Wasser den nötigen Auftrieb hatte. Er betete zu Gott, dass die Schnürsenkel seinem Gewicht besser standhalten würden als der Holzgriff des Schirmes. Doch seine Hand rutschte an dem glitschigen Leder ab, sobald er sich daran hochhieven wollte. Abermals platschte er ins Wasser zurück und befand sich bereits gefährlich nahe am Heck des Ozeanriesen.

Dieser Kampf gegen die Gesetze der Physik kam ihm wie eine Ewigkeit vor, dabei passierte es in wenigen Sekunden, so schnell überstürzten sich die Ereignisse. Er war das letzte Kätzchen eines Wurfes, das man im Wasser ertränken wollte, und kämpfte nur mehr ums nackte Überleben. Der Sog zerrte an seinem Körper und er spürte, wie er trotz aller Anstrengung tief in das Wasser sank. Jetzt nutzte ihm sein Lungenvolumen auch nichts mehr. Im Gegenteil, wahrscheinlich würde er nicht einmal ohnmächtig werden, wenn ihn das scharfe Metall des Antriebs entzweiteilte.

Als sein Kopf knapp davor war, auch unter der Wasseroberfläche zu verschwinden, sah er, wie das Ende eines Seils vor ihm in den Wellen aufschlug. Mit aller Kraft drückte er nochmals seinen Körper aus dem Wasser und es gelang ihm, das Ende des Taus zu fassen, und auch die zweite Hand fand daran Halt. Sofort wurde er ein Stück emporgerissen, als er so fixiert dem Druck des Wassers, das ihn immer noch verschlucken wollte, widerstand und mühsam das Hanfseil hinaufkletterte.

Mit letzter Kraft erreichte er die Reling auf dem Oberdeck, blieb aber noch an der Außenseite. Seine Muskeln brannten und er wollte kurz durchatmen. Als er niemanden an Deck ausmachte, kletterte er höher. Er suchte seinen Helfer, dem er sein Leben zu danken hatte. Sein abenteuerlicher Plan hatte bis hierher funktioniert, doch jetzt durfte er den weiteren Erfolg nicht durch Unachtsamkeit gefährden. Aber lange würde er sich nicht mehr festhalten können. Seine Finger waren klamm und die Hände wollten kaum mehr zupacken, mit jedem Griff fühlten sie sich gummiartiger an.

Vorsichtig schob er seinen Kopf vor. Die Luft schien rein. Er kletterte über die Reling und versuchte, so leise wie möglich auf den Boden zu plumpsen. Aber da war niemand, auch nicht derjenige, der das andere Ende des Seiles hier an einem Gitter vertäut hatte.

Für einen Augenblick blieb er auf dem Deck liegen. Ausgestreckt und jeglicher Kraft beraubt hob und senkte sich sein Brustkorb im Halbsekundentakt. Nur langsam setzten seine Sinne wieder ein. Und zugleich das Bewusstsein, dass jetzt keine Zeit für eine wenn auch noch so kurze Rast war. Er rollte sich zur Seite und suchte Deckung hinter einem Geschützturm. Zum Glück war die Mannschaft aufgrund seines Ablenkungsmanövers offenbar noch im vorderen Bereich des Wetterdecks versammelt und suchte die Wasseroberfläche nach dem Grund für den Feuerzauber ab. Er nutzte die Gelegenheit, um rasch durch ein Schott in den Bauch des Schiffes zu verschwinden und den Frachtraum zu suchen. Als er mit eingezogenem Kopf über den ersten Gang huschte, merkte er, dass er sich getäuscht hatte. Die Mannschaft war nicht an Deck, sondern im Speisesaal. Offenbar war er genau zur Essenszeit an Bord gegangen. Wenn er Glück hatte, würde er sich relativ frei bewegen können. Er nahm die ersten Stufen, die zum Unterdeck führten. Obwohl er sich vorsichtig bewegte, vibrierten die Eisenstufen unter seinen Schritten. Stimmfetzen drangen an sein Ohr, kamen näher. Er übersprang die letzten Stufen und landete mit einem dumpfen Wummern auf dem Boden. Lamprecht verstand die Sprache der Stimmen nicht, die nun immer lauter geworden waren, am ehesten klang es für ihn wie Serbisch. Er griff nach seinem Revolver, doch der Holster am Hosenbund war leer. Er musste ihn im Wasser verloren haben. Das hatte ihm gerade noch gefehlt. Er suchte Deckung in einer Nische, als zwei Soldaten mit halb geöffnetem Feldhemd die Treppe hinaufeilten. Die Uniformen saßen schleißig, als hätte man die beiden in ihren Privatgemächern gestört.

Gut, seine eigene Erscheinung würde wohl ebenso keinen guten Eindruck machen: In zerrissenem Hemd, bloßfüßig und mit verbeulter, durchnässter Hose hatte er im Moment auch wenig mit dem proper gekleideten Ispettor Gaetano Lamprecht gemein, wie man ihn gewohnt war. Er befand sich in einem Ausnahmezustand. In jeglicher Hinsicht. Im Gegensatz zu ihm verrichteten die Soldaten hier ihren ganz normalen Dienst und das auf dem eigenen Schiff. Nachlässigkeit in der Bekleidung wurde vom Kommando üblicherweise nicht toleriert. Hier stimmte etwas nicht. Lamprecht kam ein Verdacht: Was, wenn es gar nicht ihr Schiff war? Was, wenn die Sache weit größer angelegt war, als er angenommen hatte?

Auf Zehenspitzen schlich er weiter über den Gang und die nächsten Stufen. Er musste sich bereits unterhalb des Batteriedecks auf Höhe des Mitteldecks befinden. Hier gab es eine für die Größe des Schiffes, die er unterschätzt hatte, entsprechend dimensionierte Kühlkammer, doch die war ausschließlich mit verderblichen Lebensmitteln angefüllt. Man wollte offenbar nicht so pietätlos sein und die sterblichen Hüllen von Erzherzog und Herzogin zwischen Wurst, Käse und Butter bei der Verpflegung für die Mannschaft einlagern. Er suchte weiter. Mit eingezogenem Kopf und immer auf das Risiko ungewollter Begegnungen vorbereitet, schlich er weiter hinab wie ein Speläologe, der sich durch ein Gewirr von Höhlengängen vorwagt. Es gab viele Lager- und Stauräume in diesem Labyrinth. An den Wänden drückte er sich immer weiter, begleitet vom dumpfen Brummen der riesigen Turbinen. Endlich hatte er den richtigen Laderaum gefunden. Hier standen die beiden Katafalke, auf denen die Särge ruhten. Jemand hatte die Deckel geöffnet und diese gegen die Wand gelehnt. Mit einer gewissen Scheu näherte er sich ihnen. Leise und vorsichtig, obwohl er doch allein in dem großen Raum war. Er hielt die Luft an. Beugte sich über den Rand.

Tatsächlich!

Die Särge waren leer. Die Erpresser vom Comitato di Liberazione di Trieste hatten nicht geblufft. Wenn es diesen Verein überhaupt gab. Aber egal wer dahintersteckte, wenn das Schiff nur mit leeren Särgen im Hafen von Triest ankam, wäre es besser, wenn es gar nicht ankäme. Lamprecht kam eine teuflische Idee. Was, wenn es ein Unglück gäbe und das Schiff dabei sinken würde? Offiziell würde die Tragödie um einen weiteren Akt erweitert werden, doch es könnte niemand aus dem Raub der Leichname Kapital schlagen.

Er war sogar bereit, dafür sein Leben zu opfern. Es musste ihm gelingen, die »Viribus Unitis« durfte Triest nie erreichen. Auch nicht als Havarie. Denn wenn sein Anschlag danebenging oder jemals herauskäme, dass er das kaiserliche Schiff versenkt hatte, dessen Bau dem Staat dreiundachtzig Millionen Gulden wert gewesen war, würde seine Familie wohl in der gesamten Monarchie auf ewig geächtet sein.

Er machte sich auf die Suche nach der Munitionskammer.

Er kämpfte sich durch die Gänge und war froh, dass niemand seinen Weg kreuzte. Aber es wunderte ihn, dass so wenige Matrosen an Bord waren. Die beiden Soldaten von vorhin hatten nicht einmal Marineuniformen getragen, sondern den Rock eines Infanterieregiments, wie jenes, dem Farnese angehört hatte. Das Schiff musste mit minimaler Besatzung ausgelaufen sein.

Er öffnete Metalltür um Metalltür, bis er den Warnhinweis auf die Explosionsgefahr gefunden hatte. Er betrat das Munitionsdepot und steuerte sofort die beiden langen Kisten an, in denen er Sprengstoff wie Dynamit oder Ähnliches vermutete. Er wunderte sich über den seltsamen Geruch, der in dem Raum hing. Die Kisten waren mit Vorhängeschlössern abgesperrt. Er rüttelte daran, doch nur mit den Händen würde er sie nicht öffnen können. Er sah ein Bajonett. Damit könnte es klappen. Nach einigen Sekunden hatte der den Mechanismus außer Kraft gesetzt und das Schloss sprang auf. Er klappte den Deckel auf und fuhr erschrocken zurück. In der Kiste gab es kein Dynamit. Dafür starrte er jetzt in ein Gesicht.

Er hatte den einbalsamierten Leichnam von Franz Ferdinand gefunden. Er trat an die zweite Kiste heran und knackte dessen Schloss ebenfalls. Die Herzogin. Er hielt sich den Arm vor das Gesicht. Der Leichengeruch war eindringlich. Was auch immer die Erpresser für eine Groteske veranstalten wollten, offenbar rechnete man nicht damit, die toten Körper allzu lange in diesem Versteck belassen zu müssen.

Und wenn das Schiff dennoch sank? Wenn Lamprecht sich für die Monarchie opferte? Nach wie vor schien es ihm klüger, hier alle Beweise, die den Erpressern und deren Hintermännern in die Hände spielen könnten, auf den Grund des Meeres zu schicken. Er klappte schnell die Deckel wieder zu und durchsuchte die anderen Räume im Unterdeck nach explosivem Material, um endgültig reinen Tisch zu machen. Eine der Türen ließ sich nicht öffnen, sie war offenbar versperrt. Es gelang ihm, die Tür mithilfe des Bajonetts zu öffnen, und jetzt starrten ihn viele Gesichter an. Diesmal lebendige.

17.

»Wer sind Sie?«, fragte er die Matrosen, die ihn verschreckt anblickten. Sie waren verdreckt, die Uniformen wirkten mitgenommen und ein paar der Männer hatten erkennbar Verwundungen erlitten.

Es dauerte, bis er einen gefunden hatte, der sich ihm verständlich machen konnte. Es handelte sich um einen Unterbootsmann namens Radmilovich, der ihm erklärte: »Wir gingen ganz normal an Bord, haben auf die Einschiffung der Särge gewartet, als ein paar Stunden später einige Infanteristen zusammen mit den Sargträgern aufs Schiff sind. Es kamen aber offenbar mehr, als dann wieder von Bord gegangen sind. Oder auch möglich, dass einige bereits vor uns an Bord gewesen sind. Kaum waren wir ausgelaufen, haben uns die bewaffneten Kerle auch schon überwältigt. Wir kamen nicht an unsere Waffen, mussten mit bloßen Händen kämpfen, viele von uns hat es dabei erwischt. Dann haben sie uns hier unten eingesperrt. Soviel ich verstanden habe, wollten sie uns für den ›Schlussakt‹, wie sie es nannten, aufheben.«

Lamprecht nickte. So ähnlich hatte er sich den Ablauf vorgestellt. Viele der Gefangenen waren Offiziere, die wenigsten einfache Matrosen. Offenbar war es so, dass die einfachen Soldaten gekämpft und die Offiziere sich ergeben hatten. Er fragte sich, wie man mit so einer Armee einen Krieg gewinnen wollte, wenn nur die niedrigsten Chargen zuverlässig waren. Beim

Anblick des zusammengepferchten Haufens ließ er seinen Plan fallen, das Schiff mit Mann und Maus und den beiden Kaiserlichen Hoheiten zu versenken. Er wollte diese Unschuldigen nicht auf dem Gewissen haben. Aber mit dieser Verstärkung konnte er ein anderes Unternehmen wagen. Er sagte: »Wir holen uns das Schiff zurück!«

Radmilovich schüttelte den Kopf. »Dazu sind es zu viele. Das ist ein Himmelfahrtskommando.«

Lamprecht steckte das Bajonett in seinen Hosenbund. »Hier unten erwartet euch der sichere Tod. Geht ihr über diese Schwelle, erwartet euch womöglich auch der Tod. Aber es ist ein ehrenvoller Tod im Kampf, kein Abschlachten wie bei einem Zuchttier. Ein Heldentod. Für Kaiser und Vaterland.«

Er salutierte und verließ das Unterdeck über eine der Treppen, die hinaufführten. Hatte er das jetzt wirklich gesagt? Er fragte sich, ob die Ereignisse der letzten Tage bei ihm nicht auch einen ungekannten Patriotismus ausgelöst hatten. In dieser schweren Stunde waren wohl alle Völker unter der Krone Habsburgs vereint und sie waren diesmal auch geeint. Er suchte nach dem Funkraum. Zwar würde er nur eine kurze Nachricht abgeben können, aber für eine Beruhigung der Lage sollte es ausreichen. Auch um die nötigen Vorkehrungen im Zielhafen treffen zu können. Vorsichtig und auf leisen Sohlen schlich er Leitern und Stufen empor, duckte seinen Kopf weg, wann immer er meinte, ein Geräusch zu hören.

Barfuß blieben seine Schritte tatsächlich unter jeglicher Wahrnehmungsgrenze. Das Tappen, das er hörte, stammte sicher nicht vom Widerhall seiner Fußsohlen. Entfernt klangen vom Deck eine Etage höher Stimmen und ein heiseres Lachen, das sich entfernte. Er hatte sich gegen die Wand gedrückt und sah durch den schmalen Durchgang oben den Zipfel eines Uniformrocks aus seinem Sichtfeld verschwinden. Er kletterte auf allen vieren die nächsten Stufen hinauf, als er hinter sich ein metallisches Quietschen der Stufe vernahm. Er griff nach dem Messer in seinem Bund, doch bevor er es ziehen konnte, hatte der Mann in seinem Rücken ihm schon eine Hand um den Hals und die andere fest auf den Mund gedrückt.

»Psst, ich bin es. Ich habe Ihnen vorhin das Seil zugeworfen«, beruhigte der Mann ihn und lockerte seinen Griff wieder.

Lamprecht drehte sich zu einem jungen Matrosen mit spitzem Kinn und knochigen Wangen um und fragte: »Wer sind Sie? Warum habe ich Sie vorhin nicht an Deck vorgefunden? Ich muss Ihnen jedenfalls danken.«

»Alfredo Corelli heiße ich. Ich wusste nicht, ob nicht einer von diesen Meuterern kommt, also bin ich wieder in mein Versteck zurück.«

»Versteck?«, fragte Lamprecht.

»Ja, als diese Abtrünnigen plötzlich aufgetaucht sind und der Kampf um das Schiff begonnen hat, dachte ich mir, es wäre besser, in Deckung zu bleiben.«

Lamprecht schaute den jungen Mann finster an und zwirbelte seine Bartspitze: »Sie wollten sich vor dem Kampf drücken.«

»Nein, so war das nicht. Die haben uns überrumpelt, wir hatten keine Chance. Ich wollte in Deckung sein, damit ich zur rechten Zeit handeln kann. Dann, wenn es Sinn ergibt. So wie vorhin. Als das Schiff kurz die Maschinen gestoppt hatte, dachte ich, es wäre so weit, ich hoffte auf Truppen für einen Entsatz. Sie können sich vorstellen, wie enttäuscht ich war, als ich nur einen hilflosen Mann im Wasser gesehen habe. Zum Glück war auf dieser Seite des Decks niemand und ich konnte das Seil zu Ihnen hinabwerfen.«

»Dafür gebührt Ihnen mein Dank. Und jetzt? Was wollen Sie jetzt machen?«

»Ich dachte mir, ich kann Sie nicht allein gegen diese Meute antreten lassen. Außerdem, kennen Sie sich auf dem Schiff überhaupt aus?«

Lamprecht schüttelte den Kopf.

»Wir sind fast eine kleine schwimmende Stadt«, erläuterte Corelli. »Wir haben hier alles: Dampfbad, Bibliothek, Weindepot, natürlich nur für die Herren Offiziere.«

»Sie müssen leiser reden«, flüsterte ihm Lamprecht ins Ohr. »Sie kennen sich auf dem Schiff also aus? Es gibt doch sicher einen Funkraum?« Corelli nickte.

Sie hatten die Radiostation erreicht und waren wie bei einem Überfall in den engen Raum eingedrungen. Die Kammer lag unmittelbar neben den Schächten, die vom Maschinenraum wegführten. Entsprechend heiß war die Luft. Lamprecht hielt dem Funker das Messer an die Gurgel, während Corelli den Gang sichern sollte. Das Rauschen der Spülung von der angrenzenden Mannschaftslatrine überhörten sie dabei.

»Sie geben jetzt sofort eine Nachricht an die Hafenkommandantur von Triest durch! Also funken Sie …«

»Alarm! Spion an Bord!«, tönte plötzlich eine andere Stimme von weiter weg. Und zugleich krachte ein Schuss durch die Gänge und Glas splitterte. Lamprechts Hemd färbte sich rot, Blutspritzer liefen über seine Wangen. Der Funker kippte um, ein klaffendes Loch in seinem Gesicht.

Lamprecht ließ sich auf den Boden fallen und robbte zur Seite. Er zog Corelli am Hosenbein und bedeutete ihm, sich ebenfalls flach hinzulegen, während weitere Projektile sich knapp über ihnen in die Wandverkleidung bohrten. Stiefel trampelten über die Gänge und die Stimmen wurden mehr. Der Polizist streckte den Kopf hinaus und suchte den Gang ab. Der nächste Schuss krachte durch den Gang und man hörte Holz bersten. Corelli lag noch immer auf dem Boden und erwiderte jetzt das Feuer. Im Gegensatz zu Lamprecht hatte er eine Feuerwaffe. Ein unmittelbar folgender Schmerzschrei ließ vermuten, dass er den Schützen, der sie zuvor unter Beschuss genommen hatte, ausgeschaltet haben musste. Lamprecht wollte den Funker als Schutzschild vor seine Brust halten, doch der schlaffe Körper ließ sich kaum bewegen, geschweige denn tragen. Lamprecht trat gegen den Holzstuhl vor den Funkapparaturen und nahm die Sitzfläche als Schutzschild. Von den oberen Decks hörte man Stiefel hektisch über den Boden trampeln. Lamprecht zog Corelli an der Schulter hoch und beide Männer liefen zum Aufzug. Der Aufzug könnte sich als ihre letale Falle entpuppen, wenn Meuterer oben auf sie warteten, aber hier unten hätten sie noch weniger Chancen. Sie sahen sich für einen Augenblick lang fragend an und stiegen dann nickend in die Kabine. Als sie oben angekommen waren, hielt Lamprecht das runde Holzstück wie einen Schild vor ihre Gesichter und wartete, bis die Tür sich ganz geöffnet hatte. Sie waren allein, niemand, der mit dem Gewehr im Anschlag auf sie zielte, um sie niederzumetzeln. Lamprecht sah ein Stück weiter vorn einen offenen Ausgang aufs Freideck. Er deutete in die Richtung der Luke, schob Corelli aus der Kabine und folgte nach. Da sah er zur Linken schon das Mündungsfeuer und der nächste Schuss knallte ohrenbetäubend durch das Schiff und schlug wenige Zentimeter oberhalb seines Kopfes ein. Weitere Projektile peitschten durch den Gang und verfehlten zum Glück ihr Ziel. Die beiden rannten los wie Tiere auf der Flucht. Lamprecht voran, Corelli ihm hinterdrein.

Am Ausgang angelangt warf der Polizist sein Holzschild weg und steuerte auf die Reling zu, wo ein Matrose unbeteiligt das Deck wischte. Auf einmal stellte sich ihm ein Soldat in den Weg, das Gewehr im Anschlag. Lamprecht hob die Hände, doch Corelli ließ sich nicht aufhalten und stürmte an ihm vorbei auf den Soldaten los. Der Knall hallte über das Deck und Lamprecht sah, wie der junge Bursche getroffen auf die Knie sank. Lamprecht nutzte die Ablenkung des bewaffneten Soldaten und lief los. Er visierte den Matrosen mit dem Putzlappen an, um ihm einen Schlag zu versetzen, doch da kam der nächste Schuss, und der Mann taumelte, am Schienbein getroffen, mit schmerzverzerrter Miene, und fiel dann der Länge nach vor ihm auf die Planken. Lamprecht machte einen Satz über den Liegenden hinweg, stoppte aber dann kurz und nahm ihm den Kübel mit dem Wischwasser ab. Er leerte ihn aus und stülpte ihn über seinen Kopf, ehe er über die Reling kletterte. Dabei ertastete er einen Rettungsring, den er noch rasch aus der Verankerung riss und hinunterwarf, während die nächsten Schüsse durch die Luft peitschten und ihn knapp verfehlten. Kurz lugte er unter dem Kübel hervor. Ein schneller Blick in Richtung Küste, um die Orientierung nicht zu verlieren, dann der Tritt ins Leere.

Nach langen Sekunden, die sich anfühlten wie der Absturz in die Hölle, endlich der rettende Aufprall auf dem Wasser. Schnell versank er in der schützenden Dunkelheit, doch der Auftrieb des zur Taucherglocke umfunktionierten Kübels riss an seinem Hals. Er musste den Henkel mit einer Hand festhalten, mit der anderen ruderte er im Wasser, um den Geschossen seiner Häscher zu entkommen. Luftbläschen umspielten ihn, Projektile sausten links und rechts mit einem Zischen an seinem Körper vorbei. Es würde hier reichen, sollte er von einem Treffer nur leicht verletzt werden und sein Blut die Haie anlocken. Der Kübel gab ihm Luft, nahm ihm dafür die Sicht, dennoch spürte Lamprecht den Druck auf seinem Körper, je tiefer er sank. Das Dröhnen der Schiffsschrauben war nur mehr entfernt zu hören, das Schiff hatte offenbar die Motoren nicht gestoppt. Tiefer und immer tiefer ließ er sich sinken, bis er jegliches Gefühl für Raum und Zeit verloren hatte.

Dann war es still. Diese absolute Ruhe war wie ein Gefängnis, seine Atemzüge waren das Einzige, was er noch hörte.

Selten hatte er eine derartige Einsamkeit erlebt wie jetzt, in einer fremden, lebensfeindlichen Umgebung gefangen und völlig auf sich alleine gestellt. Das war keine der sonstigen Übungen, wenn er sicher in Ufernähe auf dem Grund saß und aus reinem Ehrgeiz zählte, so lange er konnte. Hier ging es ums Überleben. Er spürte, wie der spärliche Sauerstoff unter dem Kübel knapp wurde und er kaum mehr Luft zum Atmen hatte. Dennoch versuchte er den Moment, in dem er auftauchen musste, noch hinauszuzögern. Sein Herz klopfte, und obwohl das Wasser nicht sonderlich kalt war, fröstelte es ihn am gesamten Körper. Er sollte noch ausharren, doch es ging nicht mehr. Seine Bewegungen wurden langsamer, sein Körper erstarrte, die Angst lähmte seine Muskeln.

Da riss er den Kübel vom Kopf, stieß eine Luftblase aus und hätte beinahe einen riesigen Schwall Wasser geschluckt. Er presste die Lippen aufeinander und öffnete die Augen. Das Salz brannte sofort, doch dafür konnte er endlich etwas sehen. Das Licht floss in Bahnen zu ihm herab. Oben war es hell, oben wartete das Leben. Ihn selbst umgab nur Dunkelheit. Er musste weg. Seine Beine strampelten hoch. Der Druck ließ es in seinen Ohren pfeifen, er spürte, wie seine Lungen schmerzten. Er musste warten, sagte er sich, doch er hatte nicht mehr genug Luft, um zu warten. Er tauchte weiter hinauf in Richtung des hellen Fleckes, der sich durch das Wasser abzeichnete. Das Singen in seinen Ohren nahm zu. Er kniff die Augen zusammen. Er musste atmen, endlich atmen. Seine Beine waren klamm, dafür fühlten sich seine Arme wie Gummi an. Gleichzeitig spürte er ein wohliges Gefühl, etwas, das sein Hirn sanft streichelte wie ein heiterer Rausch.

Das Wasser wurde wärmer, das Licht intensiver. Er konnte beinahe danach greifen.

Sein Kopf tauchte auf, seine Arme durchstießen die Wasseroberfläche.

Luft! Endlich.

Die Sonne wärmte sofort seinen Körper. Auch im Wasser konnte er sie spüren. Hier oben, in der gewohnten Welt, war es warm, hier fühlte er sich sofort wieder ein wenig geborgen, auch wenn er auf dem offenen Meer trieb. Er versuchte sich zu orientieren, suchte das Wasser ab. Die Distanz zwischen der »Viribus Unitis« und ihm war groß genug, dass sie ihn als kleinen Punkt in den Wellen wohl kaum mehr ausmachen würden. Die Küste war vielleicht einen halben Kilometer entfernt. Ein paar Hütten waren auf den Hügeln zu erkennen. Da tippte ihm etwas sanft gegen die Schulter. Er war zu müde, um seine Hände gegen einen angreifenden Hai zu Fäusten zu ballen und um sein Leben zu kämpfen. Aber es bestand ohnehin keine Gefahr. Es war der Rettungsring, der ihn gefunden hatte. Er schlüpfte hinein und ließ sich dann einige Minuten treiben, in denen er sich ausruhte, um wieder zu Kräften zu kommen.

18.

Lamprecht erreichte eine kleine Bucht, wo es einen schmalen Kiesstrand gab. Er war abgekämpft. Seine Haut war vom Meer aufgequollen und er war froh, als er mit den Zehen die ersten Steine unter seinen Füßen spürte. Dennoch musste er höllisch aufpassen, durch das klare Wasser waren stachelige Seeigel zu erkennen. Sie säumten die Felsen und bildeten dort einen schwarzen Pelz. Der Rettungsreifen gab seinem Körper den nötigen Auftrieb, um bis ganz nah ans Ufer zu schwimmen, das er nach wenigen bedachten Schritten unbeschadet erreichte. Er kletterte aus dem Ring, ließ seinen durchweichten Körper auf die sandigen Steine fallen und atmete tief durch. Er keuchte und schnaufte, und es schien ihm sicher, hier eine kurze Pause einzulegen.

Doch die Zeit drängte, lange würde er sich nicht ausrasten können. Er musste so schnell es ging in die nächste Stadt und dort ein Telegraphenamt suchen, um Meldung nach Triest zu erstatten. Wenigstens war er hier in Sicherheit. Er war sich relativ sicher, dass ihn die Verschwörer von der »Viribus Unitis« nicht weitersuchten. Wahrscheinlich gingen sie davon aus, dass er mittlerweile ertrunken war oder sein Körper von Kugeln durchlöchert auf dem Meeresgrund ruhte.

Er richtete sich auf und blickte sich um. Das Land hier war öde und felsig. Wenige Grasbüschel kämpften sich durch die steinige Erde und nur da und dort wuchs eine Zypresse oder eine windschiefe Kiefer. Dafür war das hügelige Hinterland gut einsichtig, und er entdeckte einen Karren, der sich über eine staubige Straße in seine Richtung näherte. Der Wagen verschwand hinter einer Kuppe, lediglich die von ihm aufgewirbelte Staubwolke lag in der Luft und blieb weiterhin sichtbar, und die Straße machte offenbar eine Windung, die das Gefährt direkt zu Lamprecht bringen würde. Er sprang auf, klopfte sich die verbliebene Kleidung ab. Das half aber nur wenig. Seine Hose war ramponiert, sein Hemd hatte einige zusätzliche Risse abbekommen, und er war immer noch nass wie ein Wischfetzen, dafür barfuß.

Er kletterte die steile Böschung hinauf und musste dabei achtgeben, dass er nicht auf dem losen Geröll ausrutschte und wieder hinabstürzte. Endlich oben angelangt, stellte er sich auf den Weg, wo er mit den Armen in der Luft fuchtelte, um auf sich aufmerksam zu machen. Langsam näherte sich der Pferdewagen. Auf dem Kutschbock saß ein älterer weißhaariger Mann. Dem Gewand aus grob gewebtem Stoff nach zu schließen ein Bauer. Er hob langsam den Kopf, doch bevor sich ihre Blicke trafen, gab es einen lauten Knall und das Pferd scheute. Neben Lamprecht schlug eine Kugel im Boden ein, dann krachte auch schon der nächste Schuss los. Lamprecht ließ sich auf den Boden fallen. Keine Sekunde zu früh, denn er spürte noch den tödlichen Luftzug, als weitere Geschoße über seinen Kopf hinwegpfiffen. Jemand musste vom Wasser aus auf ihn schießen. Er drehte sich um und suchte nach dem Schützen. In der Bucht war ein kleines Ruderboot dabei, in Richtung Strand einzulaufen. Zwei Soldaten ruderten und einer hatte sich hingehockt und zielte mit dem Gewehrlauf in seine Richtung. Zugleich hörte Lamprecht, wie der Bauer sein Pferd beruhigte und der Wagen zum Stillstand kam. Aus dem Augenwinkel sah der Polizist, wie der Bauer versuchte, auf der engen Stelle den Wagen zu wenden. Langsam robbte Lamprecht über den Boden, die spitzen Steine bohrten sich wie Nadeln in sein Fleisch und kratzten über seine Haut. Ein weiterer Schuss krachte los, verfehlte aber ebenfalls sein Ziel, ein Stück Holz vom Karren splitterte. Dann noch einer, der genau an der Stelle die Steine aufspritzen ließ, an der Lamprecht eben noch gelegen war. Einige der zerschossenen Kiesel trafen ihn nun und er spürte, wie einer der Querschläger an seiner linken Wade eine Wunde riss. Ein Schmerz, dann spürte er das Blut rinnen.

Verdammt! Er musste hier wegkommen, irgendwie musste er den Karren erreichen, bevor die Soldaten an Land kamen. Er drehte sich wieder zum Strand um und sah, dass das Boot nur mehr wenige Meter vom Ufer entfernt war. Er sah aber auch, dass der Schütze sein Gewehr nachladen musste. Sofort sprang er auf und rannte so schnell ihn seine bloßen Füße über den Schotter trugen auf den Wagen zu und erreichte ihn, bevor das Boot das Ufer erreichte. Der Bauer wirkte nicht mehr so ruhig und phlegmatisch wie zuvor. Mit aufgerissenen Augen und halb in der Hocke gab er auf dem Kutschbock seinem Pferd hektische Kommandos, das diese mit lautstarkem Schnauben und Wiehern erwiderte.

Der Wagen hatte das Manöver vollzogen und war drauf und dran, den Schauplatz zu verlassen, als Lamprecht ihn endlich erreicht hatte und zu dem verschreckten Bauern kletterte.

»Fahren Sie los! Schnell!«, brüllte er und der Bauer ließ seine Zunge schnalzen und riss an den Zügeln. Das Pferd trabte an, der Wagen rumpelte los, während der nächste Schuss fiel. Lamprecht duckte sich weg und drückte auch dem Fahrer den Kopf hinunter. Wenn sie die nächste Kurve erreichten, waren sie für einige Zeit in Sicherheit, dann waren sie endlich außerhalb des Schussfelds.

»Was wollen die von dir?«, fragte der Bauer und fasste sich an den Kopf, als wollte er prüfen, ob noch alles ganz war.

»Mich umbringen.«

»Das sehe ich. Aber warum? Bist du ein entflohener Sträfling?« Der Mann wandte sich Lamprecht zu und mochte sich in seiner Einschätzung bestätigt fühlen, als er den verdreckten Mann mit der zerschlissenen Kleidung und den blutigen Armen und Beinen betrachtete. »Du bist ein Sträfling. Aber ich bin ein armer Mann, bei mir ist nichts zu holen.«

Lamprecht entkam ein Lächeln, er zwirbelte seine Bartspitzen und schüttelte den Kopf, als er entgegnete: »Ich bin Polizist.«

Der Bauer lachte auf. »So siehst du mir aus. Und deswegen sind die Soldaten hinter dir her. Das sind wohl die Verbrecher?

Aber sollte es da nicht umgekehrt sein? Der Polizist jagt die Gauner und nicht andersherum!«

Lamprecht holte seine Kokarde hervor, mehr oder weniger das Einzige, was ihm von seiner offiziellen Existenz geblieben war. Zum Glück trug er sie mit einer Kette an seiner Hose befestigt, sonst wäre sie an diesem mörderischen Tag wohl auch schon verloren gegangen. Der Bauer hob eine Augenbraue und schielte mit dem rechten Auge danach, ansonsten behielt er strikt den Weg im Blick. Die Pferdehufe galoppierten über den unebenen Boden und der Karren polterte über jedes Hindernis. Die beiden Männer wurden durchgerüttelt und es fiel manchmal sogar schwer, ein Wort durch die Lippen zu pressen, ohne dabei die Zähne aneinanderzuschlagen. Aber Zeit für eine Plauderei gab es ohnedies nicht. Die Häscher im Rücken, die ihnen aber zu Fuß nur langsam nachkamen, und die holprige Strecke vor sich, auf der sie Gefahr liefen, eine Havarie zu erleiden, ein gebrochenes Rad oder eine kaputte Achse, verlangten beiden höchste Konzentration ab: dem Lenker, der den Hindernissen ausweichen musste, und Lamprecht, der die Strecke nach ebensolchen absuchte.

Erst als sie einige Kilometer ins Hinterland gefahren waren, drosselte der Bauer die Geschwindigkeit und versetzte seinen Gaul in einen langsameren Trab. Das dunkle Fell des Tieres glänzte schweißnass und der Schaum stand ihm um die Trense.

»Wo sind wir hier?«, fragte Lamprecht.

Der Bauer drehte sich zu ihm hin. Sein Gesicht war schmal und von Falten durchzogen wie die Küste hier von den Fjorden. Die Haut war wie bei der Landbevölkerung üblich von der Sonne stark gebräunt. Der Bart war struppig und die Haare schienen auch die Struktur dicker Borsten wie von einem Besen zu besitzen. Doch die Augen leuchteten klug und voller Vitalität. Es mochte gut sein, dass er einige Jahre jünger war, als Lamprecht ursprünglich geschätzt hatte. Anstelle einer Antwort kam die Gegenfrage: »Erklär mir zunächst, was die von dir wollten. Wenn du wirklich von der Polizei bist, was machst du dann hier, noch dazu in diesem Aufzug?«

Lamprecht schüttelte den Kopf. »Mein Name ist Gaetano Lamprecht. Ich bin Ispettore bei der Polizeidirektion in Triest. Mehr kann ich Ihnen dazu leider nicht sagen. Es geht um eine heikle Angelegenheit von größter Bedeutung, die mich, wie Sie sehen konnten, in äußerste Gefahr gebracht hat. Und jetzt muss ich schnellstmöglich mit meiner Dienststelle Kontakt aufnehmen. Bringen Sie mich bitte in die nächste Stadt, ich muss unbedingt telegrafieren.«

Der Bauer grinste aus spröden Lippen: »So geschwollen, wie du daherredest, mag das vielleicht sogar stimmen. Ein Gauner redet anders, ich weiß das. Hier leben fast nur Gauner. Mich nennen sie den Nino, kommt von Antonino, wenn wir schon bei den Gaunern sind.« Er lachte ein heiseres Lachen, das in ein Husten überging. Er räusperte sich, ehe er weitersprach: »Wir sind hier in der Nähe von Milovac. Aber das liegt gar nicht auf meiner Strecke. Eigentlich will ich nach Matterada. Zu meinem Hof. Deinetwegen muss ich jetzt einen Umweg von vielen Kilometern machen. Das kostet mich sicher eine Stunde.«

Lamprecht überlegte. Er musste sich weit länger auf dem Kriegsschiff befunden haben, als er gedacht hatte. Für ihn war alles dort so schnell gegangen. Aber er musste ein gutes Stück nach Parenzo das Schiff verlassen haben, wenn er jetzt hinter Cittanuova an Land gespült worden war. Er fasste den Bauern an seiner kratzigen Jacke: »Bitte, ich muss dringend in die nächste Stadt. Sie müssen noch einmal einen Umweg machen.«

Der Bauer schüttelte den Kopf und deutete auf die Ladefläche seines Karrens, wo sich etwas unter einer Plane wölbte. Lamprecht verstand nicht und der Bauer bedeutete ihm, unter der Abdeckung nachzusehen. Er hob die Plane an und sah zwei aufeinandergeschichtete tote Schafe, die in einer kleinen Blutlache lagen. Der Kopf des einen Tieres zeigte in seine Richtung. Zwei schwarze Knöpfe starrten ins Leere, eine bleiche Zunge hing aus dem Maul. Der Bauer erklärte, dass sein Hirte zu spät gekommen sei, der Wolf habe die Tiere bereits gerissen gehabt, der Hirte konnte nur mehr das Raubtier verjagen. Er holte ein Gewehr hinter seinem Sitz hervor. »Heute zerlege ich die Tiere, morgen fahre ich in die Stadt, sie verkaufen, aber dann lege ich mich auf die Lauer und mache dem Mistvieh den Garaus.«

Lamprecht betrachtete ungläubig das Gewehr. Wenn er gewusst hätte, dass der Bauer bewaffnet war, hätten sie sich zumindest verteidigen können. Aber es war unsinnig, ihm einen Vorwurf zu machen, er musste dem Mann letztlich dankbar sein, dass er ihn aus der Gefahrenzone gebracht hatte.

»Welche Stadt ist das?«

»Buje.«

Lamprechts Blick erhellte sich. Er griff sich an den Hosenbund, doch das Bajonett vom Schiff hatte er offensichtlich verloren. Zuletzt hatte er den Funker damit in Schach gehalten, als die ersten Schüsse auf ihn abgegeben worden waren. Es war alles so verdammt schnell gegangen. Er sagte: »Wenn Sie ein Messer haben, dann kann ich Ihnen helfen und wir fahren heute Abend noch nach Buje.«

»Erstens weiß ich trotz allem nicht, ob ich dir ein Messer geben würde, und zweitens, schau dir meinen Gaul an. Der ist fertig. Außerdem wartet eine Frau zu Hause auf mich. Du kannst mitkommen. Du kriegst was zu essen und zu trinken, vielleicht sogar ein Eck zum Schlafen, und wenn ich morgen gut aufgelegt bin, kannst du mich nach Buje begleiten.«

»Und wenn ich zu Fuß gehe? Wie komme ich am schnellsten zum nächsten Dorf?«

Nino deutete hinter sich in die Richtung, aus der sie soeben geflohen waren: »Da geht's eigentlich zu meinem Hof, der ist keine drei Kilometer von Matterada entfernt, aber an deiner Stelle würd ich da jetzt nicht hin.«

Lamprecht nickte und schwieg. Die »Viribus Unitis« würde in dem Tempo, mit dem sie unterwegs war, am frühen Abend in Triest vor Anker gehen. Möglicherweise war auch noch Zeit bis zum frühen Morgen, wenn die Särge von den Honoratioren der Stadt mit allem gebührenden Pomp empfangen werden würden. Er musste auf jeden Fall noch heute während der Amtsstunden die nächste Dienststelle der Post- und Telegraphendirektion finden, um ein Telegramm zu schicken. Es gehörte dringendst mitgeteilt, dass die ganze Erpressung nur auf einer Täuschung basierte. Er hatte umgehend die beteiligten Stellen zu informieren, wo die Leichname waren und dass der Skandal bei Hof, die weitere Demütigung des Kaiserhauses, ausbleiben könne, wenn man richtig vorging. Doch in dem Moment wurde ihm klar, dass er nach all den Ereignissen nicht mehr wusste, wer denn jetzt diese Stellen waren, die er einbinden sollte. Konnte er Valerio trauen? Oder Demarchi? Das waren eigentlich seine Leute, das waren die, die ihn auf die Sache angesetzt hatten. Aber standen sie wirklich auf derselben Seite? Er fragte sich, was sie von den Hintergründen wussten. Ein paar Freischärler zu verhaften, die Krieg spielen wollten, das hätten sie auch alleine geschafft, auch ohne sein Zutun. Die wenigen Abtrünnigen, die ihr Glück und die Zukunft Triests allein unter dem Banner der Tricolore sahen, die kannten sie ohnehin, da hatte sein Bericht wohl wenig Neues zutage gefördert. Und Prinz Hohenlohe, der Statthalter? Wollte der sich gar profilieren, auch um den Preis des nächsten politischen Konflikts? Die Region hier in Istrien und noch viel mehr weiter südlich auf dem Balkan war ohnehin ein Pulverfass. Die Lunte musste man gar nicht erst anzünden, das explodierte bald von allein.

»Was ist mir dir? So nachdenklich?«, fragte Nino und holte einen Lederschlauch mit Wein hervor. Lamprecht nickte dankbar und nahm einen Schluck von dem sauren Roten. Er verzog das Gesicht und Nino grinste, und dann nuschelte er was davon, dass der Wein wie Medizin sei und man nur kleine Schlucke nehmen dürfe.

Sie erreichten Ninos Gehöft eine gute Stunde später. Die Sonne stand bereits tief am Horizont und tauchte die Landschaft in ein kräftiges Orange. Der Hof bestand aus einem Hauptgebäude aus grauen Steinen mit grob verputzten Fugen, wie es in der Gegend üblich war. Neben den Fenstern Läden aus dunklem, vom Wetter spröde gewordenen Holz, die schon etwas schief in den Angeln hingen. Ein Stall schloss sich an, gegenüber stand eine Scheune aus grau gewordenen Holzlatten. Ein paar Ziegen und Hühner spazierten um die Gebäude, um die einige große Oleanderbüsche wuchsen.

Lamprecht fiel das Herz in die Hose, als sich ein schwarzer großer Hund mit wütendem Gebell vor ihm aufbaute, kaum dass er vom Wagen gestiegen war.

»Nino! Stai zitto!«, herrschte der Bauer seinen Hund an, der sofort verstummte, den Schwanz einzog und sich mit Gewinsel und seitwärts versetztem Hinterteil seinem Herrn näherte.

»Der Hund heißt wie Sie?«, fragte Lamprecht verwundert, überwand seine Scheu und streichelte das Tier ebenfalls.

»Den hab ich von meiner Frau, die hat ihn wo gefunden, als er ein Welpe war. Sie hat gesagt, der ist genauso ein Trottel wie ich, also hab ich mir gedacht, dann soll er auch so heißen wie ich.«

In dem Moment kam eine Bäuerin aus dem Haus und schimpfte, ohne Lamprecht eines Blickes zu würdigen, mit Antonino, dass er spät dran sei.

»Warst du wieder saufen, du Taugenichts?«, fuhr sie ihn an. Die Vorwürfe perlten aber an dem Bauern ab wie Regentropfen an einem Wachstuch. Er schaute Lamprecht an und zuckte nur mit den Schultern. »Und wen schleppst du mir da noch an? Einen deiner Saufkumpane?« Sie musterte Lamprecht und verzog dabei die Lippen. Der Bauer bedeutete ihm, nicht darauf einzugehen, doch er genierte sich für seinen Aufzug. Als Zivilpolizist blieb ihm die steife Uniform erspart, ein Anzug reichte für den Dienst, und privat bevorzugte er ohnehin legere Kleidung, aber er legte Wert auf ordentlich gestärkte Hemden und eine saubere Hose. Weder das Beinkleid noch das Hemd genügten diesem Anspruch. Und seine Füße waren bloß und von den Steinen aufgeschürft. Er betrachtete die Bäuerin. Sie trug ein Kleid aus blauem Leinen, Strümpfe an den Waden und in die Haare hatte sie ein Tuch gebunden. Ihr Gesicht war braun gebrannt, aber unter der derben Farbe zart gezeichnet und hübsch und passte so gar nicht zu ihrer kräftigen, beinahe vulgären Stimme. Sie musste auch weit jünger als der Bauer sein. Er versuchte sich zu erklären: »Ich muss mich für meinen Aufzug entschuldigen. Auch wenn es nicht danach aussehen mag, ich bin von der Polizeidirektion in Triest.«

Die Frau lachte heiser auf, es klang fast so kratzig wie Ninos Lachen.

»Sei still und geh ins Haus«, forderte dieser die Frau auf, die ihm eine eindeutige Geste mit der flachen Hand schickte. Sie lehnte sich gegen den Türstock und schien nicht die geringste Lust zu haben, sich der Aufforderung des Mannes zu beugen. Der schüttelte nur den Kopf, ging nach hinten zur Ladefläche und zog die Plane weg.

Lamprecht half dem Bauern beim Abladen der gerissenen Tiere. Sie brachten die Kadaver, einen nach dem anderen, in den Schuppen, wo es eine wuchtige Holzbank gab. Auf die legten sie die toten Körper, damit der Bauer später die schlaffen Gliedmaßen abtrennen und den Rest zerteilen konnte. Lamprecht wunderte sich, dass die Schafe keine Bisswunden oder sonstigen Todesmale trugen, maß dieser Frage aber wenig Bedeutung zu. Wesentlich wichtiger war die Lösung eines anderen Problems. Wie sollte er hier wegkommen? So schnell, dass er noch einen Postmeister in der nächsten Stadt antreffen würde.

Der Bauer deutete hinter seine Schulter in ein Eck, wo es einen alten Diwan gab. »Du kannst da übernachten, wenn du willst«, bot er Lamprecht an. Dieser lehnte ab. Er war aber doch sehr mitgenommen und setzte sich auf die Bank, um etwas auszurasten, als sein Auge hinter einem Vorhang lackiertes Metall matt schimmern sah. Er sprang auf und zog den Vorhang weg. »Was haben Sie denn da?«

Er deutete auf ein Fahrrad der Marke Rossi Melli, wie es auch beim italienischen Militär eingesetzt wurde. Lamprecht erntete von Nino ein Achselzucken: »Das hat mir einmal jemand dagelassen. Hat's nicht mehr gebraucht.«

Lamprecht wollte dem Grund, wie das Fahrrad in den Besitz des Bauern gekommen war, nicht weiter nachgehen, aber er begann sich doch zu fragen, ob die Schafe wirklich von seiner Herde stammten und von einem Wolf gerissen worden waren. Vielleicht war Nino auch einem Tauschgeschäft zugänglich. Schweren Herzens streifte er den Ring von seinem Finger. Es war nicht irgendein Ring. Es war jenes Schmuckstück, das ihm Marie-Sophie in Wien geschenkt hatte, bevor sich die Ereignisse überstürzt hatten. Ein dunkler, fast schwarzer Saphir, in Rotgold gefasst. Aber jetzt heiratete sie. Mit schwerem Herzen sagte er: »Ich brauche das Fahrrad. Ich gebe Ihnen diesen Ring dafür. Und dazu will ich noch ein Paar Schuhe. So kann ich nicht treten.« Er deutete auf die scharfkantigen Pedale.

Er registrierte das plötzliche Glitzern in Ninos Augen. Und er sah auch, dass neben Nino einige Messer lagen. Er streckte ihm weiterhin den Ring entgegen, zugleich schielte der Polizist aber auch nach etwas, mit dem er sich zur Not verteidigen konnte. Ihm fiel dabei ein Schraubenzieher ins Auge. Falls Nino nach dem Messer fasste, würde er sich den Schraubenzieher nehmen.

Doch Nino griff nicht nach dem Messer, seine Finger packten den Ring. Er führte ihn ans Auge, hielt ihn prüfend gegen das Licht und hauchte das Metall an, das er dann an seinem Hemdärmel rieb.

»Ein schlechtes Geschäft«, sprach er offen heraus, »aber für dich.« Wieder das heisere hustende Lachen. Lamprecht holte das Fahrrad hervor. Es wog gut und gern fünfundzwanzig Kilo, also fast das Doppelte seines Renners, und die Reifen waren auch platt. Zum Glück fand er bei den Werkzeugen, die der Bauer in ein Regal geschlichtet hatte, eine Pumpe und begann das Fahrrad für den Einsatz fit zu machen. Der Bauer steckte den Ring ein und schüttelte den Kopf. Entweder über Lamprecht, der sich so leicht hatte über den Tisch ziehen lassen oder über dessen Geschäftigkeit. »Gut«, meinte er, »dann lass ich Albina wissen, dass du nicht mit uns essen wirst. Sie wird traurig sein. So ein Bürschchen aus der Stadt hätte ihr sicher gefallen.« Er grinste schmutzig und es war eindeutig, woran er dachte. Lamprecht erwiderte darauf zögernd: »Verzeihen Sie, wenn ich Ihre Frau vorhin zu lange …«

»Meine Frau?«, das übliche Lachen setzte ein. »Das Miststück ist meine Tochter. Meine Frau ist dort, wo sie hingehört.« Er machte ein Kreuzzeichen.

Lamprecht ließ den Blick sinken: »Das tut mir leid. Ich wollte Ihre Familie nicht …«

»Sie steht am Herd, du Cretino, du brauchst dich für nichts

entschuldigen.« Er drehte sich um und schickte sich an, ins Bauernhaus zu gehen. »Ich geh dir Schuhe suchen, warte kurz.«

Wenig später kam er aus dem Haus und hielt Lamprecht ein Paar hellbraune Halbschuhe entgegen. Sie hatten einige Flecken auf dem Leder, waren aber sonst wenig abgestoßen und sogar geputzt. »Die hab ich für dich, sind eigentlich noch ganz in Ordnung, aber wenn ich dir schon den schönen Ring für das klapprige Fahrrad abluchsen konnte, dann soll wenigstens das Schuhwerk halbwegs was taugen. Probier mal, ob sie passen.«

Lamprecht probierte. Zum Radfahren reichten sie, ansonsten waren sie gut zwei Nummern zu groß. Er schob das Fahrrad vor in Richtung Landstraße, als der Bauer nochmals kam und ihm einen Packen hinhielt und ein Hemd. »Da hast du ein wenig Geld und was zu essen für unterwegs. Und dazu ein Hemd. In dem da wirst du noch wegen Vagabundierens verhaftet.«

Lamprecht hängte das Proviantpaket an die Lenkstange und nahm das Hemd. Es hatte nicht die Qualität seines Hemdes, war aber dafür sauber, frisch gewaschen und nicht so zerfleddert wie das an seinem Körper. Er zog es sich über den Kopf. In dem Moment trat Albina aus dem Haus und schenkte ihm einen Blick, den er sonst nur von Rosaria kannte, wenn sie ihn anschmachtete. Er wollte schnell in das frische Hemd schlüpfen, sein blanker Oberkörper war ihm peinlich, doch der Kragen war zugeknöpft und er blieb mit dem Kopf stecken. Er musste es also wieder ausziehen und den obersten Knopf lösen. Er blickte zu Boden, doch aus dem Augenwinkel erkannte er, wie die vorlaute Tochter ihr Hinterteil wollüstig gegen die Wand drückte. Viel Auswahl unter den Burschen in der Gegend schien sie nicht zu haben, doch er hatte im Moment andere Sorgen. Er trat in die Pedale und verließ grußlos den

Bauernhof. Im Gegensatz zu den Schuhen passte das Hemd ebenso gut wie der Moment seines Abgangs.

19.

Keine Stunde später erblickte Lamprecht auf einer Anhöhe die beiden charakteristischen Kirchtürme aus hellem Stein, der eine mit viereckigem Spitz, der andere mit sechs Ecken. Nach einigen kurzen Anstiegen, Abfahrten und unzähligen Kurven hatte er Buje erreicht. Die Sonne warf bereits lange Schatten und tauchte die Wiesen und Felder, ebenso wie die Ziegeldächer der nahen Stadt, in ein sanftes gelbrotes Feuer. Er trat fester in die Pedale. Er traf später ein als geplant. Im Zentrum gab es zwei größere Plätze, die sich um die zwei Kirchen gebildet hatten. Als hätte Gott seine Tempel wie einen Samen in die Erde gepflanzt, aus der nun die Türme und die Gebäude ringsum wuchsen. Er fand das Postamt verwaist und geschlossen vor und suchte den nächsten der beiden Plätze auf, wo es neben ein paar kleinen Läden ein Café und eine Osteria gab. Er hielt sich diesmal nicht lange mit Formalitäten auf. Er lehnte das Fahrrad gegen die Mauer und stellte gleich beim Eingang zum Schankraum einen der Kellner. Ein junger Bursche mit schwarzen Haaren und einer weißen Schürze. In der Linken trug er ein kleines Tablett, auf dem er Getränke nach draußen servierte. Lamprecht zückte seine Kokarde und hielt sie dem jungen Burschen hin. Der starrte ungläubig auf den Polizisten und die Insigne der Staatsmacht, die er repräsentierte. Der packte ihn am freien Arm, damit er stehen bliebe, dann nickte er ihm zu und zwirbelte seine Bartspitzen. »Wo finde ich den Postvorsteher?«

Der Kellner deutete auf einen älteren, rundlichen Herrn mit Schnauzer in einem dunkelgrauen Anzug. Der Mann saß allein an einem der einfachen Holztische und hatte bereits ein paar geleerte Biergläser, an deren Rand eingetrockneter Bierschaum klebte, vor sich stehen. Der Kellner lud Lamprecht ein, ihm zu folgen. »Ich bringe Sie hin.«

Der Bursche stellte ein frisches Bier vor dem Mann ab und packte die leeren Gläser auf sein Tablett. »Sie auch was?«, fragte er Lamprecht, der den Kopf schüttelte.

Der Postvorsteher nahm das Glas, betrachtete es zunächst, bis er von einem Schatten in seinem Blickfeld gestört wurde. Er löste den Blick von der frischen Schaumkrone und langsam wanderten seine glasigen, blutunterlaufenen Augen zu Lamprecht hinauf. Der stand die ganze Zeit da wie eine der Statuen vor der Kirche, abermals seine Kokarde in der ausgestreckten Hand, ungefähr so, wie die steinernen Heiligen den sündigen Betrachtern das Kreuz oder die heilige Bibel entgegenstrecken.

»Sind Sie von allen guten Geistern verlassen?«, fuhr er den Mann an, der das Glas an seinen Mund führte und sich einen langen Schluck gönnte. »Was machen Sie hier? Warum sind Sie nicht im Amt? Ich muss dringend nach Triest telefonieren. Sie müssen mir umgehend eine Leitung herstellen.«

Der Mann schaute ihn aus traurigen Augen an und wischte sich über den Bart: »Heute geht nichts mehr. Die Leitung ist unterbrochen.« Er sprach langsam und leise und in seinem Tonfall steckte auch so etwas wie Resignation. Entweder über den Ausfall der Verbindung an diesem Tag oder über sein Leben im Allgemeinen.

»Dann muss ich telegrafieren.« Lamprecht ließ nicht locker und begann, das Schwergewicht an seinem Arm zu zerren. Der Postvorsteher wand sich mit alkoholischer Behäbigkeit aus seinem Griff und entgegnete nun etwas bestimmter: »Wieso wollen Sie nicht verstehen? Die Leitung ist seit dem Nachmittag tot. Deswegen habe ich auch früher Schluss gemacht.«

Sabotage!, dachte sich Lamprecht, ließ von dem Mann ab und fragte ihn dann: »Haben Sie ein Fahrzeug? Also ein Dienstfahrzeug. Ein Auto oder ein Motorrad? Ich muss auf dem schnellsten Weg nach Triest.«

Der Beamte deutete auf ein Fahrrad, das an einer anderen Hausmauer lehnte. Es erweckte aber den Anschein, in einem noch schlechteren Zustand als sein eigener Drahtesel zu sein. Der Postvorsteher las aus Lamprechts abfälligem Blick dessen Gedanken und fragte versöhnlich: »Warum setzen Sie sich nicht? Sie wirken sehr müde. Essen Sie doch etwas, dann trinken wir noch einen, anschließend besorge ich Ihnen ein Zimmer und morgen nehmen Sie in der Früh in Parenzo den Zug nach Triest.«

»Und wenn ich jetzt sofort fahren muss?«

»Der fährt jetzt aber nicht mehr. Vielleicht geht noch was nach Umago, hm, lassen Sie mich nachdenken.« Er nahm sein Kinn zwischen Zeigefinger und Daumen und sah aus wie ein Schachspieler, der eine Menge an Varianten durchdenkt. Doch dann schüttelte er nur den Kopf. »Um diese Zeit geht hier gar nichts mehr.«

Lamprecht schlug mit der Faust auf den Tisch. Doch dann blitzte am düsteren Himmel seiner Gedanken, die auf Fluchen eingestellt waren, ein Silberstreif an Hoffnung auf.

Umago! Das war die rettende Idee. Er ließ sich den Weg dorthin beschreiben und nahm dann einen großen Schluck vom Bier des Postmeisters. So würde er die wenigen Kilometer mit dem Fahrrad durch das istrische Hügelland leichter bewältigen.

Als er die erste Steigung nahm, war die Sonne hinter den Hügeln ein sinkender Halbkreis aus Feuer.

Lamprecht hatte bald seinen Rhythmus gefunden. Trotz der Unzulänglichkeiten des Waffenrads im Vergleich zu seinem Renner kam er gut voran. Auch die einsetzende Dämmerung bereitete ihm wenig Sorgen, denn er würde Umago mit Einbruch der Dunkelheit erreicht haben. In diesem Moment fiel ihm das Rennen am kommenden Sonntag ein. In all der Hektik der sich überstürzenden Ereignisse hatte er völlig darauf vergessen. Jetzt machte er sich bewusst, dass auch diese Fahrt durchaus ihren Trainingseffekt haben würde. Er streckte den Oberkörper durch und beugte sich nun tiefer über den Lenker, als wäre es der gemuffte von seinem Bianchi. Er achtete auf einen runden Tritt, so die schwere Übersetzung dies bergauf zuließ. Zum Glück war es jetzt nicht mehr so heiß wie untertags.

Wenn er beim Radfahren die Umgebung ausblendete und das Treten mechanisch ablief, konnte er am besten seine Gedanken ordnen. Er begann, seine bisherigen Schlussfolgerungen zusammenzutragen:

Farnese, der tote Soldat, der sich beim Obelisken erhängt haben sollte, konnte sich auf dem leer stehenden Landgut von Vidopivec aufgehalten haben. Den Spuren nach zu schließen mussten mehrere Personen in der Scheune gewesen sein. Womöglich ging es hier um einen Waffenschmuggel, allerdings musste die Granate, die verloren gegangen war, eine Attrappe gewesen sein. Der Bauer, der ihn in die Falle gelockt hatte, war beseitigt worden. Wenn Sipcovich dahintersteckte, musste er skrupellos sein und auch gute Kontakte zur Armee besitzen. Letztlich sollte das Verschwinden der sterblichen Überreste der hohen Herrschaft offenbar nur vorgetäuscht werden. Nur wer würde davon profitieren? Trecciani und seine Abtrünnigen? Dann kam ihm der Gedanke, dass sich die Wut über diese Täuschung womöglich gegen Triest richten sollte. Der Kaiser sollte seinen Zorn gegen sein eigenes Kronland richten – aber warum? Wem sollte das nützen? Zum Glück hatten sie beschlossen, nichts von der Misere bis zum Hof durchdringen zu lassen. Er hoffte, dass alle diese Nachrichtensperre beachtet hatten. Zugleich kamen ihm Zweifel. Was würde er hier schon im Sattel eines Waffenrads gegen diese Verschwörung ausrichten?

Sofort schweiften seine Gedanken wieder zu dem Ring von Marie-Sophie, dessen er sich so leichtfertig begeben hatte. Er hätte ihn nicht hergeben dürfen. Niemals. Er hatte seine dienstlichen Interessen den privaten vorgereiht. Das tat er jetzt fast immer, seit er damals den Eigennutz vorgereiht und damit zwei Familien ins Unglück gestürzt hatte.

Und wieder war er in Gedanken in Wien. Sein Weg verlief gewunden über Hügel, auf denen die Weinstöcke sich aneinanderreihten und Linien durch die Landschaft zogen. Er kam an Bauernhöfen vorbei, in denen die ersten Lichter angingen und Rauch aus den Kaminen stieg. Untertags bestellten diese Bauersleute die nahen Felder, die bunte Rechtecke und Quadrate in den kargen Boden schnitten. Neben der Fahrbahn standen harzige Pinien, dahinter Haine aus knorrigen Olivenbäumen, aus denen eines der besten Öle gewonnen wurde. Das Vibrieren des Lenkers auf dem groben Schotter versetzte sein Bewusstsein in Trance. Die staubige Landstraße war ausgeblendet, er sah keinen Weinberg mehr und kein Wäldchen, dessen Baumwipfel sich im verdunkelnden Himmel verloren. Er war zurück in der Reichshauptstadt. Es roch nicht mehr nach Lorbeer oder Salbei, es roch nach Pferdemist und nassem Straßenpflaster. Und vor allem roch es nach zarter Haut. Er war bei Marie-Sophie. Er sah ihren Mund, fuhr in Gedanken über ihre Lippen, drückte ihr Becken gegen seines. Mit einem Mal war die Wiener Zeit wieder präsent. Doch die war, wie es schien, endgültig vorbei. Er musste an die Vorhaltungen denken, die der Vater ihm dafür ständig machte, Franz Lamprecht gab Gaetano die Schuld daran, dass sie nach Triest hatten zurückkehren müssen. Denn eigentlich hatte der Vater für sich und seine Familie einen anderen Lebensweg einschlagen wollen.

Gaetano war in Triest geboren, wo er auch die Volksschule besucht hatte. Sein Onkel, der Bruder des Vaters, hatte eine Firma für Importe und Exporte, die er zusammen mit diesem führte. Doch seit dem Tod der Tante im Jahr 1894, Gaetano war noch ein kleines Kind gewesen, kümmerte sich Ladislaus Lamprecht nicht mehr viel um das Geschäft, das seine Frau in die Ehe eingebracht hatte, und Gaetanos Vater wurde die Arbeit, vor allem aber das wirtschaftliche Risiko zu viel. Nicht wenige hatten ihr Vermögen im Tergesteo verloren, wenn die dortigen Börsianer mit echten Waren wie mit dem Einsatz beim Würfelspiel verfuhren. Von Glück und Zufall abhängig, wurden Taugenichtse zu gemachten Männern oder umgekehrt. Dann hieß es von einem Tage auf den anderen, Onkel Ladislaus sei schwer krank und er verschwand von der Bildfläche. Was ihm fehlte, wusste außer dem Vater niemand, und der flüchtete sich in undurchsichtige Ausreden. Franz Lamprecht wurde zu seinem Vormund bestellt. Als solcher verkaufte er die Firma seines Bruders, solange damit noch gutes Geld zu machen war. Und den Bruder brachte er persönlich nach Wien, denn dort sollte es bessere Ärzte geben als in Triest. Solche, die sich auch derer annahmen, denen es nur im Kopf fehlte. Erst vor Kurzem hatte Franz Lamprecht seinen Bruder wieder aus Wien geholt, und obwohl der Onkel seither bei ihnen im Haus lebte, in das die Familie dann nach dieser Sache in Wien zurückgekehrt war, sollte Gaetano ihn danach nie wieder zu Gesicht bekommen. Diese leidige Sache … er seufzte.

Die Umgebung meldete sich zurück. Da war die Straße, da

waren die Steine. Er war aus dem Tritt gekommen, gegen ein Hindernis gefahren, und jetzt schlingerte das Lenkgestänge. Er musste schnell korrigieren, um einen Sturz zu vermeiden. Wieder in der Spur und auf Kurs, dachte er an den Umzug nach Wien, da war er an die zehn Jahre alt gewesen und Adina noch gar nicht auf der Welt, sondern nur in Mamas Bauch. Der große Wagen, der vor dem Haus gestanden war, und die schmutzigen Gesichter der Arbeiter, die ihre Möbel darin verladen hatten.

Sie bezogen eine große helle Wohnung in der Liechtensteinstraße in Wien-Alsergrund. Gegenüber lag das Palais, das der Straße ihren Namen gab, und Gaetano erinnerte sich an den Blick von seinem Zimmer in den gegenüberliegenden Schlosspark. An das zarte Grün, wenn die Blätter im Frühjahr erste Spitzen aus den Ästen trieben, oder an die bunten Farben im Herbst. Am liebsten hatte er es, wenn der Park unter einer Schneedecke lag. Das kam ihm vor wie im Märchen. In Triest schneite es sehr selten, er konnte sich an keine Winter zurückerinnern, in denen die Stadt komplett weiß zugedeckt gewesen wäre. Sobald die Sonne hervorkam, war die weiße Pracht verschwunden. In Wien glitzerte der Schnee, wenn die Sonne schien. Der Himmel war an solchen Tagen in der Reichshauptstadt fast so blau wie das Meer in der Bucht von Sistiana. Von 1898 an besuchte er das Gymnasium in der Wasagasse. Er erinnerte sich noch gut an das vierstöckige Gebäude mit den Ornamenten auf der Fassade und den geziegelten Außenmauern in den oberen Stockwerken, wie es genauso gut in Triest hätte stehen können. Generell fühlte er sich in der Gegend, in der er sich bewegte, oft an seine Heimatstadt erinnert. Wien und Triest waren einander sehr ähnlich. Dieselben Architekten hatten in beiden Städten Bauten errichtet, die einander glichen wie Geschwister. Nur die Fensterläden, die in Triest alle Fassaden zierten, fehlten in Wien. Er dachte an sein Klassenzimmer und erinnerte sich an die Aussicht auf den roten Backsteinbau gegenüber. Anfänglich machten sich seine Mitschüler über ihn lustig, wenn er einzelne Wörter verwechselte oder in der Hektik begann, etwas auf Italienisch zu erklären. Sein Deutsch wurde aber schnell besser und auch seine Noten waren im Maturajahrgang nahezu durchgängig sehr gut geworden.

Der Vater, dessen kaufmännisches Geschick sich schon in Triest herumgesprochen hatte, bekam eine gut dotierte Stelle in einer Bank. Der Wohlstand der Familie wuchs. Das Badezimmer verfügte über fließendes warmes Wasser, und die Reichshauptstadt bot ein reiches Kulturleben, an dem die Familie auch teilnahm. Gaetano erinnerte sich an die Aufregung, die es gegeben hatte, als wenige Jahre vor der Wende zum neuen Jahrhundert die erste elektrische Straßenbahn ganz in der Nähe ihrer Wohnung das erste Mal über die Gleise in der Alserbachstraße gefahren war. Nach seiner Matura diente Gaetano in der Armee und überlegte, auf eine Offiziersschule zu wechseln, aber sein Dickkopf stand ihm schon damals bald im Wege und bescherte ihm öfter Schwierigkeiten mit Vorgesetzten, daher brach er diese Ausbildung ab und inskribierte an der Universität Wien Rechtswissenschaften. Mit dem Recht in der Tasche könnte man sich gegen ungerechtfertigte Übergriffe zur Wehr setzen, dachte er damals. Der Vater war von dieser Wahl begeistert, denn er sah den Sohn als Doktor der Rechte in seine Fußstapfen treten und eine merkantile Laufbahn oder die eines höheren Beamten einschlagen.

Bei seinem Studium lernte Gaetano bald einen blonden jungen Burschen kennen, Cajetan von Studeny, der ihn um gut einen Kopf überragte, obwohl schon Gaetano nicht zu den Kleinsten seines Jahrgangs zählte. Er wirkte zunächst verschlossen und meldete sich bei den Vorlesungen selten zu Wort. Doch wenn er es tat, hatte das meist Hand und Fuß, und seine Worte wirkten wohlüberlegt und waren gut artikuliert, optimale Voraussetzung für jeden Advokaten. Denn es ging bei der juristischen Dialektik nicht nur um den Inhalt der Worte, sondern auch darum, wie sie transportiert wurden. Allein der überzeugende Vortrag bei Gericht konnte den Sieg für den eigenen Mandanten bedeuten. Cajetan war sehr schlank, und obwohl er seine Kleider sicher bei einem Schneider nähen ließ, hingen sie ihm oft zu weit am Körper. Gaetano befreundete sich bald mit ihm. Seinem Vater, Baron von Studeny, gehörte ein kleines Palais mit Innenhof in der Lenaugasse. Der Baron verbrachte aber die meiste Zeit auf seinem Anwesen in den Marchfelder Auen knapp vor Pressburg. Da das Gebäude nicht weit von der Universität lag, lud Cajetan Gaetano häufig zwischen oder nach den Vorlesungen zu sich ein. Sein Vater hatte das Haus samt Dienstgesinde seinen beiden Kindern überlassen. Cajetan bewohnte es mit seiner jüngeren Schwester Marie-Sophie.

Gaetano erinnerte sich daran, wie er sie zum ersten Mal gesehen hatte, mit welcher Anmut sie über die Stufen gestiegen kam. Sie trug einen leichten Morgenmantel aus hellblauer Seide über ihrem weißen Spitzennachthemd und der Schlaf sprach aus ihren Augen, als sie ihn erschrocken ansah wie einen Eindringling. Und doch war es, als hätte Gaetano ein Blitz getroffen. Er hatte dem Freund, mit dem er am Vorabend länger in einer Bierstube gesessen war, versprochen, ihn am nächsten Morgen so rechtzeitig abzuholen, dass sie pünktlich der ersten Vorlesung beiwohnen konnten. So schüchtern Cajetan auftrat, er wurde zum Berserker, wenn man ihn vor der Zeit weckte. Sein Diener hatte sich jedenfalls geweigert, Gaetanos Auftrag nachzukommen. Er schüttelte nur den Kopf, als ihn dieser aufforderte, ins Schlafgemach zu gehen und so lange an seinem Herrn zu rütteln, bis der die Augen aufschlug. Der Domestik hatte ihm auch den Zutritt zu den Räumlichkeiten verwehrt. Also blieb ihm nichts anderes übrig, als so einen Lärm zu schlagen, der bis in den letzten Winkel des Hauses zu hören war.

»Um Himmels willen, hören Sie doch auf damit!«, flehte der Diener, als Gaetano den Gang vor Cajetans Schlafgemach zum Zittern brachte, indem er den Metallfuß eines Leuchters mehrmals auf den steinernen Boden sausen ließ. So fest, dass der Widerhall durch die Gänge rauschte wie sonst die wütende See bei einem Wintersturm. Cajetans Tür blieb zwar versperrt, doch dafür erschien Marie-Sophie, die der Lärm bis in ihren Stock erreicht und neugierig gemacht hatte.

Als er sie sah, wusste Gaetano, dass er genau auf diesen Moment in seinem Leben gewartet hatte. Etwas hatte sein Herz entflammt, und es erschien ihm, als hätte er nun den Höhepunkt seiner Existenz erreicht. Jetzt hatte er eine Rechtfertigung für sein Dasein gefunden. Alleiniger Zweck dieses Daseins war, diese Frau kennen und lieben zu lernen. Im Gegensatz zu diesen hochtrabenden und in seiner Brust brennenden Gedanken waren ihre Worte sehr profan: »Hören Sie bitte mit dem Lärm auf. Das bringt bei Cajetan nichts. Lassen Sie sich etwas anderes einfallen. Finden Sie einen Weg. Ein geöffnetes Lokal finden Sie ja angeblich auch immer.«

Gaetano verbeugte sich. Sein Herz klopfte. Offenbar hatte Cajetan seiner Schwester von ihm erzählt, sonst hätte sie dieses Detail nicht gewusst. Denn es war tatsächlich immer er, der irgendwo zu vorgerückter Stunde noch eine Spelunke fand, in der man ihnen zu trinken gab. Er begriff nun auch, warum ihm sein Kumpan seine Schwester bislang nicht vorgestellt hatte. Welcher junge Mann würde bei so einem Mädchen nicht ins Schwärmen kommen?

Doch nun war es vorbei mit dem Verstecken dieses familiären Kleinods. Es gelang ihm, Cajetan zu überreden, seine

Schwester häufiger in ihre Unternehmungen einzubeziehen, die sich dadurch entsprechend änderten. Statt zu zweit irgendwelche Studentenbuden oder zwielichtige Etablissements aufzusuchen, begab man sich zu dritt in eines der Kaffeehäuser an der Ringstraße oder man besuchte eine Ausstellung oder ein Konzert, die junge Frau zwischen den beiden Herren, bei denen sie sich wie bei zwei Galanen einhängte. Völlig untadelig, war einer davon, an dessen Arm sie hing, doch ihr eigener Bruder.

Selbst wenn Gaetano von seinem Studium, vor allem aber von den Treffen mit Marie-Sophie, zu abgelenkt war, um Heimweh nach Triest zu haben, so vermisste er doch immer das Meer, auch wenn er schon sein halbes Leben in Wien verbracht hatte. Auch in Wien gab es Wasser, wenigstens einen Fluss. Also machten sie öfter Ausflüge an die Donau. Sie fuhren mit dem Fiaker nach Nußdorf und spazierten dort entlang des Flussufers bis zum Kahlenbergerdorf, und danach setzten sie sich in einen der nahen Weingärten zum Picknick oder sie besuchten einen der Heurigen.

Cajetan musste es gespürt haben, dachte sich Gaetano, nachdem er endlich die Abzweigung nach Juricani erreicht hatte, er musste gespürt haben, dass er das dritte Rad am Wagen war. Er war irgendwann nur mehr störendes Beiwerk, da Marie-Sophie und Gaetano nur mehr dem jeweils anderen Aufmerksamkeit schenkten. An einem der gemeinsamen Abende im Spätsommer, sie saßen im Schatten einer alten Kastanie, deren schwer von den Früchten gebogene Äste über ihren Köpfen hingen, da sagte Cajetan, dass er in nächster Zeit weniger Zeit für sie beide erübrigen werde können. »Aber ihr könnt natürlich weiterhin gemeinsam eure Unternehmungen machen, so wie bisher.« Er vertraute dem Freund. Und er hatte es ja auch klargestellt: Hände weg von meiner Schwester. Freundschaft ja, alles andere nein. Gaetano und den jungen Herrn von Studeny verband nicht nur das gemeinsame Pauken fürs Studium, Gaetano musste an so manchen Studentenulk denken, den die beiden damals ausgeheckt hatten. Aber gemeinsam begangene Dummheiten bewahren nicht davor, eigenständig andere Dummheiten zu machen. Trotz aller klaren Verbote.

Gaetano hatte das Bild vor Augen, wie Marie-Sophie ihn damals angesehen hatte, in dieser kalten Februarnacht. Sie standen vor ihrer Eingangstür, sie hatte sich dagegengelehnt und der Schein der Gaslaterne hatte nur die eine Seite ihres Gesichts beleuchtet, die andere Hälfte lag im Dunkeln, und dennoch strahlten ihn ihre Augen an und er konnte ihre glühend roten Wangen erahnen. Es war bitterkalt und ihr Atem stieg in kleinen Wolken in die Luft zu den Sternen. Es war Fasching und sie waren auf einem Ball gewesen. Cajetan hatte sie sogar begleitet, sich dann aber nicht wohlgefühlt. Er wirkte auch fiebrig, mit glasigen Augen und Schweißperlen auf der Stirne. »Aber du glühst ja«, hatte Marie-Sophie zu ihm nach dem ersten gemeinsamen Tanz gesagt, und der Bruder hatte sich bald entschuldigt, um die Erkältung daheim auszukurieren. In dieser Nacht, vor dem Haustor in der Lenaugasse, in der eiskalten, schneidenden Luft, da hatten sie sich zum ersten Mal geküsst. Es war ein gehetzter Kuss, beiden schien nicht recht wohl dabei zu sein. Sein Herz klopfte und auch Marie-Sophie atmete schnell, doch sie wiederholten es, und da dauerte es schon länger, und es schien sie danach auch ihr schlechtes Gewissen nicht mehr so stark zu plagen. Ihre Lippen ließen kurz voneinander ab, sie holten Luft, doch ihre Augen hafteten weiterhin aneinander, da drückten sie ihren Mund wieder an den des anderen. Ein drittes Mal. Und da fühlte es sich nun gar nicht mehr falsch an, denn sie hatten ihre Liebe gefunden. Und die Liebe konnte nichts Verderbtes sein, wenn alle Dichter davon in den schönsten Tönen sangen und sie für heilig erklärten. Und das wäre sie auch, würde sich nicht auch ein körperliches Verlangen dazu einstellen.

Aber die Neugier der jungen Leute, und die konkrete Vorstellung der beiden, dass es da neben Küssen und Umarmungen mehr für sie gab, trieb sie zur Unvernunft.

Gaetano wollte nicht daran zurückdenken, lange genug hatte er es ausgeblendet, doch als würde ihm ein böser Geist das Bild vor die Augen drücken, musste er sich wieder an diesen Frühlingstag zurückerinnern, ob er wollte oder nicht. Er trat so fest die Pedale nieder, dass er die Steigung nicht bewusst wahrnahm, so sehr beschäftigte ihn »die Sache«: Es war unwichtig, wie sie es so weit hatten kommen lassen, aber sie lagen an diesem Vormittag im Bett, und sie waren zu weit gegangen für ein unverheiratetes Paar. Es war sein Drängen gewesen, sicher war es das, doch auch der von Marie-Sophie aufgebaute Widerstand war sehr dünnhäutig ausgefallen. Cajetan war für ein paar Tage auf das Landgut zum Vater gefahren und die beiden fühlten sich sicher. Die Dienstboten tauschten zwar immer öfter verstohlene Blicke aus, wenn sie den jungen Herrn Lamprecht bei der Dame des Hauses anmeldeten, doch zuletzt war er ins Palais eingelassen worden wie einer aus dem Familienkreis.

Gaetano kam fast täglich und sie verschwanden dann in Marie-Sophies Zimmer, in das Cajetan jetzt, an diesem Tag, hereingeprescht war. Marie-Sophie bedeckte schnell ihre blanke Brust mit der Decke, als ihr Bruder mit hochrotem Gesicht im Zimmer stand und sie anbrüllte, was für eine schändliche Person sie doch sei, eine wahre Dirne. Sie schluchzte, ihr Flehen um Entschuldigung war kaum als solches zu verstehen. Gaetano sprang aus dem Bett. Er wollte dem Freund eine Erklärung liefern, dessen Zorn etwas mildern, doch sein Anblick verschlimmerte die Situation wohl nur noch. Nackt stand er vor ihm da und Cajetan drehte angewidert seinen Kopf zur Seite. Er griff sich den Rock, schlüpfte hinein und bedeckte sich notdürftig, doch bevor er noch etwas hatte sagen können, hatte ihm Cajetan eine Ohrfeige mit seinem Handschuh verpasst.

»Ich werde Ihnen zeigen, wie wir solche Dinge in unseren Kreisen zu lösen pflegen.«

Das Einzige, was an Cajetans Stolz schon immer genagt hatte, war der Umstand, dass sein Vater als Baron nur dem niederen Adel angehörte. Es war kein Geheimnis, dass er sich auf der Universität den Söhnen, die Fürsten oder Herzöge zu ihren Ahnen zählten, mit einem Gefühl der Unterwürfigkeit, ja fast der Minderwertigkeit näherte und dass er auch gern mehr gewesen wäre. Umso mehr hielt er sich an die Regeln des Anstands und so war ihm die Ehre der Familie heilig. Daher gab es für das, was der junge Italiener dem Ansehen der Familie von Studeny angetan hatte, keine Entschuldigung. So eine Schmach musste mit Blut abgewaschen werden.

Gaetano hatte alles versucht, ihm die Idee von dem Duell auszureden. Auf Knien hatte er ihn angefleht, jedwede Wiedergutmachung angeboten. Er hatte sogar seinen Vater um Hilfe gebeten. Doch genau dieses Einschreiten von Franz Lamprecht hatte die Situation eskalieren lassen. Denn auch die Lamprechts hatten ihren guten Ruf zu verteidigen.

»Du wirst dich gehörigst dem Duell stellen!«, hatte ihn der Vater angeherrscht. »Wenn du dem jungen Baron von Studeny die Satisfaktion verweigerst, wird unsere Familie auf ewig geschmäht sein. Auch wir sind Ehrenmänner, beherzige das immer!«

Es war ein freundlicher Tag, der Gaetanos Leben zerstörte. Die Sonne brach durch die Wolken und die letzten Nebelfelder über den Wiesen lösten sich auf. Das Gras glänzte vom feuchten Tau. Aus dem Wald der Duft nach dampfender Erde.

Der Knall seiner Pistole hallte wie der Schritt eines Titanen durch die menschenleere Praterau. Er schreckte einige Krähen auf, die schwerfällig mit ihren Flügeln durch die Luft ruderten und davonflogen. Er wünschte sich immer noch, dieser Schuss hätte ihm gegolten. Doch Cajetan hatte die Waffe für einen Moment sinken lassen, kaum dass der Unparteiische die Freigabe für das Duell erteilt hatte, und in die Erde vor seinen Füßen geschossen. Es musste ein letztes Aufflackern einer Verbundenheit gewesen sein, die Cajetan zögern ließ, doch Gaetano hatte, sobald die erste Kugel abgefeuert war, aus einem Reflex heraus den Abzug gelöst und seinem Kontrahenten die Schulter zerfetzt. Der junge Baron lag in seinem Blut in der nassen Wiese.

Gaetano sollte Marie-Sophie, seine geliebte, seine begehrte Marie-Sophie, nie wiedersehen. Er wurde nicht mehr zu seiner Angebeteten vorgelassen und bald holte der Vater sie zu sich. Erst jetzt, nach dem Tod des Barons, hatte sie sich wieder brieflich bei ihm gemeldet, doch der Klang ihrer Zeilen hatte wenig mit dem gemein, was früher zwischen ihnen gewesen war.

Zu einer Verurteilung Gaetanos kam es nicht, nicht einmal zu einer Anklage. Dies allerdings um den Preis, dass die Familie Wien verlassen musste.

Natürlich hatte Baron von Studeny eine Hochzeit seiner Tochter mit Gaetano schon im Vorfeld kategorisch abgelehnt. Vielmehr hatte er gehofft, dass Cajetan Lamprecht eine Lektion erteilen würde. Mit diesem Ausgang des Duells, nämlich dass sein eigener Sohn, der die Familienehre zu verteidigen hatte, verletzt würde, damit hatte er nicht gerechnet. Doch der Baron war ein Mann mit beträchtlichem Einfluss in der Gesellschaft und auch bei Hofe. Der Lamprecht senior in Aussicht gestellte Posten im Direktorium der Bodencreditanstalt wurde zurückgezogen und das Ansehen der Lamprechts in der Stadt war erst recht ruiniert. Nur mithilfe früherer Freunde konnte die Familie nach Triest zurückkehren und dort wieder Fuß fassen, auch wenn die Karrieren der beiden Lamprechts nun anders als geplant verliefen.

Mittlerweile war es dunkel geworden, doch in der Ferne tauchten schon die ersten Lichter auf. Er hatte Umago erreicht.

20.

Umago war eine Kleinstadt direkt an der Adria mit einem Hafen, der aber nur Fischerbooten oder kleinen Ausflugsschiffen diente. Die Venezianer hatten dem Ort über einige Jahrhunderte hindurch ihren Stempel aufgedrückt, was der Altstadt ihren Charakter gab. Enge Gässchen, kleine, schiefe Häuser mit Giebelchen und Läden, und eine große Piazza vor der Kirche mit dem frei stehenden Glockenturm daneben. Der alte Siedlungskern lag auf einer Insel, die aber schon seit der Römerzeit mit dem Festland verbunden war.

Auf dem Platz saßen einige Alte. Sie unterhielten sich, nur ab und zu warf einer einen neugierigen Blick zu Lamprecht, der mit seinem Fahrrad durch die Gassen kurvte und dabei immer wieder zu seinem Ausgangspunkt in dem Labyrinth aus Gassen und Höfen zurückkehrte. Er suchte einen Taubenschlag. Wenn Viola, Adinas Freundin, sich mit seiner Schwester über Brieftauben austauschte, dann musste es doch möglich sein, ihr Wohnhaus anhand dieses Merkmals zu finden. Doch die Dunkelheit machte ihm einen Strich durch die Rechnung.

Als er zum dritten Mal über den Platz fuhr, winkte ihn einer der alten Männer zu sich und fragte, was er denn suche. Lamprecht nannte den Namen der Familie Cressini.

»Den Bauingenieur aus Triest suchen Sie?«

Lamprecht nickte.

»Weißt du, wo der Signor Cressini wohnt? Der aus Triest«, fragte er seinen Nachbarn, der aber offensichtlich schwerhörig war und nur nickte. Sein Gesprächspartner begann ihm zu erklären, wer dieser Bauingenieur sei, und wurde dabei immer lauter. Lamprecht erkannte schnell, dass er hier nur Zeit vergeudete. Außerdem plagte ihn der Durst. Er ließ die Altherrenrunde zurück und beschloss, sich in der Bar, deren Schild er zuvor wahrgenommen hatte, ein kleines Bier zu gönnen. Er stand an der Theke, nahm das bestellte Getränk entgegen und fragte den Wirt: »Kennen Sie zufällig den Signor Cressini? Er stammt aus Triest und ist hier …«

»Bitte lassen Sie mich mit diesem Menschen in Ruhe. Das ist der Herr, dem wir zu verdanken haben, dass bei uns überall aufgegraben wird. Was der für ein Chaos angerichtet hat. Besser, Sie erwähnen den Namen hier nicht mehr.«

»Wissen Sie trotzdem, wo er wohnt?«

»Wenn ich das wüsste, würde ich sein Haus anzünden.«

Lamprecht zog den Kopf ein. Er fragte sich, ob das eine ernst gemeinte Drohung war und er die hiesigen Kollegen informieren sollte, oder ob der Wirt einfach seinen Emotionen freien Lauf gelassen hatte. Oft waren nicht jene die Gefährlichen, die Gewaltakte androhten, sondern die, die sie ohne Vorankündigung ausführten. Er leerte sein Glas und legte ein paar Münzen auf den Tresen. Die Cressinis taten offenbar gut daran, möglichst anonym zu bleiben. Wenn seine Tätigkeit als Bauingenieur so viel Hass auf sich zog, war es wohl vernünftig, kein Namensschild an der Haustür zu haben. Offenbar war er knapp vor dem Ziel gescheitert. Sollte er sein Vorhaben aufgeben und die letzten fünfzig Kilometer nach Triest strampeln? Mit einigem Mumm in seinen Beinen würde er gegen zwei Uhr nachts ankommen. Aber bis er sich an das gewagte Unternehmen machen konnte, würde das Land wohl endgültig in Dunkelheit verschwunden sein, und weil der Neumond erst wenige Tage zurücklag, würde die Straße nur spärlich ausgeleuchtet sein. Er wäre gezwungen, langsamer zu fahren, damit er sich nicht bei einem Sturz in einen Abgrund den Hals brach. Aber er hatte keine andere Wahl.

Er schob sein Fahrrad durch eine der Gassen und sah einen Verkäufer mit seinem Eiswagen, der offenbar eine letzte Runde drehte und den abendlichen Spaziergängern sein Gefrorenes feilbot. Davor war eine Familie angestellt und der Eismann erfüllte soeben die Wünsche der beiden Töchter. Kugel um Kugel stapelte er in die Eistüte und reichte sie weiter. Die Mädchen waren fast schon junge Frauen, die eine war, schätzte er, ungefähr so alt wie seine Schwester Adina. Er stellte sich hinter den Leuten an. Wenn er schon wieder um sein Leben, oder in diesem Fall um den Frieden in seiner Stadt strampeln musste, wollte er sich noch ein schnelles Eis gönnen. Aber ihm war bewusst, wie sehr die Zeit drängte. Er musste so rasch wie möglich die Behörden in Triest informieren, ihnen mitteilen, dass er herausgefunden hatte, wo die sterblichen Überreste des ermordeten Thronfolgers nebst Gemahlin waren. Womöglich tobte daheim schon ein Bürgerkrieg, wenn das Schiff angelegt hatte.

Er war in Gedanken versunken zu seinem Vordermann aufgerückt. Etwas zu nahe. Der Familienvater in seinem hellen Sommeranzug drehte sich mit finsterer Miene zu ihm um. Lamprecht nickte ihm freundlich zu, doch der Mann schüttelte nur den Kopf und zog seine beiden Mädchen zu sich. Vielleicht hatte Lamprecht die Größere der beiden eine Spur zu lange angesehen. Sie hatte eine zierliche Figur, hellbraune gelockte Haare und ein zartes Gesicht mit langen Wimpern und Grübchen in den Wangen, wenn sie wie vorhin lächelte, als ihr der Verkäufer die Eistüte gereicht hatte. Aber in Gaetano dämmerte das Gefühl, dieses Mädchen zu kennen. Sein Herz klopfte. Er musste sie nochmals ansehen. Sie erwiderte seinen Blick, und wieder bildeten sich diese Grübchen auf den Wangen, die Gaetano so besonders anmutig fand.

»Warum starren Sie meine Tochter so an? Was fällt Ihnen ein?«, herrschte ihn der Mann an.

»Viola, das gilt genauso für dich, hör auf, den Signore so anzustarren!«, ermahnte die Mutter jetzt ihre Tochter. Sie trug ein gepunktetes Sommerkleid und war bislang etwas abseits gestanden. Doch bei Gaetano klingelte es. »Viola? Bist du Viola Cressini?«

Das Mädchen lächelte ihm zu, er hatte also recht gehabt.

»Verzeihen Sie, aber kennen wir uns?«, wollte nun der Mann wissen, der zuvor bei Nennung seines Namens noch zusammengezuckt war. Lamprecht klärte ihn und auch die besorgt dreinschauende Mutter auf. Die kleinere Schwester fand es durchaus amüsant, wie der etwas ramponiert wirkende Mann davon erzählte, dass er der große Bruder von Adina Lamprecht sei, der ehemaligen Schulfreundin von Viola. Gaetano fragte: »Kannst du eine Nachricht an Adina schicken? Also jetzt?«

»Aber gewiss!« Charmante Grübchen und ein ebensolches Lächeln unterstrichen die Zusage.

Wenig später drückte Viola eine Taube mit hellem Federkleid gegen ihre Brust und streichelte das gurrende Tier. Gaetano tat sich schwer, auf dem kleinen Zettel alle wesentlichen Anweisungen für Adina unterzubringen. Viola half ihm mit Abkürzungen, die die Mädchen miteinander vereinbart hatten. Dann rollte er den Zettel zusammen, steckte ihn aber noch nicht in das Behältnis. Er zögerte, öffnete die Notiz wieder, weil er sich fragte, zu wem er Adina jetzt noch schicken konnte. Er änderte seinen Entschluss und strich den soeben geschriebenen Namen durch. Der Einzige, dem er jetzt noch traute, war ausgerechnet sein griesgrämiger Chef, Capo Ispettor Spetich. Er musste die Nachricht daher neu verfassen, erst dann konnte er sie an Viola übergeben, die sie an ihre Taube band und diese mit einem Kuss auf den Kopf in die Lüfte entließ.

Würde Adina jetzt noch, also am späten Abend, überhaupt Kenntnis von der dringenden Botschaft erlangen?

»Kein Sorge«, beruhigte ihn Viola, »unsere Tauben sind schnell und sie können auch sehr weit fliegen. Wenn Sie noch eine Stunde unser Gast sind, erhalten Sie wahrscheinlich schon Antwort von Adina. So machen wir das immer. Auch mitten in der Nacht.« Sie zwinkerte ihm zu und Gaetano fiel ein, dass er schon öfter nachts das zarte Läuten der Brieftauben aus dem Garten gehört hatte. Es hatte sich dabei also um keinen verirrten Vogel gehandelt, der erst spät sein Ziel erreicht hatte, nein, die jungen Damen tauschten sich auch zu vorgerückter Stunde aus.

»Es tut mir leid, ich würde gerne noch Ihre Gesellschaft genießen, aber ich muss dringend weiter.« Auch Gaetano war mittlerweile zur förmlichen Anrede übergegangen. Viola war schon mehr junge Frau als Mädchen und auch als der ältere Bruder ihrer Freundin ziemte sich die Vertraulichkeit zwischen ihnen nicht. Nicht nur die Mutter hatte sie die ganze Zeit über kritisch beäugt. Auch ihr Vater war zunächst sehr abweisend gewesen, als er um die Hilfe seiner Tochter gebeten hatte. Erst nachdem er sich selbst davon überzeugt hatte, dass es unmöglich war, eine Leitung nach Triest zu bekommen – er hatte dienstlich einen Telefonanschluss in seinem Haus –, gewährte er Gaetano Einlass in sein Haus, an dessen Tor sich tatsächlich kein Namensschild befand.

Die Freundin seiner Schwester, so musste sich Gaetano eingestehen, hatte durchaus weibliche Reize, für die er als Mann empfänglich war. Er hatte sie nicht nur in seiner Rolle als Polizist beobachtet, wie sie äußerst patent auf sein Ersuchen reagiert hatte, auch die Anmut ihrer Bewegungen, die Zärtlichkeit, wie sie mit dem Tier umgegangen war, hatten etwas in ihm ausgelöst, das mehr war als Dankbarkeit. Gerne wäre er also noch in ihrer Gesellschaft verblieben, zumindest hätte er Viola gern wiedergesehen. Aber jetzt musste er einmal Abschied nehmen. Viola presste die Lippen aufeinander und senkte die Augen. »Schade«, seufzte sie, »aber Sie müssen uns unbedingt besuchen, wenn Sie Ihren Auftrag zu Ende gebracht haben, Signor Ispettore.«

»Viola!«, ermahnte sie Signor Cressini. »Du kannst doch nicht so aufdringlich sein. Was soll sich denn der Herr Inspektor denken?«

»Das ist schon in Ordnung«, entgegnete er. »Ich denke, auch Adina würde ein Wiedersehen mit ihrer Freundin den schriftlichen Nachrichten vorziehen.« Er wandte sich der jungen Dame zu. »Ich verspreche Ihnen, Signorina, dass ich Sie schon bald zusammen mit Adina besuchen kommen werde.«

»Wollen Sie nicht bei uns übernachten?«, unterbrach die Dame des Hauses den Abschied der beiden. »Ich könnte Ihnen ein Bett in unserem Kabinett richten. Sie können doch um diese Zeit nicht mit dem Rad über die Landstraße fahren?«

»Ich muss, Signora.«

»Aber nur, wenn Sie sich zuvor noch bei uns stärken, andernfalls kann ich Sie nicht gehen lassen.«

Nachdem ihm von Signora Cressini noch eine Fischsuppe gewärmt und mit etwas Polenta serviert worden war, fuhr er gestärkt gegen Mitternacht aus Umago los. Es war dunkel und der Mond leuchtete die Straße nur spärlich aus. Sobald er aus dem besiedelten Gebiet draußen war, fehlten auch die wenigen Laternen. Er durfte nicht zu schnell fahren, da jede übersehene größere Rille, jeder Stein wohl unweigerlich zu einem Sturz geführt hätte.

Er folgte der Strecke, die weg von der Küste ins Landesinnere und dort weiter nach Capodistria führte. Musste er damit rechnen, dass ihm jemand auflauerte? Die abtrünnigen Soldaten wussten ja, dass er die Küste erreicht hatte. Wahrscheinlich gingen die Verschwörer davon aus, dass er um diese Zeit irgendwo im Innern der Halbinsel festsaß. Dass er sich dennoch bewegte, einem klaren Ziel entgegen wie die Nadel eines Kompasses, damit konnten sie nicht rechnen. Welcher vernünftige Mensch würde um diese Zeit diesen Weg in Richtung Triest einschlagen? Tatsächlich folgte eine Steigung der anderen, und auch die Abfahrten waren wenig erholsam, da er immer wieder beinah aus dem Sattel geworfen wurde, wenn ein Ast auf der Straße lag oder er durch ein Schlagloch rumpelte.

Er hatte wieder einen der Hügel hinter sich gebracht. Seine Beine schmerzten ihn und sein Gesäß auch. Diese Tortur war mit einer knackigen Trainingsfahrt auf seinem Bianchi-Renner nicht zu vergleichen. Wenigstens riss bald die Wolkendecke ein wenig auf und der Straßenverlauf war nun im schwachen Mondlicht etwas besser zu erkennen. In der Ferne sah er die Lichter eines Bauernhauses und etwas weiter unten, unmittelbar vor einer Kurve, einen roten Punkt. Ein Glühwürmchen, dachte er. Endlich ging es bergab. Er nahm die Füße von den Pedalen und ließ die Beine hinunterbaumeln, sodass sie fast den Boden berührten, als er über die Straße rollte, wobei er immer mehr Fahrt aufnahm. Seine Gedanken kreisten um Viola. Hatte er auf dem Weg nach Umago noch ständig an die Zeit in Wien und dabei an Marie-Sophie denken müssen, so war es jetzt Viola, die seine Fantasie beschäftigte. Er versuchte sich ihr Gesicht zu vergegenwärtigen, hatte Angst, dass sich ihr Bild aus seiner Erinnerung verflüchtigen könnte. Er atmete schwer aus. Sosehr er sich anstrengte, ihre Züge versagten sich seinem geistigen Auge. Er nahm sich vor, sein Versprechen wirklich einzulösen und die Familie Cressini bald zu besuchen. Wenn das alles hier vorüber war.

Er zuckte erschrocken zusammen, als es zweimal hintereinander laut aus der Richtung knallte, wo er zuvor das Glühwürmchen vermutet hatte. Davor zwei kurze Blitze aus dieser Richtung und sofort zischten Kugeln durch die Luft und schlugen hinter ihm ein. Lamprecht duckte sich, stellte seine Füße wieder auf die Pedale und trat wie ein Verrückter hinein. Er schlug Haken auf der Fahrbahn, lenkte mal zum linken Rand und dann wieder zum rechten, immer in Gefahr, dass sein Vorderrad bei so einem Manöver wegrutschte. Dann wieder geradeaus. Je schneller er fuhr, desto schwerer würden die Mörder ihn kriegen können, sprach er sich Mut zu. Die Schüsse gellten durch die Nacht, ein Vogel kreischte los. Entfernt bellte ein Hund. Er steckte den Kopf zwischen die Schultern und erkannte, dass vor ihm eine Barrikade aus Brettern und Säcken die Straße versperrte. Offensichtlich war die abtrünnige Truppe besser organisiert, als er angenommen hatte. Er musste einen Ausweg finden. Stehen bleiben kam nicht infrage. Solange er flott unterwegs war und sich bewegte, war er in der Dunkelheit ein schwer auszumachendes Ziel. Er raste direkt auf die Barrikade zu. Wenn er in dem Tempo gegen die Bretter knallte, konnten die Soldaten ihre Kugeln sparen. Trotzdem ließen seine Beine die Antriebskurbel immer schneller kreisen. Rechts von der Straße war eine steile Böschung, über die er nicht ausweichen konnte, da sein Schwung zu gering war, die nächste Anhöhe zu erreichen und zu überwinden. Sie würden ihm von hinten in den Rücken schießen. Ein Tod, sinnlos wie jeder, und zugleich noch der eines Feiglings. Links ein Abgrund. Nicht sonderlich tief, aber tief genug, um unfreiwillig über den Lenker abzusteigen und sich den Hals zu brechen. Er war vielleicht noch vierzig Meter von der Barrikade entfernt, die Soldaten brachten bestimmt gerade ihre Gewehrläufe in Anschlag, da sah er das Brett, das sich aus dem Verschlag gelöst hatte und wie eine kleine Rampe auf einem der Sandsäcke lag. Mit einem Mal war das Bild der Radartisten wieder da, die er einmal in einem Zirkus gesehen hatte, die mit ihren Gefährten Dinge bewerkstelligten, dass man meinte, die Gesetze der Schwerkraft würden für sie nicht gelten. Er hatte damals den Bewegungsablauf studiert, insbesondere, wie ihnen durch Gewichtsverlagerung die waghalsigsten Kunststücke gelangen. Die Holzlatte kam bedrohlich näher. Seine einzige Chance, und auf die hielt er mit ungebremstem Tempo zu. Als er sie mit dem Vorderreifen berührte, riss er am Lenker und rutschte aus dem Sattel nach hinten.

Zum zweiten Mal an diesem Tag begab Lamprecht sich in die Lüfte. Zuerst stieg das Vorderrad auf. Er stand stocksteif in den Pedalen und hielt die Lenkstange umklammert. Die beiden Soldaten, die ihm aufgelauert hatten, rissen ihre Köpfe nach oben und auch die Gewehrläufe, jedoch mehr um erstaunt der Bahn des sie übersetzenden Polizisten zu folgen.

Zuerst krachte das Hinterrad auf den Boden, dann ebenso unsanft das vordere. Lamprecht gab es einen Schlag. Seine Kiefer knallten gegeneinander. Auch setzte es ihn heftig mit dem Steiß in den harten Ledersattel. Das Vorderrad geriet auf der sandigen Straße ins Schlittern und er musste mit mehreren Lenkmanövern und gegenläufigen Gewichtsverlagerungen parieren, um einen Sturz zu verhindern. Wann immer er in Schräglage zu kippen drohte, korrigierte er schnell mit einem auf den Boden gestellten Fuß. Durch den neuerlichen Zickzackkurs, den er dabei einschlug, verfehlten ihn die ihm nachgefeuerten Kugeln zum Glück wieder.

Endlich war er um die Kurve und aus dem Schussfeld der Wegelagerer. Weil es immer noch leicht bergab ging, vergrößerte sich die Distanz zwischen ihm und seinen Verfolgern zusehends. Er hatte die Abzweigung nach Capodistria hinter sich gelassen und befand sich auf der Straße nach Muggia. Es dauerte nicht mehr lange und er hatte die kleine Stadt erreicht. Von dort konnte er über die Meeresbucht bereits die Lichter von Triest sehen.

DONNERSTAG, 2. JULI

21.

Lamprecht hatte dem Anlass entsprechend einen schwarzen Anzug angezogen. Zum Schlafen war er kaum gekommen. Seine Augen waren von tiefen schwarzen Ringen eingefasst und sein Gesicht war so bleich wie der Mond, der ihm heute Nacht die letzten Meter heimgeleuchtet hatte. Es war weit nach zwei Uhr morgens gewesen, als er daheim angekommen war.

Sein erster Weg hatte ihn in den Salon geführt, wo seine Schwester ihn erwartete. Der Raum lag im Halbdunkel, nur ein schwaches Licht spendete ein wenig Orientierung. »Du bist noch wach?«, fragte er.

»Nicht nur Adina ist noch wach, wir alle haben kein Auge zugetan«, erklang die Stimme des Vaters. Gaetano erkannte jetzt seine Umrisse im Schein der Leselampe, die er über seinem Fauteuil angeknipst hatte. Ihn quälte der Durst, er hatte unzählige Schrammen, sein Hintern schmerzte und eigentlich wäre es einfacher gewesen, die Körperteile aufzuzählen, die ihm keinen Kummer bereiteten. Da wäre er schnell durch gewesen, so lädiert, wie er sich fühlte. Doch das Adrenalin putschte seinen Körper auf und auch der Puls raste weiter, obwohl er schon eine Zeit lang aus dem Sattel war.

»Bist du verrückt«, sprach der Vater weiter, »Adina in so eine Sache hineinzuziehen? Sie mitten in der Nacht durch die Stadt zu jagen? Wo wir doch ein Telefon haben.«

Gaetano lächelte, er war froh, dass seine Schwester klug genug gewesen war, den Vater aufzuwecken und ihn um seinen Apparat zu bitten. »Sie haben ihr doch erlaubt, zu telefonieren, nicht wahr?«, fragte er.

»Zum Glück hat er das, das hat uns viel Zeit gespart«, kam nun die nächste Stimme aus dem Zimmer. Gaetano erkannte die Stimme Spetichs, dessen Umrisse sich aus dem Dunkel schälten, als er zu ihm vortrat, um ihm die Hand zu schütteln. »Sie sind unser bester Mann«, sprach der Capo Ispettore Lamprecht sein Lob aus, »ich verstehe, warum Valerio große Stücke auf Sie hält.«

»Sie haben also meine Nachricht erhalten?«

»Noch in dieser Stunde werden Sipcovich und Trecciani verhaftet. Und auch einige Mitwisser in Pola. Sie lagen richtig mit Ihrem Verdacht.«

»Und die ›Viribus Unitis‹?«

»Ich habe Prinz Hohenlohe geweckt. Es war nicht einfach, ihn zu überzeugen, aber er hat letztlich dann doch eine halbe Division in Bereitschaft versetzt und die Aktion selbst kommandiert. Das Schiff befindet sich wieder in unserer Gewalt. Die von Ihnen befreiten Soldaten sind den Verschwörern in den Rücken gefallen, als sie gemerkt haben, dass wir mit dem Angriff begonnen haben.«

»Haben Sie die Leichen gefunden?«

»Die mussten wir gar nicht erst suchen, ein paar von den Verrätern wollten sie im Schutz der Dunkelheit an Land bringen. Wir konnten sie aber noch im Hafen abfangen.«

»Und die Bevölkerung? Hat die was mitbekommen?«

»Nur ein paar nächtliche Ehrensalute. Werden wir zumindest morgen so behaupten und konkrete Anweisungen an die Presse weitergeben.«

Abschließend hatte ihm Spetich den Rat gegeben, sich ein wenig auszuruhen. »Sie sehen alles andere als gesund aus. Sie übernehmen sich. Aber ich brauche Sie. Morgen müssen Sie mir die ganzen Zusammenhänge erläutern. Und sicher nicht nur mir.«

Lamprecht war auf dem Bett gelegen, alle Glieder schmerzten ihn, aber er war zu müde, um zu schlafen. Sein Herz raste noch immer und sein Hirn wollte sich nicht wie eine dieser neuartigen Glühbirnen ausknipsen lassen. Gedanken und Bilder stürmten durch seinen Kopf. Kurze Eindrücke der letzten Tage kamen hoch, meist von einem unguten, nicht konkret greifbaren, aber doch verstörenden Gefühl begleitet. Doch da war auch eine wohltuende Erinnerung. Immer wieder kam ihm Viola in den Sinn. So lag er, gebeutelt von seinen Gefühlen, ausgestreckt auf seinem Bett und konnte es nicht erwarten, dass der Tag endlich anbrach, um all das zu einem Ende zu bringen. Knapp vor dem Morgengrauen fiel er dann in einen kurzen schwarzen Schlaf.

Jetzt ging er über den Flur, streckte sich dabei durch. Immer noch schmerzte ihn sein Körper. Er stieg die Treppe hinab ins Erdgeschoß und ging in die Küche, wo es nach Kaffee roch. Dort saß sein Vater, der ihm stumm zunickte, während er einen Schluck aus seiner Tasse nahm. Eine Hand streichelte ihm über die Schulter. Seine Mutter hatte den Raum betreten. Sie sagte nichts. Stumm goss auch sie sich eine Tasse ein. Leben kam erst in die Küche, als Adina erschien. Sie schnatterte munter drauflos, als wäre die letzte Nacht nur ein extra für sie arrangiertes Abenteuer gewesen. Sie betonte nochmals, dass Gaetano doch verloren gewesen wäre, hätte sie nicht diese Verbindung zu ihrer Freundin in Umago aufrechterhalten.

»Nie wieder will ich Witze über gebratene Täubchen hören«, sagte sie und lächelte in ihrem schwarzen Spitzenkleid, als würde sie anstatt zu einem Trauerzug zu einer Geburtstagsfeier gehen.

Gaetano erinnerte sich eines Gedankens, der ihm knapp vor dem Einschlafen gekommen war. Nun war es so weit. Er hatte einen Entschluss gefasst. Fordernd wandte er sich an Luisa: »Ich will den Schlüssel.«

Luisa kochte gerade Bettwäsche aus. In einem großen Topf auf dem Feuer rührte sie in den Laken wie in der Pasta zu Mittag. Eine der modernen Trommelwaschmaschinen wie in Wien hatten sie hier nicht. Sie stieß den Holzlöffel heftig gegen die Wand des Emailtopfes. »Ich verstehe nicht, was du meinst?«

»Du verstehst sehr gut. Also Luisa, sperr mir jetzt die Tür zu den Räumen meines Onkels auf! Ich denke, er hat ein Recht, am Trauerzug teilzunehmen.«

Die Haushälterin warf einen hilflosen Blick zum Herrn des Hauses. Doch bevor der etwas sagen konnte, hatte Gaetano schon wieder das Wort. »Und du wirst mich auch nicht daran hindern. Du bist es, der an dem Ganzen hier Schuld hat. Du warst es doch, der die Gräben in Wien aufgerissen hat. Das ist mir gestern bewusst geworden. Ich hatte genug Zeit, um darüber nachzudenken.« Gaetanos Mutter und auch Adina stand der Mund offen. So etwas hatten sie noch nie erlebt. Lamprecht senior war widersprochen worden. Vom eigenen Sohn, der ihn dabei geduzt hatte! Doch es schien, als wäre etwas passiert, das der Vater erwartet, ja, vielleicht sogar herbeigesehnt hatte. Er bemühte sich, weiterhin ernst dreinzublicken und keine Miene zu verziehen. In dem gewohnt getragenen Ton, jedes einzelne Wort gewählt wie ein Kleidungsstück zu einem besonderen Anlass, sagte er: »Dein Onkel ist sehr krank. Wenn du ihn störst, oder wenn du ihn unter die Menschen bringst, hast du die Verantwortung für dein Tun zu übernehmen. Dessen musst du dir bewusst sein.« Noch immer wartete Luisa auf Anweisungen von ihrem Dienstherrn. Doch der zuckte nur mit den Schultern und bedeutete ihr, der Aufforderung zu entsprechen. Also holte sie aus ihrer Schürze einen Schlüssel hervor und stotterte: »Ich weiß nicht, ob …«

Gaetano ließ sie nicht weiter zu Wort kommen. Er nahm den Schlüssel und eilte hinauf in den Stock, wo er gegen die verschlossene Tür zu den Zimmern des Onkels klopfte. Zunächst verhalten. Es blieb still hinter der Tür, gegen die Gaetano sein Ohr gedrückt hatte. Er klopfte fester und rief: »Onkel Ladislaus? Ist alles in Ordnung? Ich komme jetzt rein!« Er drehte den Schlüssel im Schloss.

»Warte!«, drang es verhalten an sein Ohr. »Ich bin mit meiner Garderobe noch nicht fertig.« Die Stimme des Onkels klang entfernt und sie war schwach, wie die eines Kranken. Sie zitterte dünn.

Gaetano drehte auf der Schwelle um und ging zurück in sein Zimmer, wo er sich nochmals in der Spiegeltür an seinem Kleiderkasten betrachtete. Er prüfte den Sitz seiner Krawatte und ob der Kragen des Hemdes genügend gestärkt worden war. In diesem schwarzen Anzug würde er schwitzen, dachte er. Sein Gesicht sah müde aus. Sogar ihm selbst fiel das auf. Er wandte sich von seinem Spiegelbild ab und kehrte zurück zum Onkel. Ein kurzes Klopfen, ehe er die Schnalle niederdrückte und die Tür öffnete. Kaum hatte er den Raum betreten, fuhr er erschrocken zurück. Damit hatte er nicht gerechnet, und er begriff augenblicklich, warum der Vater seinen Bruder hier wie einen Gefangenen von der Öffentlichkeit fernhielt.

Der Onkel war eine Tante.

Er stand angewurzelt da und fragte sich, was er eigentlich erwartet hatte. Einen Siechen, der in den letzten Zügen lag? Einen Verrückten, der alles kurz und klein schlug, dessen er habhaft werden konnte? Oder einen Mann, der entstellt war, der das Gesicht eines Monsters hatte? Er fand von alledem ein wenig vor. Für jeden normalen Menschen musste ein Mann in Frauenkleidern ein Verrückter sein und für manche sogar ein Monster. Er fragte sich, was passieren würde, wenn sie jetzt mit dem Onkel in Frauenkleidern hinabspazierten, um sich ins Ehrenspalier der Trauergäste am Corso einzureihen. Du musst

Verantwortung für dein Tun übernehmen, hatte der Vater vorhin gefordert. Er hatte recht. Er würde seine Verantwortung wahrnehmen. In jeglicher Hinsicht. In der Familie und in seinen dienstlichen Agenden. Da wie dort musste er aufräumen, in letzter Angelegenheit sogar ausmisten. Auch wenn die Lage in Triest jetzt unter Kontrolle schien, der Fall war noch lange nicht beendet. Er würde noch heute Nachmittag einige hochstehende Herrschaften mit einer unangenehmen Wahrheit konfrontieren. Und wenn er damit falschlag oder Schiffbruch erlitt, dann wäre ein möglicher Skandal über den Onkel so unbedeutend wie ein einzelnes Sandkorn am Strand.

Gaetano Lamprecht betrachtete Ladislaus Lamprecht in seinem dunkelvioletten Brokatkleid, das hochgeschlossen und um den Hals von einem Spitzenbesatz geschmückt war. Der Onkel hatte eine dicke Perlenkette angelegt, und unter dem breitkrempigen Hut mit Silberschnalle trug er eine Perücke, die nach den allerneuesten Regeln der Coiffeurkunst gefertigt worden war. Gaetano betrachtete den Mund, der mit roter Lippenfarbe aus dem gepuderten Gesicht hervorstach wie eine Signalboje. Es gab Frauen, versuchte er sich zu beruhigen, die hatten einen männlichen Körperbau mit breiten Schultern und dicken Waden. Er erinnerte sich an Fotografien von Frauen aus dem Süden, die sogar einen Bart hatten. Wenn Ladislaus sich selbst für eine Frau hielt, warum sollten das die anderen nicht glauben? Noch dazu wenn sie von einem anderen Ereignis wie dem Leichenzug vor ihren Augen abgelenkt waren.

Aber Gaetano hatte gleichzeitig das Empfinden, dass ihm die Erscheinung des Onkels, so befremdlich sie sein mochte, doch nicht fremd war. Er dachte nach, versuchte sich zu erinnern, woran ihn dessen Anblick erinnerte. Es waren die Kleider, sagte er sich jetzt. Er war sich sicher, dass er sie kannte. Von früher.

Da fiel sein Blick auf das kleine Bild auf dem Sekretär. Und damit schien es ihm klar, beinah logisch, was das alles zu bedeuten hatte. Der Onkel wollte nicht irgendeine Frau sein, der Onkel wollte nur eine bestimmte Frau sein. Er war vielleicht über den Tod seiner Frau wirklich verrückt geworden, oder er konnte den Verlust des geliebten Menschen nur dadurch ertragen, dass er in die Person dieses Menschen schlüpfte und nun die eigene Ehefrau verkörperte. Nun fiel ihm wieder ein, wie er überzeugt davon gewesen war, die Tante gesehen zu haben. Gaetano wischte seine Zweifel, die ihn zuvor befangen hatten, weg. Wenn der Onkel die Rolle seiner Gemahlin überzeugend spielte, dann drohte dem Ruf der Familie wohl keine Unbill.

»Gehen wir?«, fragte Ladislaus mit verstellter Stimme. Gaetano betrachtete die scharfkantige, quadratische Kinnpartie, an der einzelne Stoppel hervorstachen, und die buschigen Augenbrauen. Das würde nie gut gehen, sagte er sich jetzt doch wieder, erneut zweifelnd.

Es war kurz nach sieben Uhr, als die Familie Lamprecht durch die verwinkelte Altstadt zur Piazza Grande aufbrach. Lamprecht senior schwieg und verzog auch keine Miene, als sein Sohn mit dem Onkel im Schlepptau vor das Haus trat. In Stille und Andacht versunken, ganz dem traurigen Anlass geschuldet, setzte sich die Gruppe in Bewegung. Ladislaus Lamprecht schien hinter einer unsichtbaren Mauer verborgen zu sein. Niemand würdigte ihn eines Blickes, Vater und Mutter Lamprecht bemühten sich streng, den Blick geradeaus zu halten. Auch Luisa, die mitkommen durfte, wandte ihren Kopf nicht vom Weg ab. Einzig Adina, und dafür liebte Gaetano seine kleine Schwester so sehr, war mutig genug, sich dem Verwandten zu widmen. Aufgeschlossen und auf ganz natürliche Art ging sie auf ihn zu und hängte sich bei ihm ein. »Schön, dass Ihr dabei sein könnt, liebe Tante«, begrüßte sie Ladislaus, und das Blitzen ihrer Augen war aufrichtiger Freude geschuldet. Man sah an ihrem Gesicht, dass sie sich nicht verstellen musste. Ladislaus tätschelte ganz tantenhaft ihre Hand und erwiderte den Gruß mit glasigen Augen und hoher Stimme: »Ja, mein Kind, ich freue mich auch sehr.«

Als sie die Piazza Grande erreichten, gab es kein Durchkommen. Der Platz war dicht von Menschen gesäumt und über die Köpfe, die hinter der von Polizei und Militär abgesicherten Absperrung steckten, konnte man nur schwer hinwegsehen. Lamprecht suchte nach einem vertrauten Gesicht, einem Kollegen oder Untergebenen, der ihn an der Menge vorbeilotsen konnte, doch er suchte vergeblich. Er reckte den Kopf und sah die beiden Särge, die mitten auf dem Platz unter Fahnen und abgelegten Kränzen auf einem Katafalk postiert waren. Die Ehrenformationen waren in respektvollem Abstand aufmarschiert und warteten, bis die Särge in die Kutschen eingeladen worden waren. Überall Soldaten in Paradeuniform, Reihen von Matrosen in weißen Hosen und blauen Oberteilen, Offiziere mit polierten Knöpfen, schwarze Federn an ihren Helmen und allerorts betretene Mienen.

Es herrschte im wahrsten Sinne des Wortes Totenstille. Eine gespenstische Ruhe lag über der Stadt, verstärkt vom entfernten Geläute der Totenglocken, die sich noch mehr gegen das kollektive Schweigen der Menschen absetzten. Nur manchmal störte eine Möwe, die kreischend über dem Platz ihre Runden zog, die andächtige Stimmung.

Der Trauerzug setzte sich in Gang. Die Menschen starrten schweigend auf die mit Blumen geschmückten Kutschen. Sechs schwarze Rappen zogen sie langsam über den Platz. Deren Passagiere waren schon vor vier Tagen zu ihrer letzten

Reise aufgebrochen. Eine Zugfahrt noch, dann würden sie dem höfischen Protokoll entsprechend ihre letzte Ruhe finden. In Wien angekommen, würde sich der Obersthofmeister, Alfred Fürst von Montenuovo, um die Einhaltung des weiteren Zeremoniells kümmern.

Gaetano war erschöpft. Er hatte in dieser Woche so viel erlebt und ausgestanden, wie es bei anderen mitunter für ein Leben reichte. Er führte seine Familie vor zum Corso. Dabei drängte er sich jetzt an den Wartenden vorbei und rempelte immer öfter die anderen Zuseher, die das Ehrenspalier für die Ermordeten bildeten, unsanft an. Eine Unruhe hatte sich in ihm ausgebreitet und steckte ihm in den Gliedern wie ein Fieber.

Dabei wirkte alles ruhig, der Skandal, der die Monarchie in den Grundfesten erschüttern sollte, war ausgeblieben, aber der Fall war nicht gelöst. Bei Weitem nicht. Da gab es noch viel aufzuklären. Doch aus Spetichs Ausführungen in der Nacht hatte er geschlossen, dass sowohl Valerio wie auch Prinz Hohenlohe ganz gern zur Tagesordnung übergegangen wären.

»Meinen Sie wirklich, dass es das braucht?«, hatte Spetich ihn gefragt, als er angeregt hatte, eine Abschlussbesprechung mit allen Involvierten für den Nachmittag anzusetzen.

Obwohl sie kurz nach der Börse einen guten Platz mit ausreichender Sicht ergattert hatten, drängte er weiter vor. Eine Hand fasste ihn schließlich an der Schulter und zog ihn zurück.

»Lass es gut sein, wenn du etwas zu erledigen hast, nimm keine Rücksicht auf uns.« Gaetano sah seinem Vater ins Gesicht. Unter dem Backenbart deuteten die kaum angehobenen Lippen ein Lächeln an. »Wir kommen hier ganz gut zurecht«, erklärte der Senior und deutete auf seinen Bruder. Der hielt sich ein Taschentuch vor den geschminkten Mund, starrte mit Tränen in den Augen nach vorn und wirkte dabei nicht anders als die vielen Frauen ringsum, die einen ähnlichen Ausdruck aufgesetzt hatten. Vielleicht war er jetzt wieder Ladislaus, der beim Anblick des Totenzugs an seine verstorbene Frau erinnert wurde. Gaetano sah seinem Vater in die Augen, der vorhin noch, als sie das Haus verließen, ihm die Verantwortung für den Onkel übertragen und betont hatte, dass er sich um nichts kümmern würde. Das sei jetzt Gaetanos Angelegenheit. Doch jetzt schien er ihn von seinem Versprechen zu entbinden.

»Danke, Vater«, sagte Gaetano und suchte nach einem Weg, wo er diesem Dickicht aus Armen und Beinen entschlüpfen konnte.

Er erreichte die Polizeidirektion nach wenigen Minuten, denn obwohl sie mehr oder weniger ums Eck lag, musste er einen Umweg machen, da der Kometenschweif der Trauergäste hinter den Särgen kein Ende nehmen wollte. Sobald sich eine Lücke aufgetan hatte, kämpfte er sich vor zum Platz vor der Kirche des San Antonio und gelangte so zu seiner Dienststelle. Die war so gut wie verwaist, denn die meisten Polizisten waren im Einsatz auf der Straße. Der Einzige, den man dem toten Thronfolger nebst ermordeter Gemahlin nicht hatte zumuten wollen, war Mollieri, der Lamprecht mit den üblichen glasigen, leicht geröteten Augen begrüßte.

»Haben Sie das nachgeprüft, was ich Ihnen angeschafft habe?«

»Certo, Ispettore«, antwortete der Untergebene und nickte. Dabei fiel der Kopf schwer vor, als hätte jemand die haltende Schnur einer Marionette gekappt. »Ich war am Kataster und habe die notwendigen Unterlagen für Sie zusammengesucht. Auch das Einwohnermeldeamt habe ich aufgesucht, ganz wie Sie es mir befohlen haben. Die Unterlagen liegen alle auf Ihrem Tisch.«

»Hat Pirona sie auch schon gesehen?«

»Nein, Ispettore, der war noch nicht da.«

Lamprecht nickte und ging in sein Büro, wo er die Grundbuchauszüge einen nach dem anderen betrachtete. Das Bild, das sich ergab, mochte schlüssig sein, aber ein Detail fehlte ihm, das war ihm jetzt klar. Als er zwischen den Plänen der Gehöfte bei Monrupino hin und her blätterte, fiel sein Blick auf den Bericht, der noch neben der Schreibmaschine lag. Die erste Version, die er am Sonntag in der Sache Farnese getippt hatte, bevor er den Fall zur Freude von Spetich zu den Akten gelegt hatte. Womöglich doch zu früh, wie er jetzt meinte. Brunner, Adinas Verehrer, hatte das Bild von Farnese angekratzt. Er müsste wohl selbst nach Görz fahren, um dort mit den Eltern zu sprechen, doch dann fiel ihm etwas viel Besseres ein. Er ging in die Amtsstube, wo der Telefonapparat stand, und ließ sich mit dem Wachzimmer in Görz verbinden. Wenig später hatten die dortigen Beamten das Ehepaar aus seiner Wohnung in die Wachstube an den Hörer geholt und Lamprecht stellte seine Fragen auf diesem Weg. Er machte sich Notizen und trug dann den Kollegen in der anderen Stadt auf, die Aussage der Eltern zu protokollieren und ihm umgehend mit der Dienstpost zu schicken. Da passte etwas nicht zusammen, da stimmte etwas nicht, und sosehr er sich auch dagegen stemmte, keimte in ihm ein Verdacht, wer der Urheber dieser Ungereimtheiten sein könnte.

Es klopfte an der Tür. Lamprecht war noch damit beschäftigt, seine Notizen zu komplettieren, als die Tür aufging. »Nicht jetzt!«, fuhr er den verschüchterten Mollieri an, doch der duckte sich untertänig und vermeldete kleinlaut: »Da ist ein Brief für Sie abgegeben worden. Vom Kriegsministerium aus Wien.«

Endlich! Lamprecht schaute auf. Vor ihm stand mit eingezogenem Kopf der von allen hier schief angesehene Kollege. Er hielt ihm den Brief hin. Er nahm ihn entgegen und besah sich den Absender. Der Brief war wirklich von Gustav Springer. Er wunderte sich, dass ihm der Freund an die Dienstadresse geantwortet hatte, wo er doch um vertrauliche Behandlung seiner Anfrage gebeten hatte. Er konnte es kaum erwarten, ihn zu lesen – doch einer störte hier. Mollieri hatte vorhin einen Schritt zurück gemacht und wartete mit strammer Haltung, dass er aus dem Zimmer entlassen wurde. Lamprecht hob die Hand, stoppte aber die Geste, die ihn verscheuchen sollte, im Ansatz. Stattdessen blickte er auf seine Notizen, die er von dem Gespräch mit Farneses Eltern angefertigt hatte, und fragte den Subalternen: »Sagen Sie, Sie haben mir doch von Farnese erzählt?«

Mollieri wippte auf seinen Zehenspitzen. Natürlich hatte er seinem Vorgesetzten von Farnese erzählt. Beide wussten sie das. Dennoch fragte Mollieri: »Warum?«

»Soweit ich mich erinnern kann, haben Sie gesagt, der Arme hat ständig verloren. Stimmt das?«

Natürlich stimmte das und Mollieri, der weiter vor und zurück wippte und dabei seine Schuhspitzen betrachtete, wusste das auch, also nickte er.

»Ich habe nun bestätigte Informationen, dass dem nicht so war. Im Gegenteil, Farnese muss ein richtiger Glückspilz gewesen sein. Was sagen Sie dazu?«

Mollieri zuckte mit den Schultern.

»Warum haben Sie mich angelogen?«, fragte Lamprecht.

»Es wurde mir angeschafft.«

»Angeschafft? Von wem?«

22.

Lamprecht war ins Gefangenenhaus geeilt, wo er sich zu Sipcovich bringen ließ. Auf dem Weg durch die Gänge traf er auf einen weiteren Bekannten, der soeben dorthin überstellt worden war: Trecciani. Als ihm der Abtrünnige mit gefesselten Händen auf dem Gang begegnete, funkelte er Lamprecht an und zischte ihm zu: »Sie haben Ihr Land verraten. Verflucht sei der Schoß, der Sie in unser Italien gepresst hat.« Einer der Polizisten gab ihm eines mit dem Knauf seines Degens und Lamprecht nickte zustimmend, worauf der Uniformierte ihm noch eine aufs Haupt gab. Trecciani zog den Kopf ein und fluchte. Lamprecht hatte auf seiner Fahrt durch halb Istrien genug Zeit gehabt, um sich zu positionieren, um zu hinterfragen, wo sein Platz war. Er wusste, wo er hingehörte. Hier, in Triest war er zu Hause. Und er würde alles tun, um Schaden von seiner Stadt abzuwenden.

Er erreichte den Verhörraum. Sipcovich wartete bereits auf seine Befragung. Der Bankier und Großgrundbesitzer war von der Nacht in der Zelle gezeichnet. Natürlich war so ein feuchtes Rattenloch nichts für einen, der dank seines Reichtums die modernen Annehmlichkeiten wie Fließwasser und elektrischen Strom genoss. Im Seidenpyjama hatten ihn die Polizisten aus seinem weichen Federbett geholt. Dieses hatte er gegen eine Pritsche tauschen müssen, das fließende Wasser war nun jenes, das über die Wände lief. Entsprechend aggressiv war sein nunmehriges Auftreten. Ein Wachmann musste ihn immer wieder auf den Stuhl drücken, damit er trotz der angelegten Handschellen nicht auf Lamprecht losgehen konnte. Der genoss dies ein wenig, denn er fühlte sich durch dieses Verhalten in seinen Vermutungen über Sipcovich bestärkt. Dieser war gewöhnt, Hindernisse rücksichtslos aus dem Weg zu räumen oder räumen zu lassen. Das war ihm bei Lamprecht nicht gelungen. Der Polizist präsentierte ihm nun die Rechnung: »Ich kriege Sie wegen Hochverrats dran. Sie haben sich an einer Verschwörung gegen das Kaiserhaus beteiligt. Das kostet Sie den Kopf.«

»Das werden Sie erst beweisen müssen. Wissen Sie, mit wem Sie sich da anlegen? Ich kenne den Bürgermeister persönlich.«

»Ich lasse ihn von Ihnen grüßen, wenn ich ihn das nächste Mal treffe.« Es war nicht das erste Mal, dass ein Delinquent sich auf seine Kontakte berief. Lamprecht forderte: »Gestehen Sie! Sie haben Kriegsmaterial an den Feind geliefert. Das leer stehende Landgut von Vidopivec war Ihnen gerade recht. Doch leider kam Ihnen da Trecciani zuvor, der auch ein Auge auf diesen Besitz geworfen hatte.«

Sipcovich stand der Mund offen und er machte ein Gesicht, als hätte ihn ein Boxer mit einem linken Haken voll getroffen. »Was sollte ich denn tun? Ich steckte bis zum Hals in Schwierigkeiten. Die Serben haben Druck gemacht, ich konnte da alleine nicht mehr raus.«

»Das kann ich mir vorstellen. Man hat Ihnen aus alten Beständen aber zum Teil wertlose Attrappen verkauft. Ich bin draufgekommen, als ich eine der vergessenen Granaten zünden wollte, um mich aus einer Falle zu befreien. Lange habe ich nachgedacht, warum die nicht gezündet hat, bis ich die Lösung gefunden hatte. Man darf seinen Bezugsquellen eben nie blind vertrauen. Auch Sie wurden reingelegt.«

Der Hass leuchtete Sipcovich aus den Augen.

»Ich will wissen, was Sie mit Farnese gemacht haben und was mit den anderen Soldaten geschehen ist, die dort offenbar gefangen waren«, lenkte Lamprecht das Augenmerk auf ein anderes Detail.

Sipcovich spuckte auf den Boden: »Dieser Scheiß-Bauernhof. Da hätten Sie bereits sterben sollen, wenn der Trottel das nicht vermasselt hätte.«

»Wie Sie sehen, hatte ich einen Schutzengel. Also, was ist jetzt mit den Soldaten?«

»Damit hab ich nichts zu tun, davon wusste ich nichts. Von mir kam nur der Hinweis, dass das Gehöft dafür geeignet wäre, weil es abgeschieden liegt und derzeit leer steht.«

»Und der Nachbar?«

»Schuldete mir eine Stange Geld. Der hatte den Auftrag, Sie hinzulocken und einzusperren.«

»Und dafür bringen Sie den Mann um?«

»Damit hab ich auch nichts zu tun.« Sipcovich schloss die Augen und ließ den Kopf hängen, seine gefesselten Arme auf den Schoß gelegt.

Ein weiterer Polizist trat ein, salutierte vor Lamprecht und beugte sich zu ihm hinab, um ihm leise ins Ohr zu flüstern: »Das Rathaus hat soeben einen Boten nach Ihnen geschickt. Es gibt einen Termin beim Statthalter. Ihr Erscheinen dort ist für fünfzehn Uhr gewünscht.«

Lamprecht nickte. »Bestellen Sie bitte, dass ich mich rechtzeitig auf den Weg mache. Ich bin hier bald fertig.« Er wandte sich wieder dem Bankier zu: »Sie haben es gehört, ich muss dann los, aber freuen Sie sich nicht zu früh, ich werde mich bald wieder um Sie kümmern. Und wenn Sie dann weiterhin so verstockt sind, werde ich aus Ihnen herausprügeln, was Sie mit dem Sarg der Erzherzogin vorhatten.«

»Wie kommen Sie auf die Idee …?«

»Versuchen Sie nicht, das abzustreiten. Einer der Verräter hat gestanden und zugegeben, dass er den Auftrag hatte, den Sarg bei Ihnen zu verstecken.«

»Davon wusste ich nichts. Das war nie so besprochen!« Sipcovich schlug mit der Faust auf den Tisch, der Wächter beugte sich bedrohlich über ihn und Sipcovich mäßigte sich sofort wieder.

»Mag sein, dass Sie auch hier reingelegt wurden. Also wollen Sie mir nicht mehr über Ihre Auftraggeber verraten?«

Schweigen. Sipcovich wandte seinen Blick von Lamprecht ab, worauf dieser schloss: »Gut, wenn Sie nicht wollen. Wir werden später genug Zeit für eine eindringliche Unterhaltung haben. Eines noch: Sie haben einen gewissen Schuldschein. Den möchte ich haben.«

Sipcovich lehnte sich zurück, blickte wieder zu Lamprecht. Er machte große Augen und fragte: »Wie haben Sie das herausgefunden?«

»Das ist der Grund, warum Sie dort sitzen«, Lamprecht deutete auf den abgewetzten Stuhl der Gefangenen und dann auf den seinen auf der anderen Seite, der dem verhörenden Polizisten bestimmt war, »und ich hier. Also, sagen Sie mir, wo ich ihn finde, oder muss ich Ihr gesamtes Büro und Ihre Villa auf den Kopf stellen?«

Sipcovich hatte seine aufbrausende Art abgelegt und fragte kleinlaut: »Hilft es mir, wenn ich mit Ihnen kooperiere?«

Lamprecht griff sich an die Bartspitzen und zog sie lang: »Vor dem Henker wird es Sie nicht bewahren, aber ich könnte Ihnen hier drinnen ein paar Annehmlichkeiten verschaffen.«

»In Ordnung«, lenkte Sipcovich ein.

Lamprecht kehrte vom Gefängnis in sein Büro zurück. Es war kurz vor zwei und der Eisenbahnzug mit den hochherrschaftlichen Leichnamen musste bereits Laibach hinter sich gelassen haben. Er spürte jene Unruhe an sich, die sich bei ihm einstellte, wenn er kurz davor war, einen Fall zu lösen. Ein flaues Gefühl im Magen, aber eines, das sich nach Vorfreude anfühlte. Ein Kribbeln wie früher, wenn er zu einem

Rendezvous mit Marie-Sophie aufgebrochen war. Doch hier und jetzt stellte sich kein romantisches Gefühl ein, es war der Jagdinstinkt, der die Bestie in ihm aufstachelte. Er spürte, wie sein Körper angespannt war, wie jeder Muskel nur darauf wartete, in den Kampf ziehen zu können. In solchen Augenblicken war er unberechenbar und auch für seine Vorgesetzten schwer zu steuern, da er nur mehr seinem Instinkt und einer inneren Stimme folgte. Ihm fiel der Vorwurf ein, den Trecciani ihm zuvor am Gang an den Kopf geworfen hatte wie einen Kieselstein, mit dem man einen streunenden Hund verjagt. Er scherte sich nicht darum. Sobald er kriminalistisch Blut geleckt hatte, nahm er auf nichts und niemanden Rücksicht, schon gar nicht auf so etwas wie Nationalität oder Herkunft. Das zählte für ihn in solchen Momenten nichts. Und da gab es auch kein Besinnen auf dienstrechtliche Vorschriften oder ein Zaudern, um sich die geplante Aktion absegnen zu lassen. Spetich wusste das, daher hatte er noch im Morgengrauen, als sie die nächsten Schritte miteinander im Groben geplant hatten, entschieden, selbst den Bericht zu verfassen und diesen persönlich dem Bürgermeister und dem Statthalter vorzutragen. Der Capo Ispettore wusste, dass sein junger Mitarbeiter sein Temperament in solchen Augenblicken schlecht im Griff hatte. Ohne die schützende Hand Valerios hätte er Lamprecht schon häufig von Fällen abgezogen, und es war auch diesmal wieder der Stadtchef, der darauf bestanden hatte, dass Lamprecht persönlich der Schlussbesprechung mit dem Statthalter in dessen Palazzo beiwohnen sollte. Auch den Einwand, dass Lamprecht diese Nacht kaum geschlafen hatte, wischte der Podestà mit den Worten: »Hören Sie, das ist doch ein junger Bursche, der hält so etwas aus« vom Tisch. Dabei hatte Spetich weniger auf Lamprechts Übermüdung anspielen wollen, sondern auf den Umstand, dass er in so einem Zustand meist noch schwieriger in Zaum zu halten war als sonst. Der Polizeichef hatte seinen Bericht schon um zehn Uhr, kaum, dass der Zug mit der heiklen Fracht von der Stazione Meridionale nach Wien abgefahren war, abgegeben. Er war nicht sonderlich lang geraten und endete damit, dass die näheren Umstände noch der weiteren Untersuchung bedürften, inwieweit die Verschwörer möglicherweise direkten Kontakt mit den Attentätern von Sarajevo hatten. Aber die bisherigen Ergebnisse hätten an den Tag gelegt, dass es sich um eine perfide Aktion zur weiteren Provokation des Kaiserhauses gehandelt habe. Das Werk Abtrünniger, die sich mit dem Feind in Serbien wie auch einzelnen Nationalisten in der Stadt verbündet hätten, um der Monarchie zu schaden und den Kaiser herauszufordern. Selten hatte die übliche Schlussformel so genau gepasst: »Gott schütze unseren geliebten Kaiser Franz Joseph I.«

Lamprecht überflog die Geständnisse der Soldaten, die die Auseinandersetzung mit den kaisertreuen Truppen überlebt hatten, und auch die Protokolle der ersten Verhöre weiterer Hintermänner. Es gab stündlich neue Verhaftungen, die Verschwörung brach in sich zusammen wie ein Kartenhaus. Anschließend kramte er seine bisherigen Ergebnisse aus der Schublade heraus, als es an der Tür klopfte. Ein Uniformierter trat ein und salutierte vor ihm. Er reichte ihm ein Stück Papier und Lamprecht streichelte zufrieden seinen Bart, als er es überflog. Er nickte dem Polizisten zu und entließ diesen mit einem »Danke.«

Als der junge Polizist sich umdrehte, um sich zu entfernen, stieß er mit Pirona zusammen, der eben das Büro betreten wollte.

»Bekommen wir dich auch wieder mal zu sehen?«, fragte Lamprecht. Er ließ das Papier in der Schublade verschwinden.

»Du bist gut. Ich dachte, wir ermitteln gemeinsam, doch dann verschwindest du einfach nach Pola und keiner weiß warum und was du dort machst. Mich lässt du das ganze langweilige Zeug erledigen.« Er reichte ihm einen Faszikel: »Hier habe ich all die Katasterauszüge aus dem Grundbuch besorgt, die du wolltest.«

Lamprecht verschwieg, dass er diese auch schon von Mollieri hatte besorgen lassen und nahm sie entgegen, wobei er dem Kollegen versicherte: »Keine Sorge, deine Rolle bei der Lösung des Falles wird nicht unerwähnt bleiben.«

Pirona lächelte, doch seine Augen waren traurig. Womöglich hätte er sich gern mehr in die Lösung eingebracht. »Jetzt, wo das alles vorüber ist, wollen wir morgen nicht eine kleine Runde gemeinsam drehen? Du hast dein Rennen am Sonntag und bist zuletzt kaum zum Trainieren gekommen«, schlug er vor.

Jetzt lächelte auch Lamprecht. Er dachte an seine nächtliche Fahrt durch halb Istrien. Mit dem Militärrad, das so schwer wie ein Ochsenkarren war und kaum von der Stelle kam. Die Seele hatte er sich aus dem Leib gestrampelt. Sein Hintern schmerzte jetzt noch vom Sattel. Doch er zwirbelte seinen Bart gedankenverloren und gab sich nach einer kurzen Nachdenkpause nicht abgeneigt: »Warum eigentlich nicht? Das ist eine gute Idee. Nur übertreiben sollte ich es jetzt so knapp davor nicht mehr.«

Sie vereinbarten Treffpunkt und Uhrzeit für den nächsten Morgen, und Gaetano schickte Pirona nach Hause. Für den heutigen Tag gebe es für ihn nichts mehr zu tun, er solle sich Zeit für seine Tochter nehmen. Pirona dankte es ihm und verließ die Polizeidirektion. Dann klemmte Lamprecht sich die Grundbuchakten unter den Arm und brach zur Schlussbesprechung in die Statthalterei auf. Am Weg kehrte er ins Caffè degli Specchi ein, wo er sich nach der langen Nacht in den verbleibenden zehn Minuten einen schnellen Kaffee gönnen wollte. Er widerstand der Versuchung, sich wie gewohnt an einem der kleinen Tischchen im Freien zu platzieren. Er hätte riskiert, dass die anderen Gäste der Besprechung ihn sehen könnten, und das wollte er im Moment vermeiden. Stattdessen zog er sich in den hinteren Teil des Cafés zurück, entfaltete dort die Akten auf dem Tisch und fand darin die Bestätigung für seine Vermutung. Er trank seinen Kaffee aus und sah auf die Uhr. Es war kurz nach fünfzehn Uhr, die Besprechung hatte bereits begonnen. Er zahlte und machte sich auf.

Als ihm der Sekretär die Tür öffnete, unterbrach Prinz Hohenlohe seine Ansprache an die Versammelten und die Köpfe drehten sich zu Lamprecht hin. Noch bevor dieser die zurechtgelegte Entschuldigung vorbringen konnte, begrüßte ihn der Statthalter: »Unser Held zu Wasser, zu Lande und in der Luft, da ist er ja. Normalerweise toleriere ich kein Zuspätkommen, aber hier will ich doch eine Ausnahme machen. Ich nehme an, Sie haben Ihre Gründe.« Hohenlohe hatte von seinem anfangs pathetischen in den gewohnten, leicht schnarrenden Tonfall gewechselt und wies ihm seinen Platz am Tisch zu. Spetich, der neben ihm saß, schickte ihm nur einen finsteren Blick und man merkte, am liebsten hätte er offen den Kopf geschüttelt. Außerdem waren nur Valerio, Demarchi und Oberst von Waldenhoff anwesend. Leutnant Jahn fehlte diesmal in der Runde.

Und abermals setzte der Statthalter zu seiner Rede an, er dankte Lamprecht nochmals, dann dem Korps der Polizei, die umgehend die Hintermänner verhaftet hätte, ebenso wie Valerio für seine Umsicht und Demarchi, der mit den nötigen Informationen und Informanten die Polizei auf die richtige Spur geführt habe. Ganz am Ende wandte er sich an von Waldenhoff. »Aber was wäre das alles ohne unsere glanzvolle Armee? Die treuen und geliebten Soldaten Seiner Majestät, die den üblen Verschwörern umgehend den Garaus gemacht haben.«

Der Oberst deutete eine Verbeugung an. Die schwarzen Augenringe zeugten von einer schlaflosen Nacht. Doch bevor Hohenlohe fortfahren konnte, meldete sich Lamprecht zu Wort. Schon als er sich erhob, schien Spetich ein Stoßgebet in den Himmel zu schicken, wie man seinen verdrehten Augen nach urteilen konnte. Oder er war einer Ohnmacht nahe. So oder so, der Ispettore, der das aus dem Augenwinkel beobachtet hatte, eröffnete der Runde: »Offenbar hat man Sie nicht darüber informiert, dass wir diese treuen Dienste vor allem den angeforderten Landjägern zu verdanken haben. Denn der Herr Oberst hatte hier ganz andere Pläne. Zum Glück haben weder Sie noch unser verehrter Herr Bürgermeister mitgespielt und ihm die erhofften Vollmachten erteilt.«

Spetich griff sich an die Stirn wie ein Fieberkranker und Valerio grinste hämisch. Offenbar hatte er mit etwas in dieser Richtung gerechnet.

Waldenhoff protestierte lautstark: »Das ist doch ungeheuerlich. Was bildet sich dieser Kerl eigentlich ein? Wären Sie nicht so ein unbedeutender Wurm, ich würde sofort Satisfaktion von Ihnen verlangen.«

»Meine Herren, mäßigen Sie sich bitte«, verlangte Hohenlohe, und an Lamprecht gerichtet: »Könnten Sie uns bitte erklären, was Sie damit andeuten wollen? Der Herr Oberst kommandierte doch schließlich diesen Entsatz.«

»Natürlich, Euer Durchlaucht, es blieb ihm auch nichts anderes übrig, nachdem sein Plan gescheitert war. Oder er hatte gehofft, wenigstens einen Teil davon umzusetzen. Aber einmal der Reihe nach. Ich habe alles hier«, sagte Lamprecht und breitete seine Unterlagen auf dem Tisch aus. »In Wien war man von den Qualitäten des Herrn Oberst alles andere als überzeugt. Wie ich aus sicherer Quelle aus dem Kriegsministerium weiß, befand sich Herr von Waldenhoff kurz vor seiner Ablöse und Zwangspensionierung. Der Herr Oberst hatte also nicht mehr viel Zeit, um das Ruder herumzureißen. Seine Versetzung in den Ruhestand hätte ihn bei seinen Geschäften gestört. Denn er hat Kriegsmaterial an unsere Feinde verkauft.«

»Ich protestiere, bringen Sie diesen impertinenten Kerl sofort zum Schweigen! Demarchi, ich fordere Sie ausdrücklich auf, diesen Mann hier festzusetzen!«, schrie der derart Bezichtigte und schlug wütend auf den Tisch, wobei er die Runde mit drohenden Blicken bedachte. Spetich versuchte tatsächlich Lamprecht auf seinen Sitz zu ziehen, doch der Polizist hatte mit seinen Ausführungen das Interesse des Statthalters geweckt. Er deutete ihm mit der Hand weiterzumachen, sobald alle wieder einigermaßen zur Ruhe gekommen waren.

»Vor wenigen Tagen wurde ich zum vermeintlichen Selbstmord eines Soldaten gerufen, das war letzten Samstag. Es gab Druck vom Militär, die Sache als Selbstmord zu den Akten zu legen. Doch als ich später den fehlenden Knopf von der Jacke dieses Soldaten in einem leer stehenden Gehöft fand, kam mir der Verdacht, dass da mehr dahintersteckt. Als ich dann die gefangenen slowenischen Soldaten auf dem Schiff entdeckte, war mir bald klar, dass Farnese als halber Italiener als Sündenbock ungeeignet war. Als Sie nämlich die Verschwörung angezettelt haben, um gegen die Italiener loszuschlagen, wird er Ihnen die Gefolgschaft verwehrt haben. Und so dachten Sie, ein Soldat mit Spielschulden, der sich erhängt, wäre unverdächtig.« Er hatte die letzten Worte direkt an den Oberst gerichtet, der seinen Oberkörper drohend aufgebläht hatte. »Dumm nur, dass dieser Farnese viel mehr Spuren hinterlassen hat, als Ihnen lieb ist.«

»Und was hat das jetzt mit den sterblichen Überresten unseres geliebten Thronfolgers und seiner Gemahlin zu tun?«, fragte Spetich, der langsam begriff, dass es hier um weit größere

Dimensionen ging als nur darum, ein paar Deserteuren den Prozess zu machen.

»Der Herr Oberst musste also alles auf eine Karte setzen. Einerseits musste er seine Schiebereien vertuschen, die er über die diversen Landgüter von Sipcovich abgezogen hat. Andererseits versuchte er, selbst als der Held dazustehen, denn er wusste ja, dass diese ganze Entführung nur ein großer Bluff war.«

»Und was haben Trecciani und Sipcovich nun damit zu tun?«, wollte Valerio wissen, der Spetichs Erstbericht kannte.

»Waldenhoff brauchte neben finanzieller Unterstützung vor allem willige Helfer und vor allem die Verstecke, die ihm die beiden zur Verfügung gestellt haben.«

»Und deswegen haben sich ein Slawe und ein Italiener verbündet?«, fragte Demarchi, dem so eine Allianz absurd schien.

»Das haben sie eben nicht. Oberst Waldenhoff hat sie benutzt und gegeneinander ausgespielt«, antwortete Lamprecht und entfaltete einen Plan, der die Landwirtschaften bei Monrupino verzeichnete. »Die beiden waren Konkurrenten, erbitterte Gegner eigentlich. Hier, das sind die Grundstücke von Sipcovich, die verlaufen mehr oder weniger in einer Linie. Und hier jene von Trecciani. Auch die bilden mehr oder weniger eine Linie und kreuzen sich hier in der Mitte mit jenen von Sipcovich, genau da, wo das verwaiste Grundstück des verstorbenen Vidopivec liegt. Dessen Erbfolge ist nicht geklärt, es kann sein, dass der Grund an den Ärar fällt, wenn kein Erbe gefunden wird.«

Hohenlohe trat an den Tisch heran und besah sich die Landkarte mit den Grundstücken darauf und drückte sein Unverständnis aus. »Aber was hat das mit unserer Sache zu tun?«

»Wer von den beiden dieses Grundstück bekommt, hat eine durchgehende Achse. Der andere muss meilenweite Umwege auf sich nehmen, um auf die andere Seite seines Besitzes zu gelangen.« Lamprecht ließ seinen Finger auf dem strittigen Grund und Boden ruhen. Er drehte sich zum Oberst, dessen Gesicht rot vor feuriger Wut war, und erklärte: »Sie haben beiden das Grundstück für ihre Hilfe versprochen.«

»Und wie hätte er das machen wollen?«, fragte der Statthalter nach.

»Da kommen Sie ins Spiel, Euer Durchlaucht. Mit dem vom Oberst erhofften Kriegsrecht, das er von Ihnen einforderte, hätte er auch Enteignungen zugunsten der Armee vornehmen können.«

»Aber es hätte doch nur einer den Hof von diesem Vidodi… bekommen können«, gab sich von Hohenlohe noch nicht restlos überzeugt.

Lamprecht grinste und er bleckte dabei seine Zähne beinahe diabolisch: »Er hätte sie, wäre sein Plan aufgegangen, beide ans Messer geliefert. Wir wissen von den gefangenen Soldaten vom Schiff, dass sie den Auftrag hatten, die Särge zu verstecken: den einen auf den Ländereien von Sipcovich und den anderen bei Trecciani. Dieser feine Herr wollte seine Helfer verraten und selbst als großer Held dastehen.«

Oberst von Waldenhoff hatte sich offenbar gesammelt und nun wieder eine normale Gesichtsfarbe angenommen, nur die Ringe waren geblieben. Sie wirkten, als hätte man dem Oberst Fensterbretter unter die Augen gezimmert. Ruhig fragte er Lamprecht: »Sie haben ja eine blühende Fantasie. Wie wollen Sie diese haarsträubenden Unterstellungen beweisen? Ihre Karten sind ja ganz schön, aber was sagen die schon aus? Vor allem, was habe ich damit zu tun?«

Lamprecht hatte diese Frage gefürchtet, insgeheim hatte er schon früher damit gerechnet. So hatte er wenigstens die Zeit bekommen, die anderen im Raum zu überzeugen. Jetzt musste er alles auf eine Karte setzen. Wie so oft schon. Er war ein Spieler, der für seine Überzeugung alles andere vergaß. Seinen Ruf, den seiner Familie, seine Stellung, das Ansehen der Polizei. Ohne eine Miene zu verziehen behauptete er ins Blaue: »Wir haben die übereinstimmenden Aussagen von Sipcovich und Trecciani. Sie befinden sich in unserem Gewahrsam und wurden getrennt befragt, haben aber beide unabhängig voneinander Sie belastet. Sie haben sich im Vorfeld der Vorkommnisse wiederholt mit beiden getroffen, es gibt Zeugen.«

Als echter Christ müsste Lamprecht nächsten Sonntag für dieses Lügengespinst mehrfach Buße tun, anstatt ein Radrennen zu bestreiten. Doch beim Oberst, der sich zuletzt zurückgehalten und die Drohungen gegen Lamprecht eingestellt hatte, zeigte sich nun die gewünschte Wirkung, wie er zusammensackte und die Kiefer aufeinanderpresste. Sein Blick wanderte durch den Raum, als taxierte er mögliche Gegner und die Distanz zu ihnen. Plötzlich stieß er seinen Stuhl um und sprang von seinem Platz, den schnell gezogenen Revolver im Anschlag, dessen Lauf er zwischen den Anwesenden hin und her wandern ließ. »Sie bleiben alle hier auf Ihren Plätzen.« Dann stürmte er aus dem Raum und stieß den Sekretär, der im Vorzimmer hinter der Tür wartete, zu Boden.

»Was war das jetzt?«, fragte Valerio ungläubig.

»Ein Geständnis«, resümierte Lamprecht und rannte nun auch los.

23.

Lamprecht polterte die breite Steintreppe hinab, Demarchi folgte nach. Er lief zum Ausgang, vorbei an den Wachen, deren Verwunderung über den hinausstürmenden Oberst zuvor mit dem zweiten Mann im Laufschritt nicht weniger wurde.

Demarchi erreichte sie nun auch. Er herrschte die Uniformierten wegen ihrer Untätigkeit an und befahl ihnen, sofort die Verfolgung von Oberst von Waldenhoff aufzunehmen.

Vor der Statthalterei blieb Lamprecht kurz stehen und hielt an der Piazza Grande Ausschau nach dem geflüchteten Offizier, während sich Demarchi und die beiden Wachen über den Platz verteilten und im Getümmel verschwanden. Doch Lamprecht wartete zu und suchte jeden Winkel des weitläufigen Geländes ab. Dann wanderten seine Augen weiter über den kleinen Park zum Lloyd-Gebäude und von dort wieder zurück zum Rathaus. Hinter dem Brunnen der vier Kontinente sah er den flüchtenden Mann in Uniform in Richtung der Via di Cavana verschwinden. Er machte sich an die weitere Verfolgung und querte mit flinken Beinen den Platz. Er musste allerdings immer wieder seinen Kurs korrigieren und anderen Menschen ausweichen. Als er die schmale Gasse erreicht hatte, wurde es noch schlimmer. Wiederholt musste er stoppen, wenn ein Händler einen Karren vor ihm über die Straße zog. Die Straßen hatten sich gefüllt, langsam schüttelte die Stadt die Lethargie des traurigen Vormittags ab wie einen Panzer. Auch wenn verordnet worden war, die Geschäfte früher zu schließen, so gingen viele wieder ihrem Tagwerk nach. Auch Waldenhoff wurde anscheinend immer wieder aufgehalten, denn Lamprecht konnte seinen Kopf immer wieder zwischen den anderen erkennen. Auf der Höhe der Apotheke Seravallo hatte er einen Haken nach links in die Via dei Capitelli geschlagen und Lamprecht folgte ihm nun in einigen Metern Entfernung nach. Er war jünger und besser trainiert und würde ihn gleich eingeholt haben. Im Geiste streckte er bereits seinen Arm nach dem Flüchtenden aus. Doch der Gedanke war noch nicht einmal richtig zu Ende gedacht, da rannte er in einen fettleibigen Mann, der aus einem Lokal auf die Straße getreten war. Sie gingen beide zu Boden, und als Lamprecht sich aufrappeln wollte, bekam er einen Tritt in die Nieren, dass ihm die Luft wegblieb und er wieder hinfiel.

»Pass auf, du hast meinen Vater umgeworfen, Coglione!«

»Scusi, polizia«, gab sich Lamprecht jetzt zu erkennen, doch der Bursche, der ihn zuvor getreten hatte, holte aus, um ihm einen Kinnhaken zu versetzen. Der Polizist duckte sich und versetzte dem anderen einen linken Schwinger ins verrußte Gesicht. Er traf ihn am Kinn und sein Kontrahent sackte in die Knie und kam neben dem anderen Mann zu liegen. Für langmächtige Erklärungen fehlte die Zeit. Zum Glück hatte Lamprecht beim Militär geboxt und seine Haken hatten nichts von ihrer früheren Gefährlichkeit eingebüßt.

Lamprecht schnellte jetzt vor und rannte die Straße, die zum Colle di San Giusto führte, hinauf, bis er an die Piazza Barbacan gelangte. Zur Linken stellte sich der Arco di Riccardo, ein aus der Römerzeit stammender Torbogen, in den Weg. Man hatte vor Kurzem hier archäologische Grabungen begonnen, und die danebenstehenden Mauern nieder- und auch die Straße aufgerissen. Überall waren Absperrungen aufgestellt und man konnte die wenigen Stellen zwischen den Löchern nur erschwert passieren. Die Stützsäule des Bogens stand nun frei und der Platz war dadurch größer geworden, aber dafür war er fast zur Gänze aufgegraben. Bretter spannten sich über die offenen Gräben.

Der Aufprall traf ihn wie ein Blitz aus heiterem Himmel. Lamprecht spürte zuerst den Schlag und erst danach den Schmerz, als ihm der Offizier eine Holzlatte mit voller Wucht entgegenschleuderte, aber zum Glück seinen Kopf verfehlte und nur die Schulter taf. Das massive Brett hätte ihm wohl den Schädel gespalten. Dennoch verlor er das Gleichgewicht und taumelte in eine der offenen Gruben, die zum Glück nicht tief waren, andernfalls hätte er sich womöglich den Hals gebrochen. Er kam zwischen zwei römischen Mauern zu liegen, die vielleicht vor zweitausend Jahren eine Opferstätte dargestellt haben mochten. Doch er war heute nicht das Opfer. Er war der Jäger. Er schüttelte den Staub der Jahrhunderte ab und kletterte über einen Holzsteg wieder auf die Straße zurück und nahm die Verfolgung des Obersts wieder auf. Dieser hatte seinen Vorsprung ausbauen können, doch ein Passant deutete Lamprecht, dass er zur Piazza San Cipriano weitergeflüchtet war. Vielleicht hielt er Lamprecht für einen gehörnten Ehemann, der den Liebhaber seiner Frau stellen wollte, und half ihm deswegen. Der Polizist folgte nach, so schnell er konnte. Seine trainierten Beine flogen über die Pflastersteine, seine Tritte hallten durch die enge, steile Gasse. Ein paar neugierige Tratschweiber reckten ihre Köpfe aus den Fenstern, um zu sehen, was da unten los war. Für diese Schwatztanten war jedes noch so geringe Ereignis von Bedeutung, wenn es ihnen als Gesprächsstoff dienen konnte. Ihre Blicke verfolgten den Polizisten, wie er ebenfalls um die Ecke verschwand und in ihrer Fantasie mochten sie sich wer weiß was ausgerechnet haben, warum dieser junge Mann im Anzug so durch ihr Viertel hetzte.

Lamprecht hatte Waldenhoff aus den Augen verloren, doch aus einer Eingebung heraus steuerte er auf die Via della Cattedrale zu, obwohl der Flüchtende genauso gut die Via Casteletto hätte einschlagen können. Sein Riecher war jedoch richtig. Er sah, wie der Oberst die letzten Stufen hinauf zum Vorplatz des Domes in Angriff nahm. Lamprecht bemerkte dabei, wie die Schritte des nicht mehr ganz jungen Mannes von Stufe zu Stufe schwerfälliger und langsamer wurden. Er würde ihn nun einholen können. Abermals vergrößerte er seine Schrittlänge und hatte bald die Treppe erreicht, die zum Eingang in die

Kathedrale von San Giusto führte. Oft genug hatte er sich über diesen Weg nach Hause beeilt, wenn er spät dran war. Mit seinen langen Beinen nahm er zwei Stufen am Stück und erreichte das Kirchenportal. Suchte der Oberst den Schutz der Kirche? Dachte er tatsächlich, dass er an dem geweihten Ort vor einer Verhaftung durch die Polizei sicher war? Doch Lamprecht bemerkte, dass Waldenhoff gar nicht in die Kirche geflüchtet war, sondern den Weg hinauf zum Campanile eingeschlagen hatte. Gaetano verlangsamte seine Schritte und atmete einmal durch. Sein Verdächtiger saß in der Falle. Aus dem Turm gab es kein Entkommen mehr. Er stieg nun auch die ausgetretenen Steinstufen zur Plattform mit dem offenen Glockengebälk hinauf, vorbei an den Fundamenten aus römischer Zeit und einem in die Mauer eingelassenen Fries, das eine Gottheit zwischen zwei Greifen zeigte. Er ging flott, aber er hatte es nicht mehr eilig. Jeder Muskel in seinem Körper war angespannt, das Adrenalin hatte ihn durchflutet. Je weiter er nach oben drang, desto brütender wurde die Hitze, und die abgestandene Luft ließ nur kurze, seichte Atemzüge zu.

Schließlich war er an seinem Ziel. Zum Glück hatte er dieses Mal seine Waffe dabei. Er zog die Pistole und duckte sich, als er über die Leiter auf die offene Plattform hinauskletterte. Er wollte nicht jetzt noch eins aufs Haupt bekommen. Es war ein Spiel von Licht und Schatten und flirrendem Staub, als er sich da oben zu orientieren versuchte. Zu jeder Seite gaben zwei große, bis zum Boden hin offene Mauerbögen den Blick auf die Umgebung frei. Darüber das Holzgebälk mit den fünf schweren Glocken. Vier davon in einer Reihe, und alle mit einem massiven Schlögel im Inneren.

Lamprecht hielt die Pistole von sich gestreckt, ohne ein bestimmtes Ziel anzuvisieren, er wollte nur bereit sein zu schießen, sollte es notwendig werden. Er ging in gebeugter Haltung unter den Kirchenglocken durch und suchte den Raum nach Waldenhoff ab. Doch von dem Gesuchten fand sich keine Spur.

»Herr Oberst?«, rief er. »Ich weiß, dass Sie hier sind, kommen Sie heraus!« Doch kein Laut, nur der Wind, der die Kronen der Bäume durchkämmte und leise durch das offene Glockenhaus pfiff. Er suchte die Wand auf der linken, der Kathedrale zugewandten Seite ab. Vor ihm gaben die beiden hohen Bögen den Blick auf den neuen Hafen und sein eigenes Wohnhaus frei. Dann schwieg auch der Wind und die Stille legte sich um den Ort wie eine Zwangsjacke, aus der es kein Entkommen gab. Er spürte, wie sein Herz bis in den Hals schlug. Mit dem Rücken drückte er sich gegen die Mauer und rief nochmals in den leeren Raum, in dem ihm die mächtigen Glocken nun gespenstisch wie eine Bedrohung erschienen: »Ich weiß, dass Sie hier sind. Ich verspreche Ihnen einen fairen Prozess. Jetzt zeigen Sie sich doch endlich!«

Da blitzte ein Gedanke in ihm auf. Als Polizist hätte ihm das eigentlich früher einfallen müssen. Was, wenn der Offizier sich der Schande seiner Verhaftung entziehen wollte? Langsam näherte er sich einem der Fensterbögen, um nachzusehen, ob Waldenhoff vielleicht tatsächlich in die Tiefe gesprungen war. Vorsichtig bewegte er sich zur Maueröffnung. Er horchte in die Stille. Nichts. Lediglich der Holzdachstuhl über seinem Kopf knackte in der Hitze. Achtsam schob er seine Fußspitzen nach vor und wollte sich nach unten beugen, als er von einem Schatten, der sich von der Mauer löste, niedergerissen wurde. Er fand gerade noch Halt in einer Mauervertiefung, sonst wäre es dem Oberst gelungen, seinen Verfolger in die Tiefe zu werfen. Der Oberst musste sich draußen an einem schmalen Steinvorsprung festgeklammert haben und hatte ihn völlig überrascht. Beide kamen wieder auf die Beine und taumelten aufeinander zu wie zwei Ringer. Waldenhoff rammte ihm das Knie in die Nieren und knallte ihm den Schädel an die Stirn. Lamprechts Schläfe schlug gegen die Steinwand, ihm wurde kurz schwarz vor Augen und es streckte ihn der Länge nach auf den Boden. Seine Hand gab die Pistole frei und sie rutschte genau zu dem Loch, wo die Holzleiter zum Treppengang führte. Die Waffe wurde vom Abgang verschluckt und Lamprecht, nun wieder bei allen Sinnen, hörte noch den Klang des Metalls, als es unten auf dem Boden aufschlug.

»Jetzt bin ich wohl der, der hier das Kommando hat«, postulierte Oberst von Waldenhoff, der seinen Armeerevolver aus dem Holster gezogen hatte und siegessicher lächelnd auf Lamprecht zuschritt. Der Polizist drehte sich auf den Rücken und stützte sich auf den Ellenbogen auf. Es spürte, wie Blut über sein Gesicht lief.

»Das ist das letzte Mal, dass du meine Pläne gestört hast«, sagte der Oberst, der sich nun zu Lamprecht hinabbeugte. Sein Gesicht war von der Anstrengung erhitzt und einzelne Flecken zeichneten sich auf der geröteten Haut ab.

»Ich meine eher, dass das diesmal Ihr letzter Plan war«, widersprach Lamprecht, der seinen Oberkörper langsam aufrichtete.

»Mal sehen«, antwortete Waldenhoff. Mit dem Lauf seiner auf Lamprecht gerichteten Waffe deutete er dem Polizisten aufzustehen.

»Ich verstehe immer noch nicht, was Sie sich von dieser Sache versprochen haben. Meinten Sie wirklich, damit einer Ablöse entgehen zu können? Da bestand doch vielmehr die Gefahr, dass man Ihnen deswegen gleich den Abschied gibt. Der Armee gehen die sterblichen Überreste des ermordeten Thronfolgers und seiner Gemahlin verloren. Eine unfassbare Blamage.«

»Nicht, wenn das Ganze erst nach Wien dringt, nachdem ich bereits mit meiner Garnison aufgeräumt habe und die Schuldigen dafür bezahlen mussten. Sie lagen mit Ihren Ausführungen vorhin zum Großteil richtig. Aber natürlich, eine gewagte Sache, wenn etwas davon zu früh an die falschen Stellen oder den Hof durchdringt. Aber nur mit gewagten Manövern gewinnt man eine Schlacht.«

Lamprecht begriff nun, wieso der Oberst sofort mit dem Vorschlag, es dürfe von der Affäre vorläufig nichts nach Wien dringen, einverstanden gewesen war.

Waldenhoff drückte ihm den Lauf der Waffe an die Stirn. Lamprecht stand direkt vor dem Offizier. Hätte er mit seiner Waffe aus dieser Nähe geschossen, hätte er Gaetanos Gehirn auf der Plattform verteilt. Aber er drückte nicht ab: »Sie haben immer noch nicht verstanden, worum es bei der ganzen Sache ging.«

»Erklären Sie es mir.« Lamprecht brauchte Zeit. Sollte der Oberst nur reden, vielleicht kam ihm in der Zwischenzeit die rettende Idee.

»Mir ging es immer nur um Kaiser und Vaterland.«

Obwohl Lamprecht nicht in der überlegenen Position war, ließ er sich zu einem höhnischen Lächeln hinreißen. Der Oberst riss die Augen auf und fuchtelte wütend mit dem Lauf der Waffe vor ihm herum. Ohne Luft zu holen fuhr er fort: »Ihr habt ja alle keine Ahnung. Ruthener, Galizier, Tschechen, Ungarn und Slowaken dort, Slowenen, Kroaten, Levantiner und Italiener hier. Und alle tanzen sie dem alten Herrn in Wien auf der Nase herum, und jeder will seinen Kopf durchsetzen, schwelgt in einem Bad aus Nationalismus und Ignoranz. Ignoranz dem Guten gegenüber, das die Monarchie für sie getan hat, für sie tut. Sie sind wie bockige Kinder. Auch die muss man manchmal zur Räson bringen, indem man hart durchgreift. Hätten wir hier ein Exempel statuiert, dann hätten wir das alleine steuern können. Triest und Istrien sind unser Territorium, das Küstenland hätte man aufwecken müssen, indem man ihm zeigt, wer der Herr im Hause ist. Aber dank Ihrer unnützen Intervention muss dieses Aufräumen jetzt woanders stattfinden. In einem anderen Land, in einem souveränen Staat. Das wird sich zu einem Lauffeuer auswachsen, halb Europa wird …«

Der Oberst machte eine Pause, um Luft zu holen. Lamprecht entging nicht, dass er in den Knien leicht einsackte. Sein ausgestreckter Arm zitterte, er ließ ihn ein wenig sinken. Offenbar war er müde und die Flucht hatte ihm mehr zugesetzt als angenommen.

»Und jetzt?«, fragte Lamprecht. Da richtete der Oberst sich wieder auf, und sofort kehrte das Feuer in seine Augen zurück. Er richtete den Lauf erneut auf Lamprechts Kopf.

»Jetzt springen Sie. Der Polizist, der den guten Ruf der Armee anpatzen wollte, indem er unhaltbare Anschuldigungen verbreitet hatte, musste seinen Fehler einsehen und hat das in dieser Situation einzig Ehrenhafte gemacht.«

»Damit kommen Sie nicht durch. Außerdem werden auch Ihre serbischen Freunde nicht ewig stillhalten und sich für die Blindgänger, die Sie ihnen verkauft haben, rächen wollen.«

Waldenhoff grinste: »Meinen Sie? Im Gegenteil. Mein taktischer Geniestreich wird Anerkennung finden, denn schließlich habe ich aufständischen Banditen gezielt harmlose Übungsmunition untergejubelt. Damit können die keinen Schaden anrichten und ihr Geld für den Ankauf neuer Waffen ist weg.«

»Damit kommen Sie nie durch.«

»Schauen wir einmal. Außerdem kann ich die wenigen Ungereimtheiten Leutnant Jahn in die Schuhe schieben.«

»Wo ist Ihr Handlanger eigentlich?«

»Der hat sich schon gestern Nacht aus dem Staub gemacht, der Feigling. Also los jetzt, springen Sie endlich, oder muss ich Ihr Blut hier an diesem heiligen Ort verteilen?«

Der Oberst trat einen Schritt zurück, als hätte er tatsächlich Angst, sich seine Uniform zu besudeln. Zum Glück konnte er nicht sehen, wie die große Glocke in seinem Rücken wie von Geisterhand hochgezogen wurde. Es ging wohl auf vier Uhr zu. Lamprecht bemerkte es, doch er heftete den Blick auf seinen Gegner. Der Oberst spannte den Hahn, in dem Moment schwang die Glocke los und das tonnenschwere Metall traf ihn an der Schulter. Als der Schuss sich löste, drehte Lamprecht sich instinktiv zur Seite und duckte sich weg. Der Schuss pfiff an ihm vorbei. Waldenhoff hingegen wurde von der Wucht des Glockenhiebs kurzfristig außer Gefecht gesetzt und begann zu taumeln. Lamprecht nutzte diese letzte Chance und versetzte seinem Gegner den finalen Stoß. In diesem Moment wurden Gebälk und Plattform von einem ohrenbetäubenden Klang erfüllt. Der Klöppel hatte die Metallglocke in Schwingung versetzt. Die Totenglocke für den Oberst, der unten auf dem Pflaster lag.

FREITAG, 3. JULI

24.

Lamprecht stand der Schweiß auf der Stirn. Sein Herz pumpte das Blut in kräftigen Stößen durch seine Adern und er atmete mit tiefen Zügen ein und aus. Es duftete nach erhitzten Zedern, Lorbeerbäumen und blühenden Wiesenblumen am Wegrand. Zur Linken glitzerte das Meer unterhalb der steil ansteigenden Küste und der Verlauf der Straße gewährte einen Blick auf das Cedas-Bad, das auf halbem Weg zwischen Barcola und Miramare lag. Sie fuhren in Richtung Prosecco hinauf und hatten die Kaiser-Franz-Joseph-Jubiläumswarte erreicht. Gaetano schwitzte in seinem Trikot aus Woll-Jersey. Pirona trug nur ein dünnes Sporthemd aus Baumwolle, das luftig seinen Brustkorb umschloss. Lamprechts Oberteil hatte dafür eine Tasche aufgenäht, um etwas einzustecken, was sich bei längeren Ausfahrten als praktisch erwies.

Sie fuhren an den Rand und machten eine kurze Pause. Lamprecht hatte dem Kollegen das Versprechen abgenommen, nur eine ganz sanfte Tour zu fahren. Ihm steckten immer noch die nächtlichen Kilometer durch halb Istrien in den Waden. Und die Nächte ohne Schlaf verlangten auch ihren Tribut.

»Ach, schlafen kannst du noch lang genug, wenn du mit dem Zug nach Bergamo fährst«, hatte Pietro gestern gesagt, als sie sich zum gemeinsamen Training verabredet hatten. Jetzt betrachtete Gaetano das Fahrrad seines Freundes. Ein Wilier, das ein Mechaniker in Bassano im benachbarten Italien, knapp nach der Grenze, herstellte. Pirona lehnte sich gegen ein Mäuerchen und blickte hinunter zum Meer. »Es ist doch fein, dass wir heute Nachmittag freibekommen haben«, sagte er.

Lamprecht stieg ab. Er lehnte sein Bianchi vorsichtig gegen einen Begrenzungsstein. »Na ja, das haben wir uns verdient. Immerhin haben wir die Monarchie gerettet.« Er trat näher an Pironas Rad heran. Dieser wandte sich nun vom Meer ab und ihm zu. Verwundert beobachtete er, wie Gaetano das Rennrad in die Luft hob. Er taxierte es und meinte anerkennend: »Leicht. Dein Rad ist sehr leicht. Wusstest du übrigens, wofür der Markenname steht?«

Pironas Gesichtszüge wurden ernst. Er stieß sich von dem Mäuerchen ab und nahm Gaetano das Fahrrad aus den Händen: »Ich verstehe nicht, worauf du hinauswillst?«

»Viva l'Italia liberata e redenta, es lebe das befreite und erlöste Italien«, erklärte Lamprecht, der ebenso wie Pirona wusste, dass das doppelte V, das somit aussah wie ein W, in Italien als Abkürzung für viva gelesen wurde.

Pirona schickte Gaetano einen abschätzigen Blick und wollte wieder aufsteigen. »Lass uns weiterfahren«, drängte er.

»Lass uns weiterreden«, entgegnete Lamprecht, der den Kollegen am Oberarm davon abhielt, sich in den Sattel zu schwingen. »Das Rad ist teuer, so wie auch deine sonstigen Ausgaben dein Einkommen bei Weitem übersteigen. Wie du das alles zusätzlich zu den Schulden, für die du haftest, finanzierst, habe ich mich schon fragen müssen. Ich glaube, ich hätte dir eher verziehen, wenn du aus patriotischen Motiven gehandelt hättest, auch wenn sie verblendet sind, aber nur wegen des Mammons …«

Pirona stieß die Hand weg. »Ich glaube, die Sonne hat dir zu stark auf den Kopf geschienen, du redest wirres Zeug.«

»Ich bin klar im Kopf, und du weißt genau, wovon ich rede. Du bist der Verräter!« Er zog aus der Rückentasche seines Trikots den Schuldschein, den er in Sipcovichs Büro hatte sicherstellen lassen. »Deswegen hast du alles so hingebogen, dass ich glaubte, Farnese hätte als notorischer Spieler immer nur Pech gehabt, doch das Gegenteil war der Fall. Alles, was du mir nach deinem Ausflug nach Görz erzählt hast, war falsch. Du bist nicht einmal dort gewesen.«

Pirona ließ die Schultern hängen, er senkte den Kopf: »Du hast keine Ahnung, was das alles kostet. Eine Frau, eine Wohnung, ein Kind. Du hast eine reiche Familie.«

Gaetano konnte sich vorstellen, wie die täglichen Ausgaben auf die Schultern des Kollegen drückten, doch das war für ihn keine Rechtfertigung für dessen Tun: »Und deswegen wolltest du mich töten. In der Kutsche und dann oben auf dem Gut. Nur du wusstest, dass ich dort hinwollte.«

Pirona standen Tränen in den Augen. »Aber ich habe es doch nicht über mich gebracht. Wie hätte ich dich töten können? Was glaubst denn du, wer dich aus der Feuerhölle gelassen hat? Ich hab dir doch diese Tür geöffnet. Ich konnte dich ja nicht verbrennen lassen.«

Lamprechts Gesichtszüge verhärteten sich. »Besser, du hättest es getan, denn so muss ich dich jetzt deinem Scharfrichter übergeben.«

Pirona holte zum Schlag aus, doch Lamprecht wich geschickt zurück, wodurch ihn die Faust nur leicht an der Wange traf, aber dafür stolperte er über einen Stein und fiel nach hinten. Diesen Moment nutzte Pirona, um sich sein Rad zu schnappen und loszulaufen. Er sprang im Laufen auf das Rad wie in einen Pferdesattel und strampelte los. Die bergab führende Straße sauste er hinunter wie eine Sturzflut nach einem Wolkenbruch. Als Gaetano endlich wieder aufgestanden und bei seinem Renner war, war der korrupte Polizist bereits um die Kurve verschwunden. Er war müde und ausgelaugt. Nicht nur von den Strapazen der letzten Tage. Er hatte einen Freund verloren und derer hatte er hier nicht so viele. Es fühlte sich an, als hätte jemand einen Teil aus ihm herausgeschnitten, einen Teil, der nun talwärts rauschte. Und er wusste, selbst wenn er diesen Teil von sich einholen sollte, würde er dennoch nie wieder mit ihm vereint sein. Der Freund war für immer verloren. Wie schon damals in Wien. Musste sich denn alles immer wiederholen?

Er startete los. Der Fahrtwind fuhr ihm durch die Kleidung und strich als sanfter Hauch über seine Haut. Mit müden Beinen trat er in die Pedale. Er hatte zeitig in der Früh Anweisung gegeben, Pirona zu Mittag zu verhaften. Egal, wo dieser auftauchen sollte, daheim oder bei Verwandten, die Polizisten würden ihn finden und in Gewahrsam nehmen.

In diese Gedanken versunken sah er nicht, dass Pirona ihn hinter einer Kreuzung abgepasst hatte und jetzt auf ihn zuraste. Als ihre Körper aufeinanderprallten, wurde Lamprecht von der Straße gedrängt, sein Rad krachte in einen Pfosten neben der Fahrbahn, und er wurde aus dem Sattel geschleudert. Zum Glück landete er in einem Netz, das von der letzten Olivenernte noch unter einem Baum gespannt war, und konnte wieder die Verfolgung aufnehmen, obwohl sein Vorderrad nun eierte, weil die Felge vom Aufprall verzogen war. Daher konnte er Pirona nur mit immer größer werdendem Abstand folgen.

Die Straße bildete eine lange Gerade, dann kam eine Kurve und eine Abzweigung, die nach Barcola, direkt zur neuen Straße nach Miramare führte. Pirona nahm die Abzweigung, er legte sich verwegen in die Kurve. Lamprecht folgte mit einigem Abstand der Route des Verräters. Als Pirona mit voller Geschwindigkeit in die Küstenstraße einbog, fuhr dort ein Lieferwagen der Brauerei Dreher in die Stadt. Lamprecht sah von seiner Anhöhe aus den Lastwagen, Pirona unten sah ihn nicht.

Als Lamprecht die Küstenstraße erreichte, hatte sich bereits eine Menschentraube um den Lastwagen gebildet. Er ließ sein

Rad am Straßenrand fallen und bahnte sich den Weg durch die Leute hindurch zum Fahrzeug, unter dessen Chassis das Wilier von Pirona zur Hälfte hervorragte. Pirona lag unter dem linken Vorderrad eingeklemmt. Lamprecht beugte sich zu ihm hinab und griff ihm mit der flachen Hand an die Wange. Aus den Ohren und dem Mund ein dünner Streifen Blut, aber er atmete noch schwach.

»Kommen Sie, helfen Sie mir«, forderte Lamprecht die Umstehenden auf. Er pflückte sich die kräftigen Burschen heraus. Fischer oder Arbeiter, wie an der zerschlissenen, teilweise verschmutzten Kleidung zu erkennen war. Die Spaziergänger in den feinen Anzügen waren ohnehin nur zum Gaffen da. Hand wollte und konnte von denen keiner anlegen.

»Zugleich!«, gab Lamprecht das Kommando und zu sechst schafften sie es, Pirona zu befreien. Der Fahrer lehnte daneben und zog nervös an einer Zigarette. Er wiederholte ständig, dass er den Mann auf dem Rad nicht gesehen habe, dass der plötzlich vor ihm aufgetaucht sei.

Lamprecht ging wieder in die Hocke und legte Pirona eine Decke unter den Kopf, die jemand gebracht hatte. Er fuhr dem Verletzten über den Kopf und der Kollege schlug die Augen auf. Er wollte etwas sagen, doch seine Stimme war zu schwach, Lamprecht konnte ihn nicht verstehen. Er führte sein Ohr ganz nah an dessen Mund.

»Kümmere dich bitte um meine Tochter«, hörte er ihn sagen, dann bäumte sich der Körper noch einmal auf. Und mit dem Tod des Freundes kehrte der Teil, der zuvor in Lamprecht verloren gegangen war, wieder zurück. Er nickte dem Toten zu und fuhr ihm sanft über den Kopf.

SAMSTAG, 4. JULI

25.

Sie standen am Bahnsteig und Adina umarmte ihren Bruder und drückte ihn an sich. Sie alle hatten ihn zum Bahnhof begleitet. Schwester, Mutter und sogar der Vater. Lamprecht senior hatte von sich aus angeboten, die Familie zu begleiten. Er schien nun ein wenig mit seinem Sohn versöhnt und hatte ihm sogar Glück und Erfolg für das Radrennen gewünscht. Dabei musste er aber weit über seinen Schatten springen, denn noch am Vortag, als Gaetano nach Pironas Tod betrübt nach Hause gekommen war, hatte er ihm zureden wollen, sein Vorhaben abzublasen. Aus Respekt vor dem Toten und auch weil Gaetano zu sehr von den Strapazen der Woche mitgenommen sei. Die Mutter hatte ihrem Mann dann widersprochen und auch Adina hatte Gaetano bestärkt, doch zu fahren. Seine Schwester kam später am Abend noch auf sein Zimmer und erzählte ihm mit verschmitztem Lächeln, dass sie eine Nachricht von Viola aus Umago erhalten habe. Einen langen Brief, bei dem ein ganzer Absatz ihm gegolten hätte.

»Zeig her«, forderte er seine Schwester auf. Doch sie lächelte nur herausfordernd und schüttelte den Kopf. »Nein«, widersetzte sie sich dieser Aufforderung, »Freundinnen geben ihre Geheimnisse nicht preis.«

»Ich bin die Polizei«, versuchte sie Gaetano zu überzeugen.

»Und willst du mich verhaften?« Sie machte einen Schmollmund, doch dann platze es doch aus ihr heraus. »Sie lässt dich grüßen«, berichtete sie. »Nein, warte, sie lässt dich herzlich grüßen.«

Die Ereignisse vom letzten Donnerstag waren noch gegenwärtig. Die Bloßstellung des Obersts in der Statthalterei, dessen Verfolgung, der Trauerzug zuvor, sein Rennen gegen die Zeit, als er mit dem Waffenrad in der Nacht zunächst Umago und dann Triest angesteuert hatte. Am späten Abend des Donnerstags war noch der Onkel in seinem Zimmer erschienen. Er hatte die Kleider seiner verstorbenen Frau gegen einen dunklen Anzug getauscht und sich die Schminke aus dem Gesicht entfernt. Sie hatten lange miteinander geredet und der Onkel hatte ihm sein Herz ausgeschüttet.

Gaetano lag danach noch lange wach, reflektierte die Geschehnisse der vergangenen Tage und reichte am nächsten Morgen um die Gewährung von zwei Tagen Sonderurlaub bei Capo Ispettor Spetich ein, der den Urlaubsschein ausfüllte, ohne Lamprecht anzusehen. »Wenn ich Ihnen das verweigerte, hätte ich keine Stunde später einen Anruf von unserem geschätzten Herrn Bürgermeister, daher kann ich Ihnen gleich meinen Segen zu Ihrem Begehr geben.«

Und nun brach er also zu seinem Radrennen auf. Es setzte Gedränge im belebten Bahnhof ein. Abreisende, die mit gehetztem Blick ihren Bahnsteig suchten, Ankommende, die erwartet und empfangen wurden. Gaetano hatte sein repariertes Bianchi-Rennrad beim Frachtwaggon abgegeben. Nun standen sie vor dem Zug und er umarmte seine Mutter. Sie hauchte ihm einen Kuss auf die Wange. Dann reichte ihm der Vater die Hand. Er nahm Haltung an und deutete einen Diener an. Der Vater lachte zum ersten Mal seit Langem und klopfte ihm gegen den Oberarm. »Lass gut sein. Ich wünsche dir alles Gute. Zeig den anderen, aus welchem Holz wir Lamprechts geschnitzt sind.«

»Ich danke Ihnen«, sagte Gaetano und nahm seinen Koffer auf. Doch noch bevor der Vater sich wegdrehen konnte, hielt er ihn am Arm fest. Er holte einen Umschlag aus seinem

Jackett und merkte an: »Dürfte ich Sie bitten, den Brief für mich vorne am Postschalter abzugeben? Den hätte ich jetzt beinah vergessen.«

Franz Lamprecht nahm den Brief, der an das Kriegsministerium in Wien adressiert war, mit einem Nicken entgegen. Gaetano bat seinen Freund bei der Behörde darin, sich dafür einzusetzen, dass der Witwe Corelli und deren Kindern eine Rente zugesprochen wurde. Er hatte Mollieri nachforschen lasen, ob sein Helfer von der »Viribus Unitis« Hinterbliebene hatte. Letztlich verdankte er dem alles andere als feigen Soldaten sein Leben und das Gelingen der Mission.

Da hörte er eine schrille Stimme über den Bahnsteig schallen: »Gaetano, warte, mein Guter.«

Sein erster Gedanke galt Rosaria, doch die Realität war noch schlimmer. Der Onkel war einkaufen gewesen, er trug nun ein weißes Sommerkleid mit großen Blumen darauf. Der Anzug war wohl wieder im Kasten verschwunden. Er winkte und stöckelte mit kurzen, unbeholfenen Schritten über den Steinboden der Bahnhofshalle auf die Familie zu. Das Pfeifen des Schaffners mit der Aufforderung einzusteigen war Gaetanos Erlösung.

»Ich muss dann«, erklärte er, dann verschwand er im Waggon und suchte sein Coupé.

Er hatte es allein für sich, schlüpfte aus dem Jackett, öffnete den Knoten seiner Krawatte und danach das Fenster. Er hatte sich am Kiosk vor dem Bahnhof eine Zeitung besorgt, die er nun aufschlug. Eine große Müdigkeit legte sich plötzlich auf ihn. Er begann mit kleinen Augen zu lesen. Noch immer berichteten die Journalisten auf den ersten Seiten über das Attentat in Sarajevo und die sich immer weiter zuspitzende diplomatische Lage. Im Lokalteil fand er schließlich den abgängigen Leutnant Jahn, Waldenhoffs Adlatus, der sich schon zuvor aus dem Staub gemacht hatte. Diesem war eine kurze Notiz gewidmet. Angeblich habe sich der Offizier in Pola wegen persönlicher Differenzen mit seinem Vorgesetzten das Leben genommen. Er wusste es besser, aber die Leute würden das schon glauben. Sie glaubten ja sonst auch alles. Noch dazu, wenn es von offizieller Seite kam. Er fragte sich, was der wahre Hintergrund dieser Meldung war. Hatte man Jahn in die Enge getrieben, ihm aber die Möglichkeit eröffnet, ehrenvoll aus der Welt zu gehen, wie man es bei diesem Redl in Wien getan hatte?

Er hatte es am Vortag letztlich nicht anders gemacht. Nachdem die Ambulanz Pironas Leichnam weggeführt hatte, verbrannte er den verhängnisvollen Schuldschein. Sollte seine Witwe wenigstens eine kleine Rente vom Staat erhalten. Pirona würde den Menschen in seinem Umfeld und vor allem den Kollegen als aufrechter Polizist in Erinnerung bleiben.

Er dachte an Sipcovich und dessen Gier und an Waldenhoff und dessen letzte Worte. Angesichts der Schlagzeilen des Tages, die eine Eskalation der Lage mit Serbien andeuteten, fragte er sich, ob er nicht tatsächlich mit der Abwendung der kleinen Katastrophe erst der größeren den Weg geebnet hatte. Er faltete die Zeitung zusammen. Er war Polizist, was hatte er schon mit Politik zu schaffen?

Kaum hatte der Schaffner seine Karte kontrolliert, schlief Lamprecht ein.

SONNTAG, 5. JULI

26.

Als er geweckt wurde, stand der Zug auf dem Bahnhof von Genua. Er musste zwölf oder mehr Stunden am Stück geschlafen haben. Er stieg aus, suchte den Frachtwaggon, wo er mit der gewechselten Zugmannschaft diskutierte, dass man ihm sein Rennrad aushändige, und stand nun auf dem fremden Bahnhof in der falschen Stadt, während in der Lombardei das Rennen ohne ihn begonnen hatte.

Als er so dastand, schien dies alles an Bedeutung verloren zu haben. Es war, als hätte er im Schlaf einen Reifeprozess durchgemacht. Die Erfahrung vieler Jahre auf einen Schlag erworben. Zu oft hatte er einen Freund verloren, zu lange war er allein durch das Leben gestrauchelt, angetrieben von einem Streben nach Erfolg oder davon, seinen Kopf durchzusetzen. Als er allein auf sich gestellt unter Wasser um sein Leben hatte zittern müssen, sich mehr in einem feuchten Grab als im Leben wähnend, hatte ihm letztlich die Gewissheit, dass er nicht allein sein musste, dass er nicht alleine war, die nötige Kraft verliehen. Er hatte Eltern, eine Schwester und, wie er jetzt wusste, sogar Onkel und Tante in einer Person. Als er der größten Gefahr ausgesetzt gewesen war und die Soldaten bei der Wegabsperrung auf ihn schossen, da war es eine andere Person, der er sein Durchhaltevermögen zu danken hatte, weil sie die dunklen Flecken seines Herzens erleuchtet hatte. Er hatte nie wieder lieben wollen, hatte auch gedacht, dass er es nicht mehr zuwege bringen würde nach der Tragödie, die er mit Marie-Sophie durchgemacht hatte, doch was als kleiner Samen von einer patenten jungen Dame in Umago in seinen

Liebesmuskel gepflanzt worden war, begann nun zu keimen. Selbst wenn er es hätte leugnen wollen, wusste er, dass da etwas war, das nach und nach von ihm Besitz ergriff, sosehr er sich auch wehrte. Aber wehrte er sich? Wollte er sich wehren?

Jetzt interessierte ihn nur noch, ob es einen Zug gab, der ihn möglichst schnell seinem Ziel in Umago näherbringen würde. Denn da gab es jemanden, der es wert war, jegliche Distanz zu überwinden. Vergessen war das Streben nach sportlichem Ruhm, die Jagd nach einer Medaille oder einem Siegesband. Gaetano hatte erkannt, dass es im Leben noch etwas anderes gab als Leistung, Ziel und Sieg. Jetzt erst wurde ihm bewusst, was das war. Wer das war. Ein reizvolles Wesen aus Fleisch und Blut, klug und charmant, und mehr wert als jede Trophäe im Schrank oder jede Medaille um den Hals.

DANKSAGUNG

Besonderen Dank möchte ich meinem Agenten Günther Wildner aussprechen, der mich über die gesamte Zeit von Projektidee bis hin zum ersten Entwurf des Textes begleitet und mich mit vielen Ideen und Anregungen unterstützt hat und viel zur Entwicklung der Figuren und der Handlung beigetragen hat.

Hervorheben möchte ich auch die Unterstützung, die ich von Kollegen und Historikern erfahren habe. Hier vor allem Helena Verdel und Andreas Pittler, die auch wertvolle Tipps zur Dramaturgie beisteuerten, Günther Neuwirth, der sich gleichfalls historisch mit Triest in der Monarchie auseinandersetzt, und Gregor Gatscher-Riedl, dessen Werke alleine schon die Regale in den besuchten Museen füllen und der sich tapfer durch den belletristischen Text gearbeitet hat. Und Josef Wallner für den Tipp mit dem Staatshandbuch. Helmut Bärtl von der Vereinigung Kriminaldienst Österreich für die Durchforstung der Archive. Danke euch und auch den hier nicht explizit Genannten.

Marco Di Blas aus Udine für den Zugang zum Archiv des *Il Piccolo* und Alessandro Sgambati vom *Club Touristi Triestini*. Ich danke Herrn Andreas Lohner für die mir entgegengebrachte Geduld, meine vielen Mails zu beantworten. Mara Petruzzi für die Erklärung manch grammatikalischer Feinheit im Italienischen.

Abschließend den Menschen, die dieses Buch erst ermöglichten: Alexander Potyka und Barbara Giller. Danke für die Hilfestellung bei Text, Figuren und Handlung.

Und dem ganzen Team vom Picus Verlag, das schon bei unserem letzten gemeinsamen Projekt Tolles geleistet hat.

Das Zitat von Ida Finzi entstammt dem Buch Haydée (Ida Finzi), Vita triestina avanti e durante la guerra.

Christian Klinger, geboren 1966 in Wien, Studium der Rechtswissenschaften. Seit 2017 Zweitwohnsitz in Triest. Er veröffentlichte zahlreiche Krimis und Beiträge in Anthologien, erhielt den Luitpolt-Stern-Förderungspreis und war auf der Auswahlliste des Agatha-Christie-Krimipreises (2011). Im Picus Verlag erschien 2020 sein Roman »Die Liebenden von der Piazza Oberdan«. www.christian-klinger.at